L'OMBRE DU PARASOL D'OR

DU MÊME AUTEUR

Aux éditions Flammarion

Dans l'ombre, les dragons de pierre

Aux éditions du Masque

La Concubine ensevelie
La Religieuse de l'obscurité
Le Cinquième Roi de bronze
Des lapins et des hommes (prix du Festival de Cognac 1994)
Les ferrets sont éternels
Zapping mortel
Les Dieux outragés
Le Vestibule du crime
La Licorne empoisonnée
Le Sang du Trianon
La Vierge du soleil

Sous le nom de Taiping Shangdi :

La Sonate interdite
La Noyée du palais d'Été
Le Prisonnier de l'Océan
Le Puits de la morte
Le Singe empoisonné
Les Soieries de l'effroi
Les Pierres de la douleur
Le Chrysanthème de longévité
La Dent du cheval marin
Le Palais de la splendeur pourpre
La Déchirure du papier huilé

OLIVIER SEIGNEUR

L'OMBRE DU PARASOL D'OR

belfond
12, avenue d'Italie
75013 Paris

Si vous souhaitez recevoir notre catalogue
et être tenu au courant de nos publications,
vous pouvez consulter notre site internet :
www.belfond.fr
ou envoyer vos nom et adresse, en citant ce livre,
aux Éditions Belfond,
12, avenue d'Italie, 75013 Paris.
Et, pour le Canada,
à Interforum Canada Inc.
1050, bd René-Lévesque-Est,
Bureau 100,
Montréal, Québec, H2L 2L6.

ISBN 2-7144-3998-5

L'auteur remercie Mathieu Ly

Inattendue, une impression de bien-être... Mourir n'était ni douloureux ni si compliqué. Elle ne ressentait aucune frayeur. Seule une légère chaleur au flanc, laissée par la caresse mortelle du sabre, qu'assourdissait déjà une grande lassitude. Et son esprit, en s'obscurcissant, trouvait le moyen d'évoquer des souvenirs réconfortants : le visage d'un frère, une nuit d'amour, le goût d'un fruit mûr dévoré quand elle n'était qu'une enfant. Le sommeil, tout proche, lui ouvrait ses bras ; il était si accueillant... Pourquoi refuser cette paix ?

Et ce flux tiède qui s'enfuyait de son corps blessé, l'affaiblissant davantage à chaque instant, qu'était-ce ? Son sang ou un souffle divin, essence de la vie, qui s'apprêtait à voyager dans l'éternité avant de prendre possession d'un autre corps ? Bientôt la délivrance... Elle naîtrait de nouveau, sous une forme encore inconnue – celle d'une fille, d'un adolescent ou d'un animal.

Le dos brisé, les membres inertes, la nuque enserrée dans un étau de pierre, la soldate ne pouvait plus bouger, ne s'en inquiétait pas. Au-dessus d'elle, le ciel du pays des Khmers était magnifique, avec de gros nuages pommelés, généreux, rapides, qui crèveraient sur cette plaine ou ailleurs, déversant l'eau bienfaitrice.

Un spasme, une contraction. L'univers disparut d'un coup, palpita, revint. La femme sourit. Tout se tassait, se rétrécissait. Comme si son corps mourant aspirait ce qui se trouvait autour de lui, s'en nourrissait afin de rester en vie quelques instants de plus. Déjà, elle n'entendait plus rien, hormis sa propre respiration, calme et rythmée. Elle ne voyait plus les grands arbres qui bordaient, à l'est, la place royale, devinait tout juste l'alignement des douze tours de pierre où la justice était parfois rendue. Le monde dont elle s'éloignait était si petit : quelques fleurs sauvages, un insecte, un peu d'herbe, un pan de mur, son corps. En prendre congé n'était pas difficile...

Les êtres se rapprochèrent. Orgueilleux et immobiles, ils la regardaient, tenant droite leur tête recouverte d'une tiare. Apparu du côté de la porte de la Victoire, le soleil du matin ruisselait sur les ceintures, les bracelets et les gorgerins ciselés par les meilleurs orfèvres. La femme tenta de leur souhaiter la bienvenue, n'y parvint pas et s'en moqua. Tout était si merveilleux ! Bec acéré, mufle en avant, les créatures tendirent les bras, en signe d'adoration et d'allégeance. Pattes inférieures solidement écartées, pattes supérieures plaquées contre la corniche de grès, inanimées comme toutes les sculptures.

Quel bonheur... Les tempes caressées par un doux vent matinal, elle périrait, veillée jusqu'à ses derniers instants par les garudas[1] et les lions atlantes, effigies puissantes et fières soutenant la terrasse royale. Avec de tels compagnons, pourquoi aurait-elle peur ? Au moment suprême, ils souffleraient sur elle une haleine bienveillante. Rassurée, elle eut envie de rire, regretta à peine de ne pas en trouver la force.

Là-haut, au sommet des degrés bordés de nâgas[2] s'élevait le palais royal, labyrinthe de bâtiments en bois sculpté, à la fois simples et d'une élégance raffinée – la demeure des

1. Être mythique, mi-homme, mi-oiseau. Il sert de monture au dieu Vishnou.

2. Serpent gardien des richesses, souvent figuré sous une apparence de cobra à sept têtes.

« Pieds Sacrés », le souverain des Khmers, le Fortuné, Jayavarman[1] le Septième du nom… Elle émit un râle presque imperceptible que recouvrit un bourdonnement d'insecte. Le roi, le Maître de la surface terrestre… Grâce à ce dieu vivant, voici plusieurs lunaisons, un an peut-être, le royaume avait vaincu ses ennemis et recouvré son indépendance.

Cette fois, la femme éprouva un léger regret. Mourir maintenant, à l'aube de ce règne prometteur, n'était-ce pas dommage ? Après les années sombres, le Cambodge connaîtrait la splendeur, elle le savait. Oubliées, les heures sanglantes qui avaient suivi la mort de Suryavarman le Second, le glorieux bâtisseur de son propre tombeau[2] que veillait Vishnou. Balayées, les trahisons, usurpations et révoltes de palais. L'invasion des Chams[3] ne serait bientôt plus qu'un lointain souvenir. Ils seraient réduits en esclavage, ces misérables qui avaient pillé la capitale, mutilé ses dieux protecteurs, brûlé ses archives et massacré ses habitants. D'un trait, un avenir radieux effacerait ce passé douloureux.

Épuisé, son esprit s'écartait du présent, rappelait à lui des images anciennes. Jayavarman marchait vers son destin, couronné d'or, les paumes ambrées de santal, protégé par les quinze parasols d'honneur. Guerrier, le roi était aussi un homme sage. Organisées voici quelques lunaisons, les cérémonies de son intronisation avaient été magnifiques. Appels des buccins et des conques, roulements detambour, mélodies solennelles des hautbois, aspersions d'eau parfumée à la cannelle. Le défilé de la famille royale, précédée d'un éléphant blanc sur lequel les prêtres avaient installé un bouddha d'or et

1. Nom forgé sur *jaya* (victoire) et *varman* (cuirasse). Ce qui peut être traduit par « Le protégé de la Victoire ». Jayavarman VII naquit vers 1130, monta sur le trône vers 1181 et mourut vers 1220.

2. Angkor Vat, « La ville qui est un temple ».

3. Habitants du Champa, royaume hindouisé occupant une partie de l'actuel Viêt Nam. Ils envahirent en 1177 le Cambodge, qu'ils occupèrent pendant quatre ans.

d'émeraude, à l'abri d'un toit de bois ouvragé. Puis le souverain en palanquin, les princesses allongées dans des hamacs, les porteurs de lances, de banderoles et de bannières, les danseuses aux mains jointes, les bouquets flamboyants tenus à bout de bras, les ombrelles grandes comme des lunes, les reliques brandies par de jeunes moines au pas rythmé par les percussions et les instruments à vent. Le chatoiement des soies rouge sang de lion, vert de rizière fraîchement repiquée, rose couleur de l'aurore sur le Grand Lac. Et les sourires des Khmers, si fiers, si beaux, sur le passage des Pieds Sacrés, le restaurateur de la grandeur…

Sous le règne qui débutait, les arts rayonneraient, le pays des Khmers se couvrirait de palais. Par milliers, les blocs de latérite, les dalles de grès ciselé seraient acheminés au plus profond de la jungle. Des temples jailliraient du sol, des chaussées traverseraient la forêt. À perte de vue, il y aurait des canaux, des digues et des bassins, vastes comme des mers, qui irrigueraient les veines du pays à la saison sèche et proclameraient la puissance du roi. Des greniers emplis de riz et d'épices, de tanches et d'anguilles séchées, de parures en or et d'habits de soie – taillés dans l'étoffe à trois fils entrecroisés, qu'on apportait à grands frais de ce pays proche et puissant… Était-ce la Chine ? Blessée à mort, la femme ne savait plus.

Le matin était radieux, le soleil déjà chaud. Depuis quand agonisait-elle ? Un instant, mille ans ? Peu importait, elle était tellement soulagée… Une langue tiède lui lécha la jambe, s'attardant sur son genou musclé. Un animal commençait-il à la dévorer ? Familière, une senteur un peu écœurante, légèrement âcre, lui chatouilla le nez, pénétra dans sa gorge. C'était son sang qui coulait de son flanc, léchait son ventre avant de goutter le long de sa cuisse. Si faible que son cœur hoquetant ferait éclater sa poitrine, la mourante se jeta dans le flot rouge qui s'échappait de sa chair, se laissant emportée par lui pour s'y noyer. Vite, expirer, s'unir avec l'infini, faire l'amour avec le néant !

Sur un brin d'herbe, un insecte la considérait tandis qu'elle délirait, exsangue et à bout de souffle. Ces antennes veloutées et ces ailes bleutées lui appartenaient-elles ? Avait-elle la force de les agiter pour s'envoler auprès des dieux ? Le papillon frémit. Ses mandibules s'écartèrent, laissant entrevoir une trompe minuscule qui palpa l'air moite et y décela l'odeur de la mort. Puis il s'envola et tourna autour de la femme avant de disparaître derrière une touffe d'herbe. Intrigante, une question en forme de spirale imprécise se déroula dans l'esprit de la femme : était-elle déjà morte et s'était-elle réincarnée dans cet insecte ?

Sur le point de quitter ce corps, elle atteignait la béatitude finale, n'était plus rien, était tout, le monde entier... Réel ou rêvé, mené par une harpe, l'orchestre du palais entonna un air rythmé. Les musiciens royaux saluaient le réveil du souverain, s'apprêtaient à masser son corps avec des huiles parfumées.

La soldate ferma les yeux en exhalant un râle de bonheur à peine audible, le monde rentra en elle et l'obscurité se fit. Vacillante, sa vie s'envola et se mêla à la mélodie entêtante. Un chant s'éleva, captura ce souffle allègre, le conduisit à travers les nuages, vers les divinités qui veillaient depuis toujours sur le royaume des Khmers, pays de boues fertiles et de rizières, d'eau claire et de terre rouge. Qui demeurait là-haut, les anciens dieux, ou Bouddha qu'adorait Jayavarman, le nouvel Éminent Maître de la vie au-dessus des têtes ?

La question resta sans réponse. Combattante farouche, membre de la garde féminine de Jayavarman, chef de l'escouade des Poissons gris de la mangrove, héroïne de la bataille des Trois Banyans, Sobhana venait de mourir. À quelques pas, glissé par les meilleurs artisans dans une gaine de bois dur, gisait son redoutable sabre, la pointe teintée de rouge sombre.

Harsha attendit que l'encre soit sèche avant de replier le jeu de feuilles de palme. Était-ce la dernière fois qu'il retouchait le manuscrit ? Impossible. Durant les quelques heures qui restaient, il aurait maintes fois envie de reformuler une phrase, de poncer un mot pour en écrire un autre, d'ajouter un calcul dans la marge pour mieux renseigner le roi et guider son choix.

À l'abri des murs de la petite salle qui lui servait de bibliothèque, de bureau et d'atelier, le Khmer était songeur. Mince et droit, le front soucieux et l'œil fixe, grave. Son grand œuvre était presque achevé, sa vie arrivée à un tournant. Quoique jeune encore, il éprouvait le besoin d'établir un bilan. Pas de compagne, pas de progéniture, pas de famille. Son travail, seulement, qui aiderait puissamment Jayavarman à asseoir son pouvoir. Sa vie s'en trouvait-elle remplie ? Il n'en était pas certain. Il aurait tant aimé qu'une femme se trouve à ses côtés ! Mais sa tristesse de plus en plus difficile à cacher, son besoin frénétique de travailler le jour, la nuit, le jour suivant n'en avaient séduit aucune. Et, une nouvelle fois, Harsha interrogea son passé, songea au couple dont il était issu. Comment être le fruit heureux de cette dualité ?

La mère, mal mariée, arrière-petite-fille d'un brahmane venu d'Inde voici un siècle, fine et spirituelle, racée, héritière du savoir et de la distinction de cet Indien qui revivait en

Harsha, l'architecte du roi. Une femme morte en couches mais qui, par-delà son trépas, en songe et en conseils chuchotés par le vent, avait confié à son fils les antiques stances recelant les secrets des bâtisseurs des premiers temples, le plan d'une cité idéale, si parfaite que même l'Inde n'avait jamais su ou pu la bâtir.

Le père, inculte, presque fruste, qui le battait plus souvent qu'à son tour, méprisait les ôles[1], même les plus sacrées. Qui oubliait la peur née de son ignorance en buvant de pleines jarres d'alcool de riz glutineux, en passant ses journées à assister à des combats de coqs sanglants, en restant plus de temps avec des prostituées qu'avec sa propre épouse. Le père qui battait Harsha, parce qu'il avait tué sa mère en naissant et qui le réprimandait pour un rien, surtout quand il s'échappait et gagnait le temple voisin afin d'y apprendre le calcul, le dessin et la géométrie...

Comment ne pas haïr l'un ou l'autre de ces parents, voire les deux ? Mais comment reprocher à son père ses beuveries et ses claques sans se souvenir de sa douleur, de l'abattement né de la perte de son épouse ? En vouloir à sa mère de n'avoir su ni vivre, ni l'élever, ni le protéger ?

Harsha n'avait pas le temps de s'interroger davantage ou de s'apitoyer sur son propre sort. La tâche que lui avait confiée Jayavarman passait avant tout autre chose. Vite, il devait relire et parachever le texte !

En désespoir de cause, pour tenir à distance le regret, Harsha formait un souhait sincère : que, dans leur vie présente ou future, le père et la mère disparus progressent l'un et l'autre sur le chemin de la rédemption ou expient leurs péchés... Maintenant, il lui fallait revenir au manuscrit inestimable et vérifier sa cohérence. Jusqu'au dernier instant précédant son entrevue imminente avec les Pieds Sacrés,

---

1. Ancien nom donné aux feuilles de palmier employées pour l'écriture des manuscrits traditionnels en Inde ou en Asie du Sud-Est.

l'architecte réfléchirait, traquerait la moindre imperfection, devinerait à l'avance les demandes du roi pour mieux y répondre, enjoliverait d'un dessin ou d'un poème le texte qu'il lui remettrait, le plan de la prochaine métropole, imprenable. Afin que le souverain soit pleinement satisfait et ne soit pas tenté de le gifler pour une faute oubliée… Jayavarman le battrait ? Harsha se reprit, balaya ses pensées errantes et ridicules. Il était surmené, mélangeait tout, le passé et le présent, son père, et le roi, qui n'était que bonté. Empli de compassion et désirant alléger les souffrances de son peuple, Jayavarman ne maltraitait aucun de ses serviteurs. Pas même les enfants. Non, son père n'aurait pas dû corriger le petit Harsha quand il le surprenait à écrire, dessiner ou bâtir des villes de boue et de cailloux, à même la poussière, en dépit de ses menaces. Le passé revint, insubmersible : ces coups soudains et immérités lui faisaient encore mal. Trop surpris pour s'en indigner, Harsha s'était replié sur lui-même. Ces coups étaient si absurdes qu'il ne songeait pas à les éviter. Il les avait gravés dans son esprit pour s'en souvenir au moment opportun. Que ce soit pour les rendre ou pour les oublier à jamais en offrant le bien pour le mal.

À l'écart, alignés contre les murs faits de caissons de bois assemblés avec minutie, se tenaient de rares courtisans, une poignée de hauts fonctionnaires autorisés par faveur spéciale à assister, tous à genoux et muets, au repas du monarque. Regroupés autour de la couche royale, manière de lit à peine surélevé, les domestiques prosternés se relayaient pour que leurs gestes soient toujours adroits, que leur main ne tremble pas. À tour de rôle, devançant ses exigences, ils présentaient au roi les mets et les verres d'eau claire coupée d'alcool parfumé au miel de lilas khmer. Rampant contre le parquet, les moins habiles se contentaient de débarrasser les plats vides et de ramasser les miettes. Leur besogne accomplie, ils disparaissaient derrière les colonnes de bois sombre piquetées d'or jusqu'à mi-hauteur, forêt dont le quadrillage régulier emplissait le salon entier. Autour du roi étaient disposés trois tables basses servant de desserte, le divan de la concubine du jour, de hauts plateaux de bois ou de métal précieux, un crachoir de faïence pansu.

D'âge mûr, Jayavarman était un homme corpulent dont le ventre retombait majestueusement sur un pagne tissé de soie et d'or. Dans son visage plein ressortaient deux grands yeux et une bouche sensuelle. Ses lèvres épaisses et brunes étaient aussi bien faites pour embrasser, sucer, lécher la peau de ses favorites que pour adresser sans cesse à Bouddha des prières enfiévrées, sincères et pleines d'espoir, dans le secret d'une chapelle du palais.

Dissimulé par un paravent de bois tendu de soie jaune pâle, le goûteur de la cour officiait, partagé entre la crainte et la fierté. Il savait qu'il jouait sa vie constamment en s'exposant le premier à un poison hypothétique mais, ce faisant, qu'il protégeait la vie de Jayavarman... Frôler la mort, en éprouver un orgueil immense décuplaient son attention et lui permettaient de reconnaître d'un seul coup d'œil les aliments sains, de récuser ceux qui avaient été mal cuits, mal agencés. Il pouvait regarder de haut les simples valets qui ne risquaient rien en servant les Pieds Sacrés et, par là, se sentir plus proche de celui-ci, en être une sorte de double, effacé et efficace mais un double quand même, d'une essence singulière. Pénétré de son importance, le goûteur murmura sur le ton de la confidence, d'un air docte :

— Du riz à la mode du Phnom Chamkrong.

De ses doigts dodus, le souverain saisit un morceau de viande, l'enroula dans une feuille au parfum citronné qu'il porta à sa bouche. Assis en tailleur, confortablement installé dans une sorte de nid fait de coussins tissés d'or, il laissa l'arôme flatter son odorat et réjouir son esprit. Pressant la viande entre sa langue et son palais, il en exprima le jus, libérant d'autres effluves, moins subtils mais plus entêtants. Jayavarman ferma les yeux. Que de fois il s'était promis, proscrit et fuyant les Chams, de remettre en vigueur l'étiquette ancienne, de retrouver en devenant roi le rituel immuable de ces repas interminables et silencieux, ponctués des annonces du goûteur !

Sous l'œil attentif des plumes de paon du chasse-mouches royal qui caressait l'air pour en faire disparaître les senteurs de cuisine, les serviteurs s'avancèrent, courbés à l'extrême. Ils firent défiler des plats d'argent scintillants, des timbales d'or décorées d'animaux fabuleux, des bols précieux en porcelaine de Chine.

— Du poisson aux herbes du Tep Pranam Thomannon...

Jayavarman pétrit une autre boulette de riz, la favorite désignée versa du vin dans une tasse ancienne rescapée du sac de la ville. Une nouvelle file de valets s'avança sur les genoux, tenant à bout de bras des plats à peine sortis des cuisines et enveloppés dans de vastes poches de tissu qui les garantissaient contre les insectes et la poussière.

— Des crevettes à l'ananas...

Et du poisson aux épices, une tête de porc, de longs filaments de viande séchée présentée avec du riz sombre, chargé des dix-neuf esprits vitaux pour la santé du roi... Jayavarman exultait, notait chaque geste, chaque élément du cérémonial pour le rectifier plus tard, si besoin était, afin que la perfection règne. Les rites, c'était si nécessaire, rassurant, plaisant.

Tout était redevenu comme avant, hormis certains détails et les édifices en ruine. Les cuisiniers du palais royal avaient retrouvé les recettes traditionnelles, le savoir-faire de leurs prédécesseurs assassinés ; Angkor renouait peu à peu avec le luxe et le faste. Cuit à point et épicé, cet estomac saurien avait le parfum, le fondant des plats que Jayavarman avait goûtés jadis, avant la Grande Invasion. Il se revit, enfant vivant à la cour avec ses frères et sœurs, non loin des appartements du souverain d'alors. Puissant, le royaume était insouciant. Les Chams n'étaient qu'un peuple parmi d'autres, n'effrayant aucun Khmer, en dehors de quelques paysans établis près de la frontière qui craignaient les incursions de bandes pillardes.

Affamé et gourmand, Jayavarman considéra le mets, en apprécia les couleurs et les arômes, puis saisit un lambeau de viande habilement cuisinée et le laissa fondre dans sa bouche, le savourant lentement. Hier, ce crocodile au corps rugueux et lourd, aux écailles si râpeuses que les chasseurs s'y écorchaient les doigts, aux mâchoires capables de briser la cuisse d'un bœuf était terrifiant et dangereux, un mangeur d'enfants. Devenu inoffensif, il était aujourd'hui source de plaisir, constata le roi. Presque amusé, il songea qu'il en allait de même des Chams. Autrefois redoutés, ceux-ci n'inspiraient plus à présent que haine et mépris. La défaite subie les avait transformés en une peuplade vile, qui ne suscitait désormais que des sarcasmes sans fin et qu'il faudrait exterminer.

Torse nu, les reins ceints d'une étoffe de soie mêlée d'un fil d'or, le souverain s'allongea, faisant tinter les bracelets de grains d'or et d'œils-de-chat qui cerclaient ses poignets et ses chevilles. Ces ornements fragiles possédaient pourtant une force considérable : ils proclamaient que le proscrit était devenu roi, et le Cambodge libéré, de nouveau prospère. Les serviteurs se retirèrent.

Jayavarman donna des ordres. Personne n'oserait le déranger, pas même l'avisé Crindra, son premier conseiller, le plus fidèle. Le roi aurait ainsi le temps de songer à la vie qu'il mènerait pour assurer le bonheur de son peuple. Que d'autres jeûnent et macèrent dans leurs dévotions, lui était à jamais éloigné de ces pratiques. Ses premières femmes, deux princesses épousées simultanément, avaient été des bouddhistes ferventes voire exaltées. Sous les dernières années du règne de son prédécesseur, affligées par les querelles intestines, les sombres luttes qui déchiraient le royaume, elles avaient versé dans une religiosité farouche. D'un commun accord, se soutenant l'une l'autre, elles s'étaient réfugiées dans des exercices de piété : pénitences, jeûnes de plus en plus fréquents, pèlerinages…

— Elles se sont trompées, murmura le roi.

Les deux femmes avaient peu à peu renoncé à manger de la viande, du poisson et des œufs, jusqu'à ne plus absorber que de l'eau, par crainte de provoquer la mort d'un animal ou de retirer sa nourriture à un autre. Priant, chantant des hymnes sacrés, méditant et intercédant pour les ennemis et les traîtres, tenant des propos édifiants aux voleurs et aux assassins éberlués qu'elles extirpaient de leur prison le temps d'un sermon, elles avaient fini par mourir d'épuisement. Certes, leur foi avait assez impressionné Jayavarman pour que celui-ci abandonne les dieux du panthéon hindou, tende son âme vers les seuls enseignements de Bouddha. Mais leur mort étrange l'avait à jamais détourné de toute mortification. N'y avait-il pas quelque absurdité, songeait-il depuis, à se laisser mourir de faim à force d'avoir peur de vivre ?

À cette interrogation s'en ajoutait une autre qui, s'entrechoquant avec la première et la brouillant, troublait le monarque. Si les deux femmes n'avaient pas péri d'être trop pieuses, se serait-il converti au bouddhisme ? Probablement pas. Jayavarman aurait continué à adorer les anciens dieux, qui ne le secouraient guère. La mort des deux épouses n'avait donc pas été inutile ? Le concevoir était absurde puisqu'il ne s'était jamais vraiment remis de cette double disparition, une absence gigantesque, renouvelée chaque jour. Que penser, à qui se confier ? Le roi aspirait à oublier ces questions insolubles. Et, pour échapper à ce lancinant sentiment de culpabilité, il se promettait d'aider tous les Cambodgiens à atteindre l'éveil en faisant preuve de compassion…

Jayavarman piocha dans une assiette de fruits pelés – grenades, letchis et oranges. Manger, vivre. C'était le ventre plein qu'il songeait le mieux à la manière d'assurer le bonheur et le salut de son peuple, le renouveau du Cambodge, pays des nuages, de l'eau et du limon, de la douceur de vivre retrouvée. Il avait tant connu la faim, caché dans la forêt ! Maintenant, il ne pensait bien qu'en digérant, l'esprit contenté, libéré de la peur de manquer. Son estomac était le Cambodge, enfin rassasié, apaisé.

La tête baissée, la concubine Bupati tendit au roi une chique de bétel. Celui-ci s'en saisit, un peu gêné par son estomac bombé dont la peau était adoucie par une huile mêlée d'aromates. Il sourit. Les bouchées herbeuses préparées par cette fille étrange possédaient un goût si musqué, entre l'âpre et l'amer, et un pouvoir si particulier... Comme d'habitude, leurs sucs entêtants guideraient sa réflexion. La bouche encore emplie des senteurs de la viande de crocodile, Jayavarman se tourna un peu. À travers les colonnettes de bois ajouré clôturant le pavillon des Dents de la Jument, il aperçut, envahis d'herbes folles, les édifices détruits par les Chams. Loin de l'abattre, ces bois calcinés le galvanisaient. Il reconstruirait, réparerait et embellirait, avec le concours du peuple entier, ferait du royaume le pays le plus puissant de tous les temps, arc-bouté sur les enseignements de Bouddha. Abyssale et si exaltante, l'ampleur de la tâche à accomplir se révéla à lui. Un autre aurait été saisi de vertige, aurait perdu la raison. Confiant, pressé de faire comprendre à son peuple qu'il l'aimait et désirait le conduire sur le chemin de la délivrance, le souverain se sentait plus fort que jamais. Il devait propager les paroles de Bouddha et bâtir, construire des temples par dizaines pour oublier son deuil double. Il n'avait pas le choix.

Sa face large se colora, le sang afflua à ses lèvres charnues, ses yeux s'animèrent en dépit des sucs capiteux de l'arec. Ici, devant lui, il y aurait un nouveau palais, du luxe, de la musique, des danses, des chants psalmodiés, des rituels sans fin dont il serait l'origine et l'aboutissement, l'organisateur et le bénéficiaire. Le roi sourit à la concubine, se pencha pour mieux regarder les petits seins qui pointaient sous le pectoral de métal repoussé. D'un autre sourire, il convia Bupati à le rejoindre sur son divan d'apparat. La couche était assez large pour les accueillir tous deux, ils y seraient à leur aise. Bupati, petite concubine de dernier rang, de la catégorie des « éminentes fleurs de haricot ». C'était elle que le roi préférait, pour elle qu'il délaissait les concubines des classes supérieures, mieux éduquées ou plus savantes, nées d'un Premier ministre ; ou les « filles éminentes, hautes et plaisantes », les « divins signes » et les « brises de l'air », nées de dignitaires...

L'étal du bimbelotier était dressé à l'écart de la rue, dans un quartier tranquille. Au ras du sol sablonneux, des vestiges de fondations arasées montraient l'ampleur des bâtiments qui s'élevaient là avant l'Invasion. À présent, en lieu et place d'un monastère ou d'un temple, des abris de fortune, des charrettes usagées qui attendaient d'être débitées pour servir de bois de chauffage. Au milieu des ruines, de rares maisons pimpantes et fleuries témoignaient de la volonté des Khmers de chasser loin d'eux le souvenir de la tragédie vécue. Les cicatrices d'Angkor étaient si visibles !

Norindeth se tenait sur un pied puis sur l'autre, mal à l'aise. Il n'était pas certain de se rappeler toutes les paroles et pensées de son maître, craignait que le voile qu'il tendait pour masquer ses hésitations ne craque et révèle ses peurs, ses interrogations, la vacuité qui le sidérait et l'avait conduit à porter une admiration sans bornes à Harsha. Que dire, comment paraître ? S'adresser à ce vieillard, ce simple marchand suffisait à le désorienter. Pour la centième fois, le serviteur Norindeth s'interrogea sur l'attitude à adopter. Devait-il décrire au vieux négociant le génie, le souffle créateur de son maître pour le subjuguer et s'en approprier une part ? Ou le traiter avec l'indifférence, la politesse lointaine signifiant qu'un gouffre les séparait ? De nouveau, la peur interrompit ce questionnement, toujours le même. D'ici à quelques jours, Harsha aurait achevé son grand œuvre. Qu'adviendrait-il alors de lui, son domestique ? Nerveux, sans plus réfléchir, Norindeth choisit de singer les manières du notable qu'il ne serait jamais. Vaguement condescendant, il décida enfin de répondre au regard interrogateur du marchand :

— Je ne suis pas de la ville. Je n'avais jamais quitté les collines du Sud-Est où je travaillais dans une propriété appartenant à la famille de mon maître Harsha. Dès la fin de l'Occupation, celui-ci m'a fait venir à Angkor[1].

La marchandise du négociant était disposée sur des feuilles de bananier luisantes et fraîchement coupées, les unes étalées bien à plat, les autres repliées et retenues par une écharde d'arbre à lianes, pour former une manière de caissette. Le regard du domestique glissait d'une feuille à l'autre, appréciait la rondeur des boulettes de riz, la fermeté des graines de céréale, la fraîcheur des légumes.

Anguleux, ridé, resté à croupetons pour mieux réfléchir, les yeux voilés de gris par l'âge, le vieux proposa :

— Je te verse un peu d'huile de sésame dans un tube de bambou ? Tu veux du lait caillé, une demi-mesure de beurre ?

La voix était rauque, rabotée par les malheurs, les guerres et les coups d'État qui avaient ravagé le pays des Khmers pendant des décennies.

---

1. À l'époque glorieuse du Cambodge, le véritable nom de la ville était Yaçodharapura (du nom du roi qui la fonda au IXe siècle, Yaçovarman).

De taille moyenne et le visage d'une platitude agréable, les cheveux bouclés, le serviteur secoua la tête.

— L'odeur est trop forte, elle risquerait d'incommoder mon maître. Il a tellement de travail, rien ne doit le retarder... L'audience fixée par les conseillers du Fortuné approche. L'homme que je sers et admire n'a plus que quelques heures pour vérifier ses plans et ses calculs. Je dois le soutenir, pas le retarder.

Le marchand cracha par terre pour s'éclaircir la voix.

— Achète ces pains de sucre de canne et des colliers de fleurs. Si tu jettes chaque matin quelques gouttes d'eau sur les pétales, ils dureront plusieurs jours.

Le domestique acquiesça, ce qui mit du désordre dans sa chevelure.

— D'accord. Je prends aussi ces trois bougies en cire d'abeille.

Heureux de vendre une bonne partie de son étal, le vieux se releva, renouant d'une main le tissu sale qui lui enveloppait la tête. Il fallait jouer finement pour tirer de ce serviteur le plus possible :

— Tu me donnes quoi en échange ?

Norindeth lui tendit un collier de verroterie. Il devait faire semblant d'ignorer le prix de l'objet tout en appréciant sa beauté, en connaisseur éclairé. Feindre de se laisser rouler pour jouir ensuite de la rapacité du négociant, se moquer de sa crédulité en affectant de ne pas connaître le prix des choses... jouer à l'écervelé pour imiter l'insouciance des grands personnages qui dépensaient sans compter et qu'il enviait.

— Il vient de Chine. C'est une belle pièce.

Le serviteur savait qu'il devait se faire passer pour un esthète habitué à manier des trésors et à s'en séparer d'un air détaché... Retors, décidé à défendre ses intérêts au plus juste, le marchand protesta :

— C'est pas assez.

Contrarié, Norindeth porta la main à son pagne plissé, en tira une autre parure. Le vieillard approcha de ses lèvres les deux bijoux, les embrassa avant de les faire disparaître sous un bol renversé qui lui servait de porte-monnaie. Il jeta un bref regard sur les badauds qui passaient sans s'arrêter, puis précisa :

— Tu es mon premier client de la journée, j'espère que tu me porteras chance.

D'un mouvement du menton, il désigna l'allée derrière lui – une chaussée rectiligne et surélevée, soigneux assemblage de dalles qui s'enfonçait dans la forêt. Au loin, à travers les branches les plus basses, on apercevait l'entrée d'un temple, une porte encadrée de colonnettes que surmontait un linteau aux fleurs de pierre.

— Vu d'ici, le temple de la Danse de l'Est a encore fière allure, dit le vieillard. Pourtant, en t'en approchant, tu verras qu'il n'en reste pas grand-chose hormis le pavillon central. Les Chams ont tout rasé. Voici peu, les prêtres ont redressé une statue consacrée qu'ils n'avaient pas eu le temps de cacher avant la Grande Invasion. Elle n'a plus ni bras ni tête mais, d'après eux, elle a gardé certains de ses anciens pouvoirs. Si tu la vénères avec ferveur, elle te sera obligée. Cependant, je te préviens : ces membres cassés, c'est un spectacle affligeant ; il faut avoir le cœur bien accroché pour ne pas pleurer.

Prétendument reconnaissant, arborant un air protecteur qu'il croyait à tort avantageux, le serviteur hocha la tête.

— Je te remercie de ta sollicitude. Mais je te l'ai dit : ces offrandes ne sont pas destinées à ce sanctuaire. Mon maître veut que j'honore les divinités lares qui habitent dans le temple bâti près de chez lui...

Il sourit et poursuivit, admiratif, heureux de fortifier sa personnalité défaillante en magnifiant des mérites qui n'étaient pas les siens :

— Cet oratoire avait été détruit, lui aussi. Harsha l'a remonté pierre à pierre, il a repeint les sculptures et plaqué de métal les murs intérieurs. Grâce aux conseils que lui ont donnés les prêtres, il recopie des textes pieux en prenant exemple sur des écrits conservés par des religieux d'un temple situé très loin en allant vers le nord, après la grande forêt aux koupreys[1].

Tâchant de se rappeler les propres paroles de son maître, Norindeth ajouta :

— Ses collections ont échappé à la guerre, leur intérêt est inestimable.

— Ton maître est un honnête homme, assura le négociant sans grande conviction.

Même du temps de sa jeunesse, son univers n'allait pas plus loin que les faubourgs d'Angkor. À présent, il était veuf et solitaire, ses jambes se dérobaient sous lui comme si elles avaient été de boue. Le vieillard se moquait des temples lointains, de leurs livres et de leurs prêtres. Il n'avait qu'un désir : manger et survivre encore plusieurs mois.

Intarissable, s'enivrant de ses propres paroles, le domestique continua :

— Mon maître a aussi payé le bronze qui a servi à façonner de nouvelles statues sacrées.

Sa suffisance était telle que la fortune, le métal, les divinités évoquées paraissaient lui appartenir. Pressé d'en finir, le marchand tapa du pied, la vente était conclue. Pourtant, le serviteur reprit :

— C'est grâce à Harsha que la Providence nous protégera à jamais des Chams – que la lèpre fonde sur eux et que leur peau pourrisse ! Grâce à l'homme que je sers, nous deviendrons invincibles !

Le vieux avait fait une bonne affaire. La joie profonde qu'il en éprouva éveilla un sentiment enfoui, plus cuisant et

1. Grand bovidé aujourd'hui en voie d'extinction.

bien différent, une haine qui se joignit à celle du domestique. Expectorant, il vociféra :

— Les Chams ! Avant la Grande Invasion, Map, ma pauvre femme, avait un emplacement attitré dans l'allée des Orfèvres. Elle y vendait des draps du Siam, des étoffes fabriquées dans les provinces de l'Est et même des tissus venus de par-delà les mers de l'Ouest. J'avais un fils, espoir de ma vieillesse. Il aurait dû perpétuer ma lignée. Les Chams les ont massacrés tous les deux, non contents de brûler nos marchandises et de voler la plaque d'argent gravée que j'avais réussi à mettre de côté pour mes derniers jours. Aujourd'hui, je n'ai plus personne sur qui m'appuyer, je n'y vois plus rien mais je suis contraint de travailler du matin au soir.

Se levant d'un bond, il hurla :

— Les Chams, fils de démons ! Personne ne les hait plus que moi ! Que Yama[1] les emporte avec lui sur son buffle et les emprisonne dans son royaume des terres du Sud !

Maltraité par les années et les épreuves, son corps n'était plus qu'un zigzag maigre et anguleux, lambeau d'écorce desséché par des hivers brûlants. Crachant de nouveau à travers les rares dents qui lui restaient, le marchand poursuivit :

— Que leur pays soit englouti par les eaux, leurs rizières dévastées par des éléphants en furie ! Que leurs jonques de guerre se fracassent sur des écueils et que leurs femmes deviennent stériles ! Le Champa s'effondrera sous les coups de boutoir de nos glorieuses armées, et Indrapura, sa métropole hargneuse, sera changée en champ de décombres ! Surtout, que le royaume des Khmers ne sombre plus jamais dans le malheur !

D'autant plus impressionnante qu'elle émanait de ce vieux titubant aux membres tordus par l'âge, cette colère décontenança Norindeth. S'interrogeant sur la manière dont

1. Juge suprême et dieu de la Mort résidant au sud de l'univers.

Harsha se serait sorti noblement de cet échange qui devenait pesant, il recula, balbutiant :

— Justement, grâce à mon maître, nous deviendrons invincibles…

— Nous le sommes déjà ! rétorqua le vieillard. Lors de la bataille finale, les Chams se sont enfuis vers le sud. Chassés comme des cochons sauvages, ils se sont précipités dans le Grand Lac pour échapper à nos soldats. Leurs restes blanchis s'enfoncent dans la vase un peu plus chaque jour, dédaignés par les poissons. Si j'étais pêcheur, j'y lancerais mes filets pour rapporter ces os et les contempler avant de les réduire en miettes !

Il mima le mouvement sans prendre garde que, miné par la vieillesse, son corps ne décrivait plus que des gestes d'enfant, et ajouta, mystérieux :

— Pourtant, de tout mon cœur, j'espère qu'il y a eu des survivants !

Le serviteur ne savait comment quitter ce demi-fou, arrêter cette conversation qui les mettait sur un pied d'égalité, ce qui lui était intolérable. Pour calmer le vieillard, il abonda dans son sens :

— Tu as raison. Nos soldats devraient rechercher ces gens et les réduire en esclavage. Le roi a tant besoin d'hommes, de bras pour bâtir les murailles de notre capitale et édifier de nouveaux sanctuaires, un temple de la Danse de l'Est deux fois plus vaste et plus beau que celui-ci !

Éberlué, désarçonné à son tour par ce garçon sautillant qu'il ne saisissait pas bien, le vieux s'indigna :

— Qui te parle de les garder en vie ? Si on retrouve de ces chiens dans la forêt, il faut les laisser mourir de faim pour que leurs compatriotes l'apprennent et en crèvent de peur à leur tour !

Il éclata d'un grand rire, manière de hennissement saccadé qui se transforma en une quinte inquiétante. Le domestique lui adressa un bref salut et s'en alla aussi vite qu'il le put, heureux d'avoir proclamé les mérites de son cher maître pour se persuader qu'ils étaient siens, une fois de plus. Il n'aspirait plus qu'à s'éloigner de ce rebut auquel il était las de se mesurer et retrouver l'architecte admiré, si savant. Harsha travaillait depuis si longtemps, il se dépensait tant pour aider le souverain à fortifier le royaume, sans ménager ni ses efforts ni sa santé… Il fallait que tous les habitants de la métropole le sachent, l'annoncent pour lui faire honneur.

Gesticulant, beuglant à travers ses dents pourries, le vieux attendit que le domestique se fût mêlé aux passants. D'un coup, il retrouva son calme. Posément, il remit un peu d'ordre dans son étalage, souleva le bol et, l'œil rieur, contempla les deux bijoux laissés par Norindeth. Il avait vraiment fait une bonne affaire. Ce garçon était un idiot, ou son maître était très riche : avec ces deux colliers, le domestique aurait pu lui acheter toute la marchandise, y compris les cierges, les bâtonnets d'encens et sa provision de minces feuilles d'or. Il laissa échapper un ricanement. Le profit que lui apportait cette vente rapidement conclue était inespéré. Mais était-il compatible avec la vertu que le nouveau roi voulait voir régner ? Le vieux hésita, caressa les joyaux, se souvint que son épouse regrettée était probe, d'une honnêteté d'ermite.

— Map, ma douce, qu'aurais-tu fait à ma place ?

Un instant, il envisagea de courir en claudiquant pour retrouver le serviteur et lui rendre ses colliers en maugréant. Mais c'était aller au-devant de complications. Mieux valait garder les bijoux et tendre une offrande à l'effigie manchote et décapitée qui habitait dans le sanctuaire. D'ailleurs, ce serviteur l'avait avoué : il n'était qu'un cultivateur venu du Bas-Cambodge[1], peut-être un fils d'immigrés ou un sang-mêlé, un demi-Cham. Il n'avait donc pas eu tort de le rouler…

---

1. Nom toujours donné par les Cambodgiens à la région du delta du Mékong, vietnamienne depuis le XVIIIe siècle.

— T'aurais fait comme moi, hein, ma belle Map ! marmonna le vieillard. Tu l'aurais plumé, cet imbécile qui confond son argent avec celui de son maître et se prend pour un personnage important parce qu'il en sert un avec obséquiosité ! Deux bijoux chinois, Map, tu te rends compte ? Comme tu seras belle, dans l'au-delà !

Une chaussée encadrée de nâgas menait à une pièce d'eau bordée de dalles de pierre parfaitement jointes. Partout fleurissaient des plantes exubérantes aux feuilles épaisses, des palmiers hauts et droits. Pour la millième fois, Jayavarman songea à ses deux épouses, origine double de son salut, de sa joie et de ses peines. L'une après l'autre, ces femmes s'étaient épuisées dans des mortifications sans fin avant de s'éteindre, la joie au cœur, apaisées. Soucieuse de purifier l'âme de son époux, respectueuse du serment fait à sa propre sœur, la dernière en vie lui avait arraché la grâce du prince Binasuor, un Cham de haut rang capturé tandis que les siens s'enfuyaient, défaits. Sans cette intervention, le prince asservi aurait-il été mis à mort par les Pieds Sacrés ? Sans doute. La compassion qu'éprouvait Jayavarman à l'encontre des êtres humains ne connaissait qu'une limite : sa soif d'en finir avec la menace chame. Qu'il était difficile de mêler commisération et désir de vengeance !

Donc, le roi avait gracié Binasuor. Les lunaisons s'étaient succédé. Préserver la vie du prisonnier permettait au roi d'honorer la parole donnée aux princesses mortes, de leur être dévoué alors qu'il n'avait pas su les retenir dans cette vie-ci. Avait-il mal agi, ne s'était-il pas montré assez persuasif pour les faire renoncer à ces privations meurtrières ? Jayavarman se sentait tellement coupable ! Et pourtant, il lui fallait reconnaître qu'en se sacrifiant les deux femmes avaient progressé sur le chemin de la délivrance, s'étaient allégées d'une grande part des péchés commis durant leur existence antérieure…

Préférant ignorer s'il était ou non responsable de leur lent suicide, le roi avait entrepris de secourir son peuple, tout son peuple. Au rythme des remords qui l'assaillaient encore et des certitudes qui toujours reprenaient le dessus, avec l'aide de Bouddha, il s'interrogeait avant de retrouver son assurance, chaque fois plus grande. Il savait quel était son devoir : bâtir des temples et des palais badigeonnés de rouge et de bleu ; conquérir de nouvelles provinces pour échapper à ses regrets et magnifier dans ces conquêtes le souvenir des deux disparues ; faire preuve d'un caractère impérieux et décidé pour faire taire les doutes incessants qui se pressaient dans son esprit. Quant au noble Cham dont la grâce lui avait été arrachée, Jayavarman avait appris à le connaître, à estimer la noblesse franche avec laquelle il acceptait sa longue captivité.

Les servantes descendirent les premiers degrés qui bordaient le bassin des bains du matin. La main gauche dissimulant leur intimité, elles ôtèrent les feuilles mortes que le vent avait portées dans l'eau, attrapèrent les insectes noyés. Puis elles déposèrent à la surface des couronnes de fleurs fraîches, ainsi que de minces plats d'argent où le roi trouverait un sable blanc et fin qui nettoierait sa peau. Leur travail achevé, les filles se retirèrent, les yeux toujours baissés, laissant seuls le souverain et le Cham.

L'un et l'autre restaient silencieux. Le corps revigoré par l'eau à peine tiède, l'esprit vagabond, le Fortuné était heureux de se trouver face à Binasuor et ainsi rester fidèle aux deux disparues. Le prince étranger, lui, appréciait l'honneur que le roi lui faisait en lui offrant de partager son bain. À demi porté par l'eau, il s'approcha du Khmer.

— Roi, pourquoi ne crains-tu pas que je m'échappe ?

— Où irais-tu ? Tant de journées de marche te séparent de ton pays, comment traverserais-tu le Cambodge sans être repris ou tué ?

— Selon toi, je serais donc résigné ?

— Tu m'es reconnaissant.

Jayavarman le savait : après tant de lunaisons passées à la cour, le prisonnier s'était peu à peu défait de la haine que, d'emblée, il avait ressentie pour le massacreur de son peuple, celui qui traquait les bandes chames égarées dans les forêts de l'Est habitées par des *araks*, des génies forestiers. À présent, Binasuor acceptait la réalité et se voyait comme l'obligé des Pieds Sacrés. Jayavarman reprit :

— Tu veux clore ce cycle de malheurs. Comme moi, tu es marqué par les horreurs qui ont opposé nos peuples et qui, peut-être, recommenceront un jour. Que les tiens nous assaillent une nouvelle fois…

La générosité dont Jayavarman faisait preuve s'arrêtait aux frontières du Cambodge. S'il le fallait, il ravagerait le Champa. Sachant que ses propos allaient blesser Binasuor, il ajouta :

— … ou que les Khmers mènent une guerre préventive.

Gêné, le roi détourna les yeux, craignant que le prisonnier proteste. Celui-ci demeura cependant impassible. Cette fois, le Khmer en eut la certitude : la pitié dont il faisait preuve vis-à-vis du captif avait engendré en retour une amitié qui avait nourri de la gratitude, voire de l'admiration à son égard.

Hormis le chuchotement de l'eau, le silence retomba entre les deux hommes. Devinant d'instinct ce que l'autre pensait, chacun en éprouvait une satisfaction certaine. Étrange communion entre deux ennemis réconciliés, que symbolisait la masse liquide qui caressait leurs corps nus et, finalement, achevait de les rapprocher. Jayavarman sourit à Binasuor. Ce dernier sourit à son tour, convaincu que le roi ne percerait jamais la véritable raison qui le conduisait à rester à Angkor.

Sur le point de ranger le manuscrit sur une étagère ménagée dans le mur, Harsha s'arrêta net, manquant laisser tomber l'objet précieux. Ce cri, au loin… Un enfant maltraité ! L'architecte sortit précipitamment de sa maison. C'était lui, Harsha, qui souffrait, était frappé, appelait à l'aide…

Un instant, il crut qu'il s'était trompé, qu'il avait été joué par ses souvenirs contrariants. Mais de nouveau la plainte s'éleva. Ça venait du côté de la rivière aux renards. Harsha courut, sans prêter attention aux plantes touffues qui lui griffaient les jambes, évitant de justesse les arbres qui lui barraient la route, repartant de plus belle après chacun des détours auxquels le contraignait un talus, un fossé. En tuant le père du garçon, anéantirait-il le sien ? D'un coup, la forêt s'évanouit, laissant la place à une grève. Harsha les aperçut ; il vit la main levée, l'homme énervé et l'enfant allongé, près du lit de la rivière, sans défense, le visage enfoui dans le sable qui étouffait à présent ses cris. L'énergumène frappait encore, déchaîné. À quelques pas se dressait la maison de sable minuscule et si fragile où s'étaient terrés les rêves de l'enfant puni. Et, un peu plus loin, une énorme masse de chair et de muscles, grise, indifférente, dotée de deux puissantes dents recourbées. D'un bond, Harsha fut sur la brute, il lui saisit fermement le bras. Cette odeur aigre… La méchanceté qui habitait l'homme était trop grande pour s'incarner dans la seule haine qu'il vouait au garçon ; elle imprégnait sa peau, s'en échappait en volutes invisibles et rougissait ses yeux. Une fois sa surprise surmontée, l'homme se défendit. Mais Harsha, se sachant justicier, était incapable de contenir sa fureur et la lutte était inégale. Son adversaire prit la mesure de la situation et, comprenant qu'il n'aurait pas le dessus, songea à sauver sa peau. Gagner du temps… Il lui fallait refouler sa haine en se promettant de battre le garçon plus tard – et à mort, pour effacer l'injure que ce nouveau venu lui faisait subir en retenant son bras. Le père féroce désigna le pachyderme à son agresseur et se justifia :

— L'enfant, je lui avais dit de laver notre éléphant ! C'est fragile, la peau d'un éléphant, surtout quand on le fait travailler tous les jours. C'est mon gagne-pain, faut le débarrasser des tiques. Avec lui, je transporte des troncs d'arbre pour les bûcherons du Phnom Galartha… Et au lieu de ça, le gosse, il paresse, il s'amuse dans le sable !

L'homme montra la construction et s'en approcha. Pour donner un exutoire à la rage qu'Harsha l'empêchait de déverser sur sa jeune victime, il y mit un coup de pied. Le tas de limon s'effondra… crucifiant l'architecte, le renvoyant dans un passé abhorré. Un père, un autre, qui s'en prenait à son fils ! Une bouffée de haine le saisit et il se jeta sur la brute. Le temps de rouler avec l'homme dans le sable, il aperçut le regard de l'enfant, sidéré, empli d'espoir. Toujours impassible, plus petit que ses congénères des écuries royales dressés pour le combat, l'éléphant arrachait à la rivière de grandes herbes juteuses avec ses défenses courtes. Sournois, l'homme fit un écart et, prenant Harsha de vitesse, il asséna une nouvelle gifle à son fils.

— Misérable ! hurla l'architecte.

Écumant, il plongea sur son adversaire, sur son propre père tellement haï. Cette fois, il aurait le dessus !

Autour d'elle, de fins voilages tendus devant les fenêtres égayaient les murs de bois brun et répondaient aux volutes s'échappant de brûle-parfums. Sur des piédestaux de rotin tressé s'alignaient des plats garnis de quartiers de fruits frais qu'une domestique changeait toutes les heures. Au pied du lit protégé par une moustiquaire, un tapis venu de Chine proposait ses teintes pâles et rafraîchissantes. Tout n'était là que douceur et féminité.

Sa chevelure abondante nouée en un chignon savant piqueté de fleurs, Bupati était allongée sur une natte neuve qui sentait encore la sève. De la paume, elle caressa les lamelles de bambou, si lisses, droites et assemblées avec précision ! Pourquoi le monde n'était-il pas aussi parfait, aussi accueillant que cette couchette aux reflets ambrés, fraîche en été et qui gardait la tiédeur du corps à la saison des longues nuits ?

Reposée, parée, parfumée, la favorite rêvait, comme à son habitude, les yeux fixes. Le palais du roi était si confortable, sa douleur à elle si présente... Quel contraste étrange ! Combien de jours, de lunaisons, d'années ? Peu importait, même le temps n'effaçait pas les blessures, les rires et la musique, sa terreur et le souffle de l'homme, la longue main qui sortait de la manche, s'approchait de son bas-ventre dénudé... Lorsque le souvenir de la cérémonie immonde s'estompait, des esprits malintentionnés se plaisaient à dresser sur la route de Bupati un minuscule obstacle, qu'elle seule percevait. Un rien la faisait chavirer. La sourde insolence d'une esclave, le roi qui ne la laissait pas en paix et la requérait sans cesse à ses côtés, un nuage qui voilait le ciel dont elle aimait contempler l'immensité bleutée. La moindre contrariété la replongeait dans les horreurs endurées voici quelques années. L'éminente fleur de haricot but une gorgée d'infusion, croqua une prune séchée, caressa l'un de ses bracelets d'or, derniers cadeaux de Jayavarman...

Elle voulait oublier son malheur un instant, s'intéresser à la danse qu'exécutaient devant elle les ballerines du palais, au son de l'orchestre invisible qui, faute de place, s'était installé dans la pièce voisine. Xylophone en bois et lamelles de bambou, flûte, courge évidée au son si ample, tambour, c'étaient les mêmes instruments qu'autrefois, une mélodie proche de celle qui avait accompagné son supplice, au milieu des réjouissances familiales, des regards d'envie et de fierté... Ce souvenir odieux la poursuivrait partout et toujours, même dans le palais des Pieds Sacrés, en dépit des prévenances dont le souverain l'entourait.

Buste ceint de soieries rutilantes, poignets et chevilles cerclés d'or et de pierreries, les ballerines s'appliquaient, soucieuses de distraire la favorite pour obéir aux ordres du roi. Parfaitement alignées, leurs gestes accordés faisant d'elles une seule créature dotée de dix bras et dix jambes, elles s'avancèrent, reculèrent, s'approchèrent encore, sourire figé, yeux écarquillés, mains tendues, avant de s'effacer pour laisser place à la déesse des eaux. Coiffée de trois cônes d'or, Moni Mekhala sortit de sa demeure enchantée afin de se divertir en compagnie de Vorachhun, le roi des dieux célestes. Un moment, Bupati s'intéressa au spectacle. Elle tendit la main pour attraper une autre prune séchée, désireuse de retarder les idées noires...

Dans l'ombre veillait Ream Eyso, un géant au visage rouge et aux sourcils verts, génie de l'orage qui cherchait depuis toujours à s'approprier la boule de cristal de Moni Mekhala. Vives et légères, les danseuses prirent place devant elle, prêtes à la défendre contre son adversaire redoutable, d'autant plus rageur qu'il se savait méchant et en concevait dégoût et fureur. Tout en se contorsionnant, les cinq belles, brillantes et souriantes, s'approchèrent de l'intrus. Le gong lança une mise en garde ; Ream Eyso n'en tint pas compte, fit front. Effarouchées, les ballerines reculèrent, cou et poignets, coudes et doigts désarticulés, de deux petits pas mesurés, formant une longue route à l'échelle du monde recréé dans la chambre par la force d'évocation de la danse et de la musique. Le génie les poursuivit ; sa voix s'éleva, mélodieuse et insistante, menaçante. Les filles s'écartèrent encore, les pieds frappant le sol pour y puiser de nouvelles forces avant d'avancer, puis de reculer à nouveau.

Bercée par la musique, plus attentive au scintillement des habits qu'aux gestes des filles, Bupati croqua une autre prune. La favorite connaissait la légende par cœur, en suivait pourtant les péripéties avec avidité.

D'un froncement de sourcils, Ream Eyso mit les filles en déroute. Moni Mekhala ne lui laissa pas le temps de se réjouir, apparaissant soudain, sa boule de cristal à la main, rayonnante, sûre de sa force et de son bon droit. Elle se réjouissait déjà de vaincre le Mal qu'elle méprisait. Éblouissante dans sa robe rouge, elle précipita la foudre sur le mauvais génie. Ream Eyso vacilla, incrédule, son orgueil ravagé par la tranquille assurance de la divinité. Rageur, grimaçant, il tituba de honte, blessé dans ce qu'il avait de plus cher, sa brutalité insouciante. Être terrassé par une femme ? Un haussement d'épaules, un dernier rictus, réponse dérisoire à l'échec subi ; le mauvais s'enfuit, définitivement vaincu...

Réussirait-elle aussi à vaincre ses peurs ? se demanda Bupati en avalant une autre gorgée de tisane aux épices. Reconnaissantes, plus légères que jamais, les danseuses saluèrent le courage de Moni Mekhala. En un geste transmis de génération en génération, elles joignirent leurs doigts, prenant soin de recourber les phalanges et d'écarter le pouce. Incrédule, l'éminente fleur de haricot écarquilla les yeux. Le buste droit, le pas cadencé, une danseuse se contorsionna ; sans penser à mal, obnubilée par le désir de montrer le meilleur de son art, elle tendit le bras. Pointé sur la favorite, un ongle verni déchira l'air tiède. Ce doigt brandi, menaçant... Bupati jeta un cri perçant.

Boitant et saignant, la brute disparut derrière un coude de la rivière. Harsha étreignit l'enfant. Cheveux bouclés contre cheveux raides, yeux larges contre yeux bridés, peau très brune contre peau claire, il ne lui ressemblait pas, et pourtant ils étaient frères, par-delà les ans qui les séparaient. Soulagé, Harsha sentit que la haine reculait, laissant la place à la bonté. Le cycle de la méchanceté était interrompu, le roi avait eu raison de le choisir pour rebâtir la ville.

— Il n'osera plus lever la main sur toi, affirma Harsha à l'enfant.

D'autant plus confiant qu'il était jeune et innocent, le garçon ne répondit rien. Le regard intelligent mais l'air timide, il considéra la construction de sable piétinée. L'architecte ôta le bracelet de rubis qui parait son bras, le tendit à son protégé.

— Va sur-le-champ trouver les prêtres du Phnom Bakeng[1] et montre-leur ce bijou. Dis que l'architecte Harsha veut qu'ils t'accueillent, te nourrissent et t'instruisent jusqu'à ce que, devenu un homme, tu décides de les quitter.

Trop heureux pour s'étonner que cet inconnu le débarrasse aussi facilement de la brute et lui offre une nouvelle vie, l'enfant montra l'éléphant et demanda :

— Et lui, qui va s'en occuper ?

Cette voix plaisante, reconnaissante, ce besoin de confier l'animal à des mains amies… Harsha avait envie de pleurer. Mais il retint ses larmes, afin que les souvenirs annihilants nés de son enfance saccagée n'assombrissent pas l'instant de grâce qu'il vivait. Pour étouffer dans l'œuf l'apitoiement dévastateur qui menaçait de le submerger, il regarda l'animal, occupé à arracher de grosses fleurs appétissantes. L'image emplit son esprit et, peu à peu, son émotion s'apaisa. Il répondit enfin à l'enfant, qui avait sans trop de surprise

1. Édifié vers l'an 900, c'était le principal temple de la première ville bâtie sur le site d'Angkor.

accepté sa nouvelle situation. Son père ne le taperait plus, il en avait été délivré, l'horreur était passée.

— L'éléphant ? Peu importe, tu n'en as plus la charge.

Avec une dernière caresse, il ajouta :

— Pars sans tarder, la vie t'attend, tu seras un grand homme.

Le garçon obéit, sage, se demandant déjà s'il serait roi ou général en chef. Le regardant s'éloigner vers le Phnom Bakeng, l'architecte renaissait. Pour contrer le chagrin qui ne devait pas embrouiller son esprit en ces jours importants entre tous, il se tourna vers l'éléphant. Campé sur ses pattes solides et larges, la bête continuait à ravager le lit de la rivière, la trompe puissante penchée au-dessus de l'eau. Un spectacle si calme, si anodin, apaisant. En mémoire de cet enfant sauvé, Harsha avait l'obligation morale de s'en souvenir. La cité imprenable proclamerait à jamais la défaite de l'homme brutal. Hormis l'architecte et peut-être l'enfant sauvé, nul n'en saurait jamais rien… Mais le pachyderme lisait-il dans les pensées de l'architecte ? La bouche emplie de lotus croquant, il releva la tête et le considéra.

Harsha sourit. Dans la pierre, il habillerait les cinq portes triomphales de la capitale d'éléphants à trois têtes, la trompe immergée dans une rivière imaginaire, pour en ôter des lotus. Harsha s'éloigna. Pourquoi nul n'était venu le sauver lorsqu'il n'était qu'un enfant ? Quelle faute commise dans une vie antérieure la Providence avait voulu lui faire expier en lui donnant ce père et sa fureur sotte ?

Au loin retentissaient des barrissements désespérés, à la cadence erratique, déconcertante, exaspérante. Jayavarman en comprenait facilement le sens et en était affecté. Caché durant plusieurs lunaisons dans la forêt, il avait vécu en compagnie des chevaux, des chiens de combat et des éléphants de ses partisans, les soignant et les baignant chaque jour, apprêtant les bêtes pour l'assaut final. La bataille avait eu lieu, les Chams avaient été chassés.

Aujourd'hui, leur trompe et leurs oreilles déchirées par les flèches, ces vétérans vénérables se mouraient dans les écuries royales. Leurs dents tombées, les animaux n'étaient plus capables de se nourrir et refusaient d'aspirer la bouillie herbeuse préparée par les cornacs. Pleurant leur jeunesse et leurs forces perdues, les éléphants à genoux hurlaient leur désespoir.

Cette année, la mousson réservait des surprises. Il ne pleuvait guère plus d'une fois par jour. L'averse était le plus souvent brève et chiche ; elle n'apportait pas les odeurs de feuille mouillée et de pelage humide, de fleur flétrie et de bouse fraîche qui, les autres années, alourdissaient l'air à l'heure du bain.

De nouveau s'élevèrent des barrissements déchirants. Jayavarman plongea sa tête dans des coussins de soie. Il en rechercha la caresse fraîche, la senteur légère des plantes qui avaient coloré l'étoffe de rouge, de bleu et de vert. Il s'était donné pour mission de soulager au mieux les souffrances de son peuple en assurant sa sécurité, en lui donnant à manger, en construisant des hôpitaux, en secourant les veuves et les orphelins. Il voulait alléger leur misère, calmer leurs peurs et les aider à purifier leur âme. Veiller sur les hommes et les femmes, les enfants, sans oublier les animaux – crocodiles, éléphants, oiseaux, panthères, ces êtres à peine inférieurs en lesquels des âmes payaient les fautes autrefois commises sous une apparence humaine. Dire le droit pour que règne la justice, démêler les litiges que des juges de province dépassés ou trop âgés, impuissants, lui soumettaient pour éviter que les Khmers se déchirent.

Ces cris d'éléphant, c'était insupportable : il fallait en finir, permettre aux âmes qu'abritaient ces géants fauchés de reprendre leur chemin, libérées de leurs souffrances. Se promettre, tel un saint personnage, de toujours agir pour le bien de son peuple ; s'approcher ainsi de l'éternité, seule capable de donner à sa sagesse toute sa mesure... Le Fortuné connaîtrait-il la paix quand il aurait annexé le royaume des Chams ? Il en doutait. Aucune de ses concubines, ni Pheum, ni Rasmey, ni même Bupati la déroutante ne lui faisait oublier ses deux épouses disparues. Pendant un temps, Jayavarman s'était consolé de leur perte en combattant les Chams, en les poursuivant dans les marais, les deltas et les plaines. Depuis que l'ennemi avait été chassé du royaume, que lui restait-il pour canaliser son chagrin ? Fatigué de tuer mais prêt à recommencer si l'envie lui prenait de lancer ses armées à l'assaut du Champa, il devait en attendant assurer le salut des Khmers, les aider à atteindre la plénitude où plus aucune peine ne les affecterait. Les emporter avec lui au nirvana, tous, et que plus aucune épouse ne choisisse de se laisser mourir pour soulager la misère du monde : tel était le but de sa vie.

Depuis l'origine de la ville, la résidence royale formait une sorte de labyrinthe, juxtaposition de bâtiments parfois reliés les uns aux autres par des couloirs à ciel ouvert et séparés par des bassins et des salles d'audience. C'était un vaste assemblage de résidences plus ou moins privées, de communs et d'écuries. À demi ravagé par les Chams, le palais avait été en partie reconstruit, sans plan d'ensemble, ce qui accentuait son caractère erratique. Çà et là, entre les constructions de bois et les temples de pierre se dressaient des sanctuaires réservés à la cour. Comme les grands temples de la cité, ils avaient résisté aux ravages commis durant l'Occupation honnie. Aussi pieux et superstitieux que les Khmers, les Chams avaient respecté ces chapelles.

Reposant sur de minces pilotis qui le garantissaient contre les inondations et les animaux errants, le pavillon était l'un des plus beaux du palais royal. Surmonté d'un toit relevé aux angles, il était entièrement ajouré. Laissant passer le moindre souffle de vent, la chaleur du moindre rayon de soleil, il ne faisait qu'un avec la forêt qui s'épanouissait à quelques pas. Accrochés dans l'embrasure des baies voletaient des voilages parfumés et tissés dans la soie la plus régulière. Il n'y avait pas de meubles, hormis d'élégants sièges bas, des nattes, des peaux de panthère ou de daim. Des coffrets en bois peint, de somptueuses coupes en argent, des jeux à pions d'ivoire, de grosses boîtes pansues en forme de lapin, de chiot ou de canard étaient posés à même le sol – discrets témoignages de l'opulence du royaume en passe d'être retrouvée.

Le prince cham était coiffé en brosse. Son visage ovale aux traits fins différait de celui des Khmers, plus arrondi. Sa taille haute suscitait un respect non dénué de crainte, en dépit de la douceur de ses manières et, surtout, de sa condition de prisonnier. La démarche souple, Binasuor s'avança vers une large baie qui occupait tout un mur. Cambré, les épaules rejetées en arrière, il posa la main sur la rambarde de bois tourné et regarda le panorama qui s'offrait à lui. Au premier plan, un bassin entouré d'une bordure de grès qui descendait jusqu'au niveau de l'eau en de larges gradins majestueux. Çà et là, des nénuphars et des fleurs roses que les filles du palais aimaient piquer dans leurs cheveux. Partout flottait une odeur d'eau dormante, de tiges charnues et de racines humides. Au-delà de la pièce d'eau, des pavillons semblables à celui où il habitait délimitaient des cours intérieures et recelaient salles d'audience, appartements privés et salons de musique, formant un dédale, une forêt. Les arbres en étaient des colonnes ciselées de bouddhas innombrables ; les branches des linteaux peints de couleurs vives ; les feuillages des tuiles tantôt d'un gris poli et métallique, tantôt d'un jaune couleur de mangue pelée. Au dernier plan, dominant le palais de sa masse formidable, s'élevait une pyramide de pierre couronnée d'un sanctuaire. Sur ses quatre faces, de puissants escaliers bordés de lions accroupis. À ses angles, des éléphants aux flancs ornés de guirlandes sculptées.

Deux serviteurs apparurent, courbés et la mine apeurée. Avant que le jeune homme se retourne, ils s'agenouillèrent et, le corps penché sur le côté, le saluèrent en joignant les mains au niveau du front.

— Le seigneur Rajendra, fils de Dharanindra, vous implore de le recevoir.

Binasuor eut un sourire amer et dédaigneux. À haute voix, de manière à être entendu de la pièce voisine, il répondit :

— Rajendra en personne ? Le cousin des Pieds Sacrés m'implore ? Depuis quand un geôlier prie-t-il son prisonnier de l'accueillir ? Ici, Rajendra est chez lui, alors que moi je ne suis qu'un étranger captif.

Les serviteurs se relevèrent. Le dos toujours arqué, ils écartèrent une tenture et s'en allèrent à reculons sitôt après avoir laissé passer le visiteur annoncé. D'une taille nettement moins élevée que Binasuor, la chevelure grise, le front barré de longues rides, le visage et le corps secs, Rajendra avait lui aussi grande allure. Ses cheveux portés court étaient teints, ses sourcils, scrutés chaque jour par un esclave qui en arrachait les fils blancs. Jadis, son chemin avait croisé une bande de brigands occupés à piller un temple déserté. Ivre de fureur et de mépris, Rajendra s'était jeté sur eux. Avant de périr, les bandits lui avaient infligé une blessure profonde à la cuisse. Cela ne l'avait pas empêché de combattre les Chams quelques années plus tard ; mais le vieux seigneur en avait gardé une raideur qui ajoutait à son élégance dédaigneuse et virile, que les ans entamaient pourtant.

— Salut, prince des Chams !

D'un geste courtois et maussade, Binasuor proposa à son visiteur de prendre place sur le siège qui occupait le fond de la pièce, une sorte de tabouret bas supporté par quatre gros pieds dont la courbe était à peine esquissée.

Rajendra rejeta cette offre, assurant :

— Je ne resterai pas longtemps.

Binasuor sourit.

— Je le crois volontiers. Votre habileté à manier l'épée est fameuse, vous allez me trancher la tête d'un seul coup. Car c'est pour m'exécuter que vous êtes venu…

Pour montrer son courage, le prince cham tourna le dos à Rajendra et revint vers la baie, ajoutant :

— C'est un beau jour pour mourir.

Le vieux seigneur khmer secoua la tête.

— Je te tuerais sans pitié s'il le fallait. Je suis trop âgé pour avoir envie de travestir mes pensées : ta mort me serait agréable, je n'ai jamais fait mystère de la haine que j'éprouve pour toi et ton peuple. S'il ne tenait qu'à moi… Malheureusement, l'ordre de t'abattre ne m'a pas été donné.

D'une main nerveuse, Rajendra caressa le manche du poignard qu'il portait à la ceinture et reprit d'une voix feutrée :

— La douzième année du règne du précédent roi, tes armées ont remonté le Mékong jusqu'au Grand Lac avant de ravager notre capitale, de massacrer une partie de mon peuple et d'asservir les survivants. Tu t'étonnes que je haïsse les Chams ? Regarde !

Le Khmer tendit le bras et, de l'autre main, déplaça les bracelets qui encerclaient son poignet, dévoilant des cicatrices brunes et bourrelées.

— J'ai été blessé en tentant de défendre mon pays lors de la Grande Invasion. J'ai failli perdre ma main, mais nos médecins m'ont sauvé.

De nouveau, Rajendra effleura son couteau. Binasuor hésita. Quoi que le vieux Khmer en dise, était-il venu le tuer ? Le prince captif allait-il devoir vendre chèrement sa peau ? Il réussirait probablement à l'emporter sur son adversaire, mais celui-ci, qui était preste en dépit de son âge, lui infligerait sans doute une blessure et, estropié, il n'échapperait pas aux gardes qui peuplaient le palais…

Binasuor prit sa respiration et bomba le torse. Quitte à mourir, autant aller au-devant de son bourreau. Au royaume du Champa, de génération en génération, les chroniqueurs chanteraient son courage, les vierges le désireraient et les enfants voudraient l'imiter.

— Rajendra, ta haine ne me surprend pas : je ressens la même à l'égard de beaucoup de Khmers. Voici de longues lunes que je suis retenu à la cour des Pieds Sacrés, loin des miens et de ma famille. Et je sais que, dans leurs casernes, vos soldats se préparent à fondre sur mon pays pour l'asservir.

— Ce serait justice, répondit Rajendra d'une voix forte. Seule la destruction de ton pays permettrait aux Khmers de connaître enfin la paix. Néanmoins, tu te trompes quand tu nous prêtes l'intention de conquérir le Champa. Selon nos espions, c'est ton peuple qui menace la paix. Ton roi veut prendre sa revanche, il conspire et viole le traité que nous lui avons concédé, manœuvre dans l'ombre, tente de rallier à sa cause les peuplades ennemies qui nous entourent et refusent de nous verser le tribut dû à Jayavarman : les Siamois de Sukhotai, les pêcheurs des îles du Sud, les bandes errantes venues de Chine voici des siècles et qui vivent accrochées aux contreforts des monts du Nord… De toutes parts, les Khmers sont menacés par la félonie, la soif de revanche !

Le Cham observa d'une voix douce :

— La haine qui nous sépare nous unit également. Du reste, nous sommes tous les deux nobles et savons tenir notre rang. Je ferai preuve de générosité et conserverai le secret…

Sa remarque déconcerta Rajendra ; cet échange prenait un tour qu'il ne comprenait plus. Il pâlit.

— Que veux-tu dire ?

Exultant, Binasuor se garda de répondre aussitôt. Il savait avoir à présent l'avantage sur son adversaire.

— Si les Pieds Sacrés me retient ici en otage, c'est pour dissuader le Champa d'attaquer Angkor. Supposer que mon pays envisage de défier le Cambodge revient à estimer que ton propre roi s'est trompé. Oses-tu accuser Jayavarman d'imprévoyance, d'aveuglement ?

Rajendra n'avait pas l'habitude de telles questions. Le propos de Binasuor l'ébranla, mais il était trop fier pour se l'avouer. S'il n'était pas allé droit au fait, s'il avait prononcé des paroles imprudentes, ce n'était pas sa faute, pas entièrement. Il pensa aux soldates… Il n'aurait pas dû traverser le poste de la garde féminine pour se rendre chez le prince. Les tentations qu'il éprouvait chaque fois devant ces filles trop vives et trop nombreuses l'avaient bouleversé et le troublaient encore. Le vieux Khmer enrageait, la convoitise se mêlant à la haine. Incapable de retourner la conversation à son avantage, il entendit le prisonnier poursuivre :

— Je ne dirai rien de ton propos irrévérencieux. Cependant, les domestiques qui se tiennent à côté ont dû tout entendre. Je réponds des Chams qui me servent mais ne puis en dire autant des serviteurs khmers chargés de préparer ma nourriture. Ceux-là, il t'appartient de les faire taire, pour que Jayavarman n'apprenne jamais que tu mets en doute sa perspicacité.

Rajendra se raidit. Ce chien osait-il lui dicter sa conduite ? Un instant, l'envie d'égorger le Cham lui traversa l'esprit, mais il se souvint de son rang et de sa mission. Il lui fallait conclure cet échange au plus vite, le plus dignement possible. S'appuyant sur sa cuisse blessée pour que, sous la douleur, son esprit se cabre et sa volonté s'affermisse, il clama haut et fort :

— Le roi-Bouddha n'a pas de serviteur plus dévoué que moi. D'ailleurs, il m'a choisi pour te porter un message d'importance. Écoute-moi bien !

Tout rentrait dans l'ordre : il parlait à Binasuor comme un maître à un valet…

— Le roi suprême, l'Éminente Base, veut que tu assistes à la première audience de la journée. À la troisième heure.

— Moi, un prince cham, un captif, je suis invité à entendre le roi du Cambodge parler à ses notables ?

Rajendra était excédé. Qu'il se taise et l'écoute, cet homme qui ne méritait qu'une mort rapide et violente ! Sans lui répondre, le Khmer tendit une feuille de palme gravée.

— Présente-toi sans faute avec ce laissez-passer à la porte de la salle des Audiences.

Binasuor se contenta d'incliner la tête en silence. Ultime maladresse, Rajendra crut devoir ajouter :

— Jayavarman tient probablement à proclamer l'étendue de sa puissance, te montrer qu'il ne craint pas les Chams et ne redoute même pas que tu puisses l'espionner, puisqu'il t'invite à le voir gouverner avec ses ministres.

Binasuor ferma les yeux, savourant la satisfaction qui croissait en lui à mesure que le Khmer parlait. Il était prisonnier, certes, mais ne reniait rien de sa dignité ; il parlait avec sincérité à Jayavarman sans jamais hésiter à se moquer des siens quand ceux-ci étaient ridicules et leurs propos vains. Puis il remarqua à voix basse :

— Passé le temps des guerres et des guerriers, ton roi ne veut-il pas m'honorer et témoigner que, par-delà les batailles, il discerne les hommes de bien et souhaite recueillir leur avis ?

Sans laisser à Rajendra le temps de répondre, il continua, faussement soumis :

— Bien entendu, ce n'est là qu'une supposition. Je suis l'otage du roi et ferai ce qu'il m'ordonne.

Rajendra comprit qu'il ne servait à rien de vouloir se mesurer au Cham. Il se consola en se disant que, princes l'un et l'autre, ils n'appartenaient pas au même monde. Lui aurait combattu jusqu'à verser la dernière goutte de son sang plutôt que de se laisser capturer, alors que ce Cham amolli vivait à Indrapura comme à Angkor dans la paresse, la soie et la bonne chère, les honneurs et la musique… un univers de femmes où il avait le temps de peaufiner ses paroles, l'arme des lâches, c'était certain ! En proie à une fureur contenue, le Khmer tourna les talons et s'en fut, décidé à contourner la salle qu'il n'aurait jamais dû traverser avant de se rendre auprès du Cham. Une fois de plus, les soldates lui avaient brouillé les idées ; leur vue avait enflammé son imagination et réveillé chaque parcelle de son vieux corps épuisé mais encore si avide de plaisirs.

Grâce au bracelet que l'architecte lui avait offert, le jeune garçon était à présent protégé par les religieux du Phnom Bakeng, à jamais hors d'atteinte de son père tortionnaire. Ces prêtres étaient de braves gens, les rubis paieraient l'éducation de son protégé durant de longues années. L'enfant deviendrait greffier à la cour, bijoutier favori des princesses ou architecte à son tour – pourquoi pas ? En voilà un qui était tiré d'affaire. Demeuraient les autres, tous les autres Cambodgiens qui comptaient sur le roi et lui-même pour assurer leur survie. Prendre la mesure de cette tâche écrasante permit à Harsha d'oublier un instant son chagrin premier, sinon la mort prématurée de sa mère. Pendant trop peu de temps, il ne se souvint que des conseils qu'elle lui susurrait à l'oreille quand il dormait en rêvant à la cité idéale, formidable, sainte et imprenable que voulait les Pieds Sacrés.

L'architecte s'efforça d'ordonner ses pensées – de ne pas se demander pourquoi, lorsqu'il était lui-même enfant, nul ne l'avait secouru, de ne songer qu'à l'avenir. Il lui restait si peu de temps avant d'être reçu par le roi, les événements se précipitaient… Secourir ce garçon battu avait été un geste du destin, le signe que des esprits bienveillants se penchaient sur lui, prenaient son sort en main et voulaient qu'il accomplisse de grandes choses en répandant le bien autour de lui, comme Jayavarman…

Cette journée entamée de façon aussi inattendue étant dédiée à la planète Sok, Harsha portait un pagne de couleur bleue[1]. En vertu d'un privilège royal que beaucoup lui enviaient, ce tissu rappelait par ses ramages celui que seul les Pieds Sacrés avait le droit d'arborer. Agile et pressé, l'architecte marchait sur la chaussée aux pierres disjointes, l'un des seuls vestiges du vaste ensemble qui se trouvait là autrefois. Il n'avait pas dit un mot depuis que la vieille Khmère était venue le chercher au croisement de l'allée des Tisseuses et de celle des Tours à potier. Dérangé, il avait hésité à la suivre, puis il s'était laissé faire : n'avait-elle pas parlé d'un « secret » propre à intéresser l'architecte du roi ?

Pour éviter les fissures et le rugueux des dalles élimées par le temps et les moussons, la femme préférait cheminer à côté de lui un peu en contrebas, à même les herbes folles où zigzaguaient des lézards peu craintifs. Avec les ans, son corps svelte s'était recroquevillé sur lui-même : ses membres fins étaient semblables à ceux d'une enfant ; ses deux seins dénudés pendaient, bruns et striés de rides, comme des mangues parvenues à maturité. De temps à autre, elle se retournait vers Harsha et le saluait en levant ses mains jointes ; puis elle se remettait à courir pour le distancer et s'arrêter de nouveau, incapable d'accorder son pas au sien.

Charmante, si vulnérable, la vieille dame laissait parfois échapper un rire discret. Ses yeux noirs avaient détaillé de nombreux visages, contemplé bien des malheurs, affronté toutes les horreurs de la guerre. Aujourd'hui, ils pétillaient de joie et d'excitation. La Khmère transmettrait enfin la petite flamme palpitante demeurée en éveil au fond de son cœur, durant tant d'années. Cet espoir qui se serait éteint si

1. Chaque jour était placé sous le signe d'une planète et d'une couleur. La coutume voulait que les habitants accordent leur tenue à cette teinte.

le désir de léguer son héritage fabuleux ne s'était pas toujours montré le plus fort...

Passé un fromager qui dressait vers le ciel son long tronc pâle et lisse, la chaussée s'arrêtait brutalement devant un tas de pierres où l'on distinguait des colonnes et un linteau brisé. Là encore, probablement, un ancien sanctuaire dont il ne restait que le porche à présent inutile. Sur le côté se tenait une cabane de branchages au toit de chaume. À quelques pas, en plein air, un foyer était installé dans le sol. Çà et là, des pierres aux ciselures superbes gisaient en désordre. Admirablement sculptées, les créatures célestes qui les ornaient étaient contraintes de mâcher à pleines dents la boue dans laquelle elles reposaient désormais.

Toujours rieuse, la vieille femme désigna la masure et invita l'architecte à s'avancer.

— Autrefois, il y avait ici un sanctuaire familial. C'est mon père Visvakarman[1] qui l'avait élevé pour s'attirer la faveur des dieux et qu'ils l'aident à bâtir le Grand Temple. Dès les premiers jours de la Grande Invasion, les Chams ont jeté les murs à bas ; ils ont emporté les ornements de bronze, brisé la vaisselle précieuse et brûlé les bannières de soie. Derrière, nous avions une belle maison, avec des salons de réception, des pièces où travaillaient les dessinateurs et les ingénieurs. De larges vérandas en faisaient le tour, nous protégeant à la fois du soleil et de la pluie. C'était une véritable ruche, avec en son centre mon père qui donnait des ordres, concevait des temples toujours plus beaux, recevait les émissaires du roi. Tout cela, les Chams l'ont réduit à néant.

Marquant un temps d'arrêt, elle regarda Harsha, immobile et muet. Elle reprit avec un sourire rayonnant :

— Depuis, je vis dans une cabane, avec deux serviteurs que l'infortune m'a laissés. Je suis trop vieille pour reconsti-

1. L'architecte qui, selon la tradition, aurait bâti le temple d'Angkor Vat sous le règne de Suryavarman II dans la première moitié du XIIe siècle.

tuer les biens de mon père, et je mourrai aussi démunie qu'une simple paysanne.

Une herbe frémit. La Khmère se pencha avec une souplesse surprenante. Le temps d'admirer une petite fleur blanche cachée au cœur de feuilles tendres, elle se releva et ajouta :

— À moins que le roi ne se souvienne des mérites de ma famille et m'octroie une pension. En attendant, il faut vous contenter de ce que j'offre avec plaisir.

Elle se retourna, fit un geste. Harsha discerna un mouvement du côté de la masure. Deux domestiques semblant encore plus âgés que leur maîtresse apparurent sur le seuil. La tête baissée, scrutant Harsha en cachette, ils s'approchèrent en vacillant, et chacun tendait à l'hôte illustre un bol en terre – l'un contenant de l'eau claire, l'autre des quartiers de fruits nappés de lait de coco.

Harsha retint un soupir. Cette femme lui faisait perdre un temps précieux. N'avait-elle pas réalisé à quel point l'œuvre à accomplir était importante ? Fallait-il musarder, se restaurer et bavarder alors que chaque heure perdue le faisait mourir à petit feu ? L'architecte hésita. Devait-il rappeler sa mission à la vieille pour qu'elle se hâte ? Non, il ne pouvait prendre ce risque : si elle entendait le nom abhorré des Chams, les menaces qu'ils faisaient encore peser sur le royaume, elle s'affolerait, Harsha n'avait pas le droit de troubler sa quiétude…

— Je ne peux vous offrir qu'une collation modeste, déclara la Khmère d'une voix étrange, aiguë, qui n'était ni celle d'une enfant ni celle d'une femme âgée. Enjouée, elle ajouta : Désaltérez-vous en fermant les yeux. Si les divinités que l'on honorait ici autrefois guident votre imagination, vous aurez peut-être la chance d'apercevoir les bureaux et les ateliers qui s'y trouvaient à l'époque de mon père. Cela vous portera conseil…

Pour la forme, Harsha but une gorgée, grignota un morceau d'ananas. Maîtrisant mal son impatience, il se tourna vers la Khmère. Tout cela était si long, si inutile ! D'un mouvement du menton, la vieille congédia les domestiques qui s'éloignèrent, le dos courbé.

— Je vous ai parlé des divinités… J'ai la preuve qu'elles n'ont jamais déserté ce lieu et l'ont toujours protégé. Pour le plus grand bonheur de notre ville et pour le vôtre, Harsha.

Le cœur de l'architecte s'emballa. Le moment tant attendu était enfin arrivé. Dans un instant, cette demi-folle lui montrerait ce qu'il rêvait de contempler depuis des années. La vieille lui prit la main et le conduisit vers un arbre dont les racines ressorties du sol enserraient un bloc de grès sculpté. À travers la mousse qui le recouvrait en partie courait une ribambelle de figures où alternaient musiciens et danseuses sacrées.

— Vous entendez leurs instruments ? demanda l'ancêtre – enchantée par une mélodie qu'elle seule était capable de distinguer, car hormis les cris des oiseaux et des singes les alentours étaient silencieux, en accord avec le calme que l'architecte s'obligeait à observer pour contenir son impatience.

Harsha acquiesça poliment. Gourmande et cachottière, la femme poursuivit :

— Ce sont ces musiques qui ont dû protéger la pierre et ce qu'elle renferme ; elles sont magiques, jouées par les dieux…

D'un seul tenant, le bloc de grès ne contenait rien, constata l'architecte avec déception. Indifférente à son trouble, la Khmère commença à se balancer et les deux pans du sampot qui lui ceignaient les reins s'écartèrent, dévoilant sa féminité décatie – longue crevasse aux lèvres pâles, béance depuis longtemps imberbe. Sans prendre garde à ce qu'elle exhibait, elle reprit :

— Je n'ai jamais perdu confiance et j'ai eu raison. Conseillé par les dieux, mon père savait ce qu'il faisait. Dès le premier jour de la Grande Invasion, il a placé l'objet dans la cavité, là-bas. Le lendemain, les Chams l'ont assassiné devant mes yeux. Vraiment, aujourd'hui, nous avons de la chance !

Elle s'approcha d'un mur écroulé à mi-hauteur, plongea la main dans une fente que la pluie avait ménagée entre deux apsaras[1] et en tira un petit paquet enveloppé dans une étoffe de coton aux couleurs fraîches, renforcé par des éclats de bambou cousus dans la doublure.

— Jusqu'à hier, je ne savais pas que cette sorte de testament nous attendait tous les deux, expliqua-t-elle. Voici deux jours, j'ai appris que le roi-Bouddha voulait édifier une nouvelle capitale imprenable. La nuit suivante, mon père m'est apparu en songe et m'a indiqué cette cachette… J'espère qu'il me rendra de nouveau visite pour que je puisse le remercier. Ce rêve est magnifique, non ?

Semblable à une enfant qui vient de trouver un jouet, la femme dévorait le paquet de ses yeux étincelants. Elle caressa l'étoffe du plat de la main, tendit l'objet à Harsha. Celui-ci n'avait qu'une envie : s'en emparer puis quitter cette ennuyeuse vieillarde, sa masure et ses domestiques pour courir jusqu'au palanquin qui l'attendait sur la grand-route. Une fois chez lui, il pourrait enfin déchiffrer les enseignements autrefois gravés par le grand Visvakarman et, grâce à ces révélations, parfaire le travail qu'il remettrait bientôt au roi. Il désirait s'imprégner seul des leçons d'architecture que le disparu, ce bâtisseur de génie, avait léguées au peuple khmer et découvrir les règles qu'il avait appliquées pour édifier le tombeau de Suryavarman le Second. Surtout, il voulait étudier les formules occultes,

1. Créature céleste, l'apsara, symbole du bonheur, danse au paradis pour distraire les dieux.

connues d'initiés triés sur le volet, propres à garantir l'inviolabilité d'un palais ou d'un temple, et qui décupleraient la puissance de ses propres raisonnements. Un sanctuaire ? Harsha ferait mieux : grâce aux enseignements de Visvakarman, il améliorerait ses plans et édifierait une ville, un royaume imprenables. Vite, Harsha devait posséder le secret que détenait sans le savoir cette vieille ignorante, s'en aller pour magnifier son projet.

La mine réjouie, la Khmère encouragea l'architecte du regard. Curieuse, presque émoustillée, elle revint vers le paquet. Harsha comprit qu'il n'avait pas le droit de la priver de cette joie. Il lui fallait la laisser contempler les lignes jadis tracées par son père ; cela ne retarderait guère son propre bonheur de l'étudier. Avec des précautions infinies, il posa son modeste chargement sur la pierre aux apsaras, se réservant le plaisir de le défaire ; mais la vieille le bouscula et s'en empara en grognant. Un instant, Harsha crut qu'elle allait l'emporter mais il n'en fut rien. La Khmère sourit en poussant un couinement de souris et dit :

— Pardonne-moi, cette tâche me revient. Visvakarman a fait ce paquet, c'est à moi de l'ouvrir.

Sa main ridée repoussa délicatement l'étoffe. Harsha retint son souffle. Sa mère, l'arrière-petite-fille du brahmane, s'était-elle réincarnée dans cette femme pour parachever le projet qu'elle avait instillé dans l'esprit de son fils depuis tant d'années ?

Le monarque l'avait remarquée et installée au palais, traitée avec douceur, sans jamais la contraindre. Pourtant, elle était obligée de lui mentir, de troubler sa raison. Abuser celui qui lui avait offert une vie opulente, l'avait comblée de cadeaux et de bienfaits… Bupati détestait l'ingratitude dont elle était obligée de faire preuve !

Depuis l'heure où les oiseaux-buffles emplissaient la ville de leurs cris rauques, appliquée mais inquiète, Bupati préparait les chiques de bétel avec attention. La chaux, les épices, la noix d'arec et, surtout, les herbes qui troubleraient les Pieds Sacrés, égareraient son esprit, endormiraient ses soupçons et ses ardeurs. Si les plantes disposaient des vertus que leur prêtaient les anciens traités de médecine, le roi ne l'importunerait pas trop, ce soir. Le matin venu, il ne se souviendrait de rien, ni de ses propres caresses ni des premiers frissons de Bupati, de ses soupirs et de ses raidissements désagréables. Qu'il l'embrasse, lui lèche la paume des mains ou les seins ; qu'il lui demande de le masser ou de lui enduire la plante des pieds de teinture rouge, elle se soumettrait de bonne grâce à ces désirs avant que la drogue ne les endorme l'un et l'autre, mettant un terme aux assauts de son amant pour le plus grand soulagement de la favorite. Surtout, que Jayavarman ne laisse pas courir ses doigts sur sa peau, comme la dernière fois, ou elle deviendrait folle !

La jeune fille écarta cette éventualité. Elle avait déployé trop d'ingéniosité, surmonté trop d'épreuves pour connaître pareil destin. Depuis le jour maudit où son corps et son âme avaient souffert le martyre, les dieux l'avaient prise en pitié et la protégeaient. Autrement, comment expliquer qu'elle soit parvenue à tromper les Pieds Sacrés ? Dès qu'il s'annonçait ou la faisait réclamer, elle pouvait se confier aux principes de l'arec, s'enivrer pour ne recevoir qu'inconsciente les hommages du monarque trop voluptueux… et, entre deux étreintes, le convaincre de goûter lui aussi les chiques préparées avec soin, pour l'engourdir, l'épuiser avant l'heure, le contraindre à la quitter plus tôt qu'il ne l'aurait voulu, sans chercher à approfondir son plaisir. C'était absurde… être forcée d'empêcher Jayavarman de s'unir à elle avec autant de fougue qu'il l'aurait voulu alors qu'il la comblait de bienfaits, se montrait aussi prévenant que si Bupati avait été la reine en titre, ne s'étonnait pas de ses rêveries et, la nuit, ne lui reprochait ni ses gestes indécis ni son manque d'initiatives… Pendant combien de temps encore mettrait-elle en œuvre cette pauvre ruse ? Recouvrirait-elle la mémoire avant que les yeux de Jayavarman se décillent ? À force de pleurer, prier, maudire, saurait-elle qui était son bourreau, parmi les Khmers qui allaient et venaient dans le palais ? Cet homme, l'éminente fleur de haricot le savait, elle le voyait, le croisait ; mais chaque fois son esprit affolé se refusait à l'admettre et brouillait ses pensées, ne lui restituant que plus tard le souvenir de ce visage terrifiant, sans y associer un nom, une parole ou un lieu. Vision atroce, la figure de l'homme bestial qui l'avait niée, tuée d'une simple crispation de l'index, était aussi une vision imprécise, insatisfaisante. Elle était morte enfant, n'avait jamais été une femme en dépit des seins qui avaient poussé sur sa poitrine, du sang qui lui coulait à chaque lune entre les cuisses, des regards de désir qui se posaient sur elle, des caresses que lui prodiguait le roi…

Bupati se redressa, animée d'une soudaine certitude : elle ne pouvait renoncer, elle serait fidèle au vœu jadis fait par une enfant. Bupati la favorite n'avait pas le droit d'oublier le serment que s'était adressé Bupati l'adolescente. Elle retrouverait l'homme qui, en l'écartelant, en repoussant sans ménagement les chairs nacrées si douces et si vulnérables qui protégeaient son intimité, l'avait tuée… Mais, pour mettre ce monstre hors d'état de nuire, il lui fallait de l'aide, et elle était si frêle ! Inutile de se confier à la vieille chargée de la surveiller et de la servir. Cette veuve ne la comprendrait pas, tant elle était habituée à obéir et accepter les règles édictées par d'autres.

Dans la grande salle, nul mouvement, hormis le battement régulier du chasse-mouches royal. Les murs accueillaient un semis de fleurs dorées insérées dans un savant réseau de lignes géométriques. Sous chaque fenêtre, des tablettes de bois de santal peintes en bleu présentaient des bouquets, des coupes d'herbes aux fragrances apaisantes, des vases de Chine ou des instruments de musique – harpes, flûtes et percussions. Contre le mur principal, une profusion de tables et d'autels, allant du plus bas au plus haut, présentaient aux regards des bouddhas triomphants. Des dais abritaient des reliques sacrées, des paniers étaient emplis à ras bord de coussins et de brocarts. Au sommet de cette pyramide foisonnante se dressait le saint des saints, la baie royale, sorte d'avant-scène entourée de garudas qui donnait accès aux appartements privés des Pieds Sacrés. Devant, une multitude de socles supportaient de grands miroirs en métal aux reflets chauds et mouvants.

Assis en tailleur sur deux rangées de divans disposés de part et d'autre de cette loggia, princes, ministres, talapoins[1] et astronomes se tenaient cois. Choisies pour leur beauté et

1. Terme, peut-être dérivé d'un mot portugais lui-même issu d'un terme birman, qui désignait en France, aux XVIIe et XVIIIe siècles, les religieux bouddhistes d'Asie du Sud-Est.

leur élégance, deux filles du palais s'avancèrent. Parées de bijoux en or, elles saisirent le bord des rideaux qui masquaient complètement la loge royale. Pour la seconde fois retentit l'appel rauque et puissant des conques dont le son glissa sur les murs de bois pour s'épanouir au centre de la grande pièce, emplissant de fierté les Khmers. Les tentures s'écartèrent lentement pour laisser apparaître une débauche de dorures soutenues par des éléphants sculptés dont la trompe retombait mollement sur le sol, aussi brillant et lisse qu'un lac embrasé par le soleil couchant. Au centre, entouré de cruches, de brûle-parfums et de plateaux précieux, les Pieds Sacrés contemplait sa cour.

Dès qu'ils virent leur souverain, courtisans et fonctionnaires se courbèrent, les mains jointes ramenées contre le front. Eux aussi prosternés, les serviteurs relégués au dernier plan avaient fort à faire pour s'aplatir davantage que les conseillers, à même le sol, se montrer plus humbles qu'eux, au risque d'être accusés de les défier et d'être punis.

— Que les mânes royaux, le Triple Joyau et toutes les puissances protègent le royaume ! s'écria un héraut.

Jayavarman était assis sur un trône posé sur une dépouille de lion. Comme le voulait la tradition, il avait pris la pose royale, laissant un pied sur le rebord de son siège et l'autre sur le sol, une main élégamment appuyée sur la jambe repliée, l'autre pendante. Derrière lui, des servantes attendaient, parfaitement immobiles et prêtes à satisfaire le moindre de ses désirs, les unes portant une fleur, les autres une plume de paon, un gobelet d'or ou un vase d'argent. Front rasé, tempes badigeonnées de teinture pourpre, elles n'osaient bouger, inconscientes de la fraîcheur qu'elles instillaient dans la salle.

— Que règnent le bonheur et la paix ! Que soit éternel le pouvoir étincelant du roi !

Pour cette audience importante, la cour khmère déployait son apparat, en rajoutait dans le faste afin d'effacer le souvenir des Chams. De hauts dignitaires étaient installés sur des podiums qui, bien que moins précieux et moins ornés, rappelaient le siège du roi. Suivant les indications d'un chambellan chargé du protocole, Binasuor avait pris place parmi eux. Sur chaque estrade se trouvaient des coussins, un pot à eau et un nécessaire à bétel : coffret de cuivre et spatule, coupes décorées de guirlandes de jasmin, casse-noix à montant de bronze et à lame de fer. Partout, des animaux gravés ou sculptés – canards, éléphants et buffles, lapins ou oiseaux imaginaires, lointains échos de paons observés ailleurs par des voyageurs vantards.

— Longue vie ! Force et prospérité !

Relevés, les cheveux de Jayavarman étaient attachés en un petit chignon piqué de quelques fleurs. Au cou du dieu vivant pendait un lourd collier dont les œils-de-chat répondaient à ceux qui ornaient ses bagues et ses bracelets. Aussi digne qu'il s'était promis de l'être quand il n'était qu'un paria, le roi attendit la fin des salutations, puis adressa un signe au chef des greffiers. Celui-ci s'avança, glissant sur les genoux, et tendit une peau de bête sur laquelle l'ordre du jour était tracé à la craie. D'une voix forte et bien posée, il s'écria :

— Ô fortuné roi, garant de l'ordre et du droit, protecteur de ton peuple, défenseur des faibles, apprends que ce matin à l'aube, alors que le soleil se levait derrière le temple du grand Suryavarman le Second, la mort a visité ta demeure. L'ardente Sobhana, membre de la garde féminine, a été retrouvée sans vie au bas de la terrasse royale.

Avant le début de la cérémonie, Jayavarman avait été brièvement mis au courant de cet incident regrettable. L'identité de la défunte, le fait qu'elle ait expiré à quelques pas de ses appartements privés, les souvenirs que la guerre et sa succession de meurtres avaient laissés dans les esprits l'incitaient à en savoir davantage.

— Quelqu'un a-t-il assisté à sa mort ? Qui a découvert le corps ?

Compatissante et se voulant rassurante, la voix du roi était chaude et forte, généreuse. Elle reflétait parfaitement la force d'un caractère qui, forgé dans l'exil et en dépit des doutes, avait su rassembler les Khmers pour bouter les Chams hors du Cambodge. Toutefois, les plus proches du souverain y discernèrent une pointe d'impatience.

Le maître des domestiques attachés au palais demanda la parole.

— Souverain universel, personne ne sait quand et comment Sobhana est tombée. Ce sont les palefreniers des prêtres du Baphuon qui l'ont découverte. Son corps était encore tiède.

— Est-ce un assassinat ? s'enquit Jayavarman.

Le mot fit frémir l'assistance. Demeuré jusque-là muet, le chef de la maison militaire du roi se redressa pour être mieux entendu :

— Maître chef de la pitié et de la miséricorde, rien ne permet encore de le penser. Mais cela ne peut être exclu…

Jayavarman balaya du regard les hauts personnages qui se tenaient face à lui, en contrebas. Il s'interrogeait. À force de volonté, il avait réussi à galvaniser ces hommes et en avait tiré le meilleur. Ensemble, menés par Bouddha, les Khmers avaient triomphé des Chams, leurs ennemis héréditaires. Mais la victoire acquise était-elle éternelle ? Le monarque ne le savait pas. Pourtant, il avait tant besoin de la paix pour redonner à son peuple sa fierté d'antan ! Il allait couvrir le royaume de temples multicolores, de monastères et de sanctuaires ; bâtir de loin en loin des pavillons où il se reposerait lorsqu'il visiterait ses provinces. Surtout, avec l'aide d'Harsha, il édifierait une autre métropole afin de remplacer celle que les Chams avaient en partie détruite, et de faire en sorte que cette cité nouvelle constitue, pour les siècles à venir, le cœur inviolable du génie khmer.

— Bouddha, guide-moi, murmura Jayavarman.

À la dérobée, il regarda Binasuor. Le roi avait convié le Cham à cette audience pour l'honorer, lui témoigner son amitié, frapper son imagination en déployant devant lui les fastes de la cour. Mais la mort de Sobhana semait le désordre, et Jayavarman avait eu tort de ne pas annuler cette invitation. Quelle que soit la droiture du Cham, il n'était pas bon de le laisser prendre la mesure de l'insécurité régnant aux abords du palais royal... Le roi soupira. Que devait-il penser de Binasuor ? Celui-ci s'était-il résigné à rester prisonnier à Angkor aussi longtemps qu'on l'y retiendrait ? Respecterait-il l'engagement qu'il avait pris de ne pas chercher à lui nuire, ou bien conspirait-il en secret avec des traîtres, des Khmers qui avaient pactisé avec l'ennemi après la Grande Invasion et continuaient à servir les Chams en secret ? Déjà, le roi trouvait des circonstances atténuantes à cette infidélité supposée. Est-on un traître quand on se montre fidèle aux siens ? Les deux hommes étaient-ils vraiment amis ?

Jayavarman reconsidéra les Khmers. Ces hommes, ces talapoins, ces généraux, agenouillés devant lui, qui le regardaient de côté... était-ce par déférence ou par crainte ? Entouré de toute sa cour, le monarque se sentait seul, sa tâche était écrasante. Il avait réussi à redonner son indépendance au royaume. Aurait-il la force d'aller au terme de ses projets ? Souriante mais languide, la déroutante Bupati était incapable de l'aider. Si l'intelligente Vijanaga s'était trouvée à Angkor, elle l'aurait conseillé. Nés au pied du trône, sa sœur et lui avaient partagé tellement d'épreuves ; ils avaient connu les mêmes peurs lorsqu'ils fuyaient, talonnés par les Chams vociférants, laissant derrière eux un campement abandonné à la hâte... Lorsque le discours de Crindra était obscur, seule Vijanaga, la Petite Sœur sainte, savait parler à son frère. Rien n'altérerait leur intimité, forgée dans la déroute et l'adversité.

Autrefois forte de multiples branches et rameaux, la famille royale du Cambodge avait été décimée pendant la Grande Invasion et l'Occupation. Tant de princes avaient péri ! Depuis la mort des deux femmes que Jayavarman avait jadis épousées, Vijanaga était sa dernière parente proche, l'une des rares à se souvenir de l'ancien cérémonial qu'il fallait recréer de toutes pièces. La princesse n'était pas habitée par cette foi qui avait consumé les deux disparues. Jayavarman savait pourtant qu'elle le seconderait autant qu'elle le pourrait. Certes, en assurant la position de son frère, Vijanaga avait sans doute à cœur de servir ses intérêts personnels, de satisfaire son propre orgueil et de bâtir sa propre grandeur. Pour autant, le souverain n'avait pas le droit de négliger cette aide ; il s'entourerait de tous les appuis nécessaires. Par la force des choses, la princesse était son premier et son dernier recours.

Jayavarman était épuisé. Familière et néanmoins menaçante, la tache brune que masquait un bijou enroulé autour de son mollet s'était agrandie[1]. De nouvelles peurs s'y étaient engouffrées ; répandues dans son sang, elles avaient pénétré son esprit et y avaient fait naître le doute. Le roi se demandait s'il serait à la hauteur de son destin. Une fois de plus, ses certitudes vacillaient. Pour tromper l'angoisse qui montait en lui, il porta à sa bouche une noix d'arec enveloppée dans une feuille de bétel et commença à la mâchonner doucement afin d'éprouver la saveur de la cardamome, de la muscade, du fenouil et du clou de girofle mélangés à la préparation. Sur qui pouvait-il compter pour rendre le pays invincible ? Lors de l'agression des Chams, les nobles ne s'étaient pas montrés plus courageux que le peuple, et bien des prêtres avaient pactisé avec l'envahisseur, de peur de perdre leurs privilèges...

Le souverain tourna la tête vers les religieux disposés en trois rangées, face aux miroirs de bronze qui renvoyaient la lumière d'innombrables lampes à huile de coco ou de poisson. Au plus près du trône attendaient de pieux hindouistes au cou ceint d'un cordon qu'ils n'ôtaient jamais ; derrière eux, des taoïstes à la tête enturbannée de rouge ou de blanc ; au troisième rang, des bouddhistes vêtus de jaune

---

1. Jayavarman VII passe pour avoir souffert de la lèpre.

safran, le crâne rasé, l'épaule droite laissée nue. Jayavarman détailla plus longuement ces derniers, s'efforçant de mesurer leurs qualités et leurs forces. C'étaient peut-être eux qui bâtiraient le nouveau Cambodge – le Cambodge éternel, débarrassé de ses ennemis… Jayavarman aurait voulu quitter son siège de bois, d'or et d'ivoire, les prendre un à un dans ses bras, les supplier de lui faire confiance et les exhorter à le soutenir sans faillir, leur dire que sans eux il n'était rien, mais leur faire comprendre que sans son aide, leur foi resterait vaine et stérile, incapable de soulager leur âme…

Enfin, le monarque se rendit compte qu'il était demeuré silencieux et que les Khmers inquiets l'épiaient sans rien dire. S'arrachant à ces rêveries frustrantes, il caressa son collier et, au prix d'un effort violent, interrogea de nouveau :

— Un viol ?

Une femme de la garde, forcée à quelques pas des logis royaux ! Grâce à la Providence, ses deux épouses défuntes n'étaient pas là pour entendre cette ignominie… De nouveau, un murmure parcourut l'assistance. D'un geste, Jayavarman y mit un terme.

— Où est Tevoda ?

Trapus, campés sur des jambes musclées, les soldats s'agitèrent ; ils avaient tant attendu cette demande… Nimbés du prestige que leur valait leur conduite héroïque pendant la guerre, ils supportaient mal d'avoir été contraints de ronger leur frein et ne cachaient guère la satisfaction qu'ils avaient maintenant le droit d'exposer au grand jour. Lorsqu'elle se trouvait à Angkor, la solide Tevoda imposait ses vues au roi qu'elle rencontrait à sa guise puisque le régiment qu'elle commandait constituait l'escorte rapprochée du souverain, le protégeait lors des batailles et lui fournissait une garde d'honneur lors des cérémonies. Ce régiment d'élite avait le pas sur les autres troupes royales et ne dépendait en rien des chefs de l'armée régulière… À présent, ces militaires tenaient leur revanche. Le prestige et les privilèges dont jouissaient les soldates de Tevoda étaient insuffisants pour les protéger et les sauver du déshonneur et de la suspicion. L'une d'entre elles était morte, le scandale éclaboussait toute cette bande d'orgueilleuses et de fanfaronnes. De surcroît, Tevoda n'était pas là pour prendre soin de ses filles, les consoler et les défendre. Les garces, c'en était fini de leur arrogance ! Aussi patelin qu'un militaire pouvait l'être, l'un des généraux précisa :

— Ô Pieds Sacrés, Tevoda n'est pas en ville. Elle se trouve dans la province des Serpents enroulés où elle escorte la princesse Vijanaga.

Cette journée était maudite, songea le roi. Il avait oublié que Tevoda accompagnait sa sœur, et sur son ordre. Vijanaga, Tevoda : les femmes les plus importantes de la cour étaient absentes, et une soldate avait perdu la vie. Que devait-il en penser ? À qui donc confierait-il ses pensées les plus secrètes, parlerait-il du dégoût profond que lui causait cette mort ? La Petite Sœur sainte avait partagé ses longues années d'infortune, mené en sa compagnie une vie d'errance et de privation, sous la seule surveillance de Tevoda, leur véritable mère. L'une et l'autre lui manquaient terriblement…

Le monarque devait faire cesser ces interrogations sans fin. Il considéra les princes et les dignitaires assis derrière les prêtres. Certains avaient bravement combattu les Chams, d'autres étaient arrivés après la bataille. Sur leur visage, le souverain lisait l'appât du gain, le désir d'obtenir des pensions et des prérogatives, la soif d'honneurs. Où étaient les hommes d'exception qui l'épauleraient pour restaurer la puissance du Cambodge devenu le centre du monde ? S'il avait su les identifier, il les aurait embrassés, se serait uni à eux pour ne former qu'un seul être, tout-puissant et invincible. Or, il était atrocement seul avec son génie, ses rêves et son besoin éperdu de faire le bonheur de son pays.

Doutant de son destin et de celui des Khmers, le monarque lança à haute voix :

— Cette mort… ce ne peut être qu'un accident. La sage Vijanaga me l'aurait confirmé si elle s'était trouvée ici.

— Vous avez raison. Nul n'a pu oser tuer une fille de la garde féminine à quelques pas de votre demeure.

Jayavarman écarquilla les yeux, gêné par la lueur des lampes qui se reflétaient dans les miroirs. Il se pencha pour voir qui avait parlé. Cette voix, Jayavarman la connaissait. Était-ce celle de Binasuor ou du seigneur Rajendra ?

— C'est un accident.

À travers la fumée des encens, le Fortuné aperçut une peau brune ornée de spirales sombres et de dessins compliqués. La tête rasée, des cheveux jusqu'aux sourcils, un énorme corps tatoué de multiples mandalas présentant leurs ribambelles de nuages et leurs alignements de divinités… c'était Crindra, le plus sagace des moines bouddhistes dont il aimait la compagnie depuis plusieurs lunaisons. Fin connaisseur des enseignements de Bouddha, cet homme avait souvent jeûné pour se purifier et mieux exposer, ensuite, les préceptes de l'Éveillé. Il était pour lui un conseiller écouté, presque un ami… Comment le roi avait-il pu oublier sa présence ? Lui seul avait le droit de prendre la parole sans y avoir été invité par le responsable des audiences. Crindra s'avança et replia son éventail d'un coup sec.

— On a retrouvé un pot de vin de riz cuit dans le poste de garde. Cette fille se sera saoulée et aura perdu l'équilibre. J'ai pourtant à maintes reprises prévenu contre les fausses promesses de ces boissons grisantes. Elles ne constituent en rien une libération, la mort de Sobhana en apporte la preuve.

Jayavarman appréciait les avis dispensés par cet homme de bien.

— Tu as doublement raison, ce breuvage est cause du malheur arrivé. En temps de guerre, il ranime le courage, mais en temps de paix il est destructeur. Je vais en interdire la consommation dans l'enceinte du palais.

Satisfait d'avoir été écouté, Crindra recula. Jayavarman se retourna, fit signe à l'une des servantes demeurant derrière lui. Celle-ci s'approcha, lui tendit une coupe emplie d'une eau claire.

— Nous avons assez parlé de Sobhana, reprit le roi. Qu'une enquête soit diligentée. Puissent les mérites passés de cette soldate l'aider à franchir une nouvelle étape dans le cycle de ses vies. Il est temps maintenant que je me consacre à mon peuple et que je rende la justice. Quelqu'un a-t-il un litige à soumettre à ma sagesse ?

Dédaigneux, les ministres considérèrent les gens de peu qui avaient eu le droit d'assister à l'audience royale. L'un de ces gueux serait-il assez téméraire pour relever la proposition du roi ? Ou bien ces moins-que-rien comprenaient-ils d'instinct que son offre était de pure forme et s'adressait en réalité aux hauts personnages qui répugnaient à soumettre leurs litiges à un autre que lui ?

Il y eut un silence, troublé par le seul crépitement des flammes léchant l'huile des lampes.

— Moi ! Je demande que le roi dise le droit.

Qui avait parlé ? Les dignitaires se tortillèrent sur leur estrade, se regardant les uns les autres. Intéressé et curieux, le souverain se haussa et distingua une ombre tassée contre le sol.

— Avance, décline ton identité.

Un homme s'avança à genoux. Parvenu devant Jayavarman, il inclina le buste vers le sol, à demi allongé et les mains tendues au-dessus de sa tête.

— Que le cœur du roi soit en paix. Je suis Norindeth.

Les ministres chuchotèrent. Un simple serviteur osait s'adresser aux Pieds Sacrés et, de surcroît, lui soumettre un désaccord. Indifférent aux murmures réprobateurs, le souverain demanda :

— D'où viens-tu et qui sers-tu ?

— Je suis né dans les collines du Sud-Est peu après la mort du roi Yaçovarman le Second[1]. J'obéis aussi bien que je le puis au Khmer avisé qui m'emploie.

De nouvelles rumeurs parcoururent la salle ; le roi les fit taire d'un geste.

— Tu es un serviteur ? Pourtant, tu sais que je juge seulement les affaires les plus graves. Tu me parles au nom de ton maître ? Qui est-il et pourquoi n'est-il pas venu en personne ?

— Roi suprême, pardonnez-moi. Je ne crains pas de me présenter devant vous, car j'assiste l'architecte Harsha et je sais qu'il suscite votre bienveillance.

Jayavarman se redressa, ce qui accrut sa prestance. Ses orteils nus se crispèrent sur le coussin de soie.

— Harsha ? répéta-t-il, redoublant d'attention.

Norindeth salua de nouveau pour se donner le temps de réfléchir. Se présenter devant le souverain était risqué. Mais n'était-ce pas le seul moyen pour lui de faire valoir qu'il existait et occupait une place considérable auprès de l'architecte ? Vite, il lui fallait prouver qu'il avait un rôle à tenir dans la construction de la nouvelle capitale, qu'il était devenu indispensable et devait être écouté par les Pieds Sacrés. Il voulait attirer lui aussi la faveur royale, s'enrichir et, enfin, inspirer le respect voire la crainte.

Décidé à forcer le destin, le serviteur déclara :

— Je dirige sa maison et sa domesticité en m'efforçant de lui épargner les tracas qui retarderaient le travail que les Pieds Sacrés lui a demandé d'accomplir. Harsha a tant à faire…

Le visage du souverain s'éclaircit. Travailleur acharné et bâtisseur visionnaire, l'architecte était l'un des seuls sur

1. Celui-ci mourut vers 1160, soit un peu plus de vingt ans avant la date supposée de la prise du pouvoir par Jayavarman VII, victorieux des Chams

lesquels il pouvait compter. Ce bref soulagement fut cependant balayé par une inquiétude sourde.

— Il lui est arrivé quelque chose ? Voilà qui change tout. Parle vite !

D'un mouvement de la main, Jayavarman arrêta le nouveau bourdonnement qui parcourait l'assistance. Norindeth se redressa sur un coude et tourna la tête. Du menton, il désigna un autre personnage resté au fond de la salle, près d'un arbre factice au tronc d'or, garni de feuilles d'argent et de fleurs de cristal de roche.

— Tout est la faute de cet homme. C'est un malhonnête qui met en péril la vie de mon maître et la sécurité du roi, de la ville et du royaume !

Les mains sur les genoux, le roi plissa les yeux.

— Je serais en danger ? C'est une accusation grave, explique-toi tout de suite. Ce qui concerne Harsha me regarde de près.

Jayavarman se tut, le temps d'accorder un bref coup d'œil à une figurine dorée placée sur un coffre. Puis il considéra Norindeth et reprit :

— Pourquoi ton maître n'est-il pas venu en personne défendre ses intérêts ?

Parce qu'il n'avait d'autre choix que de se montrer méprisant à l'endroit de celui qu'il dénonçait et de dire aux ministres qu'il était leur égal par-delà les castes, l'intendant s'avança d'un pas fier en balançant son corps.

— J'ai pris sur moi de me présenter ici. Je veux épargner à Harsha les soucis qui retarderaient sa tâche.

Cette volonté de ménager l'architecte plut au roi.

— Fort bien, dit-il simplement.

Sans dureté, il considéra l'homme qu'accusait Norindeth.

— Et toi, qui es-tu ?

— Un simple marchand.

La voix était à la fois saccadée et sonore, éloignée des douces et élégantes sonorités du khmer. Jayavarman ne put retenir un mouvement brusque. Un Chinois ! L'homme s'avança. Dans la force de l'âge, il était grand et mince, sa carnation beaucoup plus pâle que celle des Khmers, ses cheveux raides comme des soies de sanglier, ses yeux plus plissés. Il parut en pleine lumière et salua avec maladresse.

— Je me nomme Li Chengming. Je suis négociant et viens de la cité de Shantou, sur la côte orientale du Céleste Empire.

Laissant passer un silence, il ajouta en haussant le ton :

— Je suis innocent, roi du Zhenla[1]. Cet homme ment et trahit son maître.

— C'est faux ! s'indigna Norindeth.

Ce qu'il n'avait jamais osé envisager se produisait. Il perdait pied ; il serait contredit, ridiculisé – et devant le Fortuné, maître du monde et des hommes qui y vivaient. L'intendant se sentit nu et si vulnérable – sa vacuité exposée à ceux dont, justement, il aurait tant voulu attirer l'estime...

Jayavarman s'impatienta :

— Exposez les termes de votre litige, hâtez-vous !

Oui, qu'ils se hâtent, songea-t-il. Il avait tant d'affaires à résoudre, un royaume à bâtir.

— Ce matin, commença le Khmer, je suis allé acheter trois bougies en cire d'abeille pour les divinités qui protègent la maison de mon maître. Au nom de ces esprits que j'honore, je jure que cet homme est un félon.

— Et toi, un escroc qui ne fait pas honneur à son peuple !

Outrés que les deux hommes osent se quereller devant les Pieds Sacrés, princes et fonctionnaires se retournèrent vers le roi. Celui-ci se contenta d'esquisser un geste à l'intention des gardes. Qu'ils se tiennent prêts à séparer les quémandeurs s'ils en venaient aux mains. Jayavarman demeurait pourtant attentif, désireux de démêler l'affaire qui lui était soumise, car sa mission était de dire le droit. Réconcilier les

1. Nom donné par les anciens Chinois au Cambodge.

êtres humains, faire régner la justice pour la plus grande gloire de Bouddha, mener le monde vers une délivrance collective : tel était son devoir.

À l'écart, feignant de prendre des notes ou de préparer leur chique de bétel et d'arec, des fonctionnaires malintentionnés espéraient que ce Chinois arrogant commette la faute qui le perdrait. Les Khmers attendaient que, tout à la défense de son affaire, il redresse le torse et se mette à la hauteur du Maître de la surface terrestre, crime de lèse-majesté qui lui serait fatal. À moins que, méconnaissant les règles en usage à Angkor, il ne puisse garder les jambes ramenées sous son corps avant de les replier devant lui, puis que, de son pied impur et vil, il désigne sans vergogne le trône et le souverain... Le sacrilège serait patent. Les Khmers savaient déjà ce qu'ils feraient : ils s'exclameraient, joueraient les offusqués. Les soldats se saisiraient de cet homme fruste et l'exécuteraient sans lui laisser le temps de chercher plus avant querelle à un honnête Cambodgien.

Un bâtiment bas et étroit, deux ou trois fois coudé, serpentait entre des cours intérieures près des étables et des magasins d'armes. Provisoire, comme les autres parties du palais hâtivement restaurées en attendant la nouvelle capitale, la caserne des soldates était édifiée à mi-chemin des appartements de Jayavarman et de la principale entrée de la résidence royale. Un choix stratégique, dicté par les leçons tirées de l'Invasion. En cas d'alerte, qu'elles sortent par la porte des Mangues vertes ou par la poterne des Tortues de mer, les guerrières protégeraient aisément le roi et le hangar – où des bateaux effilés se tenaient nuit et jour prêts à emporter au loin la famille royale, en glissant sur les douves et les canaux qui quadrillaient Angkor. Les Pieds Sacrés et les siens ne tomberaient jamais plus aux mains de l'envahisseur...

Bupati était venue en courant, d'une traite. Elle reprit son souffle avant de pénétrer dans la caserne de la garde féminine. Les soldates avaient fait le choix de vivre entre elles leur vie durant, renonçant à fonder une famille et à élever des enfants. Haïr un homme ou choisir de demeurer à l'écart de tous les hommes… Il y avait là une parenté de situation, songeait la favorite. Bupati en était certaine, les guerrières l'écouteraient, la comprendraient, retrouveraient son bourreau.

La jeune femme écarta une tenture. Lui apparut la salle commune, longue pièce faite de planches mal équarries et assemblées à la hâte, où s'attardaient des cafards dodus. Là dormaient, cuisinaient, mangeaient, se soignaient, s'entraînaient et se querellaient les soldates. Cette vaste pièce dénudée était strictement meublée de nattes sur lesquelles étaient placés des oreillers de bois. Des jattes étaient emplies en permanence de riz tiède : à la moindre fringale, les guerrières nourrissaient leur corps sculpté afin d'être toujours aptes à combattre pour le roi. Sur des planches posées à même le sol se mêlaient leurs austères effets, jupes et bustiers de rechange, avec des pichets d'huile pour la lutte. Contre les murs, prêtes à être empoignées, les lances des guerrières s'alignaient, effilées, menaçantes, si masculines. Une odeur de nourriture et de sueur prit Bupati à la gorge. C'était un spectacle si éloigné de celui qu'offrait son appartement raffiné…

D'emblée, la favorite du roi comprit qu'elle s'était trompée : elle n'avait pas sa place ici, rien ne la rapprochait de ces guerrières endurcies. Faute de la comprendre, celles-ci ne la soutiendraient pas. Bupati hésita. Rebrousser chemin ? Trop tard. Les soldates l'avaient aperçue. La vulnérabilité de la concubine, son corps gracile, ses manières charmantes et sa présence incongrue en ce lieu déchaînèrent leur ironie, avivée par le dépit qu'elles concevaient face à cette beauté. En comparaison, elles paraissaient des hommes ; un instant, leurs muscles leur semblèrent inutiles et grossiers. Les moqueries fusèrent :

— Tiens, voilà l'arme secrète des Pieds Sacrés.

— Sacré renfort ! Elle va nous apprendre à manier l'épée. Avec elle, on va retrouver celui qui a poussé Sobhana dans le vide.

Des soldates s'approchèrent de la favorite, à la fois curieuses et prêtes à parader, exhiber leurs muscles pour mieux railler cette féminité à laquelle elles n'accéderaient jamais.

— Petite fleur des fourrés, nectar de lotus…

La concubine recula. Brutale, cette confrontation inattendue, cette impossibilité de communiquer avec celles dont elle avait cru pouvoir se faire des alliées ruina complètement sa fragile détermination. Ce casernement lui était aussi hostile que la demeure où elle avait été déflorée jadis. Où qu'elle aille et quoi qu'elle fasse, Bupati se heurtait à de la brutalité et à de l'incompréhension. Le monde entier la rejetait. Bupati recula encore et manqua trébucher. Elle ne voyait ni n'entendait plus rien, crut qu'elle allait s'effondrer à terre. La panique fut la plus forte, elle lui redonna assez d'énergie pour faire demi-tour et s'enfuir, désespérée par ce nouvel échec.

Contrastant avec la fraîcheur du tissu qui l'enveloppait, le livre découvert par la vieille femme était dans un état piteux. Les pluies tropicales, les rongeurs, une chaleur désagrégeante avaient abîmé les ôles, dont les bords rongés s'effritaient quand on les effleurait. Les insectes y avaient tracé des sillons qui se mêlaient aux lettres autrefois gravées par le stylet du greffier et les rendaient illisibles. La laque des planchettes enserrant l'ensemble était écaillée, la pourriture du lien de coton reliant les feuillets s'était mêlée à celle des fibres du bois.

— C'est magnifique, dit la vieille Khmère. L'art et toute la science de Visvakarman se trouvent là, entre vos mains.

Elle s'approcha, pencha la tête pour mieux considérer le livre, tendit le doigt vers un feuillet dont il ne restait que le vestige et ajouta :

— Ces lignes si joliment gravées… Je reconnais l'écriture de mon père, il n'avait pas confié ce travail de compilation à un autre que lui. C'est normal, ce traité d'architecture est le plus important de tous. Il comporte les secrets du Grand Temple de Suryavarman le Second…

Curieux et craintifs, les serviteurs s'approchèrent doucement. La vieille leva la tête. D'une candeur dérangeante, son regard se perdit dans les frondaisons. Exaltée, revenue au temps de sa jeunesse par la grâce des souvenirs qui projetaient devant elle l'image de son père travaillant, elle continua :

— Il y a tout dans ce livre. La largeur des douves et l'orientation de l'entrée principale, les proportions du sanctuaire, l'emboîtement des galeries et des cours intérieures du dernier niveau.

Puis elle tira du sac de tissu un deuxième livre. Plus abîmé que le premier, il tombait en lambeaux brunis. Une matière glaireuse goutta dans l'herbe : l'eau de pluie et le noir de fumée ayant servi à souligner les textes avaient peu à peu dissous le bois. Harsha eut un frisson de dégoût. Indifférente à ce désastre, la femme prit un troisième jeu de feuillets. Lavé, brossé, essoré par les moussons, complètement blanchi et uni, celui-ci s'était desséché ; ses fibres racornies s'étaient repliées sur les gravures anciennes, les avaient rapetissées jusqu'à les effacer. À l'inverse des deux autres, il ressemblait à un os de sèche rejeté sur la grève. D'une voix quasi irréelle, la vieille poursuivit :

— Voici le plus précieux, le livre qui précise le nombre des danseuses célestes ciselées par centaines sur les parois du temple.

Elle feuilleta les pages de bois, s'arrêta sur un feuillet immaculé.

— En rêve, Visvakarman m'a parlé de ce texte. Il indique l'emplacement où se trouve la bayadère qui sourit et montre ses dents, la seule de toute la ville... Il y a toutes les explications désirables, avec à la fin les formules magiques destinées aux sculpteurs, pour qu'ils sachent attirer les faveurs des dieux et des génies en maniant leur ciseau de la façon la plus habile.

Fatigué par des nuits de veille et de longues journées passées à réfléchir, tracer des cercles et des carrés dans le sable, établir des proportions, l'architecte vacilla. Il devenait fou, et cette vieille Khmère était témoin de sa déchéance... Harsha ferma les yeux, il chercha à atteindre un néant bienfaisant où son âme, délivrée des désirs et des peines, s'unirait avec l'univers avant de s'y fondre. Quand ses paupières se relèveraient, le cauchemar se serait dissipé, la fille de Visvakarman et ses manuscrits délabrés auraient disparu. Il se réveillerait chez lui, épuisé mais loin de cette épouvantable scène.

Du fond de l'obscurité où il cherchait la paix, Harsha sentit un léger frôlement sur son bras. La caresse de la moustiquaire, une feuille tombée de l'arbre qui surplombait sa couche ? Certain de se retrouver dans sa demeure, il rouvrit les yeux. C'était la vieille qui le frôlait de son doigt crochu ! Horrifié de ne pas être sorti de ce cauchemar poisseux, Harsha recula pour échapper à la Khmère. N'y prenant pas garde, elle continuait son propos insensé :

— Je peux mourir en paix, puisque j'ai transmis l'œuvre de mon père à un architecte digne de lui.

Elle paraissait sincèrement soulagée, prête à remettre sans plus attendre son âme au divin. Harsha hésita. Fallait-il tuer cette sorcière, l'empêcher de parler, de ruiner ses espoirs ? Inutile, tout serait bientôt terminé. Les domestiques s'approchèrent. Depuis de longues années, ils n'en faisaient qu'à leur tête ; ils n'attendirent pas que la vieille leur donne l'autorisation de parler. Considérant les feuilles de latanier blanchies, l'un d'eux s'exclama :

— Quel bel ouvrage, et cette écriture distinguée ! Comme il sera utile à l'architecte des Pieds Sacrés !

Son doigt suivit un instant une ligne de lettres indéchiffrables, mangées par la mousse et les escargots. Enthousiaste, un autre enchaîna :

— Grâce à ce volume, des murs et des fossés infranchissables sortiront de terre. Nous serons invulnérables !

Effaré, Harsha se sentait étranger à cette scène dépourvue de sens. Des insensés, partout… Ceux-là faisaient-ils semblant pour plaire à leur maîtresse ou étaient-ils devenus fous eux aussi ? Peu importait. Il n'aspirait qu'à s'en aller au plus vite, avant de perdre la raison à son tour et de s'embrouiller dans ses plans et ses calculs. Paraissant lire dans ses pensées, la vieille, soudain agile, fit un pas de côté pour se mettre en travers de son chemin. Elle rit et, d'un geste brusque, lui tendit le livre ligneux. Il voulut reculer mais, troublé et aiguillonné par la peur, hésita et s'avança. Sa poitrine heurta l'ouvrage, dont les fibres sèches se rompirent sous le choc, libérant un nuage de poussière crayeuse. Un insecte gorgé de cellulose qui était demeuré tapi entre deux feuillets tomba à terre. Aussi prompte qu'une danseuse du palais, la vieillarde l'écrasa d'un coup de talon, le réduisant en une purée verdâtre où brillaient des fragments de carapace noir d'ébène. Satisfaite, elle ricana de nouveau et s'écria :

— Un espion des Chams ! Le petit malin, il croyait lire le livre et en apprendre par cœur les secrets pour les emporter dans leur pays. Tu ne révéleras rien, renégat !

— Méchant traître ! répétèrent les domestiques. Vilain insecte cham !

Imitant leur maîtresse, ils frappèrent du pied sur le sol, près de l'insecte écrasé.

Non, cette femme n'était pas sa mère ; c'était le malheur, une démone, une déesse qui se jouait de lui. C'en était trop pour Harsha. Trouvant enfin la force de quitter le sanctuaire au pouvoir maléfique, il remonta sur la chaussée aux dalles disjointes. De toute manière, il n'avait pas vraiment besoin de connaître les notes du génial Visvakarman : il avait suffisamment vérifié ses calculs et interrogé les anciens ouvriers. Il voulait oublier la vieille, afin que son souvenir pénible ne gâte pas sa rencontre imminente avec le roi.

Derrière lui, la folle hurlait toujours :

— À mort, le Cham caché dans le livre ! Comment a-t-il eu l'audace de défier dans sa demeure les mânes de Visvakarman ? En enfer !

Elle trépignait, frappait de ses pieds maigres l'eau des flaques laissées par la dernière averse. À ses côtés, les serviteurs furieux traquaient les scarabées cachés dans les herbes, les pilaient à coups de dents et de poing. Harsha hâta le pas, les glapissements de la furie s'estompèrent. Vite, contempler l'ouvrage précieux, le seul, l'unique, fruit de ses propres travaux, contenant tous les secrets du royaume, qu'il confierait à Jayavarman avant la fin du jour… Derrière lui, faute de trouver assez d'insectes pour déverser la fureur qui les agitait, les déments se jetèrent sur des débris de brique tendre et les pulvérisèrent avec des pierres arrachées aux ruines. Était-ce dans cette folie que le royaume convalescent sombrerait, faute de réussir à conjurer les peurs semées par les Chams ? Cette vieille et ses domestiques avaient plus que d'autres besoin d'être protégés.

L'architecte ne songeait plus qu'à retourner chez lui, afin de modifier une dernière fois les plans de la ville pour y faire figurer les éléphants tricéphales mangeurs de lotus. Pour que, dans vingt ans, dans trente ans, l'enfant sauvé de la fureur paternelle se souvienne d'Harsha et de son aide, transmette à son tour la bonté reçue, comme Jayavarman le recommandait depuis sa conversion au bouddhisme…

Ministres et fonctionnaires de la cour étaient aux aguets. À peine évoquée, l'affaire s'annonçait déjà très grave. Dès lors qu'elle avait été soumise au roi, elle ne pouvait s'achever que dans un drame. L'un des deux hommes serait mis à mort par les bourreaux royaux. Que ce soit cet intendant assez téméraire pour demander aux Pieds Sacrés de juger le litige qui l'opposait à un négociant, ou ce Chinois indocile qui n'hésitait pas à tenir tête à son contradicteur devant toute la cour, sans conseil, loin de son pays et des siens.

Jayavarman demanda une nouvelle coupe d'eau fraîche à une jeune fille dont le buste était seulement couvert d'un collier de plaques de cuivre piquetées de saphirs, puis il fixa les deux querelleurs et déclara :

— L'un après l'autre, vous m'exposerez votre point de vue et aurez ensuite le temps de répondre à votre contradicteur. Pour finir, je dirai le droit. Si sa faute est grande, l'un d'entre vous mourra.

Se détournant de l'assistance, Jayavarman ajouta à l'adresse des greffiers agenouillés derrière lui :

— Si je condamne ce Norindeth, il ne faudra pas l'annoncer tout de suite à Harsha, je veux qu'il achève son travail au plus vite. Quel ennui que cette affaire ne m'ait pas été soumise dans quelques jours !

Les fonctionnaires acquiescèrent. D'un mouvement majestueux, le roi refit face au Chinois et lui demanda :

— Habitant du Céleste Empire, tu parles notre langue, mais m'as-tu bien compris ?

La question était superflue, le négociant s'empressa de répondre :

— Ô Pieds Sacrés ! Vous avez l'inspiration divine. Vous êtes l'Éminente Base, le Juge suprême du royaume et aussi le grand maître de l'essor de votre pays, le protecteur du commerce, le chef de tous les marchands qui y demeurent. Comment pourrais-je ne pas avoir confiance en votre sagacité ?

Le marchand s'exprimait bien, son vocabulaire était étendu et il connaissait par cœur la titulature officielle du monarque. Pourtant, ses intonations nasillardes et brutales écorchaient les oreilles des Khmers. Le dédain aux lèvres, le condamnant par avance pour cet accent déplaisant, les greffiers se penchèrent sur leur cahier pour consigner ses paroles. D'autres fonctionnaires échangèrent des regards entendus. Le propos était habile, le Chinois flattait le roi et se plaçait d'emblée sous sa protection. Ce sot de Norindeth s'était laissé distancer… Peu importait, le domestique n'avait que ce qu'il méritait, ses manières étaient si ampoulées…

L'un des dignitaires qui se tenaient assis sous le trône se leva et salua le roi. Il veillerait au bon déroulement des débats. D'un signe, il s'adressa au capitaine des gardes qui, chapeautés d'animaux fabuleux, étaient postés près de la grande porte. À son tour, celui-ci fit un geste. Dehors s'éleva un son aigre et lancinant, celui des flûtes de l'orchestre royal. Dialoguant avec les tambours, elles joueraient tout au long du procès un air adapté à la situation. À la centième mesure, les instruments se tairaient, à l'instant même où les Pieds Sacrés dirait le droit. Les bourreaux danseraient en silence, leur sabre fouettant l'air. Quelques moulinets, deux ou trois grimaces sacrées, la lame tranchante s'abattrait sur le cou du condamné, qu'il s'agisse de l'intendant khmer ou du Chinois.

Tremblant mais ne regrettant pas d'avoir choisi la seule voie qui s'offrait à lui pour prouver qu'il n'était pas un simple serviteur, Norindeth jeta un bref regard au travers de l'une des baies. Au rythme de la triste mélopée, pour s'assouplir et saluer la mort, l'exécuteur entamait dehors une danse lente et saccadée, codifiée à l'extrême.

Le serviteur se tourna vers le monarque et commença à expliquer :

— Le marchand Li Chengming vit au milieu des Khmers depuis quelque temps. À Angkor, chacun sait que son commerce est florissant.

Les Pieds Sacrés observait le Chinois avec attention, car celui-ci faisait partie des rares hommes dont il ne devinait pas les pensées. Norindeth en fut un peu décontenancé. Pourquoi Jayavarman considérait-il ainsi son adversaire ? Le souffle court, il lâcha, d'une traite :

— Arrivé à Angkor voici près d'un an, cet homme vend au marché les produits de son pays, des toiles de chanvre et de soie, des porcelaines et des plateaux de cuivre – d'excellente qualité. Des racloirs à sèche, de l'huile d'aleurite, des aiguilles…

Essoufflé, l'intendant s'arrêta, sentant poindre un début de panique dans son esprit. Il perdait la tête et s'en affolait : cette énumération diluait sa requête dans un océan de banalités, et qu'avait-elle à voir avec les méfaits de Li Chengming ? Intelligent et l'esprit aiguisé par l'instinct de survie, il revint à son propos et évoqua Harsha pour donner plus de poids à ses paroles :

— Jusqu'à présent, mon maître et moi-même n'avions pas à nous plaindre des services que nous rendait cet homme…

Jayavarman acquiesça, mais sans quitter du regard le Chinois, ce qui accrut le trouble de Norindeth. Pour la seconde fois, il se maudit. Contre les usages, il avait osé s'adresser au roi et était à présent incapable de lui expliquer habilement son affaire ! Qu'aurait dit l'architecte à sa place ? Le cœur battant, le serviteur reprit la parole, sachant qu'il jouait sa vie :

— Harsha a tant à faire ! Pour vous obéir, il établit des centaines de plans, dessine des murailles et des rues, des maisons et des temples. Les peaux de daim tannées sont malcommodes, mon maître est obligé de les gratter dès qu'il veut changer son esquisse ou reprendre ses calculs. Pour ce travail, les cahiers de palme ne valent guère mieux. Pieds Sacrés, voici des lunaisons, au nom de mon maître, j'ai commandé à cet homme deux cargaisons de papier. Seule la Chine sait fabriquer ces grandes feuilles pâles et résistantes qui nous font défaut. Avant la Grande Invasion, on en trouvait aisément : aujourd'hui, c'est plus difficile, car peu de négociants chinois ont retrouvé le chemin du Cambodge. Quand je parle de la situation d'avant-guerre, c'est par ouï-dire, car je ne suis arrivé à Angkor qu'après la Libération…

Norindeth avait parlé d'une traite, un peu haletant, incapable de recouvrer son calme. Que de mots, de phrases et de précisions inutiles, pour ne rien dire. Il lui fallait se hâter et imposer son point de vue avant de conclure, deviner ce qu'aurait dit Harsha, son modèle. L'intendant ouvrit la bouche mais Jayavarman s'adressa au marchand :

— Depuis combien de temps vis-tu parmi nous ?

— Je suis arrivé à Angkor peu après la cinglante défaite infligée aux Chams. En faisant venir des armes du Siam par des chemins de traverse, j'ai aidé les soldats du royaume à reconstituer leur équipement.

L'assurance du négociant contrastait avec la maladresse de Norindeth. Le roi le remarqua et s'en étonna ; mais, sans s'attarder dessus, il demanda au Chinois :

— Les poignards forgés dans les ateliers de Sukhotai, les lances de la Montagne grise, c'est toi qui les as apportés ?

Li Chengming acquiesça. Passant de la surprise à la gratitude, le roi ajouta :

— Grâce à l'arrivée de ce convoi, nos armées ont pu faire la différence lors de la bataille des Trois Banyans.

Le marchand inclina la tête avec déférence et répondit :

— Avant moi, mon père commerçait avec le Zhenla. En son honneur, j'ai poursuivi cette collaboration. Jusqu'à ce jour, nul n'avait eu à se plaindre de moi.

Adroit, il ne dit rien de plus. Jayavarman adressa un geste à un militaire de haut rang prosterné à ses pieds. Le soldat s'approcha en se tortillant sur les genoux, écouta les quelques mots qu'il lui murmura à l'oreille et lui répondit lui aussi à voix basse.

Le souverain se redressa et resta un instant silencieux, caressant les perles du lourd collier qui ornait sa poitrine charnue. Un sourire aux lèvres, respirant la fumée d'encens qui l'enveloppait, il se perdit dans ses réflexions, les paupières closes. Le négociant avait aidé les troupes à vaincre les Chams ? Le roi était rassuré : par-delà les incertitudes du destin, Bouddha épaulait le royaume… Jayavarman aurait aimé continuer à respirer ces volutes entêtantes afin qu'elles portent sa méditation ; mais la mélopée funèbre que jouait l'orchestre le rappela à ses devoirs.

— C'est bien… dit-il doucement.

Redevenu grave, il se tourna vers Norindeth et lui désigna le Chinois :

— Ce marchand nous a rendu un fier service. Cependant, je sais faire la part des choses. Reprends ton récit, expose ce que tu lui reproches.

Le sang de Norindeth se glaça. L'esprit martelé par les tambours royaux, il crut qu'il avait perdu la partie. Dans un instant, sous les yeux du Chinois triomphant, sa tête roulerait au sol avant d'être fichée au bout d'une pique. L'indécision, le manque de confiance en soi l'avaient toujours entravé, lui empoisonnant l'existence. Cette fois, ces défauts subis allaient entraîner sa mort. Mourir lui était égal, Norindeth savait qu'il n'était rien qu'un serviteur ; cependant, il répugnait à faire de la peine à son maître et à lui causer des ennuis… C'était un si grand homme, si admirable !

D'une voix sans timbre, les yeux vides, il articula péniblement :

— Prétextant le coût du transport et l'insécurité qui règne dans les montagnes du Nord où passe la route de la Chine, Li Chengming a exigé d'être payé à l'avance, pour passer commande dans son pays en envoyant un messager. J'en ai parlé à mon maître. Celui-ci m'a donné son accord, et j'ai remis à Li Chengming un lingot d'argent. Lorsque le chargement est arrivé, je me suis aperçu que ce n'était que moisissure et pourriture. En vain, j'ai demandé au marchand Li de rendre l'argent.

— C'est faux ! s'exclama le Chinois en colère. La marchandise était intacte mais tu t'es montré peu soigneux, tu l'as laissée sous la pluie sans prendre la peine d'éloigner les insectes. C'est indigne. Ces papiers provenaient de la fabrique impériale où s'approvisionne le vice-roi de Canton. Leur qualité était excellente. D'ailleurs, si je t'avais vendu une marchandise défectueuse, pourquoi serais-je resté à Angkor ? J'aurais eu mille fois l'occasion de m'enfuir en gagnant le Grand Lac. Parvenu sur l'une ou l'autre des rives opposées, tu n'aurais jamais pu me retrouver.

Li Chengming se tourna vers le souverain et ajouta :

— Je suis loin de mon pays, je connais vos lois et les respecte avec sincérité et humilité. J'ai confiance dans la justice du roi du Zhenla.

Désignant l'intendant, il conclut :

— Cet homme est un calomniateur et m'accuse pour tenter d'effacer sa faute. Il a menti à son maître et vous trompe, Pieds Sacrés.

Le Chinois se tut. Dans le secret de son cœur, il méprisait cette cour, son souverain et ses usages. Il n'existait qu'une seule civilisation au monde, celle qu'avait forgée la Chine depuis des millénaires, avec ses mandarins, ses empereurs tout-puissants et les sages Kongzi et Laozi[1]. Ici, ce n'était

1. Confucius et Lao-tseu.

que cérémonial de pacotille : des sauvages lascifs qui allaient presque nus, passaient leur temps en fêtes et – chose immonde entre toutes, signe de leur barbarie insondable, du peu de cas qu'ils faisaient de leurs parents et ancêtres – abandonnaient les défunts aux bêtes fauves sans s'occuper de leur donner une sépulture décente...

Sûr de gagner ce procès ridicule, le Chinois sourit. Cette expression plut à Jayavarman, qui y vit de la compassion, presque de la gêne. À demi convaincu, il s'adressa à Norindeth :

— Ce marchand paraît sincère. Qu'as-tu à répondre ?

Résigné à mourir, l'intendant s'allongea complètement devant le roi, à plat ventre.

— Pieds Sacrés, j'ai dit la vérité. Je ne peux expliquer pourquoi cet homme ne s'est pas enfui. En revanche, j'affirme et répète que c'est un voleur, qui a mis le lingot d'argent en lieu sûr et...

Il allait poursuivre, mais un fonctionnaire s'avança et le réprimanda :

— Tu parles la bouche contre le parquet. Comment veux-tu que les Pieds Sacrés comprenne ce que tu dis ?

Déstabilisé par ce reproche inattendu, l'intendant s'écria :

— Si le Fortuné estime que j'ai menti, je veux bien être mis à mort. Mais je l'implore de ne rien dire de mon exécution à mon maître. Cela risquerait de retarder son travail. Or, rien ne doit attenter à la sûreté du royaume.

— La sécurité du Zhenla ! s'exclama le marchand. Tu ne t'en es pas soucié en laissant pourrir le papier ! Ta négligence te conduit ici et te mène à mentir devant ton souverain !

— J'hésite et bafouille mais je suis sincère, protesta l'intendant. Rien ne doit venir inquiéter mon maître !

Songeant qu'il aurait pu conclure de manière plus maladroite, il reprit quelque espoir, marqua un temps. Puis il asséna l'argument suprême qu'il avait gardé en réserve, le raisonnement qui pouvait emporter l'adhésion du roi ou au contraire l'indigner :

— Pieds Sacrés, n'oubliez pas que c'est un Chinois qui a conduit la flotte des Chams jusqu'à Angkor, lors de la Grande Invasion. Là où la terre du Cambodge se joint à la mer du Sud, au milieu du delta du grand fleuve, parmi toutes les voies d'eau impraticables, il a montré aux Chams la seule qui, de rivières en canaux, d'embranchements en plans d'eau successifs, permet de venir jusqu'ici en quelques jours. C'est un Chinois qui a mené les vaisseaux des Chams !

Jayavarman cacha son émotion. Un instant auparavant, il penchait du côté du négociant. Mis en difficulté, ce Norindeth faisait preuve de bon sens et de patriotisme, et ses paroles venaient en écho aux préoccupations dont le souverain s'était ouvert auprès de ses conseillers… Inattendu et réconfortant, son dévouement troublait le roi, brouillait son discernement en le replongeant dans les affres qui l'assaillaient depuis la déroute des Chams. Pendant la guerre de libération, Jayavarman n'avait jamais faibli, jamais hésité. Mais, la victoire acquise, il s'était mis à douter, miné par la mort de ses deux épouses. Comment consolider ce succès ? Que faire et que dire pour que le peuple khmer se rassemble derrière lui, se fonde en sa personne afin de créer un État immortel ? Bouddha, dont il était à la fois le représentant, la réincarnation et le serviteur, connaissait la réponse – et peut-être aussi Crindra ?

Tâchant d'apercevoir son conseiller, le monarque se pencha. Le bouddhiste se tenait derrière un lourd pilier noir et or, un chapelet dans une main, une amulette dans l'autre. Les yeux fermés, il était abîmé dans ses pensées. Le roi n'osa pas le déranger. D'ailleurs, peut-être Crindra était-il en train d'interroger Bouddha ? Pour mettre un terme à ce procès, mieux valait attendre de lui avoir parlé, en tête à tête. Instruit par ses méditations, le moine était probablement en train d'entrevoir le fil mystérieux qui les reliait…

D'un haussement de sourcils, Jayavarman adressa un ordre à un fonctionnaire, qui le transmit aussitôt à un autre.

La mélodie jouée par l'orchestre prit un nouveau tour, exposant une suite de notes qui, assemblées de différentes manières, clôtureraient la partition.

Les Pieds Sacrés déclara :

— Je réfléchirai après avoir reçu l'architecte Harsha.

Le doute que le remords instillait trop souvent dans son esprit s'évanouit d'un coup, et les Pieds Sacrés redevint le souverain déterminé, le guerrier qui avait su mener la résistance contre les Chams, guerroyer dans la forêt et remporter la bataille finale en montant à cru son éléphant de guerre. Loin de lui adresser le moindre reproche, les deux femmes défuntes le soutenaient désormais. D'une voix forte, il annonça :

— Demain, je dirai le droit.

D'un autre geste, il ordonna aux greffiers de retranscrire ses paroles puis reprit :

— En attendant, Norindeth et le négociant Li Chengming demeureront à notre disposition, consignés dans le palais. Jusqu'à ce que je décide de son sort, le Chinois sera cependant bien traité, sans brutalité mais sans égards particuliers.

Majestueux, souple en dépit de son embonpoint, le roi-Bouddha se releva. Le temps qu'un serviteur le chausse de sandales tissées de fibres végétales et de fils d'or, il se retourna vers le sage Crindra. Au même moment, le religieux ouvrit les yeux et le regarda en souriant. Jayavarman sut qu'en remettant son jugement à plus tard il avait bien agi. D'ailleurs, comment aurait-il pu se tromper ? Le bienveillant bodhisattva[1] Lokesvara, passeur des pensées de Bouddha, l'aidait à chaque instant. Quand le souverain disparut derrière un rideau bleu, les flûtes et les tambours se turent, laissant la place à un silence réprobateur. Comme si les instruments regrettaient qu'aucune condamnation à mort n'ait été prononcée…

1. Divinité bouddhiste, homme ou femme selon la tradition suivie, qui aspire à devenir Bouddha.

Pourquoi s'en prendre à lui, un simple paysan ignorant tout de la guerre comme des affaires du royaume ? Si ses ravisseurs ne l'avaient pas affublé de cette capuche, il aurait pu leur dire que, hormis le nom de sa femme, de ses enfants et de son buffle il ne savait rien. La douleur irradiait son épaule aussi sûrement que l'aurait fait une épée chauffée à blanc, et lui donnait envie de vomir. Une brûlure glacée dévorait son pied. La peur lui contracta l'estomac. Repoussée par les muscles de son ventre, la nourriture remonta jusqu'à sa gorge, lui obstrua le nez et fut soudain expulsée par sa bouche. Elle emplit aussitôt la poche de tissu que ses agresseurs lui avaient passée de force sur la tête. L'homme étouffait. L'esprit aiguillonné par la terreur, il réingurgita comme il put les débris à demi digérés – maladroitement, en se mordant la langue et les lèvres – pour en débarrasser le capuchon et retrouver un peu d'air. Pleurer, être sale, mais survivre. Et cette odeur… Ses agresseurs n'étaient pas des Khmers.

Avec quoi le frappaient-ils ? Un bambou, un gourdin ? Un nouveau coup reçu dans les reins lui coupa le souffle. L'homme lâcha une glaire amère. Un autre coup lui fit ployer les jambes et le jeta au sol. Il en conçut un bref soulagement : plaqué contre la terre humide, son corps souffrant n'avait plus à se soutenir. C'était appréciable : il pouvait consacrer le peu de forces qu'il lui restait à essayer de retrouver son souffle. Et cette capuche qui l'enserrait, le plaçait sous une chape sombre… Pourquoi ses assaillants ne voulaient-ils pas qu'il les voie ? Pour l'empêcher de les reconnaître ? Dans ce cas, ils n'avaient peut-être pas l'intention de le mettre à mort… Un instant, le malheureux voulut se raccrocher à cet espoir fragile, qui fut vite balayé par une volée de coups plus violents que les précédents. Les tempes martelées par le sang qui s'affolait dans ses veines, l'homme sentit qu'une main lui palpait le flanc. Horrifié, il comprit que, loin de le protéger, le capuchon le condamnait à mort. Cette pièce de vêtement n'était là que pour étouffer ses cris, l'empêcher de voir ce que ses assaillants lui feraient endurer avant de le tuer…

Dans un bel ensemble, les porteurs se penchèrent pour que le passager de la litière puisse en descendre commodément. Sur le point de pénétrer dans le pavillon de l'Aphisamor[1] où le roi lui avait donné rendez-vous à l'issue de l'audience de l'après-midi, Crindra s'arrêta pour réfléchir un instant. Il devait rassembler ses idées, tenir éveillé son esprit affûté par le jeûne. Le souverain était si exigeant… Certes, la place qu'il occupait à ses côtés était unique, mais il pouvait à tout moment retourner servir dans un temple obscur s'il cessait de se montrer pertinent, sage et convaincant.

— Pour que rayonne la parole de l'Éveillé, murmura le bouddhiste en souriant.

Il mit de l'ordre dans le drapé de sa robe safran – le roi aimait l'ordre et l'harmonie –, puis, de sa cuillère en bois, Crindra frappa doucement le bol qui ne le quittait jamais. Grâce à ce signal convenu avec Jayavarman, il manifestait son arrivée sans avoir besoin d'être annoncé par les pages, ce qui facilitait d'autant les entretiens que le souverain souhaitait nombreux, fréquents et longs, débarrassés de tout formalisme. Le moine s'avança mais, apercevant une ombre, il recula. Cette démarche, cette souplesse, ce n'était pas le roi… Repoussant une tenture, la soldate Sorn apparut sur le seuil. Dernière recrue de l'escouade du Taureau royal de cristal, elle salua le religieux et, craintive, se faufila entre lui et la rambarde de pierre. Le temps que Crindra remarque les larmes qui ruisselaient sur le visage de la guerrière, s'étonne de ses cheveux prématurément blanchis, elle avait disparu. La voix du souverain s'éleva alors, caressante :

— Je me suis fié à ses épaules larges et l'ai crue forte, elle n'est qu'une enfant émotive. Tu as vu la rondeur de son visage, ses yeux francs ? Une autre soldate aurait sans doute mieux fait l'affaire, elle n'aurait pas conçu la peine que cette

1. Collier fait de coton et de petites pochettes en feuilles de bananier contenant des formules bénéfiques.

fille va éprouver en tranchant d'un coup la vie qui anime ces prodigieuses montagnes de puissance et de dévouement. Tant pis, cette mission la fortifiera.

Crindra s'étonna.

— Pieds Sacrés, je ne comprends pas…

Le roi soupira et expliqua :

— Les éléphants âgés et malades, leurs plaintes me percent le cœur. J'ai demandé à cette soldate de se rendre à l'apothicairerie pour y faire préparer une pleine jarre de poison des génies lunaires. C'est le plus puissant des venins jamais découverts dans le royaume. Pour le fabriquer, il faut mêler à des plantes amères le venin de serpents qui vivent seulement à la lisière du Champa. Les éléphants n'y résisteront pas. Selon la formule jadis mise au point, dès qu'ils en auront bu les premières gouttes, la pâle langueur de la Lune passera dans leur sang, et ils s'affaisseront avant de s'endormir à jamais…

Crindra s'inclina et répondit :

— Nul animal ne doit être maltraité. Les éléphants du palais sont nobles et dévoués, ils ont bien servi les nôtres durant la guerre. Les hommes réincarnés dont ils abritent les âmes méritent qu'on les aide à ne plus souffrir. Que leurs mérites leur permettent de renaître sous des formes humaines, d'éviter la concupiscence et de progresser sur le chemin de leur libération éternelle.

D'un geste un peu las, Jayavarman convia le moine à pénétrer dans le kiosque. Une averse crépitante couvrit soudain les plaintes des bêtes que le roi venait de condamner à mort pour leur plus grand bien. Mais la pluie était trop drue et forte pour durer.

La mer était cette nuit-là très calme, d'un joli ton cuivré que le soleil de l'ouest incendierait à l'heure où les buffles se penchent au-dessus des mares. Aux quatre coins cardinaux émergeaient des étendues bordées de falaises hautes et blanches, veillées par des îlots qui s'avançaient au milieu de cette étendue plane. Sur le côté un volcan rougeoyait en silence, surmonté d'une légère vapeur d'eau. C'était un océan si petit, minuscule...

Entouré de hautes piles de feuilles de latanier et de peaux de génisse, Harsha était assis à même le beau parquet de teck de sa maison. Penché devant un réchaud de terre cuite et de fer où ronronnait un feu de braise, il brûlait des brouillons, esquisses inutiles dont il ne voulait pas s'embrouiller l'esprit.

Fiévreux, l'architecte se reprochait d'être allé chez la vieille fille de Visvakarman, cela lui avait fait perdre du temps. D'ici à quelques heures, il se présenterait devant les Pieds Sacrés et dévoilerait le plan qu'il avait si soigneusement mis au point durant de longues nuits de veille pour bâtir une nouvelle capitale, imprenable, où mille puits forés donneraient une eau inépuisable.

— Si Norindeth avait été là, il m'aurait mis en garde et m'aurait dissuadé d'aller chez cette folle. Je n'aurais pas dilapidé des heures précieuses, marmonna-t-il.

La chaleur lui desséchait la bouche. En l'absence de l'intendant, les domestiques n'avaient pas songé à renouveler l'eau de la cruche. Celle-ci était tiède et bourdonnante, des mouches y étaient tombées. Tout allait de travers quand Norindeth n'était pas là, constata l'architecte. Tant pis, il se retiendrait de boire. Mais où était l'intendant ? Il savait pourtant que son maître ne pouvait se passer de lui longtemps… Enfin, il avait dû aller chercher une étoffe de prix afin d'en envelopper le livre préparé pour le roi et il ne tarderait pas à revenir. Le serviteur était si dévoué ! Harsha réalisa soudain à quel point les soins dont l'entourait Norindeth lui étaient agréables.

Réconforté par ce constat, l'architecte se pencha au-dessus d'un jeu d'ôles infiniment plus beau que ceux dont il se servait comme instruments de travail. Façonné dans le bois le plus fin, ce jeu était destiné aux Pieds Sacrés. Les planches de garde en étaient agrémentées de pompons de soie et d'incrustations d'écaille de tortue, d'ivoire et d'argent. Dans le bois et les feuilles de palmier séché, les artisans les plus experts, des aveugles, avaient pratiqué des ciselures et des entailles parfaitement régulières. Sur la couverture, d'une belle écriture apprise auprès des prêtres, Harsha avait tracé quelques formules magiques entremêlées d'habiles éloges à l'adresse du roi. Il caressa la feuille de garde, admiratif. Chaque regard accordé à pareille merveille l'éloignait de cette vieille et de ses pourritures. Peut-être même les avait-il imaginés ?

— Jayavarman sera content de recevoir de tels hommages en détaillant les protections divines dont je vais doter la capitale…

Un sourire aux lèvres, Harsha pivota pour saisir une peau recouverte de figures géométriques, et sa joie s'accrut à la vue de son plan : il était si parfait !

— Dans la plaine, depuis le Grand Lac jusqu'aux collines du Nord, j'édifierai une ceinture de monastères et de temples aux murs laqués de couleurs vives, murmura-t-il. Abritant des milliers de religieux, recelant des centaines de bouddhas, ils seront les sentinelles avancées d'Angkor et tiendront à distance le plus gros des ennemis, qui n'oseront pas passer à proximité, de crainte d'être réduits en cendres par la foudre divine...

Avant de tracer les caractères définitifs sur la peau teintée, Harsha grava d'un stylet léger quelques mots sur une feuille de latanier, pour mieux les choisir et les agencer. Grâce aux conseils de sa mère, la demi-Indienne, le schéma de la ville projetée et de ses défenses était très réussi. Il en allait sans doute de même pour les documents explicatifs que les Pieds Sacrés examinerait avec soin, entouré de ses conseillers religieux et militaires.

— La ville ne sera pas assez vaste pour contenir le grand sanctuaire-tombeau de Suryavarman le Second ni le Phnom Bakeng, souffla l'architecte à mi-voix, avant d'ajouter avec enthousiasme :

— Quoi qu'il en soit, les autres édifices légués par les prédécesseurs des Pieds Sacrés seront à jamais protégés contre toute attaque. Aucun des rois qui se sont succédé à Angkor, aucun de leurs architectes ne s'est jamais montré aussi virtuose que moi !

De son long doigt pressé, Harsha suivit un trait double, plus profond que les autres, qui dessinait un carré parfait. Reconnaissants, les Khmers vénéreraient son nom durant plusieurs siècles. Il n'aurait jamais d'enfant mais laisserait derrière lui une œuvre qui assurerait à jamais son éternité. Pouvait-il rêver gloire plus complète et plus durable ?

Transporté, il reprit en parcourant ses plans :

— D'abord une large douve, puis, juste derrière, une muraille infranchissable. Jayasindhu, l'Océan de lait. Pour passer au-dessus, des ponts larges comme des routes, bordés de démons et de dieux arc-boutés le long de deux fabuleuses rambardes – des serpents nâga, prêts à baratter le lait de la mer Cosmique pour en faire sortir l'ambroisie divine, source de l'abondance éternelle. Parcourue de canaux, de chaussées et de fossés parfaitement rectilignes, la capitale sera à l'abri du besoin.

Ensuite, il édifierait une nouvelle Jayagiri, la chaîne montagneuse qui ceint l'univers et le clôt.

— Nul ne pourra démolir la ville car, ce faisant, il détruirait le monde. Et seul le Divin possède un tel pouvoir…

Harsha ne s'était jamais senti aussi heureux. Son exaltation ne cessait de croître. Il reprit son inspection minutieuse pour s'assurer que le dessin était sans faille. Le centre du vaste carré était occupé par une figure compliquée, une série de trois rectangles gigognes.

— Le mont Mandara ! Le centre de l'univers et la demeure de l'Éternel ! Ce sera le plus puissant et le plus beau de tous les sanctuaires jamais construits par l'homme. Même les Chinois ne possèdent rien de comparable. Il y aura une forêt de tours ornées de visages scrutant les quatre points cardinaux. Où qu'il soit, dans le temple ou à ses pieds, chaque Khmer sera veillé par ces visages ; ceux du bodhisattva Lokesvara compatissant raffermiront sa foi.

Harsha dressa ses mains jointes au-dessus de sa tête et s'adressa au Ciel :

— Le temple projettera sa puissance partout dans le royaume, jusque dans les montagnes du Sud-Ouest et aux confins des principautés qui nous entourent. Ces visages seront évoqués sur les cinq portes de la métropole. Pas un champ, pas une maison, pas une rivière n'échappera à la protection bienveillante des bodhisattvas.

Par dizaines, les sourires de la créature bienveillante rassureraient le pays. Sur ces mêmes portes monumentales, Harsha n'oublierait pas de faire sculpter à l'intérieur comme à l'extérieur des pachydermes à trois têtes, pour commémorer la libération du jeune enfant qui préférait édifier des constructions de sable plutôt que de veiller sur l'éléphant de son père brutal.

Cette pensée acheva de réjouir l'architecte. Une joie en éveillant une autre, il se vit devant Jayavarman, lui offrant le livre précieux où étaient les plans de la capitale, sous l'œil attentif et jaloux des courtisans. Ému et fier, il tendrait l'ouvrage sans prix à un chambellan qui, à son tour, le remettrait aux Pieds Sacrés... De nouveau, Harsha effleura un rubis qu'un artisan avait taillé durant des lunaisons pour lui donner une forme parfaite. Jayavarman caresserait lui aussi cette pierre précieuse...

L'architecte se releva d'un bond et s'approcha d'une large baie qui donnait sur la futaie. Devant lui, sous la voûte des frondaisons formidables, se dresserait bientôt le cœur du nouveau Cambodge. La forêt végétale protégerait une autre forêt, de pierre – une multitude de sourires compatissants, sculptés par des artisans habiles à qui il communiquerait son exaltation mystique.

— Dans quelques mois, nous serons invincibles ! s'exclama-t-il.

Il ne s'appartenait plus. Son enthousiasme troublait sa raison. Sous ces lianes, là-bas, n'était-ce pas la première des tours qu'il projetait d'élever ? Un mur de pierre, un échafaudage ? Impossible : les travaux n'avaient pas été entamés, nul ouvrier n'avait commencé à défricher la terre... Sans doute un arbre aux branches irrégulières créait-il cette amusante illusion d'optique... Harsha revint vers le livre.

— Le séjour éternel promis par Bouddha et le royaume ne feront plus qu'un ! Et moi, je serai à jamais uni au roi grâce à l'amour et à la sagesse de l'Éveillé !

Harsha éclata de rire, il était l'architecte le plus inspiré de tous les temps.

— Au nord de la ville, je creuserai un lac formé de quatre bassins entourant une île. Vénérant Bouddha et méditant ses enseignements, les pèlerins se baigneront dans ces eaux purifiantes. Fiers sujets d'un pays prospère, ils se débarrasseront de leurs péchés et s'approcheront du nirvana promis par Bouddha.

Harsha regarda le sol jonché de brouillons et de dessins ratés, de pelures arrachées au bois de palmier par son stylet. De la perfection... Rien ne témoignerait de ses tâtonnements. Le geste vif, il ramassa de grosses poignées de feuilles de latanier et les jeta dans le brasero. Il lui fallait laisser à la postérité une image exemplaire, celle d'un homme qui n'avait jamais hésité et jamais failli, et qui pour cette raison avait été récompensé par les Pieds Sacrés. Éperdu d'orgueil, il avait envie de s'envoler, de partager sa joie avec un être cher. Il enjamba avec fébrilité la balustrade de bois tourné qui le séparait du jardin entourant sa maison. Indifférents à son excitation, les serviteurs s'affairaient, distribuant des vers aux canards, écaillant des poissons, triant des grains de riz. C'étaient de simples esclaves, des sauvages achetés pour rien au marché de la ville, tout juste bons à effectuer des tâches ménagères. Ces gens savaient à peine parler le khmer en usage dans la capitale. Harsha ne pouvait leur faire part de son allégresse. Norindeth... Seul son intendant était digne de lui. Mais où était-il ? Harsha fit le tour de la maison, contourna l'enclos des porcs et le verger médicinal. Au bout d'une allée fleurie, il aperçut le petit temple qu'il avait fait remonter pierre à pierre. L'intendant s'y trouvait probablement, occupé à fleurir les divinités de bronze ; il le prendrait dans ses bras et lui offrirait son bonheur. Certes, Norindeth n'était qu'un serviteur né à la campagne. Cependant, par-delà le fossé qui séparait leurs castes respectives, il possédait une noblesse de cœur, une élégance naturelle que lui enviaient bien des dignitaires de la cour. Hormis les Pieds Sacrés, il était seul capable de mesurer la joie qui le menait aux portes de la folie. Partager son bonheur pour le décupler, rechercher l'absolu et élaborer la perfection... Qui sait ? Pour l'honorer, le Fortuné lui ferait peut-être élever un temple ?

— Norindeth ? appela l'architecte.

Des corbeilles débordantes de fruits frais embaumaient l'air de la petite pièce. Le décor était aérien : des rangs de perles tombaient du plafond en grands festons sur des colonnettes ajourées et des plantes fleuries que des tuteurs guidaient sur les murs incrustés de fleurs de cuivre et d'argent.

Après un temps d'arrêt, Jayavarman murmura :

— Le palais provisoire où je demeure est pourvu en serviteurs et conseillers. Le harem a retrouvé la splendeur qu'il avait sous mes prédécesseurs, et je possède des centaines de concubines saines et expertes. Pourtant, je suis si seul... Hormis Bouddha, qui m'épaule pour diriger ce royaume ?

Croisant le regard de Crindra, il se reprit, maladroitement :

— Bien sûr, tu es là, ami fidèle...

Pour dissiper la gêne du roi, le moine se hâta de répondre :

— Je ne connais rien aux affaires politiques... Souviens-toi : quand je me suis présenté à toi, dans la forêt humide et épineuse qui te servait de séjour, je ne possédais ni armes ni troupes, j'ignorais tout des choses de la guerre et n'avais que mes conseils à t'offrir.

— Tu as fait mieux en m'offrant ta sagesse et ta piété, corrigea les Pieds Sacrés.

Crindra acquiesça :

— À l'image de beaucoup d'autres. Comme toi et comme le peuple avant nous, j'ai compris que Bouddha avait découvert le secret de l'existence. Le renoncement, le refus de l'attachement et de l'avidité...

Le propos était limpide. Jayavarman regarda autour de lui. Comment réparer sa maladresse ? Si Crindra le quittait, qui le guiderait sur le chemin de l'Illumination et lui commenterait les écritures saintes ? Avisant les bracelets qui ornaient son bras, il dégrafa le plus gros, serti de perles baroques.

— Prends-le.

Crindra ne dit rien mais son regard se voila. Jayavarman comprit. Pour contourner ce refus, il déclara :

— Vends-le à un noble et tires-en autant que tu le pourras pour soulager les pauvres et les lépreux. Il y en a tant…

Le moine se raidit, ses yeux se plissèrent.

— Il semble admirable de soulager les misères et les maladies. Pourtant, en souffrant, ces hommes ne font qu'expier les méfaits et les péchés commis dans leurs vies antérieures. Que ce joyau demeure en ta possession ou soit vendu à un grand personnage pour acheter du riz et des légumes, du linge pour faire des pansements ou des plantes médicinales… peu importe. Ce sont les âmes qu'il faut délivrer et élever.

Désemparé, le roi posa le bijou sur un plateau de bois sombre. Si le religieux disait vrai, comment se montrer charitable, à quoi bon vouloir faire régner la justice ? Contenant sa colère, Crindra continua :

— La prière, la mortification : voilà la vraie richesse !

Il ne s'aperçut pas que son exhortation ravivait dans l'esprit du souverain des souvenirs douloureux : les pénitences que s'infligeaient les deux épouses disparues… Imperturbable parce qu'il était sûr de lui, le conseiller poursuivit :

— C'est par l'effort, par la vertu partout répandue que le royaume retrouvera sa puissance à jamais. Je demanderai aux autres moines de prier pour le Cambodge, pour toi et pour moi qui te conseille en dépit des dangers que j'encours à te déplaire.

Il adressa un bref salut à Jayavarman et quitta la salle. Il n'avait pas touché à la collation raffinée préparée par les domestiques, du bœuf émincé aux nouilles et aux poivrons.

De la poussière, des cailloux coupants, une terre rugueuse, des rochers plus tranchants encore. Cette carrière de pierre verrait donc sa mise à mort… Ses assaillants lui arrachèrent son pagne. Une main experte lui caressa les fesses. Ils en profitaient… L'homme gigotait dans la poussière, nu comme un ver. Il hurlait mais la capuche emplie de vomissures assourdissait ses appels. Déformés, ses cris ressemblaient à ceux d'un porc. L'un des agresseurs s'assit sur ses jambes, pesant de tout son poids, sans se soucier des pierres qui s'enfonçaient dans les chairs. L'autre s'écria en s'esclaffant :

— C'est du nectar qu'il y a là-dedans !

L'autre approuva bruyamment. Par-delà l'océan de souffrances où il était plongé, le paysan entendit leurs paroles. C'étaient des Chams, les pires ennemis des Khmers. Il avait assez côtoyé les forces d'occupation pour apprendre leur langage. Sa terreur s'accrut. Une main lui saisit le sexe – petite souris des rizières rapetissée, qui, terrorisée, ne demandait qu'à se terrer. Le châtreraient-ils ? Une douleur fulgurante balaya cette question. Ils venaient de lui planter dans le ventre un bambou aiguisé comme une flèche de guerre, aussi dur que la dent d'un tigre. Sa femme, ses enfants, sa vieille mère et son bœuf, il ne les reverrait jamais…

— T'as bien visé ? demanda le second Cham, t'as trouvé la « poche de la vigueur » ?

— Du premier coup, répondit son compagnon d'une voix où perçait le rire. Penche-toi et regarde… à droite, sous le foie, cette membrane grise. C'est là que ce chien cache ce qu'il a de plus précieux : sa bile !

— Je vois rien, protesta l'autre.

— T'as qu'à cisailler un grand coup dans la chair, mais fais attention à pas percer la vésicule, on perdrait son fiel.

— Trop tard, il y a du sang partout.

— Tu as raison, il se vide comme un sanglier qu'on vient d'égorger. Il va mourir.

Se penchant, le Cham colla sa bouche à l'extrémité du bambou et aspira. Mi-envieux, mi-inquiet, son compagnon jetait de brefs regards par-dessus son épaule pour surveiller les alentours. Se parlant à lui-même, il affirma :

— Dommage qu'on n'ait ni le temps ni les moyens de retourner chez nous avec cette bile. Nos thérapeutes auraient pu l'enrichir et en accroître la vertu avec des herbes et des incantations magiques.

La bouche souillée, l'autre se releva et répondit d'un air ravi :

— Ça fait rien. Même en lui buvant son fiel encore tiède, ça va nous faire du bien. Vas-y, à ton tour.

Il tendit le bambou creux à son compagnon.

— Bois et savoure, nous l'avons mérité. J'ai avalé ce qu'il y avait sur le dessus. Replante-le et fortifie-toi, nous allons en avoir besoin...

— T'as vu ? Le cordon de la capuche s'est cassé, il s'est trop débattu...

— Pas grave qu'il nous voie, il ne parlera plus jamais...

— Ouais, mais moi, j'aime pas voir son regard, ça me fait peur.

Assommé par la douleur qui grandissait en lui, le Khmer ne bougeait plus. Vidé de l'essentiel de son sang, il n'avait plus mal. À peine ressentait-il une légère chaleur dans son flanc, que palpaient des êtres qu'il ne voyait pas. L'esprit évidé par la mort toute proche, rendu à demi fou par la terreur qui s'était emparée de lui, trop soudaine et trop intense, le Khmer voyait déjà les divinités qui l'aideraient à passer d'un monde à un autre. Débarrassé de son corps, il n'était plus qu'un esprit qui, d'ici à un instant, un siècle ou une éternité, s'incarnerait dans une autre enveloppe vivante. Renaîtrait-il homme ou animal ? En plante urticante, peut-être, si des esprits malins s'en mêlaient. Il avait tant battu sa femme, parce qu'elle cuisinait mal ! Il serait condamné à reculer de plusieurs échelons sur le chemin du nirvana, la délivrance ultime...

— Ami, on va faire de grandes choses, je me sens déjà mieux.

— Moi aussi, frère, je suis capable de repousser une armée khmère à moi seul ! Vive le Champa, vive Indrapura !

— Norindeth ?

Le bronze et l'étoffe parant les murs s'emparèrent de son appel et le brisèrent net. Le temple était désespérément vide, les lampes à huile éteintes. Au premier coup d'œil, on devinait que nulle main n'avait caressé les statues divines depuis la veille : un léger voile d'humidité recouvrait les cuivres. Devant la statue d'un bouddha souriant s'alignaient des soucoupes où le riz moisissait, des quartiers de mangue se flétrissaient. Norindeth n'était pas venu ici aujourd'hui, pensa Harsha. La beauté un peu clinquante du lieu, la netteté des bas-reliefs, les peintures vives ornant les murs, le ciselé précis des statues soulignaient par leur gaieté l'absence de l'intendant et étreignirent le cœur de l'architecte. Incrédule, Harsha resta un instant dans un état étrange, comme flottant dans un monde imprécis. Il avait été pris dans un tourbillon formidable, de fureur et de désarroi, puis d'un ultime sursaut d'espoir. Soudain, la joie du créateur s'apprêtant à se prosterner devant son roi s'effondra, vaincue par un atroce sentiment d'abandon. Le garçon qu'il avait sauvé le matin même lui serait-il vraiment reconnaissant ? L'ingratitude était une attitude si partagée !

Norindeth n'était pas là. Dans le silence du sanctuaire, en la seule compagnie des fourmis sagement occupées à dévorer les fruits du jacquier donnés en offrande, Harsha pressentit que cette absence annonçait un malheur. Brutale, cette prise de conscience terrassa l'architecte. Le temple qu'il avait restauré lui parut étriqué, fragile. Et cette odeur pénétrante… provenait-elle des citrouilles et poireaux servant d'offrandes, et déjà corrompus par la chaleur ? Harsha se pencha au-dessus des soucoupes d'argent. La senteur désagréable n'y avait pas son origine ; plus âcre qu'écœurante, elle venait du dehors, de la maison. Il se retourna. Une épaisse fumée s'élevait de sa demeure en moutonnant.

Un incendie ! Pendant des jours, des mois, il avait redouté une catastrophe, se relevant la nuit pour monter la garde, par crainte des rôdeurs. Superstitieux et n'oubliant jamais de saluer les esprits lares de sa maison, à la longue il s'était persuadé que redouter ce cataclysme suffirait à l'en garantir. D'un coup, il se trouvait nu et minuscule, si impuissant, devant un univers qui le rejetait brutalement. De longues flammes léchaient les murs de bois et embrasaient le lit d'herbe sur lequel reposaient les tuiles du toit. Elles ne tarderaient sans doute pas à mourir. Mais avant, elles auraient réduit en poussière la précieuse collection d'Harsha et, avec elle, le manuscrit destiné aux Pieds Sacrés ! Tout à l'heure, il était un demi-dieu, promis à devenir le favori du roi. Soudain, cet avenir brillant s'écroulait devant lui. Là-bas, de nouvelles flammes jaillirent – sonores, grasses et monstrueuses.

Des cris fusèrent des cases où paressaient les esclaves. Enfin ! Les imbéciles ! L'architecte s'élança. Il fallait sauver coûte que coûte l'objet qui représentait sa vie, son avenir… L'esprit cinglé par la peur de le perdre, il se saisit d'une natte mise à sécher au soleil et, s'immobilisant, hurla :

— Meney, attrape la palanche et cours à la rivière. Krouch, apporte tous les récipients que tu trouveras !

Puis il bondit jusqu'à la maison. Terrorisés, les serviteurs gesticulaient et s'apostrophaient, encore incapables de prendre une décision.

— Koy, dans la resserre aux carrioles, va chercher la toile du palanquin pour étouffer les flammes !

Cette fois, les esclaves se hâtèrent d'obéir à leur maître dont le ton rude et les regards menaçants annonçaient des malheurs plus grands. Se promettant de châtier leur indolence coupable, Harsha voulut s'avancer davantage. Mais, nourries par les panneaux de bois ciselé et les voiles, et attisées par un souffle de vent, les flammes prirent une brusque ampleur et le tinrent à distance. Le teck du plancher et des poutres résisterait à l'incendie, de même que les solives, pensa-t-il néanmoins. Si le feu n'avait pas réussi à s'élancer jusqu'au centre de la pièce, il retrouverait peut-être le livre. Toussant, la tête baissée pour échapper à la fumée qui lui piquait les yeux, il marcha droit vers le brasier. Un instant, il regretta de s'être séparé des esclaves. Il aurait mieux fait de leur ordonner de pénétrer dans la maison pour tenter de sauver ce qui pouvait l'être, quels que soient les dangers encourus. Rageur, Harsha balaya pourtant ce regret : même menacés de mort, ces chiens n'auraient pas eu le courage de se jeter dans le brasier.

Plus vigoureuse que les autres, une flamme s'empara d'un rideau de soie, y trouva une force nouvelle et s'élança hors de la maison. Aveuglé par la fumée, Harsha s'arrêta en éructant, vaincu. Les esclaves allaient et venaient, fébriles et inefficaces, versant de l'eau là où les flammes s'éteignaient d'elles-mêmes et oubliant d'en jeter là où l'incendie ronronnait toujours. Harsha se laissa tomber à même le sol, hébété, désespéré, incapable de coordonner ces secours dérisoires. À quelques pas de lui, très proches et cependant inaccessibles, de minces animaux sombres et nerveux se tordaient et se convulsaient en crépitant. Muets, ils disaient leur douleur en roulant leurs petits yeux de braise rouge. C'étaient les livres et les plans de l'architecte qui achevaient de se consumer en passant du blanc au rouge puis au noir. Et les esclaves qui couraient, criaient, inutiles, incapables... Harsha hoquetait de stupeur. Ne trouvant plus rien à dévorer, le feu s'apaisa enfin. Les principales poutres de la maison, trop épaisses pour que les flammes les aient dévorées, demeuraient intactes, comme Harsha l'avait prévu. Mais l'incendie s'était rattrapé en réduisant à néant les planchers, les murs sculptés, les tissus, les ustensiles de bois et les tabourets de bambou. Seules rescapées au milieu de ce désastre, les gemmes incrustées par les artisans dans le livre du roi : rubis, saphirs et zircons, étincelants au milieu des suies qui virevoltaient.

Pour se faire bien voir, les esclaves continuaient à déverser de l'eau sur les débris fumants, sans plus de méthode qu'auparavant. Occupé à lutter contre la folie qui menaçait de l'emporter, Harsha ne leur dit rien. Il s'approcha le plus possible de la maison. La pièce où il avait passé de longues heures à travailler ressemblait à l'intérieur d'un four de potier. Au fond, une masse informe et brune s'était enfoncée dans le plancher roussi. D'un geste, l'architecte ordonna à ses esclaves de se tenir à distance, puis il s'avança encore. Cette masse incrustée dans le sol, c'était le brasero, renversé et craquelé, dont la terre chauffée à blanc avait éclaté avant de commencer à fondre... En un instant, Harsha comprit ce qui s'était passé. Empli sans mesure, le réchaud n'avait pu consumer assez vite les feuilles de bois qu'Harsha avait jetées dans sa gueule. Des escarbilles avaient jailli, une braise plus hardie que les autres avait sauté hors du creuset de pierre. Un autre charbon et les plans laissés à même le parquet s'étaient enflammés, avec parmi eux le manuscrit royal.

— Tant de jours, de mois à travailler et à concevoir anéantis d'un coup ! se lamenta Harsha à voix haute avant de se corriger : Non, c'est une vie qui s'annule.

Comment se présenter devant le roi sans être en mesure de lui remettre le livre aux pierres précieuses ? Tout à sa fièvre créatrice, l'architecte avait causé son propre malheur...

Il s'éloigna, trop horrifié pour accepter la réalité qui le détruisait.

Les domestiques attendaient de recevoir ses ordres, agenouillés dans la poussière, encore plus abasourdis que lui, certains d'être mis à mort pour ne pas avoir veillé sur la demeure de leur maître.

— Pas de femme, pas d'enfants, pas de plan à remettre au roi. Le Cambodge est perdu, marmonna Harsha. Les divinités m'ont abandonné... et ce nouveau dieu aussi, ce Bouddha vénéré par Jayavarman.

Le visage couvert de suie, l'esprit confus et envahi par des images de bois brûlé, de saphirs incandescents ou d'enluminures en argent repoussé, l'architecte fit quelques pas au hasard. Effaré, il contempla la mare d'où jaillissaient des lotus vigoureux et charnus, emplis de la force qui le fuyait à présent. Ne ferait-il pas mieux de se jeter dans ce trou d'eau, de manger la boue qui en tapissait le fond jusqu'à étouffer et échapper ainsi au malheur. Se tuer ? Non, l'architecte n'en avait pas le droit, les Cambodgiens avaient trop besoin de lui, et en premier lieu l'enfant confié aux religieux du Phnom Bakeng. Avec ou sans l'inestimable jeu d'ôles, Harsha devait immédiatement se présenter devant les Pieds Sacrés, sans prendre le temps d'aller acheter des vêtements propres. Fruit du travail des meilleurs artisans, issu du bois le plus fin, le livre n'existait plus. Pourtant, tout n'était pas perdu, l'essentiel était préservé.

L'architecte détaillerait au souverain le plan de la cité rêvée, tracerait dans l'espace les dessins que le feu avait détruits, expliquerait aux ministres le système de défense sacré qui était seul capable de protéger à jamais la capitale... Brusquement, Harsha sut ce qu'il devait faire : se prosterner devant Jayavarman et lui avouer sa maladresse avant de sombrer dans la démence.

Sale, le chignon défait, son pagne en lambeaux, l'architecte se tourna vers de grands arbres où gesticulaient des singes. Par-delà ce morceau de forêt s'étendait le dédale des cours, appartements sur pilotis, salles d'audience, bassins et jardins privés constituant le palais royal dont les toits de tuiles jaunes brillaient au soleil, indifférents à son drame. Mais où était donc passé le fantôme de sa mère ? Était-ce que la demi-Indienne ne veillait plus sur lui ? Distraite ou devenue indifférente, elle ne l'avait pas détourné de l'enfant battu et de son père brutal. Or, si l'architecte n'avait pas secouru le garçon, son esprit ne se serait pas embrouillé, il n'aurait pas oublié d'éteindre les flammes du brasero... Aussitôt, Harsha se reprocha cette pensée égoïste qui ne lui ressemblait pas. Le petit lui était si reconnaissant ! En fait, il n'avait à s'en prendre qu'à lui-même : surmené, il avait commis une faute et était seul responsable de l'incendie. Les jeunes femmes qui n'avaient jamais voulu de lui avaient eu raison de le repousser. Il n'était qu'un sot, un incapable.

Parler au roi, lui exposer son infortune en lui expliquant la cruauté avec laquelle l'homme l'avait déflorée ? Jayavarman ne comprendrait pas, il la prendrait pour une démente affolée par un rituel dont personne d'autre ne s'inquiétait. Ces révélations le dégoûteraient ou l'indisposeraient, il l'exilerait sans songer à rechercher l'homme pervers.

Bupati entendit des paroles venant du couloir… Renonçant à la voir, le roi s'éloignait. Le cœur de la jeune fille battait à tout rompre. En refusant sa porte au souverain, elle avait cru remporter une nouvelle victoire, parvenir à dompter les esprits qui une fois de plus voulaient son malheur. Certes, Jayavarman avait renoncé à son projet ; il rejoignait une autre fille, plus docile. Mais en voudrait-il à Bupati ?

Pourtant, l'éminente fleur de haricot ne put savourer le répit qui risquait d'être chèrement payé. À travers la fine tenture, elle aperçut alors l'homme qu'elle redoutait pardessus tout, qu'elle craignait et souhaitait voir mourir… Hébétée, elle le regarda franchir la porte de bois sculpté qui défendait le quartier des concubines, s'engager sur la chaussée des dieux et monter les marches menant à la voie principale, encadrée d'éléphants de pierre. C'était lui, le doute n'était pas permis. Cette démarche, ces bras qui se balançaient le long de son corps, ces mains larges, ces doigts… ce doigt !

La démence de Bupati avait à jamais altéré son discernement. Son esprit était peuplé de souvenirs imprécis, en lambeaux ; des impressions grises, à peine différentes de songes, avec de temps en temps une évidence à peu près claire. Le doigt qui, brutal et inquisiteur, s'était aventuré dans son intimité n'avait pas recherché le plaisir en explorant son corps de très jeune fille. Avec lenteur et sans grâce, il s'était plu à demeurer en elle le temps de s'approprier ce corps, de manifester le pouvoir qu'il exerçait sur lui, de faire comprendre à Bupati qu'elle ne s'appartiendrait jamais plus puisque, le jour de son entrée dans l'âge adulte, un homme s'était mis en travers de son chemin et avait tué son cœur. Aujourd'hui, cet homme était revenu. Il s'approchait d'elle. Le savait-il ? Connaissait-il seulement le nom de la victime qu'il ne cessait de pourchasser ? Pour ne pas hurler, Bupati mordit sa ceinture de soie. L'homme continuait à s'avancer. Était-ce bien lui, cet individu affairé, aux manières si policées ? Impossible, celui-ci marchait seul, sans qu'un serviteur tienne au-dessus de sa tête un parasol d'or.

La princesse était belle, d'une perfection évidente, nourrie de la même force qui habitait le physique puissant de son frère et qui, chez elle, s'épanouissait dans une face ronde et pleine, des lèvres charnues, des cuisses larges et, chose plus rare chez une Khmère, des seins généreux. C'était une beauté solide et déterminée, terrienne – nourrie de la pluie et des crues qui irriguaient le sol du Cambodge depuis l'aube des temps ; du soleil grâce auquel les plantes donnaient des fruits et des fleurs en quelques jours ; du vent puissant qui rabattait vers la terre ferme des bancs entiers de poissons gras. Une splendeur aussi vivante que pouvait l'être une sœur de roi, féconde et épanouie, promise à un riche mariage, source d'une dynastie princière.

Se retournant vers les gardes incrédules, elle insista :

— Écartez-vous…

Les militaires s'exécutèrent, la laissant seule avec les malades sous le grand auvent de bois. Elle se tut et, une fois passé ce léger accès d'impatience, retrouva un visage impassible.

La figure encadrée de longs pendants d'oreilles, les seins nus mis en valeur par un large collier d'argent, la taille prise dans une jupe de soie légère et ample, elle retrouva une expression avenante.

Un malade s'écarta. Les yeux mi-clos, un autre s'approcha en prononçant des paroles inintelligibles : le mal lui avait dévoré les lèvres et s'en était même pris à la bouche, depuis des années dépourvue de dents. Rogné par des chiens errants et des rats affamés, un bourrelet bruni par le soleil se tendit en tremblant. C'était tout ce qui restait de la main de la vieille agenouillée. Incapable de saisir la fine gaze qui recouvrait les cuisses fuselées de la belle, le moignon se recroquevilla sur lui-même, caressa l'étoffe qui crissa sous l'insulte et retomba dans la poussière : la malade n'avait plus la force de bouger son bras. Mêlé à un peu de bave, un raclement inaudible sortit de sa bouche béante.

Vijanaga sourit avec bienveillance et se tourna vers les soldats qui l'accompagnaient. D'un geste, elle leur désigna une cuvette d'argent où macéraient des pétales et des racines. Les gardes hésitèrent encore une fois. C'était si nouveau, si inattendu pour eux ! Voici quelques années, ces hommes se cachaient dans la forêt d'où ils harcelaient les troupes d'occupation chames, tout en vivant de racines et de fruits sauvages. La faim, la soif, la peur et le sang étaient leur lot quotidien. Aujourd'hui, repus et bien équipés, ces militaires couverts de cicatrices avaient la charge d'une femme illustre. De plus, ils étaient contraints de l'escorter jusque dans les plus lointaines provinces et d'assister à ce spectacle étrange. La princesse se laissait approcher, apostropher et caresser par des êtres immondes et sans visage, aux membres gangrenés et puants qu'ils auraient aimé chasser à coups de pique. C'était à n'y rien comprendre !

La belle créature prit un linge fin, le trempa dans la bassine. Toujours souriante, elle noua l'étoffe ruisselante autour du moignon de la vieille. Quelle jouissance de couvrir une telle immondice, de répandre un parfum de prix autour de ces chairs putréfiées ! Se servir de cette misère pour sublimer sa splendeur et, de plus, s'attirer la reconnaissance de ces pauvres hères dont la vue la révulsait et la réconfortait tant...

— Grâce à Bouddha, ces plantes que j'ai choisies ce matin apaiseront la douleur et apporteront à ton âme la paix qu'elle mérite.

Soudées par des humeurs jaunes et collantes, les paupières de la malade tressautèrent. Un instant brillèrent des yeux noirs. Dans ce corps amoindri et dépecé vivant, c'était tout ce qui semblait conserver de l'énergie. La vieille hésita, esquissa un pas puis se figea. Les militaires s'avancèrent, prêts à l'écarter. Vijanaga les arrêta d'un geste.

— Laissez-la, cette malheureuse s'en ira quand elle voudra. Qu'avancent vers moi tous ceux qui le souhaiteront ; je suis à leur disposition, je suis leur servante.

À regret, les soldats rompirent le rang serré qu'ils avaient formé autour d'elle. Ils ne comprenaient pas pourquoi Vijanaga s'attardait dans cet établissement où elle mettait sa santé en péril. Une cohorte de pauvres hères apparut, grognant et crachant, certains raclant leurs fesses sans jambes sur le sol, plus araignées qu'hommes. La masse désordonnée et confiante des miséreux de la province des Serpents enroulés se pressait devant l'hôpital que le roi Jayavarman avait récemment bâti.

Cette construction était accueillante : une salle centrale dépourvue de murs, pour que le moindre vent balaye les miasmes ; de larges galeries de bois rayonnantes, menant au puits, au bassin des ablutions, au potager... et à un sanctuaire de pierre devant lequel se tenait, compatissante et sans crainte, une envoyée auguste. L'indescriptible énergie qui émanait du temple, de ses sculptures et de ses peintures étincelantes s'accordait avec la sagesse divine et la bonté de cette femme resplendissante venue les secourir, une princesse... Devant pareil défi adresse au bon sens, ces lépreux moribonds retrouvaient l'espoir.

Au loin, il y eut un roulement de tambour. C'était le moment de rendre grâce à la visiteuse puissante et respectée. S'aidant les uns les autres, flageolant et peinant, les malades s'agenouillèrent. Dégoûtés, les soldats s'alarmèrent : seraient-ils contraints d'aider ces misérables à se relever quand ceux-ci auraient achevé de saluer leur bienfaitrice, si proche des Pieds Sacrés ? Les esprits de la lèpre en profiteraient-ils pour leur sauter dessus, pénétrer dans leur bouche et les corrompre ? Et ces enfants pâles, incapables de se mouvoir, nul ne pouvait plus rien faire pour eux... Les petits pieds gonflés disaient la vérité cruelle : enroulés dans les viscères, des vers achevaient de dévorer de l'intérieur ces jeunes Khmers, et bientôt ceux-ci étoufferaient avant d'expirer. Mais comment faire pour repousser ces êtres maudits ? Les soldats ne pouvaient refuser d'obéir à celle qui était venue soigner les pauvres de la province au nom de Jayavarman.

La plupart de ces hommes étaient de jeunes paysans célibataires. Quelques-uns étaient mariés et avaient laissé leur famille à Angkor. En dépit de la déroute infligée aux Chams et aux lénifiants discours officiels, ils redoutaient une nouvelle guerre. Cette tournée dans la province des Serpents enroulés leur semblait si inutile, si dangereuse... Qu'arriverait-il aux leurs si les Chams attaquaient la capitale par surprise ?

Fixant une femme qui tendait son enfant mourant à la visiteuse, un soldat se tourna vers un de ses compagnons et marmonna :

— Le roi a annoncé son intention de fonder au total cent deux hôpitaux, des gîtes d'étape où des fonctionnaires entretiendront un fourneau en permanence. Tu te rends compte des voyages que nous allons devoir faire d'un bout à l'autre du pays ?

L'autre secoua la tête.

— Le royaume n'est pas assez riche pour édifier tous ces bâtiments, le roi devra renoncer à la plupart de ses projets. Nous sommes trop peu pour entretenir les rizières, garder les Chams à distance et rebâtir la métropole…

— T'as raison, reprit le premier homme. C'est de la folie, ça finira mal…

Désignant les lépreux de son javelot, il ajouta :

— D'ailleurs, à quoi bon s'occuper de ces gens ? Ils expient les péchés qu'ils ont commis dans leurs vies antérieures. Grâce à leur maladie, ils touchent à la perfection finale qu'un jour nous atteindrons tous…

Vijanaga les entendit et sourit, avant de s'approcher d'un groupe de lépreux. S'occuper de ces loqueteux lui permettrait de mieux jauger l'abîme qui les séparait d'elle et de mesurer sa beauté en la comparant à cette déchéance… Quelle immense satisfaction ! Penser à son corps quand celui-ci se lovait, souple et intelligent, contre Binasuor.

Binasuor… En jetant son dévolu sur un prince étranger, Vijanaga s'appropriait la plus ancienne légende du Cambodge. Un jour, une princesse khmère, fille du monde aquatique et placée sous la protection de la Lune, s'était unie avec un étranger élu par le Soleil. Peu après ce mariage, l'époux, plus ou moins homme, plus ou moins serpent, avait bu l'eau qui recouvrait le pays afin de mettre au jour une terre boueuse et fertile, propre à la culture du riz, au creusement des canaux et à la construction des sanctuaires. Qui reprocherait à Vijanaga d'inscrire ses pas dans ceux de la princesse ondine, leur mère à tous ? Sœur du roi-Bouddha, héritière de la longue lignée de souverains qui avaient créé et gouverné Angkor, elle était elle-même une déesse ou presque. Lorsque la tempête serait passée, se marierait-elle à son frère Jayavarman ? Cette coutume, dont Vijanaga savait qu'elle existait ailleurs, n'était pas en vigueur au Cambodge. D'ailleurs, le roi avait déjà plusieurs concubines, sans compter les jeunes veuves qui les servaient. Cela ne lui laissait guère de place. Certes, Binasuor était né dans un pays ennemi, mais il était prince avant tout, d'une ascendance aussi ancienne et illustre que les souverains d'Angkor, d'une caste égale à la sienne. Loin de constituer une déchéance, s'unir à cet étranger présentait maints avantages. La princesse laissait de côté la prestance séduisante du jeune homme, un point qui ne comptait guère à ses yeux, peu enclins à admirer un autre corps que le sien. Par sa naissance et son rang, Vijanaga, la Petite Sœur sainte, se mettait au-dessus de l'immense majorité des Khmers. En se liant à Binasuor, elle se placerait à côté des nobles de son pays, même des autres membres de la famille royale, et occuperait jusqu'à la fin de ses jours une place particulière, enviée et crainte. Que le Cambodge signe ou non une paix durable avec le Champa, qu'elle règne ou non à Indrapura, Vijanaga connaîtrait toujours le secret des tractations, des manœuvres de cour et de chancellerie. Plus que du pouvoir, elle en tirerait des satisfactions immenses, la jouissance d'être dépositaire de secrets d'État.

À l'arrivée du messager, Pheum alla se blottir dans un coin de la pièce, pour ne pas déranger. Un instant, le goût et la fermeté du sein de cette jeune fille, presque une enfant, demeurèrent dans l'esprit du roi. Mais l'agréable sensation en forme de promesse s'estompa trop vite ; le chambellan agenouillé était si insistant...

— Pieds Sacrés, c'est un malheur : la demeure d'Harsha a été détruite par le feu !

Le roi tressaillit et se releva, si brusquement que son pied balaya les pièces du jeu d'échecs qui s'égaillèrent dans la chambre. Étonnée par cette maladresse à laquelle elle n'était pas accoutumée, Pheum considéra à la dérobée le monarque qui l'appelait souvent auprès de lui ces jours derniers.

Une seule question lui vint à l'esprit, qui avait aussi saisi Jayavarman et le serviteur. Le retour des Chams ? Indifférent au trouble qu'il suscitait chez la fille, le souverain restait interdit. Le feu ! Un véritable drame. Des images douloureuses renaissaient en lui. Il revoyait cette journée lointaine, maudite entre toutes et encore si présente, où l'ennemi s'était emparé d'Angkor par surprise. Des flammes... Il se souvint des cris et des brasiers, des Khmers s'enfuyant dans la forêt ; des éléphants aux pattes brisées par l'assaillant, incapables de se défendre. L'incendie... Il se remémora les longues files de prisonniers emmenés en captivité, les enfants séparés de leur mère.

Enfin, le monarque croisa le regard de Pheum, il devait se reprendre. Si ses sujets doutaient de son courage, il n'arriverait plus à leur insuffler la hardiesse dont ils avaient besoin pour recouvrer leur puissance. Jayavarman se rassit, fidèle à la pose royale des audiences. Avec un sourire, il congédia la jeune fille qui s'éloigna, gracieuse, dépitée sous son apparente nonchalance. Sa beauté juvénile et tendre allait séduire le roi... Si le chambellan n'était pas venu les déranger, il aurait continué à la caresser. Faussement réservée, elle aurait stimulé son ardeur en jouant de ses grands yeux rieurs. Le souverain l'aurait connue et elle aurait mis au monde un fils, qui aurait grandi dans le palais et serait devenu roi à son tour.

Fraîchement arrivée de la campagne, la fille ignorait qui était cet Harsha et se moquait de l'incendie de sa maison. Une chose était certaine : d'un coup, son rêve avait été réduit à néant. Le harem royal comptait des milliers de jeunes femmes ; elle pouvait fort bien ne jamais revoir les Pieds Sacrés et se flétrir loin de lui, connaissant le sort peu enviable des vieilles vierges oubliées. Avant de quitter la salle, elle se retourna et salua le roi. En dépit de l'échec subi, nul regret ne se lisait sur son visage lisse. À quoi bon se rebeller contre le destin ? D'ailleurs, ce revers n'était pas si grave. Chaque année, elle enverrait à ses parents les cadeaux – porcelaines de Chine ou peignes de santal – que le roi distribuait aux femmes du palais lors de la fête du Premier mois. Ses frères et sœurs ne manqueraient de rien. Et puis c'était Bupati que Jayavarman préférait, tout le harem le savait.

— L'architecte, où se trouve-t-il ? questionna le roi.

Craignant que la nouvelle dont il était porteur ne lui vaille une punition, le serviteur fut soulagé de tempérer sa première annonce :

— Il est sain et sauf, il vient d'arriver dans le pavillon des Noix de bétel et attend que le roi-Bouddha accepte de le recevoir. Selon ses propres paroles, Harsha a une communication déterminante à faire aux Pieds Sacrés, une déclaration qui regarde la sécurité du royaume.

Le chambellan se tut.

Que faire ? s'interrogea le roi, de nouveau prostré.

Pour la seconde fois s'imposèrent à lui les souvenirs de la Grande Invasion. Par une matinée paisible et insouciante, le monarque d'alors, un usurpateur, se délassait en compagnie d'une beauté de son harem quand tout à coup les Chams surgirent de nulle part, par milliers, pour tuer...

La demeure d'Harsha avait brûlé ? Était-ce un incendie criminel, prélude à une nouvelle attaque ? C'était difficile à croire, mais pas impossible. Déguisés en marchands ou en pêcheurs, des Chams avaient pu s'approcher de la capitale pour s'y livrer à des attentats et saper l'autorité royale avant que le gros de la troupe ne se manifeste... Jayavarman frappa le sol de son pied, dont la plante était rougie par des herbes colorantes.

— Fais rappeler les membres du conseil. Qu'ils m'attendent dans la chambre des Fleurs de riz.

La gorge serrée, il ajouta :

— Demande aux gardiens du Trésor d'apporter l'Épée sacrée. Va !

Le serviteur acquiesça et s'éloigna à quatre pattes et à reculons, la tête baissée.

Demeuré seul, Jayavarman adressa une courte prière à Bouddha. En cet instant peut-être crucial, il avait besoin que l'Éveillé le seconde et le guide. Surtout, il devait se montrer ferme et sans faiblesse devant ses principaux conseillers. L'exhibition du Preah Khan Reach, l'Auguste Épée sacrée, réchaufferait les cœurs et raffermirait les esprits, à commencer par le sien. Jadis façonnée par des dieux habiles et fondue dans un alliage d'or, de bronze et d'acier, avec un pommeau serti de rubis et de diamants, cette arme était le principal attribut du souverain khmer. Jayavarman offrirait à ses ministres une image parfaite, forte et rassurante – celle d'un chef de guerre prêt à reprendre le combat, à tuer. Il avait juste le temps de se faire recoiffer et de passer un pagne neuf. Pourquoi avait-il un instant flanché devant la jeune fille et le domestique ? Pourquoi ne savait-il pas se maîtriser en toutes circonstances ? Sa tâche était si écrasante...

La compassion dont faisait preuve l'illustre voyageuse, les ridicules hésitations des soldats dont les yeux brillaient d'inquiétude, l'espoir qui redonnait aux mourants la force de se prosterner, les soupirs que ne parvenaient pas même à exhaler la vieille lépreuse... Rien n'échappait au regard aigu d'une autre femme restée en retrait. Les reins pris dans une étoffe solide qui la laissait libre de ses mouvements, elle était solidement campée sur deux jambes musculeuses. Mâchoires puissantes, épaules carrées, fesses volumineuses, cheveux énergiquement noués en un chignon tourné sur le côté, Tevoda, commandante de la garde féminine, ne faisait guère penser aux femmes gracieuses du harem royal. Rien chez elle n'était de nature à charmer, hormis les deux fossettes qui creusaient ses joues à la moindre parole, souvenirs d'une enfance lointaine, et qui chez cette guerrière effrayaient plus qu'elles ne suscitaient la tendresse.

Déesse de la force incarnée, Tevoda se tenait prête à défendre la princesse si la longue cérémonie tournait mal. Elle savait que les militaires étaient dépassés par les événements et ne sauraient la protéger si la foule des lépreux sombrait dans la folie. Elle seule aurait la présence d'esprit et la force de repousser ces malades si ceux-ci se faisaient menaçants. Ensuite, elle prendrait Vijanaga dans ses bras et la mettrait en lieu sûr. D'ailleurs, ne valait-il pas mieux que ces misérables perdent la raison ? Elle se jetterait sur eux et les broierait, en fracassant leurs têtes l'une après l'autre dans une seule de ses grosses mains. Cette plaisante besogne achevée, elle persuaderait son illustre maîtresse de regagner au plus vite la métropole. Là-bas, la commandante retrouverait ses filles, les soldates des escouades du Bœuf sacré, des Poissons gris de la mangrove et de la Dame cachée. Tevoda n'aimait pas s'en éloigner. À Angkor, ses jeunes protégées étaient soumises à de si nombreuses tentations... Chaque fois qu'elle y revenait au terme d'une mission, elle devait rétablir la discipline et les exercices physiques que les combattantes avaient tendance à oublier ; et mettre un terme aux disputes incessantes qui les opposaient, promptes à se jalouser. Sans parler des hommes qui rôdaient autour de la caserne dès que Tevoda avait le dos tourné : ils aimaient ces femmes si séduisantes pour quiconque appréciait les corps alertes aux membres agiles et à la peau tendue et huilée. Ils avaient dû circonvenir ces idiotes, d'autant plus faciles à berner qu'elles avaient fort peu l'expérience des hommes... Il allait falloir leur vider le ventre à force de tisanes purgatives et d'exercices violents. Pour les débarrasser des graines d'homme que ces idiotes avaient sans doute eu l'imprudence de s'y laisser semer... Tevoda soupira.

Pour ces raisons et d'autres, que la guerrière n'osait pas s'avouer, il fallait qu'elle rentre au plus vite à Angkor.

Le Fortuné ouvrit l'urne, recueillit un peu de poudre blanche dans sa paume et s'en badigeonna le mollet. Après leur mort, les deux épouses de Jayavarman n'avaient pas été abandonnées aux chiens errants comme c'était le cas pour le commun des mortels. Leurs dépouilles avaient été déposées au sommet d'une pyramide de bois peint en rouge et or, le feu y avait été porté, les chairs réduites en cendres… Ces mêmes cendres que le roi appliquait sur sa jambe, en désespoir de cause, espérant qu'elles sauraient le guérir.

Apparue voici de longues années, la maladie avait ensuite reculé, laissant croire à une guérison. Elle était revenue un jour, puis avait été tenue à distance par les médecins et presque vaincue par Vijanaga, qui seule avait accepté de prodiguer les massages et d'appliquer les emplâtres. Depuis quelques lunaisons, la chair brunissait de nouveau, au même endroit. Pour le moment, les serviteurs qui le lavaient, l'oignaient et le parfumaient ne pensaient pas à mal ; ils ne voyaient là qu'une tache apportée par l'âge et les années qui passaient. Jayavarman, lui, savait que nourrie par ses regrets, la flétrissure annonçait des souffrances. À moins que la Providence n'intervienne ? Ses deux épouses l'aideraient-elles à guérir ou lui feraient-elles payer leur trépas prématuré ? Il appliqua encore un peu de poudre sur son membre – poussières de mortes, quintessence de bonté et de piété purifiée par le feu.

La chambre des Fleurs de riz possédait des dimensions plus modestes que la grande salle des Audiences. Les murs en étaient nus, hormis la frise d'animaux fantastiques – mufle en l'air, dents acérées, queue redressée et torse cambré – qui en ornait la partie supérieure, juste en dessous des poutres du toit. L'heure était venue pour le roi d'apprécier les plans que son architecte avait dressés de la nouvelle capitale.

— Que chacun se souvienne à tout instant des Cinq Saints Préceptes ! clama un héraut.

Des membres de la famille royale, des dignitaires et des militaires de haut rang firent leur entrée. Une vingtaine de personnages au total, dont les bracelets en argent, les pendants d'oreilles en or et les sautoirs indiquaient la fonction et le lien de parenté avec le souverain. Ils s'installèrent sur une longue estrade aménagée contre trois des murs de la pièce. Des valets silencieux placèrent à côté d'eux des coupes emplies d'eau fraîche et de quartiers de noix de coco ainsi que des nécessaires à bétel. Une trompette émit un souffle rauque et ils s'éclipsèrent. Jayavarman apparut alors, suivi de secrétaires particuliers qui graveraient les paroles royales sur des feuilles de palmier.

— Que l'esprit de Bouddha nous guide et illumine nos cœurs !

Le temps de recevoir les saluts rituels, le roi ordonna aux gardes de faire entrer l'architecte. Ces militaires d'élite au corps trapu et au visage farouche firent pivoter la lourde porte à deux battants donnant accès à un long corridor. Zigzaguant entre d'autres salles et des jardins intérieurs, celui-ci menait jusqu'à l'entrée principale du quartier royal.

Chargé de senteurs d'épices et de fleurs, un air frais pénétra dans la salle et, avec lui, le doux bourdonnement de la cité. Jayavarman sourit. Il aimait tant sa capitale qu'il savait en interpréter le moindre murmure. Tout à l'heure, il n'aurait pas dû songer aux heures noires de la métropole. Ce temps de malheur était révolu, seule la maison d'Harsha avait été détruite. Hormis ce drame que le roi examinerait avec soin, c'était le joyeux vacarme des charrettes tirées par des bœufs dédaigneux, la senteur d'une soupe à l'ananas et aux poissons du Grand Lac, le chant régulier du marteau des dinandiers, le souffle court des lutteurs de foire, le rire d'une bande d'enfants occupés à pourchasser des canards, la musique entraînante des musiciens de rue. Sous la protection de son roi, Angkor vivait et resplendissait, heureuse de se reconstruire, et il savait qu'il était le principal artisan de cette résurrection.

Sur un coussin de soie jaune scintillait le Preah Khan Reach. Le souverain considéra l'arme d'apparat. Par miracle, les Chams ne s'en étaient pas emparés. Attentif et ému, le monarque se pencha pour apprécier les damasquinures d'or et d'argent. Doublé de velours, le fourreau avait glissé et laissait voir le haut de la lame. Soudain, Jayavarman se figea. Effaré, il resta un instant à demi penché, stupéfié par le spectacle qui s'offrait à lui. Pourquoi les gardiens du Trésor ne lui avaient-ils rien dit ? Incrédule, il vérifia qu'il ne se trompait pas : des marbrures rougeâtres apparaissaient nettement sur la lame ternie. Le rouge, la couleur du sang ! Des moisissures ? Peu importait, cette souillure était un signe divin indéniable, un présage de malheur. D'un instant à l'autre, la terrifiante nouvelle se répandrait dans toute la ville.

Il y eut un râle. Un autre que lui avait-il distingué les traces néfastes ? Le roi releva la tête. Tous les visages étaient tournés vers le seuil, et il aperçut Harsha. Muet, les jambes à demi ployées, l'architecte s'agrippait au chambranle sculpté de la porte. Un conseiller ne put retenir un cri, les gardes firent un pas en avant. Harsha ouvrit la bouche. Interdit, Jayavarman tint les soldats à distance. Mécanique, marionnette de bambou et de palmier, chose inerte manipulée par une invisible main céleste qui l'emportait déjà dans son monde, l'architecte s'avança, comme halluciné. Horrifiés, les ministres virent alors la plaie béante qu'il portait à la tête...

Contre toute attente, le demi-mort parla :

— Montre-toi à ton peuple, roi-Bouddha. Fais-toi précéder des étendards, des fanions et de l'orchestre royal.

Sa tête dodelina un instant avant de retrouver par miracle son assise. Il avança encore de sa démarche hésitante et, dans un silence épais, reprit son soliloque funèbre :

— Que par centaines les filles du palais t'accompagnent, portant des cierges et ta vaisselle d'argent. Et que te suivent les plus beaux attelages équestres de ton écurie...

Harsha tituba. Les yeux contemplant déjà l'abîme où son âme allait tomber, il s'approcha du roi :

— Place sur ta tête l'auguste coiffure royale, le Grand Mokot[1] serti de pierreries, et chausse les escarpins d'or à bout relevé... Ô Maître de la vie au-dessus des têtes, tiens-toi debout sur le plus bel éléphant de tes écuries et, devant tes sujets, brandis haut l'Épée sacrée du royaume, le Preah Khan Reach.

1. Coiffure royale évoquant le mont Mérou, montagne sacrée, et qui est portée le seul jour de l'intronisation.

Harsha s'interrompit. Le roi et ses grands commis crurent qu'il allait s'écrouler, rattrapé par la mort qui, au vu de son atroce blessure, aurait déjà dû l'emporter.

— Que les troupes d'élite te précèdent, t'encadrent et te suivent.

Avec une ultime pensée pour les conseils avisés que lui avait donnés en rêve sa mère morte, il ajouta, d'une voix plus atone que jamais :

— Surtout, Pieds Sacrés, abrite-toi sous mon parasol à manche d'or.

Les ministres retinrent leur souffle, accablés par la vision qu'offrait ce mourant intarissable. Ne sachant que dire ni que faire, plusieurs se tournèrent vers le roi. Interdit, celui-ci restait lui aussi silencieux.

— Sous mon parasol à manche d'or ! répéta l'architecte avec ces yeux sans regard ; puis, en détachant chaque syllabe autant qu'il le put, il articula dans un dernier souffle :

— Sous mon parasol d'or...

Il eut un sursaut, un râle répugnant, puis poussa un cri informe, puissant et strident, qui glaça d'effroi le roi et ses proches, emplit toute la pièce et leurs cœurs, s'échappa par une fenêtre et, glissant au-dessus de l'eau d'un long bassin, alla mourir contre les grands lions de pierre ornant les escaliers du Phimeanakas[1]. Abandonné par les esprits et les forces dont il avait réussi à consommer chaque particule, Harsha s'effondra. En heurtant le plancher de teck, sa tête blessée produisit un son mat. Une noix de coco tranchée par la lame d'un marchand ambulant n'aurait pas émis un autre bruit.

Athlétique, la jeune combattante sourit et, faussement cajolante, tendit les bras. Quel plaisir appréciable de terroriser en simulant la bonté...

1. Principal sanctuaire de l'enclos du palais royal.

— Venez par ici, mes jolis, mes chers petits.

Blêmes, les deux hommes se retournèrent. D'autres femmes arrivaient par-derrière. Et, là-bas, un troisième groupe de soldates refermait le lourd portail. Aux quatre points cardinaux s'élevaient des murs infranchissables sans corde ni échelle. Les deux Chams étaient perdus.

Une lance ou un long poignard à la main, la mine cruelle, les soldates de Jayavarman continuaient d'approcher, plongeant leur regard froid dans celui de leurs proies. L'une d'entre elles éclata de rire.

— Vous avez envahi et oppressé notre pays durant de nombreuses années ; vous avez réduit nos pères en esclavage, violé, tué. Comment auriez-vous pu nous tromper ?

Une autre s'écria :

— Sales chiens ! Malgré votre déguisement, votre pagne et votre coiffure khmers, vous êtes aussi faciles à repérer qu'un buffle au milieu d'une rizière asséchée !

Les filles agiles avancèrent, restreignant à chaque pas le mince espace où les deux Chams pouvaient se mouvoir. Pour faire durer le plaisir la soldate musclée s'arrêta et, se tournant vers ses compagnes, tendit le nez.

— Quelle senteur formidable ! L'odeur du Cham qui a peur… je ne connais rien de plus agréable !

Une autre renchérit :

— T'as raison, c'est encore meilleur que le parfum de la fleur de frangipanier.

Elle laissa éclater un rire gras, mais s'arrêta net. Menaçante, la femme marcha droit vers l'un des deux Chams. D'un formidable coup de poing, elle le jeta à terre, se pencha et s'empara du pot de terre que sa victime portait à la ceinture. Brandissant son trophée, elle hurla :

— Bêtes des enfers ! Ces ordures ont tué des Khmers pour s'emparer de leur bile !

Livide, le Cham voulut se défendre. Sans adresse, il nia en se contredisant :

— C'est pas du fiel. D'ailleurs, c'est pas moi qui l'ai pris.

— Nous allons voir ! s'écria la soldate.

Elle ôta le bouchon de cuir et huma la fragrance émanant du liquide glaireux, puis décocha un violent coup de pied à l'homme qui gisait toujours dans la poussière. Triomphante, elle lui demanda en ricanant :

— Combien de Khmers avez-vous tués pour vous emparer de leur courage ?

Sans attendre la réponse, elle poursuivit, hors d'elle :

— De la bile ! Tu ne sais donc pas que seuls les devins et les guérisseurs ont le droit de choisir ceux dont la bile servira à réaliser les potions revigorantes, et selon des rites précis... En plus, tout ça, c'est pour les Khmers, pas pour les peuples voisins !

— C'était un simple paysan, sa mort ne change rien, protesta le Cham.

Un nouveau coup de pied le fit taire en lui cassant une dent. Terrorisé, l'autre prisonnier ne disait rien, gardant les yeux baissés pour ne s'attirer ni brutalités ni reproches. Sans en laisser rien paraître, il se réjouissait d'avoir bu d'un coup sa part de bile, les femmes ne trouveraient rien sur lui. Si son compagnon ne le dénonçait pas, il serait probablement mieux traité. Mais il avait peur, si peur... Une tiédeur lui caressa la jambe. Honteux et terrifié, il s'interrogea : où était donc la bravoure que le fiel de sa victime aurait dû lui conférer ? Il tenta maladroitement de cacher la souillure avec sa main tremblante.

— Il a uriné ! hurla une combattante. Le couard !

La femme qui s'était forcée à rire déclara d'une voix tonnante :

— Si tous les Chams sont comme ces deux-là, à gémir et à pisser comme des enfants, je me demande comment ils ont pu nous battre. Je vais leur tordre le cou avec seulement deux doigts, à ces mauviettes !

— Ils ne sont pas si bêtes que ça, répliqua une autre. Non seulement ils ont réussi à pénétrer dans la ville, mais en plus ils sont entrés dans l'enceinte du palais royal. Or, c'est bien toi qui étais chargée de surveiller la porte des Éléphants ?

La soldate pâlit sous l'attaque. Peu habile, elle essaya de se défendre :

— Ils ont dû se mêler à des tailleurs de pierre ou à des jardiniers. Le roi a ordonné de nouveaux travaux dans les jardins du palais, entre le Phimeanakas coiffé d'or et le bassin des ablutions de la fête des Aïeux… Ce sont des va-et-vient continuels.

Préférant rester dans les bonnes grâces de la gardienne, sa compagne fit mine de s'étonner :

— Tu avoues donc que tu laisses entrer n'importe qui, sans vérifier les laissez-passer ? Tu profites que Tevoda ne soit pas là pour rêvasser au soleil ? Voici la vérité : tu t'intéressais moins aux allées et venues des visiteurs qu'à celles des acrobates qui se produiront ce soir sur la terrasse de l'Offrande aux corbeaux…

L'accusée protesta avec d'autant plus de vigueur qu'un des deux prisonniers lui lançait un regard haineux.

— C'est pas vrai, tu mens… commença-t-elle, ébranlée, puis, se tournant vers les autres soldates, elle ajouta : Les filles, je crois qu'on a attrapé ceux qui ont allumé le feu que les gardes nous ont signalé !

— C'est faux, c'est pas nous, affirma le Cham resté à terre.

Terrifié, son partenaire se rapprocha de lui, sans s'occuper de l'urine qui au soleil exhalait une senteur âcre. Mais la soldate avait assez joué et cessa de quereller sa compagne. Marchant droit sur les deux hommes, elle interrogea :

— Des incendiaires ?

À ces mots, d'autres filles de la garde poussèrent de grands cris rauques. Brandissant leurs armes, elles s'avancèrent à leur tour vers les prisonniers. Certaines firent mine de les percer de leur lance, pour s'amuser un peu.

Mais une autre soldate conseilla :

— Les abîmez pas trop, on sait pas ce que le roi veut en faire.

Les soldates s'écartèrent. Cependant, plusieurs posèrent leurs armes et revinrent cribler les hommes de coups de poing. Pour ne pas avoir honte de cet accès de violence incontrôlée, l'une s'écria :

— Ce sont peut-être aussi les assassins de notre amie Sobhana... On n'a pas encore tiré sa mort au clair.

— T'as raison, approuvèrent les autres.

La soldate au rire sonore vit le profit qu'elle pouvait tirer de cette hypothèse et se dépêcha de renchérir :

— Oui, déguisés, ils peuvent aller et venir à leur guise. C'est pour ça que je les ai pas vus !

Levant les yeux au ciel, elle clama, pour attendrir ses compagnes :

— Sobhana, ma sœur, tu vas être vengée !

Puis elle se retourna et désigna la ville qui, par-delà la porte des Conques, s'étendait en contrebas de la gigantesque terrasse où était bâti le palais royal.

— Et vous aussi, vous, les Khmers morts en défendant ou en reconquérant votre pays, tous ceux dont les vautours purificateurs ont accepté de disperser les restes...

Ruisselants de peur et meurtris, les Chams furent pris de spasmes. Les soldates les mettraient-elles à mort sur-le-champ, ou bien les confieraient-elles à la justice des Pieds Sacrés ? Ils ne savaient pas ce qui était le plus à craindre et comprenaient encore moins pourquoi ni comment ils avaient pu tomber dans ce piège...

Une fois de plus, le Fortuné doutait. Encore sous le choc, il se tourna vers les brahmanes restés silencieux. Drapés dans leur tunique safran, les hindouistes échangeaient des regards entendus. Le corps de l'architecte avait été enlevé mais il était toujours là, plus présent que jamais, occupant les esprits. Le plus vieux des prêtres posa sur un coussin le petit écran brodé derrière lequel il abritait souvent son visage et déclara :

— À l'heure de son trépas, Harsha a eu une vision. Plutôt, il a voulu emporter dans la mort l'image de son roi au sommet de sa puissance.

Les conseillers acquiescèrent et le religieux poursuivit :

— Avec une grande précision, l'architecte a décrit la procession qui s'est déployée lors de votre intronisation : les femmes du palais portant les cierges, les attelages, les éléphants caparaçonnés, le Mokot et les escarpins du sacre, l'Épée sacrée exhibée devant la population d'Angkor. Nous avons tous pu reconnaître aisément cette scène, qui se déroule selon les saints canons élaborés en Inde voici des siècles. Par centaines, par milliers, des rois s'y sont soumis depuis la nuit des temps en Inde ou dans les pays qui bordent la mer du Sud.

Heureux d'avoir souligné toute l'importance que sa religion revêtait, l'hindouiste marqua un temps d'arrêt. Comme les autres membres du conseil royal, il peinait à oublier la scène atroce qui venait de se dérouler. Des servantes muettes avaient disposé des encensoirs pour chasser les miasmes. Quant aux esprits malfaisants, Jayavarman ne les craignait pas : il y avait dans la pièce bien assez de prêtres pour les tenir à distance. À présent, ayant surmonté sa surprise, le monarque voulait que le meurtrier d'Harsha soit rapidement découvert ; surtout, il désirait comprendre le sens profond des ultimes propos du moribond. À l'heure de sa mort, celui-ci avait été le porte-parole du divin…

— Je veux connaître chacun de ses mots, dit le roi.

Le vieux Rajendra se redressa.

— La sagesse en est aisée à saisir. Jusqu'à son dernier instant, ce malheureux architecte s'est montré le plus fidèle de vos sujets. Il vous a exhorté à demeurer aussi fort et déterminé qu'au jour de votre ondoiement. Pour la gloire du royaume, vous devez à jamais apparaître dans toute l'étendue de votre terrible puissance… Harsha a parlé de l'armée royale et des régiments d'élite ? C'est pour nous inciter à ne jamais baisser la garde et à pourchasser nos ennemis, à les exterminer jusqu'au dernier. Sachant qu'il n'édifierait pas la ville dont il rêvait, il nous a laissé en testament ce message : puisque nous ne pouvons nous défendre derrière des murailles qui n'existeront jamais, il nous faut passer à l'attaque, armer les catapultes et y atteler les éléphants de combat. Aux armes !

Cet appel ne rencontra pas l'enthousiasme escompté. Vexé, Rajendra s'effaça en maudissant les pleutres qui l'entouraient. Le roi le considéra d'un air pensif avant de se tourner vers Crindra. Lui aussi très ému par la mort de l'architecte, le bouddhiste avait les yeux humides. Il salua le souverain et déclara :

— Je ne suis pas certain que les paroles d'Harsha soient si importantes. Il venait d'être frappé à mort et portait une blessure atroce à la tête. La surprise, la douleur et le désespoir se sont conjugués aux dérèglements occasionnés par cette blessure pour altérer sa lucidité. De surcroît, l'architecte avait beaucoup travaillé depuis de nombreuses lunaisons et nous savons tous qu'il était épuisé. Certes, les circonstances de l'incendie de sa maison ne nous sont pas encore connues, mais le feu a réduit en cendres d'innombrables jours d'études. Par dizaines, des ôles sont parties en fumée, et avec elles les plans et les mesures qui vous étaient destinés, Fortuné. Qui n'aurait perdu l'esprit face à une telle tragédie ?

Crindra se tut un instant pour donner plus de poids à la fin de son propos.

— Rassemblés, ces éléments parlent d'eux-mêmes : Harsha, l'infortuné et habile architecte chargé de dessiner la nouvelle Angkor, n'avait plus sa raison.

Les brahmanes et Rajendra murmurèrent. Jayavarman les fit taire d'un geste, Crindra reprit :

— La preuve ? Harsha a parlé à trois reprises de « son propre parasol ». Cela n'a aucun sens. Chacun sait que le roi utilise seulement des ombrelles de soie ou de taffetas, fabriquées dans les ateliers du palais par des artisans spécialisés…

Le souverain opina d'un air rêveur :

— Tu as raison, Crindra. Nous avons tous noté ces mots prononcés trois fois, très distinctement.

De nouveau, les hindouistes s'agitèrent, par avance ravis de donner une opinion qui remettrait le bouddhiste à sa place et inciterait le souverain à les consulter davantage. Le plus âgé protesta :

— Les dernières paroles d'un mourant… Il ne faut pas leur accorder trop d'intérêt.

La remarque ne plut pas à Jayavarman :

— Hormis Crindra, les uns et les autres, vous vous contredisez. Il vous faut choisir : soit les ultimes paroles du malheureux Harsha ont un sens, soit elles n'en ont pas !

Jayavarman se sentait au bord d'un précipice, que son mollet malade interdisait de franchir. Son assurance se réduisait à chaque instant. Il regarda Crindra et les brahmanes. Ces hommes en charge du divin auraient dû l'aider et le conseiller. Or, ils se contredisaient et s'embrouillaient. Qui croire et qui suivre ? De nouveau, le roi se posa la question qui le minait mais le faisait vivre : comment assurer le redressement et la gloire du royaume ? Et comment édifier la nouvelle ville, maintenant qu'Harsha n'était plus ? Fallait-il tout reprendre depuis le commencement ?

Détendant sa jambe valide, Jayavarman donna un violent coup de pied dans un plateau. Gobelets, coupes et crachoirs d'or ou de vermeil s'éparpillèrent sur le sol dans un affreux tintamarre. S'échappant d'un bol, une chique de bétel rouge sang roula jusqu'au centre de la pièce et s'arrêta à l'emplacement exact où Harsha était tombé. Glacés d'effroi, le roi et ses conseillers s'attendaient que d'un instant à l'autre la feuille mâchée donne naissance à une divinité vengeresse. Seul Rajendra ne remarqua rien. La gorge serrée, le sang lui battant les tempes, le vieux seigneur khmer regardait par la fenêtre. De l'autre côté d'une étendue d'herbe piquée de fleurs importées de Chine passait une escouade de la garde féminine. Agiles et pressées, les femmes poussaient devant elles deux hommes. En dépit de leur déguisement, Rajendra reconnut aisément des Chams… Il sut qu'il en concevrait sous peu une grande joie, qui le consolerait de bien des désagréments.

— Dès ce soir, murmura le souverain. Je veux consulter les mages…

Harsha n'avait pu exposer son projet ; sa maison et ce qu'elle contenait avaient disparu. La perte était à la mesure des espoirs placés dans l'architecte : immense, inestimable. Pourtant, d'un coup, son accès de colère avait rendu sa confiance à Jayavarman. Ses épouses disparues en adorant l'Éveillé, le Bouddha lui-même le soutenaient : il devait avoir la foi, il n'avait pas d'autre choix.

Plus qu'un sentiment de perte, il avait l'impression qu'un gouffre formidable s'était brutalement ouvert sous ses pieds avec le cri lancé par un garde : « Harsha est mort ! » D'un coup, Norindeth eut la sensation de n'avoir plus ni chair, ni muscles, ni viscères. Son corps n'était plus qu'une grande enveloppe emplie d'une douleur à chaque instant plus profonde. Était-il possible de continuer à vivre sans la présence de l'architecte, sans le servir et l'admirer, le seconder et attendre son retour quand il se rendait auprès du roi ou partait à la recherche de manuscrits précieux au fin fond de la jungle ? Non, il ne pouvait perdre celui qui représentait sa seule raison de vivre : le créateur qui lui avait permis d'exister en demeurant à ses côtés.

Comment vivre quand, terrassé par l'affliction, on ne voyait, ne sentait, n'entendait plus rien ? Mille fois répété, amplifié par une imagination que décuplait la crainte de devenir fou avant d'avoir eu le temps de se tuer, le cri du garde résonnait dans la tête de l'intendant : « Harsha est mort ! » Harsha était vraiment devenu pour lui, au fil des lunaisons, plus qu'un père, un frère ou un amant, un autre lui-même.

Norindeth pensa un moment se jeter contre le mur pour s'y fracasser la tête mais, si les dieux ne l'aidaient pas, il risquait d'en réchapper et d'agoniser pendant de longues heures, torturé par le souvenir de son maître. Vite, il devait mettre un terme à cette embâcle glacée qui le dévorait de l'intérieur, le hachait et le terrorisait. De nouveau, cette pensée insupportable l'engloutit. Il n'aiderait jamais plus Harsha à se laver et à se vêtir le matin ; il n'oindrait plus son corps de santal et de musc, n'arrangerait plus son lourd chignon. Plus jamais il ne pourrait se retrancher derrière le travail qu'il accomplissait auprès de l'architecte pour remplir le vide de sa propre existence. Pressentant ce malheur, en cherchant querelle au marchand chinois devant le roi, Norindeth avait tenté de provoquer le destin. Lui fallait-il tout recommencer, trouver un nouveau maître ? Le serviteur n'en avait pas la force, convaincu qu'il n'existait pas un autre Harsha. Il avait échoué : désormais seul, il n'avait plus qu'à mourir.

Allait-il s'arracher la chair du ventre à pleines mains ? Non, c'était indigne. L'esprit fouaillé par l'impérieux désir d'en finir tout de suite, Norindeth s'approcha de la grille de bambou qui clôturait le haut de la porte et cria :

— Soldats ! J'ai une révélation à vous faire ! C'est très important !

Les gardes étaient en train de vider une bouteille de vin de miel en braillant. Le plus rougeaud s'approcha de la chambre où était enfermé l'intendant.

— Tais-toi ! Tu nous déranges ! Tu vois pas qu'on est occupés à se saouler la gueule !

Un autre s'avança à son tour.

— Tu sais ce qu'on fête ? La débandade de la garde féminine !

Laissant à son camarade le temps de boire une nouvelle rasade, le premier garde expliqua :

— Les idiotes, elles se tuent en tombant de la Grande Terrasse et laissent assassiner l'architecte du roi en personne, alors qu'elles sont chargées de surveiller le palais royal et ses habitants !

Le second éclata de rire.

— Voilà des lunaisons qu'elles nous méprisaient, se donnaient à nous pour mieux nous reprocher ensuite notre maladresse ou notre inexpérience et se retrouver entre elles. Mais ça va changer ; avec toutes leurs erreurs, elles vont être punies. Quand elle reviendra, Tevoda fera moins la fière !

L'intendant n'entendait pas leurs paroles avinées et aigries. Ces cris, ces piaillements, ces exclamations ne l'atteignaient plus. Peu lui importait Angkor, la ville et les plans dressés par l'ingénieur assassiné. Une idée lui traversa l'esprit, et ce fut la dernière pensée sensée qu'il formula... À la place des gardes qui se réjouissaient de la chute des femmes soldats, il ne distinguait que des créatures célestes, des messagers divins venus le délivrer. Tout à coup, il hurla :

— Harsha... c'est moi qui l'ai tué ! Il ne pourra jamais présenter ses plans au roi et les murailles de la ville ne seront jamais rebâties.

Ces paroles le firent suffoquer, mais le serviteur savait qu'elles lui donneraient le repos. Les ferments de l'alcool, la rage, mêlée de désir, qu'ils éprouvaient à l'encontre des soldates troublaient l'esprit des soldats. Menaçants, ils s'avancèrent vers le jeune intendant. Envahi d'un espoir douloureux, celui-ci cria de plus belle :

— Et dès que je serai devant lui, je tuerai les Pieds Sacrés !

Cette fois, le mensonge le fit vaciller, cependant il l'espérait libérateur. Des gardes brandirent leur épée, d'autres leur poignard.

Rassemblant ses dernières forces, le prisonnier hurla de plus belle :

— Je suis né à la frontière du Sud-Est, je suis un Cham ! Vive Indrapura ! Que nos armées rasent Angkor !

Pour ne pas perdre de temps à défaire le nœud de chanvre, un militaire ouvrit la porte d'un violent coup de sabre. Pointus comme des flèches de montagnard, des éclats de bambou fusèrent dans la petite pièce et plusieurs se fichèrent dans les jambes de l'intendant. Insensible à la douleur, sûr d'être arrivé tout près du but, celui-ci s'élança sur les soldats qui brandissaient leurs armes. Une lame brilla, l'attira ; il se jeta au-devant et le métal lui traversa le cœur. Norindeth s'effondra au milieu des vociférations. Il souriait. La lame, en lui offrant la paix, lui permettrait d'oublier pourquoi Harsha ne lui avait jamais confié le seul secret qui lui importait, celui de la nouvelle Angkor.

Ce n'étaient que des cratères sans fond et des collines abruptes. De loin en loin pointaient des fumerolles d'où montaient des vapeurs tièdes. Çà et là, quelques croûtes brunâtres qui, en séchant, s'étaient jointes les unes aux autres formaient une carapace recouvrant de vastes étendues dont ni l'eau, ni le feu, ni la chaleur n'avaient altéré la blancheur odorante. Ce chaudron recelait tout un univers.

Les yeux sombres des magiciens de la cour observaient avec soin la surface de l'énorme marmite où cuisait le riz magique. Ils en inspectaient chaque bouillon, chaque boulette agitée par l'eau qui chauffait en dessous. D'ordinaire, l'examen minutieux des amas que composait la céréale en cuisant, les dessins que constituaient les grains crevant la surface de l'eau livraient des renseignements précieux. Mais là, même la poignée de semences rouges ajoutée après le début de l'ébullition n'apporta rien de probant. Portés par les flux qui parcouraient l'eau chaude, ces germes pourpres hésitèrent un instant, manquèrent composer une inscription magique puis se dispersèrent dans le désordre…

En désespoir de cause, les mages jetèrent par paquets dans la mixture un safran importé à prix d'or, pour tenter de donner plus de relief à des ombres recelant peut-être des indications irremplaçables… En vain. Alors, ils s'écartèrent de la marmite fumante, pas mécontents, finalement, de devoir confesser leur ignorance. Pour conserver le mystère de leurs rites et renforcer leur ascendant sur le roi, il pouvait s'avérer habile d'avouer être impuissants. Loin de les desservir, cela accroîtrait la crainte qu'ils inspiraient.

Ils revinrent vers Jayavarman et l'un d'eux déclara :

— Nous avons consacré toutes nos forces à ébaucher les traits de la nouvelle cité pour toi et ton architecte, ô Juge suprême. Aujourd'hui, les génies protecteurs du riz sont épuisés, ils refusent de nous parler...

Ils avaient vu juste, le roi n'osa pas les questionner davantage. Abattu et inquiet, il recula, quittant peu à peu l'obscurité qui régnait au fond du sanctuaire. Même le riz – source de vie du Cambodge avec le Tonle Sap et ses affluents, les pluies de la mousson et la boue qu'elles laissaient derrière elles – demeurait muet, refusant de lui délivrer le nom de l'assassin d'Harsha. Le décès de Sobhana ajouté à celui de l'architecte lui rappelait péniblement une autre épreuve, la disparition de ses deux épouses. Ces morts étaient trop liées dans son esprit pour que le souvenir de l'une ne réveille pas d'un coup les autres. Et son mollet secrètement dévoré prolongeait sa souffrance... À la moindre blessure, c'était son âme entière qui hurlait. Que faire ? Gouverner n'apportait que des tracas sans fin, à peine allégés par le repos qu'il avait offert aux vieux éléphants des écuries palatiales. À peine se fut-il installé dans son palanquin que Jayavarman porta une chique de bétel à sa bouche, conscient qu'il lui fallait concilier le bonheur de son peuple et le salut de chacun de ses membres avec le respect et la confiance que ceux-ci devaient lui accorder.

Tous deux avaient la tête et les mains prises dans un cadre de bambou dont le poids les contraignait à réaliser des efforts incessants pour relever la tête. Le plus mince gémissait et gesticulait autant que le lui permettait la cangue, dont le bois mal écorcé lui entamait les poignets et le cou. Il éructa :

— Frère, nous allons mourir.

La bouche enflée, les gencives douloureuses, une douleur lancinante lui sciant le crâne, l'autre Cham ne répondit rien. Les deux hommes se trouvaient dans une sorte de fosse aux parois grossièrement étayées, aménagée non loin de la grande douve qui ceinturait la capitale. Mêlée à celle que laissaient les pluies, l'eau sourdait de toutes parts et transformait le fond de la geôle en un bourbier puant. Passant à travers une claie épaisse, la lueur du jour ne dissipait pas la demi-pénombre régnant dans ce tombeau.

Le premier Cham refusait le silence qui, sans lui, se serait emparé de leur prison. Il affirma :

— Les nôtres nous vengeront... Les Chams ont perdu la bataille car ils n'ont pas su imiter les Khmers et s'unir. Mais bientôt, le clan de la Noix de coco s'alliera au clan de la Noix de bétel. Ensemble, ils iront faire allégeance au roi d'Indrapura, renforceront nos armées, se jetteront sur le Cambodge et n'y laisseront pas une seule maison debout.

Tremblant de peur et de froid, il se tut un instant pour que sa voix déformée par la peur retrouve un peu de sa tonalité ordinaire puis reprit :

— D'ailleurs, nous n'allons peut-être pas être condamnés à mort tout de suite. Si nous nous montrons assez forts et que nous nous soutenons l'un l'autre, on peut réussir à survivre. Le temps que les nôtres s'emparent de la ville et nous délivrent.

Il avala sa salive qui avait du mal à trouver son chemin dans sa gorge serrée et continua, d'une voix plus saccadée et plus aiguë :

— On va s'évader. Toi ou moi, on sera nommé général et c'est nous qui commanderons l'expédition chargée de réduire Angkor en poussière. On pourra violer toutes les filles qu'on voudra, même les concubines des Pieds Sacrés !

À la vérité, il avait atrocement peur. S'il avait été libre de ses mouvements, il aurait sauté en l'air, se serait jeté contre les murs de terre durcie pour se tuer d'un coup. Peu à peu, la terreur le vidait de son humanité et le renvoyait à l'état de nature. Il était près de japper et tournoyer sur lui-même pour la conjurer, comme un chien l'aurait fait. L'autre acceptait plus volontiers sa mort – ou du moins voulait-il l'attendre en silence.

— Sans compter que nous avons un atout secret dans notre jeu : les alliés dont nous disposons dans la place. À l'heure qu'il est, ils travaillent peut-être à notre libération. L'humidité qui règne ici indique que nous nous trouvons près d'une douve. Angkor est parcourue de canaux et de rivières. Avec un peu de chance, nos amis vont nous tirer de ce trou et nous faire monter à bord d'une barque de pêcheur. Tu te souviens de ce que les nôtres nous ont révélé ? Un canal relie la ville au Baray de l'Occident[1]. Ces Khmers, c'est des vrais poissons : ils passent leur temps dans l'eau !

Il ricana, et ajouta très vite :

— En nous mêlant à d'autres barques, on pourra se réfugier dans l'île qui s'élève en son centre et on y restera jusqu'à la fin du jour. Au plus profond de la nuit, on reprendra notre course et on gagnera le Grand Lac par le canal de jonction. En fait, on va effectuer à l'envers le voyage de nos armées lors de la Grande Invasion. Si ça a marché dans un sens, pourquoi ça fonctionnerait pas dans l'autre ? On va vivre, mon vieux, tu entends ?

Au prix d'un effort immense, l'autre Cham ouvrit la bouche, ce qui lui arracha une grimace épouvantable. Broyant les dents que les soldates lui avaient brisées, il grommela d'une voix presque inaudible :

---

1. Lac artificiel, de seize kilomètres carrés, qui s'étend à l'ouest d'Angkor.

— Nous allons mourir. Tu te forces à faire semblant d'espérer pour me réconforter, mais c'est inutile : je recommande mon âme aux divinités. Mon parti est pris et j'accepte cette fin, grâce au courage dont la bile a fortifié mon cœur. Si tu crois vraiment que nous allons être sauvés, détrompe-toi vite avant de devenir fou. Car on n'a plus rien à espérer : les Khmers vont nous tuer.

L'autre Cham se contorsionna, secouant la cangue de bambou. Désespéré, il ne voulait pas assombrir davantage les derniers moments de son compagnon. Mais il devait dire la vérité et regarder son camarade dans les yeux pour l'empêcher de sombrer. Rien ne servait d'attendre la mort dans ce trou en compagnie d'un agonisant hurlant de terreur. Avec précaution, il demanda :

— Tu sens ?

L'autre ne répondit rien.

— Cette odeur... je la reconnaîtrais entre toutes : un mélange de vase, de chairs putréfiées et d'une sorte d'aigreur, assez indéfinissable. Au Champa, j'habite près d'un marécage où on les jette pour qu'ils s'y enfoncent et y soient mangés par des bêtes rampantes...

Il marqua un temps d'arrêt, pour que sa demi-révélation fasse son chemin dans l'esprit de son compagnon d'infortune. Pressé d'en finir avec cette discussion et de pouvoir, seul, recommencer à prier dans un recoin, il ajouta :

— Vite, je veux quitter cette vie en espérant que les dieux auront pitié de nous.

Bombant la poitrine, il prit sa respiration.

— Tu ne sens vraiment rien ? Ce sera bientôt fini.

L'autre avait enfin compris. C'était l'effluve d'un charnier, l'odeur de corps martyrisés qui affolait son compagnon.

La nuit ne tarderait pas à tomber, apportant peut-être un premier repos après la tourmente créée par la mort de

Sobhana et celle d'Harsha. D'un geste, Jayavarman invita le seigneur Rajendra à abréger ses salutations et à s'approcher.

— Ne me remerciez pas de vous recevoir. Les égards vous sont dus : nous sommes cousins et vous étiez l'un des familiers du roi qui m'a précédé avant que les Chams massacrent les nôtres dans la plaine des Concombres doux.

Rajendra hocha la tête.

— Pieds Sacrés, Éminente Base ! C'est au nom de ces morts que je viens vous trouver, au nom des Khmers massacrés par les soldats du Champa. Les défunts réclament vengeance et nous conseillent. Ils veulent que nous, leurs parents, ayons le droit de connaître l'apaisement et la sérénité. Angkor doit vivre éternellement !

Jayavarman considéra le vieil homme. Rajendra descendait par sa mère du roi Yaçovarman le Premier, le grand monarque qui avait fondé le royaume et fixé sa capitale à Angkor deux cents ans auparavant… Il incarnait l'ancien Cambodge, l'héritage des temps antérieurs que Jayavarman devait préserver. S'il avait été plus jeune, Rajendra aurait peut-être mené la résistance contre les Chams, il aurait pu devenir roi. Alors, peu importait, se disait le souverain, qu'il s'oppose souvent à sa politique, critique sa mansuétude et, en dépit de ses édits qui prêchaient le pardon, fasse tuer dans l'ombre les riches marchands et les nobles qui avaient collaboré avec les Chams pendant l'Occupation…

D'un geste ample et généreux, Jayavarman convia son parent à s'asseoir sur un coussin placé devant le trône. Rajendra hésita un instant, craignant que sa cuisse déviée ne suscite la pitié du souverain, ne fausse une conversation qu'il souhaitait franche et qui s'annonçait difficile. Un bref regard le rassura : bouleversé par la mort de son architecte favori, Jayavarman était plongé dans de sombres interrogations.

D'emblée, le monarque déclara :

— Mon cousin, je devine la raison de votre venue. Sachez que rien ne m'est plus cher que la grandeur et la survie du royaume.

Au risque de se montrer insolent, Rajendra choisit de ne pas employer le langage qu'il aurait dû utiliser pour s'adresser aux Pieds Sacrés.

— Et pourtant, vous abritez et nourrissez un ennemi mortel dans le palais royal, rétorqua-t-il, haineux.

Affectant de ne pas s'arrêter au choix des mots et au phrasé de son parent, le roi répondit doucement.

— Binasuor est mon hôte et j'ai confiance en lui car il me doit la vie. Rien n'indique clairement qu'il ait tué Harsha.

Jayavarman aurait aimé que sa voix soit plus ferme. D'autant que le vieil aristocrate ne lâchait pas prise aisément :

— Qui d'autre aurait souhaité occire l'architecte du roi, hors le Cham ? Vous avez eu la bonté de bien le traiter. Binasuor assiste même parfois à certains conseils. Les serviteurs et les conseillers ont une telle habitude de le voir qu'ils ne font plus attention à lui. Il a su qu'Harsha venait au palais, il s'est caché dans un corridor et l'a poignardé, avec l'aide des deux espions, ces Chams capturés par les femmes de la garde royale. Entre-temps, sur l'ordre de leur prince, ces intrus avaient mis le feu à la maison d'Harsha.

Rajendra en voulait d'autant plus au captif que son animosité envers lui l'empêchait de laisser son esprit vagabonder du côté de la caserne du bataillon féminin. D'un trait, il acheva :

— Le sort du couple d'espions est scellé. Mais vous ne pouvez prononcer de demi-mesures. Il faut aussi tuer Binasuor et dépêcher sa tête au souverain du Champa. Seule cette condamnation assurera la paix du royaume. Faites-le exécuter, que son corps étêté soit découpé et envoyé par morceaux aux quatre coins du pays, afin que chacun connaisse votre puissance et l'étendue de votre détermination.

Cette recommandation inouïe était non seulement contraire à ce que le roi avait échafaudé, mais ruinait aussi l'amitié mêlée de respect qui le liait au prince cham. Binasuor, un traître ? Rajendra pouvait-il avoir raison ? Peut-être... Quel Khmer aurait osé attenter à la vie de l'architecte travaillant à la survie du royaume au nom du roi ?

J'ai accordé ma confiance à Binasuor, et il m'aurait berné ? s'interrogea le souverain. C'était impossible : depuis qu'il vénérait l'Éveillé, Jayavarman était son incarnation ; il était devenu infaillible. Et puis, il avait appris à apprécier le Cham, peut-être à l'aimer plus qu'il n'aurait dû... Était-il possible que cette affection ait été payée de retour par la trahison ?

Jayavarman considéra une petite figurine de Bouddha, taillée dans un bloc de jade vert sombre, mais l'Éveillé resta muet. L'œil sombre, le roi se tourna vers le vieux seigneur. Le doute qui l'avait étreint un instant s'était transformé en une colère dont Rajendra ferait les frais.

— Vous êtes mon parent. Parce que le sang de Yaçovarman coule dans vos veines, je vous protégerai aussi longtemps que je vivrai... Vous accusez Binasuor ? Pourtant je pense, moi, que tout vous dénonce. Vous aviez d'excellentes raisons d'en vouloir à mon architecte.

Rajendra se croyait protégé par sa vieillesse, ses liens familiaux avec le roi et la confiance que, selon lui, ce dernier accordait d'emblée à ses interlocuteurs. Cependant, la surprise que suscita en lui cette accusation ne l'affaiblit pas longtemps. Il était avant tout un soldat, prompt à contre-attaquer :

— Moi ? Le royaume n'a pas plus fidèle serviteur. Vous doutez de mon dévouement ? Vous mettez en cause l'amour que j'ai pour ce sol qui a bu le sang des miens lors de la Grande Invasion ?

Jayavarman sourit. Sans qu'il s'en rende compte, Bouddha l'avait guidé.

— J'ai appris que depuis des lunaisons vous vous intéressez vous aussi à la manière de rebâtir la ville.

Rajendra voulut nier. D'un geste, les Pieds Sacrés lui intima l'ordre de se taire avant de poursuivre :

— Je sais tout. Les mesures que vous avez prises sur les murailles détruites par les Chams quand ils se sont emparés d'Angkor ; vos déplacements dans les carrières de grès et de latérite des environs ; vos entretiens avec les bûcherons, les maçons et les briquetiers... Je n'ignore rien des questions que vous avez posées aux ouvriers des ateliers royaux, des serviteurs que vous avez envoyés à maintes reprises espionner Harsha. Je connais le nombre exact des visites que vous lui avez rendues pour tenter d'en savoir plus sur ses plans, sans craindre d'en apprendre la teneur avant moi...

Le roi l'avait fait suivre... Abasourdi, le vieux Khmer demanda :

— Vous saviez ?

Le souverain ne répondit pas, achevant son récit :

— Vous jalousiez Harsha, car vous auriez voulu rebâtir la ville et dessiner le plan de ses défenses selon votre idée. Ce que, du reste, j'ai du mal à comprendre puisque vous vous êtes autrefois illustré en tant que soldat et non en tant que maçon. Bref, ce n'est pas vous que j'ai choisi. Pour vous venger et empêcher que je sois satisfait, vous avez assassiné mon architecte. La preuve ? L'arme qui a tué Harsha n'a pas été découverte. Or, vous avez grandi ici. Qui mieux que vous connaît le palais, ses recoins et ses passages dérobés, propres à dissimuler une lame ou à permettre à un assassin de quitter l'enceinte royale sans être inquiété ?

Rajendra acceptait d'être accusé d'avoir tué Harsha, mais pas d'avoir voulu se substituer au mort. À ses yeux, dessiner les plans d'une ville était indigne d'un seigneur khmer. Il s'insurgea :

— Ses calculs, l'aide des dieux, ses formules magiques, c'était ridicule, inutile ! En interrogeant les carriers, je voulais prouver qu'Harsha n'était qu'un charlatan et ses plans, le résultat de sa seule fantaisie, au hasard de ses élucubrations... Des murailles ? Peut-être, mais solides et épaisses, édifiées sans formules magiques. Les dieux ? Ils ne s'occupent jamais des hommes et n'ont pas empêché les Chams de prendre Angkor. Les armes, la guerre, c'est comme cela qu'on défend un pays !

Sans répondre, Jayavarman se leva. Il n'était plus un roi compatissant et accueillant, mais un juge arrêtant le verdict qu'il prononcerait. Orgueilleux et trop sûr de lui, Rajendra était venu de son propre chef auprès du roi. En quelques mots celui-ci l'avait accusé et condamné. Rajendra hésitait. Devait-il protester, rappeler à son cousin ses états de service ? Il s'y refusait ; il était perdu. Digne et très pâle, il salua les Pieds Sacrés et, acceptant la condamnation à mort implicite qu'il venait d'entendre, implora, les mains jointes :

— Au nom du combat commun que nous avons mené contre les Chams, pour la mémoire du grand Yaçovarman, accordez-moi une dernière faveur. Je réclame le privilège accordé à la famille royale. Ordonnez que je sois étouffé sous un drap de soie pourpre à trois fils. Avec l'aide des dieux, le sang ne coulera pas sous les coups de bâton en bois de santal. Si par malheur les veines de ma gorge ou de ma tête éclatent, le tissu rouge boira chaque goutte du liquide précieux qui coule dans mes veines, et nul ne pourra l'apercevoir, pas même les bourreaux... Je ne veux pas mourir comme un vil hors-caste, mon honneur sera sauf...

Stupéfait, Jayavarman tendit le bras pour relever son cousin.

— Il n'est pas question de mise à mort. Je n'ai fait que formuler une supposition. Je sais que vous avez espionné mon architecte parce que vous envisagiez de le remplacer. Néanmoins, j'ignore si vous l'avez tué... Ne voulant pas commettre une erreur judiciaire et bouleverser ainsi l'ordre universel, je vous laisse aller en paix. Mais ne quittez pas Angkor.

Rajendra eut plus de mal à accepter cette mesure que sa condamnation à mort. Il demanda d'un air hautain :

— Suis-je prisonnier dans ma propre ville ?

Le roi haussa les épaules.

— Je veux que vous regardiez les plans d'Harsha lorsqu'ils me seront présentés, et que vous les retranscriviez en autant de copies que j'en aurai besoin pour distribuer aux conducteurs de travaux. Vous en concevrez une humiliation salutaire...

Le vieillard s'étonna :

— Mais... l'architecte est mort avec son secret.

Confiant en son destin et dans l'aide que ses deux épouses lui souffleraient le moment venu, le souverain sourit et répliqua :

— Bouddha me secondera, il m'aidera à reconstituer ses plans. Contre l'avis de la plupart des grands commis du gouvernement, des princes de ma cour et des adorateurs de Vishnou et de Çiva-Içvara, mais en accord avec le peuple, j'ai décidé que l'Éveillé serait désormais honoré dans les temples du pays, et ses leçons méditées. Il me dira comment retrouver les esquisses et les calculs d'Harsha. L'architecte a bien dû laisser quelque chose derrière lui, ne serait-ce qu'un dessin tracé sur le sable de la grève du Grand Lac !

Rajendra se mordit les lèvres. En quelques instants, il s'était préparé à la mort, calmement, sans oublier que son lignage le contraignait à faire preuve de dignité. Revenir soudain dans le monde des vivants, être forcé de se ridiculiser devant la cour lui était insupportable. C'était injuste, intolérable... Qui était responsable de son avilissement ? Harsha ou le roi ? Les deux, probablement. Le vieux Khmer devait salir le premier pour enfin réussir à affaiblir le second !

— Il arrive que de grandes causes soient minées par de petites trahisons, lança-t-il. Vous protégez le prince Binasuor et vous avez peut-être raison. Mais votre architecte est-il complètement étranger à sa propre mort ?

Désarçonné par cette riposte imprévue, Jayavarman pâlit.

— Vous accusez Harsha de s'être suicidé dans le palais ?

Rajendra peinait à cacher son exaltation. Émotif et prompt à douter de lui-même, le Maître de la surface terrestre était vraiment indigne de régner... D'une voix sombre où perçait le mépris, le seigneur répondit tout en s'efforçant de se composer le visage que, selon lui, possédait Yaçovarman :

— Songez à ce qu'ont déclaré l'intendant Norindeth et ce marchand chinois pendant l'audience. Peut-être n'ont-ils menti ni l'un ni l'autre...

Savourant l'effet que son propos allait produire, Rajendra redressa le buste. Campé sur ses genoux repliés, il regarda le souverain yeux dans les yeux, de manière à se placer sur le même plan que lui, par-delà le trône et les insignes royaux qui les séparaient. Profondément satisfait, il poursuivit :

— Harsha a passé commande de papier chinois. Li Chengming en a fait venir de Chine et a remis cette cargaison à Norindeth, selon le prix convenu. L'architecte n'a pas voulu honorer la facture et, pour la contester facilement, a ordonné à son intendant de laisser le papier se gâter. La chaleur, les pluies et les insectes ont suffi pour y apporter la pourriture en quelques jours. Or, avant d'être emprisonné, le Chinois a pu raconter cette histoire à plusieurs de ses compatriotes. Depuis que la paix et la prospérité sont revenues dans le royaume, les sujets de l'empereur de Chine se trouvent en nombre dans la métropole : nous avons tant besoin de leurs nattes et de leurs fèves, de leurs racines d'angélique et de leur salpêtre ! Âpres au gain et désireux de protéger leurs affaires, ces négociants ont décidé de venger leur camarade et de se faire justice. Voici des lunaisons que les Chinois approvisionnent les ateliers et les cuisines du palais ; ils ont eu le temps de repérer les tours de garde, de connaître les entrées utilisées pour le service. De plus, les ruines qui n'ont pas encore été relevées fournissent d'excellentes cachettes à celui qui attend son heure avant de passer à l'attaque ; et elles permettent à un assassin, une fois son forfait commis, de se dérober le temps que l'émotion qu'il a suscitée s'apaise.

— Les Chinois... murmura le roi. Que nous voudraient-ils ? Ce serait la première fois qu'ils s'en prendraient au Cambodge...

— L'argent. Voici des décennies que ces gens-là traitent avec nous.

— Mais pourquoi s'attaqueraient-ils à mon architecte ? Si je meurs ou si le royaume s'effondre, le désordre anéantira leur commerce...

Rajendra prit soin de ne pas répondre tout de suite. À travers une colonnade ajourée, il suivit des yeux deux servantes demi-nues, qui portaient avec grâce des bouquets de fleurs d'aréquier. L'une était plus grande, plus belle que l'autre... L'œil précis, le vieillard détailla un flanc, un balancement de la hanche. La chienne ! Elle se savait épiée et en rajoutait dans l'indécence, tendant davantage sa croupe et ses seins, avec un sourire en coin qui promettait des caresses connues d'elle seule. Troublé et excité par l'impudeur qu'il pensait discerner et qui n'existait pourtant pas, Rajendra se promit de retrouver les deux femmes plus tard, même s'il devait errer dans les cuisines pour les repérer parmi les filles qui peuplaient les communs. Consentantes ou non, ces servantes seraient bien obligées de recevoir ses assauts et n'oseraient pas le dénoncer... Se défaisant avec peine de ces rêveries cruelles, Rajendra reprit :

— La paix favorise le commerce, la lutte aussi. En temps de guerre, il faut des armes, des munitions.

Pensif, le roi murmura :

— Le marchand de papier serait derrière cela...

D'un ton suffisant, Rajendra laissa échapper :

— Une fois dessaoulés, les soldats se rendront compte qu'ils n'auraient pas dû exécuter Norindeth. Reste que, d'après ce qu'ils ont dit, l'intendant a tout fait pour qu'ils le tuent. Le lâche, il ne parlera plus...

Les filles disparurent derrière le pavillon des Astrologues. Rajendra en frémit ; les plaisirs annoncés en réveillaient d'autres qui dormaient dans sa mémoire. Non, il n'avait pas vraiment envie de ces petites servantes trop garçonnes, ni de la marchande de congres, de l'éleveuse de cormorans ou de la cueilleuse d'herbes aromatiques qu'il avait suivies aujourd'hui, l'une après l'autre. Il ne désirait que les soldates de la garde royale. Il sourit à l'idée de se glisser dans la caserne. Le seigneur khmer se ferait d'abord repousser puis, à force de persuasion, caresserait l'une d'entre elles et en arracherait des cris de plaisir, en dépit de sa cuisse inerte. Son trouble grandit. Le temps pressait ; demain peut-être, il serait mort. Cet entretien devait s'arrêter au plus vite. Considérant le roi, il déclara :

— S'il s'en est pris à nous, le commerçant chinois n'a pu agir seul...

Il se tut pour laisser s'éveiller la curiosité du roi-Bouddha, puis ajouta :

— Le prince Binasuor, j'en reviens à lui. Seul, exilé dans ce pays où il ne connaît personne et où chacun le hait, il s'est tourné vers les Chinois et leur a proposé une alliance. Avec l'aide des deux espions chams arrivés à Angkor pour le seconder, ils ont tué Harsha. Afin de désorganiser votre pouvoir, de semer un trouble qui se transformera en guerre civile ou affaiblira le royaume. Pendant que les armées chames, rassemblées en secret non loin de la frontière, guettent notre premier signe de faiblesse. En pénétrant sur notre sol pour servir Binasuor, les deux agents du Champa savaient qu'ils se mettaient en danger. Afin de se donner du courage, ils ont attaqué un malheureux agriculteur, lui ont percé le flanc et se sont enivrés de sa bile…

Le roi baissa la tête. Le vieux Khmer savait se montrer persuasif. La soldate Sobhana, l'architecte Harsha… La succession de morts qui frappaient le palais royal affectait tant Jayavarman qu'il acceptait aisément le tableau dépeint par son habile parent. C'était son prestige, sa force qui étaient bafoués ; sa détermination n'avait pas plus de valeur que celle d'un gouverneur de province. De nouveau assailli par le doute, le monarque murmura à l'adresse du prince absent :

— Binasuor, je t'ai traité comme un invité, et tu m'as trahi ?

Rajendra retint son souffle. Sa cuisse ne lui faisait plus mal, il avait recouvré sa jeunesse. Dans un moment, il quitterait Jayavarman après l'avoir berné. Il pénétrerait alors dans les bâtiments situés près de la Grande Terrasse, où les femmes soldats passaient leur temps à s'assouplir et se combattre pour s'entraîner. Déjà, il sentait leur sueur âcre et pénétrante, gage de leur force et de leur adresse… Submergé par des pensées salaces, il jeta un bref regard sur le roi du Cambodge. Celui-ci, aux prises avec des pensées contradictoires, penchait à présent du côté de l'innocence de Binasuor. Comment pouvait-il hésiter de la sorte ? Son adhésion complète à l'enseignement de Bouddha aurait dû le barder de certitudes, l'armer pour résoudre tous les problèmes qui lui étaient soumis… Non, Jayavarman le Septième ne doutait pas ; il avait soif de perfection, d'absolu, s'interrogeait jusqu'au dernier instant pour déceler la vérité et la proclamer. Mais toujours un profond sentiment de culpabilité l'entravait. Aurait-il dû tout mettre en œuvre pour que ses deux épouses renoncent aux jeûnes, aux mortifications qui leur avaient ôté la vie ? Non. Car autrement elles n'auraient peut-être pas réussi à l'entraîner sur le chemin tracé par l'Éveillé, et le Cambodge et ses habitants auraient persévéré dans l'erreur.

Rajendra observa le roi. Il comprit que le venin qu'il avait injecté dans son esprit n'était pas assez puissant pour le faire basculer dans le monde de la suspicion. Le vieillard s'emporta en silence contre les deux servantes qu'il avait aperçues. Si ces deux idiotes ne s'étaient pas montrées, il n'aurait pas été distrait, se serait révélé plus convaincant, et aurait définitivement ruiné l'affection inexplicable ainsi que l'irréductible respect que le roi éprouvait pour Binasuor.

Au loin s'éleva un rire de femme, vif et enjoué, une cascade de promesses. Rajendra reprit sa respiration. Aux enfers, Harsha, les Chams et Binasuor ! Il avait mieux à faire…

Tout n'était que mollesse et lenteur, rondeur et volupté. Le soleil s'était couché derrière le temple du Mébon de l'Occident, dont les maigres pluies du crépuscule avaient à peine mouillé la pierre. Fatigués d'avoir trop volé sous un soleil de plomb, des oiseaux attardés fendaient le ciel. Au-dessous, comme vues dans un miroir, des barques paressaient sur les canaux menant vers les grands réservoirs où les Khmers accumulaient d'énormes quantités d'eau pour l'irrigation. Au loin, le chant des talapoins se mêlait à celui des grenouilles qui, par milliers, peuplaient les douves entourant les temples et les bassins d'ablutions. Aux quatre points cardinaux, de l'eau bienfaisante s'échappait de bouches de pierre : le nombril d'un dieu, la gueule d'un lion, les narines d'un cheval ou d'un bœuf. Les feuilles des arbres retenaient les odeurs du repas du soir, la tiédeur sucrée du riz glutineux, la senteur lourde et si riche du durian. Au pied des statues, des fleurs tressées, en couronne, en collier, en guirlande embaumaient l'air. Assis devant les maisons de bois, des jeunes gens bavardaient en se tenant par la main avant de s'étreindre, tendant leurs lèvres fraîches. Au palais, le roi se reposait, éventé par deux de ses concubines préférées, tandis que dans le jardin des Grenades des paons se toisaient et jouaient à se séduire en silence, toutes plumes dehors. Le rouge, le bleu et l'or des tentures jetaient leurs derniers feux, que l'arrivée de la nuit teintait de gris, doucement, par paliers successifs. Les enfants accueillaient sans crainte cette obscurité nouvelle pendant qu'hommes et femmes s'adressaient des promesses de bonheur…

Rapides, sifflant à peine, aiguisées, les flèches jaillirent d'un coup, lacérant cette tendre quiétude. Sombres, taillées dans le bois le plus dur, une goutte de plomb sertie dans leur corps pour assurer leur stabilité et accroître leur vitesse. À peine perceptible, leur sifflement attira pourtant l'attention de l'un des deux hommes. Le Cham se retourna, vit le danger mais ne sut que faire. Se jeter à terre, prévenir son camarade ou dévier sa route ? Il fléchit les jambes. C'était trop tard. La première flèche se ficha dans son dos, juste au milieu, entre deux vertèbres. Le souffle coupé, le corps traversé par une douleur épouvantable, l'homme bascula, ne sachant plus où il se trouvait, ignorant où cette flèche acérée l'emportait. Une autre se planta dans sa jambe, une troisième dans son cou. Fauché, l'homme roula sur lui-même tandis qu'une nouvelle salve le criblait. Gesticulant en silence à mesure que les traits pleuvaient sur lui, il vit le corps de son compagnon se tordre, lui aussi durement frappé. Sur le toit, il y eut de brefs sourires, des gestes rapides, des mains qui puisèrent dans les longs étuis de cuir pour saisir d'autres traits, au cas où. Une nouvelle pluie de fer s'abattit sur les deux Chams. Mourir ici, sur ce sol inhospitalier, frappés à mort par les ennemis de leur peuple… Ils n'avaient jamais fait pire cauchemar. Là-haut, sur la terrasse, une main de femme plongea dans son carquois, une autre banda son arc à le rompre. Une ultime bordée de traits acérés déchira l'air tiède.

Quelques instants plus tard, les conseillers pénétrèrent dans le salon des Semailles de paddy. Pour honorer la céréale qui nourrissait le peuple avec tant de générosité, le rouge prédominait dans cette salle tout en longueur : de grands rubans pourpres pendaient de part et d'autre du trône, dont le dossier et l'assise étaient de la même couleur. Aux murs, des décorations dorées se détachaient sur un fond dont le carmin habillait aussi les pieds recourbés de l'estrade réservée aux religieux et les dessertes où étaient disposés crachoirs, bols et nécessaires à bétel. De grands candélabres brillant de toutes leurs lampes à huile, on y voyait comme en plein jour. La situation était préoccupante. Jayavarman avait renvoyé ses concubines et remis à une autre nuit les plaisirs qu'il comptait prendre en leur compagnie. Le conseil devait se réunir sur l'heure.

D'un geste, le roi convia ses grands commis à abréger les salutations. Qu'ils prennent place autour de lui, sans plus de cérémonie. Certains dignitaires portaient encore les habits de la veille. D'autres, au contraire, avaient passé des effets préparés pour le lendemain, de couleur verte en l'honneur de Phupe Puth[1]. L'assemblée offrait ainsi une dissonance bien inhabituelle.

En une autre occasion, Jayavarman se serait interrogé sur la signification de cet étrange mariage de couleurs. Mais, cette fois, il était angoissé par un sujet d'une tout autre gravité. Aussi vif que s'il avait dormi durant plusieurs heures, les Pieds Sacrés se tourna vers un homme au torse épais, un militaire de haut rang, qui commandait la défense de la capitale, et déclara :

— Il faut remercier ces deux femmes soldats…

Les conseillers écoutaient prosternés la parole royale. Pour donner plus de poids à ce qui suivait, Jayavarman s'arrêta un instant avant de reprendre :

— … et les châtier aussitôt.

1. La planète Mercure.

L'ordre surprit les dignitaires civils, ils relevèrent la tête. Le roi ferma les yeux. Il lui fallait puiser dans les enseignements du Bouddha la commisération et la générosité pour les unir à la force. Souhaitant aller à l'essentiel, il s'expliqua sans tarder :

— Les soldates n'auraient pas dû relâcher leur surveillance et permettre aux Chams de quitter leur geôle.

Dans un coin, Rajendra bouillait. Il n'avait pu vaquer à ses occupations, comme il se l'était promis... L'entretien qu'il avait eu avec le roi l'ayant ragaillardi, il n'hésita pas à s'opposer à son cousin en public :

— Les femmes soldats ont bien agi. Un seul point compte : les deux Chams n'ont pu s'échapper. Au-dehors, ils auraient réussi à rejoindre leur pays après avoir été secourus par un félon libre d'aller et venir dans le palais royal...

Le cœur du vieillard s'emballa. S'il réussissait à sauver les soldates et à faire condamner Binasuor devant le conseil royal, cette nuit verrait son triomphe. L'heure était venue de porter le coup de grâce au prince cham. Il allait se débarrasser à jamais de ce fils de chien, puis assurer son pouvoir sur le monarque en lui faisant valoir la justesse de ses jugements. Ainsi, le vieillard aurait jusqu'à la fin de ses jours le droit de puiser à sa guise dans le harem et la garde féminine du palais sans avoir à se cacher...

Il reprit :

— Binasuor est un traître, il doit mourir.

Une fois de plus, Jayavarman fut troublé. Et si son cousin avait raison ? Chaque jour, chaque nuit apportait une nouvelle mort. Dérangeante, cette interrogation en éveillait une autre beaucoup plus fondamentale. Ne faisait-il pas fausse route en se consacrant à construire sa capitale plutôt qu'à pourchasser les Chams sur leurs propres terres, et en s'efforçant de forger le plus puissant de tous les royaumes qu'ait jamais connus la région ? Une envie impérieuse de descendre de son trône s'empara une fois de plus de lui.

Il voulait s'approcher de ses ministres et les implorer, l'un après l'autre, de lui faire confiance en les prenant dans ses bras.

Jayavarman pivota. D'un même regard il vit des bêtes fabuleuses aux cornes émergeant de crinières ondulées, des dais sacrés recouverts de formules ésotériques, des spirales bleu sombre et des figures parfaitement géométriques qui allongeaient leurs tentacules dentelés vers une oreille. Tous ces dessins couraient des seins jusqu'au nombril de Crindra ; ils reprenaient exactement des motifs autrefois tracés par les premiers disciples de l'Éveillé et qui se transmettaient, de génération en génération, inchangés. Le roi considéra son conseiller, dont le corps tatoué proclamait la foi, inébranlable, la fidélité aux enseignements de Bouddha...

— Il faut punir les soldates, déclara le bouddhiste. Par leur faute, les Pieds Sacrés ne pourra pas interroger ces Chams et savoir qui les a aidés à pénétrer dans le palais. Elles auraient dû les blesser plutôt que de les tuer. Deux ou trois flèches tirées avec adresse dans les jambes les auraient mis hors d'état de nuire sans pour autant les faire taire à jamais.

Depuis des siècles, la garde féminine formait l'élite de l'armée des rois khmers. Ces soldates marchaient immédiatement derrière l'éléphant royal lorsque le souverain partait en guerre. C'était la première fois qu'elles étaient ainsi accusées.

Armé du mépris que tout religieux lui inspirait, Rajendra contre-attaqua aussitôt :

— Tu oses critiquer les Pieds Sacrés ?

Crindra répondit sans le regarder .

— Comme toi, je suis membre du conseil ; le roi attend que je parle librement.

Les conseillers retinrent leur souffle. Jayavarman se sentait traqué, bafoué, incapable d'opter pour un parti. Il se tourna vers Crindra. Le visage impassible, le religieux ne laissait rien deviner de ses sentiments. Un saint, songea Jayavarman. Le bouddhiste était presque arrivé au terme de ses existences multiples, qui menaient les sages au paradis des âmes… Soumis à ses passions et à une impatience qui croissait avec le temps, incapable de faire comprendre aux siens qu'il ne voulait que leur bonheur et leur grandeur, le roi était bien loin de cette sagesse. Les soldates… innocentes ou coupables, fidèles ou traîtresses ?

Pourtant, j'ai accompli tant de choses depuis la bataille finale, songea encore les Pieds Sacrés. Si Bouddha ne me soutenait pas, je n'aurais pu raffermir le Cambodge riche et noble.

De sa main large, il saisit une chique de bétel enveloppée dans une feuille charnue et de la couleur que prenait une fois l'an le Grand Lac quand il s'emplissait des eaux refluantes du Mékong. Il commença à mâcher, indifférent à la crainte que le moindre de ses gestes, guetté et disséqué, suscitait chez ses ministres dans l'attente de son verdict… En quelques instants, la plante revigorante libéra ses principes amplifiés par les pluies abondantes de la saison précédente et la fumure. Les pensées du roi s'emballèrent, se troublèrent, se mêlèrent.

Durant de longues années, caché dans la forêt en compagnie de rares fidèles, j'ai réfléchi à ce que serait la reconstruction du Cambodge une fois les Chams vaincus, se dit-il. J'ai culbuté les armées ennemies et les ai repoussées, j'ai commencé à redresser les temples et recréé le cérémonial de la cour. Les dix ou douze lunaisons qui se sont écoulées depuis m'ont fait croire que les événements me donnaient raison et que ma volonté était suffisante pour façonner la réalité que j'avais projetée. Pourtant, depuis la mort de la soldate Sobhana, tout va mal et empire d'heure en heure !

Combien de trépas violents le palais avait-il connus depuis ce premier assassinat ? Les deux Chams, Harsha… et tous ceux qui peut-être mourraient demain avaient tort d'accorder leur confiance au roi.

Les fluides dispensés par l'arec poursuivaient leur route, passant de l'estomac dans le sang, et de là dans l'esprit de Jayavarman. La salle, ses ors et ses bois sculptés, les conseillers se dissolvaient dans l'air, n'existaient plus. Les saisissants tatouages de Crindra furent les derniers à s'effacer, les mandalas bleutés emportant avec eux les trésors de sagesse qui faisaient tant défaut au souverain. Les tempes enserrées par la peur, Jayavarman comprit enfin. Il n'avait aucune raison d'être fier de lui. À peine rebâti, le royaume s'en allait à vau-l'eau parce que lui-même n'était ni assez pieux ni assez avisé.

— Le Cambodge est mon sang et ma chair, haleta-t-il, et je suis son âme…

Chaque fois qu'il faiblissait et ne se montrait pas à la hauteur de sa tâche historique, la Providence frappait l'un des habitants d'Angkor pour le rappeler à ses devoirs. Accablé, les Pieds Sacrés se redressa brusquement. Où étaient-ils passés, ceux qui auraient dû lui prodiguer leurs recommandations ? Était-ce ses ministres, ces êtres qu'il distinguait difficilement, au travers des brumes enfantées par le bétel ? Il les haïssait, ces hommes qui étaient témoins de ses hésitations et de son incompétence. Quand son corps aurait digéré la plante dont il appréciait le suc, il les ferait tous tuer. Ainsi, nul ne pourrait témoigner de son inaptitude à régner et à mener le pays sur le chemin tracé par l'Éveillé. Non, il les supprimerait plus tard. Pour l'heure, il souhaitait qu'on le laisse tranquille. Mollement, il fit un signe. Qu'ils s'en aillent, même Crindra, celui qui, entre tous, était en mesure de lire en lui. Jayavarman avait envie de mourir. Tout ce qui arrivait était sa faute, chacune de ses faiblesses était épiée et immédiatement sanctionnée par le Ciel qui, pour le punir, coupait le fil d'une vie.

Il mâcha une autre bouchée de bétel et d'arec. Loin de le griser, les principes hallucinatoires de la noix l'aideraient à y voir plus clair. Fébrile, Jayavarman aspira et déglutit le suc qu'il put trouver dans la feuille de bétel et le fruit pilé de l'aréquier. Seule Bupati savait façonner ces bouchées apaisantes, si entêtantes, qui faisaient naître en son esprit des images de villes rêvées et effaçaient dans le même temps le souvenir des nuits – le corps, les gémissements, les gestes, les initiatives amoureuses de la favorite. C'était étrange…

Le roi n'eut pas le temps de réfléchir davantage à ces mystères. Peu à peu, son esprit gagna les hauteurs de la salle, là où des caissons de bois ciselé reproduisaient à l'identique les plafonds de bronze du temple-tombeau de Suryavarman le Second. Libéré de son enveloppe mortelle, le roi considéra le corps, étranger, qu'il avait laissé sous lui, puis ses grands commis alignés. Hormis deux ou trois, ils étaient si peu avisés, attendant ses ordres au lieu de l'épauler ! De ce point de vue élevé, le souverain ne tarderait pas à deviner quelle conduite il devait tenir. D'autres formes apparurent à ses côtés, flottant elles aussi, des ministres, des astronomes et des religieux assemblés, d'anciens rois khmers, de saints hommes qui très jeunes avaient connu Bouddha lorsque celui-ci était déjà très vieux. Se présentèrent aussi des Cambodgiens morts au combat, des princesses vierges assassinées par les Chams lors de la Grande Invasion. Jayavarman voulut s'approcher d'elles pour les rassurer et les consoler, mais les belles Khmères s'éteignirent l'une après l'autre. Il comprit que l'arec s'épuisait. De sa langue, il fouilla le moindre recoin de sa bouche, ne rencontra que des débris ligneux. Coûte que coûte, il fallait que sa volonté regagne son corps pour que sa main puisse saisir une nouvelle chique parmi les feuilles roulées à la perfection et fermées d'un clou de girofle. Mais sa main, son bras et le nécessaire à bétel étaient si loin ! Jayavarman eut envie de pleurer…

Le soleil était à peine levé, le monde encore pâle. Avant de laver le linge, de soigner les bêtes ou de sarcler le potager, les Khmères nourrissaient, lèvres contre lèvres, souffle contre souffle, les bébés vagissants en versant dans leur gorge la purée des fruits qu'elles venaient de mâcher. Aimantes mais amères, elles s'interrogeaient. Qu'il était difficile de soigner et d'alimenter ces créatures, dont la plupart mourraient avant le terme de la saison !

Des rizières étaient tout juste bourbeuses ; d'autres en eau, emplies à ras bord ou à moitié. Parfois, le riz était déjà coupé ; parfois, il restait à récolter. Selon qu'elles étaient bordées d'arbres ou non, les rizières étaient couleur d'émeraude ou d'argent, de mer en colère ou de lac apaisé. Parfaitement planes, elles formaient comme une immense mosaïque de verre qui recouvrait le Cambodge. Çà et là, des paysans demi-nus et courbés, les bras nerveux, le geste ample.

Occupé à taquiner un lézard à l'aide d'un bâton, un enfant échappa à la surveillance de sa mère. L'animal fila, chercha refuge dans une touffe d'herbes drues poussée sur un remblai. Fichant ses pieds dans la vase, le garçonnet escalada la digue et s'arrêta net.

Par-dessus une ligne d'épineux flottait dans les airs une étoffe immense, plus vaste que la voile d'un bateau. Frangé d'or et abondamment bariolé, le tissu était d'une finesse aérienne. Ses plis ondulaient au souffle d'une créature gigantesque et invisible. Émerveillé, l'enfant y vit le rouge des rubis que les mineurs du roi cherchaient dans les collines du Nord-Ouest ; le bleu intense couleur du ciel de mousson ; le jaune qui revêtait les flancs des oiseaux de la forêt d'Oc Eo ; jusqu'au noir complet des nuits sans lune, celles que préféraient les préleveurs de bile pour chasser les villageois égarés.

— Une danseuse divine ! s'exclama le garçon. Elle a laissé tomber son étole et le vent va la remporter jusqu'au ciel...

Il montra du doigt le tissu arc-en-ciel qui voilait le soleil et jetait une grande ombre sur les champs, où paissaient des bœufs indifférents aux épouvantails coiffés de bassines ou affublés de masques de démon. Ses parents se retournèrent, mais eurent à peine le temps de voir le manteau féerique : porté par une déesse qu'aucun humain n'avait le pouvoir de distinguer, il disparaissait déjà derrière un bosquet de palmiers.

En signe de respect, la mère de l'enfant leva ses mains jointes au-dessus de sa tête, le plus haut qu'elle put. C'était la première fois qu'une déesse s'aventurait par ici. Il faudrait en parler aux prêtres. Eux seuls pouvaient dire s'il s'agissait d'un bon ou d'un mauvais présage, et s'il fallait bâtir un temple en ce lieu pour commémorer cet événement extraordinaire.

Une belle journée s'annonçait ; cependant, les senteurs des arbres en fleurs n'effaçaient nullement les visages qui hantaient les pensées, ceux de Sobhana la guerrière et d'Harsha l'architecte. Le roi repoussa les beignets parfumés aux herbes, acheva de boire son bol d'eau citronnée et grignota un fruit, songeur. Avant de placer le Cambodge sous la protection de Bouddha, il avait beaucoup lu, devisé avec ses conseillers et les avait questionnés sans relâche. Il connaissait tout ce qu'il était possible de savoir au sujet des royaumes séparant le Cambodge de l'Inde et de la Chine ; ainsi que de ceux établis sur les presqu'îles et les îles, aussi nombreuses que les étoiles, que décrivaient les navigateurs revenus des mers du Sud… Beaucoup de princes vénéraient les dieux de l'Inde ou des divinités inconnues. À l'image de Jayavarman, d'autres respectaient les enseignements de l'Éveillé. Mais peu d'entre eux voulaient, comme lui, avancer dans la voie de l'Illumination. Aurait-il la volonté d'aller jusqu'au bout de son dessein ou avait-il présumé de ses forces ? Ces jours-ci, il était de moins en moins sûr. Et le Cambodge saurait-il se plier à l'ambition de son souverain alors que la capitale n'était pas encore hors d'atteinte des incursions ennemies ? Hormis sa sœur, sur qui Jayavarman pouvait-il compter réellement ? Et encore ignorait-il jusqu'où allait le dévouement de Vijanaga, si orgueilleuse et désireuse de favoriser ses propres affaires. Lassé de se chercher querelle à lui-même, Jayavarman s'en prit à son conseiller :

— Crindra, tu prêches l'abstinence et vis pauvrement...

— Pour tenter d'approcher la vie qu'a menée Bouddha...

— ... mais l'Éveillé, depuis quand le respectes-tu ?

Le conseiller ne s'attendait pas à cette question.

— Enfant, ma mère priait Bouddha et mon père les anciens dieux, expliqua-t-il. Moi, je me joignais tantôt à l'un, tantôt à l'autre. À mesure que le temps a passé, je me suis éloigné des divinités antiques. J'ai compris qu'elles ne se préoccupaient plus du Cambodge quand les Chams ont déferlé sur nos terres. Dès lors, j'ai consacré toutes mes prières à l'Éveillé.

— Tu es donc un converti de fraîche date ?

Crindra répondit d'un ton vif :

— Comme toi, mon roi, comme la plupart des habitants du pays ! Voici des centaines d'années, nul ne songeait à se tourner vers Bouddha. Peu à peu, sa leçon a pénétré au Cambodge, surtout retenue par les paysans. Puis des princes, des hommes de bien s'y sont intéressés. En même temps que toi, j'ai appris à étudier ses enseignements, à apprécier leur importance et leurs bienfaits. À présent, parce que tu le permets, je suis à tes côtés et tâche de t'aider au mieux.

Ne voulant ni se laisser circonvenir aussi aisément ni froisser le moine, Jayavarman hocha la tête.

— Et tu jouis de l'ascendant que, par ta parole sage, tu exerces sur moi.

Laissant un silence, il reprit, songeur :

— L'ascendant voire le pouvoir… En me conseillant et en me soufflant tes avis, ne serais-tu pas l'un des hommes les plus puissants du royaume ?

Ces paroles accrurent la colère du moine qui déclara :

— Tu sais où j'habite – une simple chambre bâtie près des écuries aux éléphants. Conformément aux saintes écritures, je ne possède qu'un bol à riz qui me sert aussi à recueillir l'aumône que les âmes pieuses me font pour soulager les misères du peuple. J'ai également une ceinture, un rasoir, un nécessaire à couture pour repriser les étoffes qui protègent ma pudeur et dont je possède deux jeux. J'en porte un aujourd'hui ; l'autre, je l'ai lavé moi-même et étendu entre les piliers supportant ma chambre, où il sèche, caressé par le museau des vaches qui vont et viennent dans le palais. Le plus clair de l'année, je marche sans sandales ; la plante de mes pieds est devenue assez dure pour me garantir contre les aspérités du chemin. M'as-tu déjà vu manger les mets préparés pour la cour ? Je me nourris des restes que les cuisiniers veulent bien me laisser, le plus souvent des légumes ; je ne bois que de l'eau et ne mâche jamais de feuilles de bétel ! Est-ce là le signe que je cherche les honneurs ?

Un instant, le moine songea aux convoitises auxquelles il avait renoncé depuis longtemps. Dirait-il au roi que, depuis son plus jeune âge, il se détournait sans regret des femmes, même jeunes et belles, mais n'en avait pas pour autant convoité les hommes et n'avait aucun mal à respecter ses vœux ? Ces plaisirs superflus de la chair ne faisaient qu'entretenir le désir donc la souffrance, et étaient source de tant de tracas, de fausses joies aussi éphémères que trompeuses ! Devait-il parler de cette abstinence, qui pourtant allait de soi ? C'était inutile, il lut aisément sur le visage du souverain que ce dernier regrettait son questionnement injurieux et souhaitait clore cette discussion. Le moine poursuivit néanmoins :

— Tu parles de pouvoir ? Si c'est celui de te mener sur le chemin de la paix, alors, oui, je le revendique !

— Pardonne-moi, dit simplement Jayavarman.

Il ne pouvait se permettre de perdre l'amitié d'un des seuls êtres à qui il faisait confiance. Il devait coûte que coûte reprendre ses esprits, ou bien lui échapperaient tour à tour ses amis, le royaume et son âme. Lui qui voulait tant le bonheur des Khmers et de tous les autres hommes, comment avait-il pu peiner Crindra ? Pour apaiser le chagrin causé à Bouddha, qui veillait sur sa propre personne, il allait accomplir une bonne action. Se tournant vers son conseiller, il ajouta :

— Le marchand chinois, fais-le libérer. Il n'a rien à voir avec toutes ces morts, j'en suis certain. Qu'on le laisse aller ; à sa manière, cet homme reconstruit lui aussi le Cambodge, il contribue à l'enrichir et à nous réconcilier avec les peuples vivant alentour. Sur le chemin de la sérénité et de la rédemption, nulle aide n'est à dédaigner.

Gracieuse, comme suspendue à des fils invisibles, la fragile coquille d'étoffe flottait au-dessus du sol, au gré du pas des porteurs coiffés de chapeaux ronds et pointus. La longue pièce de bois recourbée où était suspendue la couche de coton et de soie solidement tressée pliait à intervalles réguliers pour mieux reprendre sa forme première, l'instant suivant. Rêveuse et distante, Vijanaga, la Petite Sœur sainte, se laissait ainsi ballotter entre le sol et le ciel tout en faisant tinter ses lourdes chevillières d'or. Un vent léger agitait les longues feuilles pennées d'élégants palmiers dont le murmure se mêlait à celui des ruisseaux, des cloches que portaient les vaches paissant devant des temples ruinés... En contrebas de la route s'étendaient des rizières séparées par des rigoles bourbeuses et fraîches, habitées par de petits serpents vifs, des insectes aquatiques et de minuscules poissons qui s'étaient perdus là. S'écoulant calmement vers le Grand Lac, ces eaux baignaient et nourrissaient des touffes de rotin, des roseaux épais ; elles déposaient des limons jaunes et fertiles au pied de maisons sur pilotis, avant de rejoindre les marécages prolongés par des mangroves qui jouxtaient la mer, très loin au sud.

En haut, le ciel était chargé de nuages, sources de vie qui à la saison des pluies apaisaient la soif des champs et des plantes, reverdissaient les arbres, semaient des fleurs dans la jungle, emplissaient les douves ceignant les villes des contrées les plus reculées ainsi que les temples de la cité royale d'Angkor.

Où se trouvaient la terre, le ciel et l'eau ? La Petite Sœur sainte ne le savait plus. Peu importait. La vie était partout, réconfortante. Certes, les Chams avaient pillé le pays, démoli ses maisons et brûlé ses manuscrits précieux. Cependant, ils n'avaient pu détruire cette nature généreuse, en bouillonnement permanent, qui garantissait sa richesse. Protégé par le roi son frère, le Cambodge ne tarderait pas à retrouver sa splendeur ancienne, et même à la dépasser.

Le palanquin continuait à filer au-dessus des champs où s'affairaient des paysans craintifs et respectueux. De loin, sa course semblait un peu fantasque. Allant tantôt à gauche, tantôt à droite, elle ne faisait que s'adapter au réseau des digues qui striaient la campagne – épousant les rus et les sentiers, contournant les buttes, les bosquets et les tombes que de riches Chinois exilés s'étaient fait bâtir. Derrière la litière oscillante, le voile chamarré aperçu par l'enfant et les cultivateurs resplendissait et claquait dans le vent. Porté à bout de bras par les serviteurs, il protégeait la princesse du soleil et signalait sa présence. Quoique factice, cet arc-en-ciel était plus beau, plus vivant que celui qui ornait le ciel après la pluie et indiquait aux hommes la voie menant au monde divin.

Tout en mâchonnant une racine sucrée, Vijanaga était songeuse, et ses pensées les plus sombres se mêlaient aux plus agréables. Lors de la Grande Invasion, elle avait dû fuir Angkor en toute hâte par cette même route, en compagnie d'une poignée de vieux serviteurs fidèles. Plus habitués à la douceur des palais qu'à la poussière et à la soif, ceux-ci avaient succombé, pour la plupart, en chemin. Elle-même avait connu la faim, l'angoisse et la maladie. Puis elle avait retrouvé son frère Jayavarman, réfugié sur ses terres de Mahidharapura...

Le temps avait passé et les Chams avaient été repoussés jusque chez eux. Aujourd'hui, elle effectuait le chemin en sens inverse et était devenue la conseillère écoutée du roi, bien qu'une génération les sépare : ils avaient le même père mais étaient nés de deux concubines différentes, choisies à plus de dix ans d'intervalle.

Peu à peu, sous la direction des Pieds Sacrés, le Cambodge renaissait. Du nord au sud du pays, les charpentiers édifiaient des hôpitaux dont les religieux bénissaient les chapelles. Les médecins emplissaient leurs maisons de simples et de poudre d'animaux séchés, de drogues à base de pierre pilée et de bile d'homme fort. La prospérité...

À Angkor, Vijanaga serait fêtée et accueillie par les danseuses et les musiciens royaux. Aspergée de parfums coûteux, elle pénétrerait dans la ville sous une pluie de fleurs et les barrissements des éléphants. Ce serait superbe, accordé à sa grandeur. Là, la princesse retrouverait le seul homme qui était digne d'elle. Binasuor. Aimait-elle le Cham ? Elle n'en savait trop rien, ne s'étant jusqu'ici souciée d'apprécier que sa propre personne. Certes, la Petite Sœur sainte était très liée à Jayavarman – par le sang, leur histoire commune, la force des choses, l'habitude. Mais, en se cachant de lui, elle avait séduit Binasuor. Par calcul. Le Cham demeurerait sans doute à jamais prisonnier ; cependant il serait traité avec tous les égards dus à son rang. Elle se marierait avec lui, ce qui lui permettrait d'échapper aux nobles khmers qui la désiraient. En s'unissant à un prince honoré par les Pieds Sacrés, elle serait inaccessible, crainte et détestée, ce qui flattait son orgueil au-delà de ses espérances. Être convoitée ou haïe par les sujets de son frère, ses conseillers et ses ministres, peu lui importait du moment qu'elle était considérée comme une déesse n'ayant pas hésité à épouser l'ennemi de toujours. Quelle satisfaction ! Savoir que tant d'hommes se morfondraient, ulcérés qu'elle leur ait échappé et leur ait préféré un étranger. Jouissance suprême... car qui oserait critiquer son attitude ? Personne. La sœur du roi était au-dessus de toute accusation. Chacun savait qu'à la cour d'Angkor la lignée se perpétuait par les femmes. Si Jayavarman mourait sans avoir d'enfant, c'est de son ventre à elle que sortirait l'héritier légitime, dépositaire de deux essences royales. Oui, même fécondé par un Cham, ce ventre-là était l'avenir.

Le palanquin tourna. D'un coup, Vijanaga aperçut, cheminant en tête, une silhouette puissante – taille et épaules larges, nuque épaisse. Elle se raidit. Tevoda, la combattante à la fois aimée et redoutée. Pendant les premières lunaisons de l'Occupation, celle-ci avait veillé sur Jayavarman et sa sœur, les avait défendus contre les bêtes fauves, les pillards khmers et les bandes de Chams lancés sur leurs traces. Vijanaga étant beaucoup plus jeune que son frère, c'est à elle que Tevoda avait prodigué les plus grands soins. La guerrière l'avait nourrie, soignée et éduquée ; elle lui avait sauvé la vie à plusieurs reprises en combattant des sauvages vivant dans des bois reculés et chassant le rhinocéros et le buffle.

— Tevoda, je te dois tout, murmura Vijanaga. La première, tu m'as révélé que j'étais d'une essence différente des autres – plus subtile, plus racée –, et de cela je te suis reconnaissante. De plus, c'est grâce à toi que je suis en vie aujourd'hui, que j'aime mon frère et en suis aimée. Et pourtant...

La Petite Sœur sainte n'avait pas la force de formuler à haute voix un aveu dont seuls les arbres et les fleurs étaient pourtant témoins. Tevoda, présente depuis si longtemps, savait et devinait les pensées de sa protégée. Tevoda, qui l'avait si bien connue lorsqu'elle n'était qu'une fillette, l'avait vue grandir et embellir. Vijanaga songea à ce regard insistant, à cette attention jamais relâchée... Et ces gestes prévenants, ce sourire vigilant, cette surveillance indiscrète... C'était une abomination !

— Tevoda... reprit la princesse, submergée par l'émotion.

Elle se revit, enfant, dans la solitude des forêts de Mahidharapura peuplées de sangliers et d'esprits errants, où elle s'était réfugiée avec Jayavarman. Elle se souvint des mains vigoureuses de la soldate qui, voici de longues années, avaient retiré des échardes et posé des pansements ; avaient porté à la bouche de la fillette du poisson fermenté, masse brunâtre et visqueuse, grouillante de vers mais seule nourriture que les fugitifs avaient pu obtenir de pêcheurs misérables. Surtout, Vijanaga se rappela les jeunes gens, ces guerriers qui, lunaison après lunaison, avaient rallié le couple princier pour le servir, combattre les Chams à ses côtés. Et les regards que Tevoda jetait alors aux jeunes gens qu'elle avait bien vite détournés de Vijanaga...

— Hormis les religieux, mon frère est le seul mâle que j'ai eu le droit d'approcher, marmonna Vijanaga. Tevoda, est-ce toi qui m'as faite comme je suis, incapable d'aimer vraiment un homme ?

La route fit un nouveau coude. La silhouette de la solide guerrière réapparut entre deux rangées de buissons piqués de grosses fleurs rouges. Indifférente aux idées amères qu'elle suscitait, Tevoda cheminait en trottinant. D'un geste, elle indiquait aux porteurs l'itinéraire à prendre, tantôt sur le côté, tantôt au centre de la piste parsemée de fondrières, afin que le palanquin ne soit pas trop balancé. Tevoda, plus maternelle et aimante qu'une véritable mère, prévenante mais destructrice ! Sidérée de ne pas savoir démêler ses sentiments, Vijanaga la maudissait autant qu'elle la vénérait.

— Tevoda, murmura-t-elle encore. Au fond de moi, je t'aime bien… et je te hais aussi un peu. Tu es peut-être plus chanceuse que Binasuor qui, à tout prendre, m'indiffère.

Réincarnés en insectes ou en souris, les milliers de Chams qui avaient péri au milieu de ces rizières bucoliques et de ces bosquets délicieux se réjouirent en silence. À Indrapura, leurs parents avaient brûlé de l'encens en leur honneur, prié les dieux et fait des offrandes. Mais rien n'avait pu apaiser l'esprit de ces soldats morts loin de leur pays et qui erraient depuis, expiant leurs fautes sous une apparence non humaine. Aujourd'hui, pour la première fois, ils avaient le loisir de mesurer l'hostilité qui régnait dans le camp ennemi. La princesse khmère disait à haute voix la haine que lui inspirait sa protectrice… Certes, les Chams trépassés ne ressusciteraient pas. Mais, du moins, perdus dans le néant où la mort les avait jetés, ils auraient le plaisir de voir leurs ennemis s'entre-déchirer.

Aussi chaude que si elle s'était passée aux enfers, cette journée avait épuisé le pays, les Khmers et les bêtes, jusqu'aux soles et aux maquereaux du Grand Lac. Fatigués, les prêtres brahmanes ne prenaient même pas la peine de dissimuler leur visage derrière les écrans de bambou et de soie qui protégeaient d'ordinaire leur dignité et les empêchaient d'avaler des insectes voletant par inadvertance jusqu'à leurs lèvres amincies par le jeûne et les mortifications.

— Nous demandons peu de chose : un asile pour cette nuit, de l'eau fraîche en abondance et une natte que nous nous partagerons. Demain, nous repartirons.

Gêné, Crindra secoua la tête.

— Les temps ont changé. Reconstruit et fortifié, le Cambodge est désormais placé sous la protection de Bouddha.

Les pieds couverts de meurtrissures, la robe en lambeaux, les cheveux sales et emmêlés, les joues maigres, l'un des deux religieux insista :

— Nous sommes si fatigués ! La pluie ne nous a pas épargnés… Il y a longtemps, nous avons déjà obtenu l'hospitalité dans cette ville.

Accablé, Crindra leva les yeux au ciel. Mais les quémandeurs continuèrent plus doucement : ils avaient tant à perdre…

— C'était du temps du roi Dharanindravarman. Dès qu'il avait appris notre présence, il avait fait ouvrir son palais.

D'un geste élégant, le conseiller royal désigna la porte qui donnait accès à l'enclos où vivaient les Pieds Sacrés et ses proches. Souriant, il murmura :

— Aujourd'hui aussi, les battants de bois surmontés des formules rituelles se sont écartés devant vous. Cependant, Angkor ne peut vous accueillir. Trop d'années ont passé, trop de choses se sont accomplies.

— Oui, nous le savons : les Chams sont venus et ont vaincu. Puis un nouveau roi est apparu et les a chassés.

Crindra répéta en souriant :

— Un nouveau roi est apparu et les a chassés.

À l'ouest, le temple du Baphuon engloutissait sous sa formidable masse le soleil déclinant. Les religieux craignaient de ne pouvoir demeurer dans l'enceinte du palais royal, ni même à ses abords. S'ils étaient repoussés vers les faubourgs, y trouveraient-ils une eau assez pure pour se livrer à leurs ablutions ? Rassemblant leurs dernières forces, les voyageurs fouillèrent dans leur sac, en sortirent une amulette qu'ils tendirent à Crindra.

— Sois généreux, nous t'offrons ce talisman. L'or dont il est fait a été béni par des sages de notre ville natale, située très loin à l'ouest, à dix jours de marche en laissant derrière soi la localité de Stung Nokor.

Ces longues explications importunaient sans doute Crindra. Son visage s'assombrit. Indifférent, l'homme poursuivit :

— Autrefois, notre sanctuaire était riche ; les anciens rois lui avaient confié la culture de terres immenses et la garde de nombreux trésors. Tout a disparu dans les premiers temps de la guerre contre les Chams. La paix est revenue, mais le souverain d'aujourd'hui ne se soucie plus de nous car le culte que nous rendons à nos dieux n'est pas le sien. Notre temple s'est appauvri. Aussi, rentrés chez nous, nous ne pourrons te faire parvenir le cadeau que nous t'aurions envoyé jadis pour te remercier… Mais prends cette amulette, nous t'en prions. Elle possède des vertus curatives et soigne la lèpre.

Le conseiller du roi tendit la main. Ce geste abusa l'un des deux voyageurs ; il crut que le conseiller acceptait le porte-bonheur et accédait à leur demande. Pourtant, les lèvres serrées, Crindra répliqua :

— Le roi me comble de ses bienfaits. Cela suffit à pourvoir à mes besoins. Quant à la lèpre, nos médecins savent la soigner.

D'un mouvement de poignet, Crindra leur présenta sa paume. Se retranchant derrière cette barrière symbolique, il répéta pour la seconde fois :

— Un nouveau roi est apparu et les a chassés.

Après un temps d'arrêt, il ajouta :

— Les temps ont changé. L'homme qui règne désormais à Angkor honore Bouddha…

Se redressant, il ajouta fièrement :

— … l'Éveillé, dont je suis le fidèle disciple.

Les voyageurs avaient pressenti la nouvelle. De l'autre côté des murs du palais royal, il y avait des musiques charmeuses, des senteurs de bouillon d'ananas… Jouant leur dernière carte, un des religieux s'empressa d'affirmer :

— Nous sommes tous des hommes de bien. Comme toi et Jayavarman, nous prions pour que le monde prenne le chemin de la sagesse et de la paix.

Le bouddhiste se contenta d'acquiescer tandis que le religieux continuait :

— La pitié, l'ardente ambition de comprendre le sens de la vie… Sur ce terrain, nous pouvons nous entendre. D'ailleurs, nous savons que certains des nôtres habitent dans le palais et conseillent le roi, à sa demande. Ce sont des adorateurs de Vishnou et leurs rites sont proches de ceux que nous observons. Si ni les Pieds Sacrés ni toi ne pouvez nous accueillir, les brahmanes du palais, eux, nous recevront.

Crindra baissa la tête.

— Je vous l'ai dit : les dieux vénérés ici sous les règnes précédents sont bannis. Çiva-Içvara et Vishnou n'ont pu empêcher les Chams de nous vaincre et de nous réduire en esclavage. Désormais, seul Bouddha protège la ville et le royaume. Je ne peux vous autoriser à demeurer ici. Je tiens mes ordres du roi en personne.

Preste, il recula à petits pas, puis soudain fit demi-tour en adressant un signe aux femmes soldats restées en retrait. Il prit à peine le temps d'ajouter, par-dessus son épaule :

— Emportez les tubes de bambou placés sur le seuil. Je les ai remplis de riz au miel. Vous ne cheminerez pas l'estomac vide.

Résignés, l'œil humide, les voyageurs s'éloignèrent en affirmant d'une seule voix :

— Nous prierons pour toi lorsque nous serons revenus au temple des Cent Lingams.

Crindra voulut répondre avec une formule de politesse, mais l'image de l'amulette précieuse lui revint en mémoire et lui brouilla les idées. Se mêlant au souvenir du bracelet que le roi avait voulu lui offrir pour aider les miséreux, cette vision l'empêcha de poursuivre. De l'or, partout, des richesses lui étaient offertes à la moindre occasion… C'était insupportable, inhumain. Abattu, Crindra s'engouffra dans un couloir obscur.

Les deux brahmanes avaient compté sur l'hospitalité du nouveau souverain des Khmers. Or, ils étaient éconduits sans que celui-ci prenne la peine de les recevoir en personne. Les temps avaient en effet bien changé… Défaits, ils rangèrent tristement l'amulette au fond de leur besace. À ce moment-là, les lèvres pincées, les épaules en avant, les cuisses brillant de la graisse parfumée et délassante dont elles s'étaient mutuellement enduites, approchèrent les soldates chargées d'annoncer et de reconduire les visiteurs. L'une d'elles désigna les religieux avec son arme dénudée. D'autant plus pressées de s'amuser qu'elles côtoyaient autant la mort, les autres éclatèrent de rire. De la pointe de leur glaive, elles repoussèrent les prêtres avec rudesse, comme elles l'auraient fait pour des bêtes de somme entrées par mégarde dans un potager. C'était amusant de se moquer de ces gens qui faisaient trop souvent les savants et les fiers, critiquaient à demi-mot leur esprit belliqueux et leur brutalité en maniant des termes puisés dans les anciennes langues de l'Inde que même Tevoda ne comprenait pas. Aujourd'hui, le mépris changeait de camp, à la grande satisfaction des soldates. Qu'ils déguerpissent, ces bavards peureux et flageolants, ces hommes inutiles qui ne savaient pas se battre ni même installer un campement dans la forêt !

Les pluies et le soleil avaient gorgé l'arec de sucs qui, à leur tour, envahissaient ses veines et son esprit. Jayavarman ferma les yeux pour chasser les images trop riches, trop nombreuses et trop variées que la drogue lui inspirait. Il devait repousser ces visions – des bassins vastes comme des mers ; des temples et des fondations pieuses hérissées de bodhisattvas ; des greniers remplis à longueur d'année de riz ; des montagnes, des champs et des forêts arrachés aux pays voisins. Il n'aurait pas assez de terrassiers, de maçons, de défricheurs et de soldats pour donner une réalité à de tels rêves. Les appuis lui manquaient tellement. À commencer par celui d'Harsha…

Devait-il ou non continuer à mâcher ces chiques de bétel ? Il n'en était plus certain, tant il avait de mal à ordonner ses idées et ses aspirations. La tête lui tournait… Et cette sensation, l'impression d'avoir vécu les derniers jours – et surtout les nuits – dans un état second… Il faudrait qu'il demande à Crindra si le recours croissant à l'arec était compatible avec ses fonctions. Par ailleurs, s'était-il montré plus lucide et plus charitable depuis la dernière fête du Labourage royal ? C'était peu probable. Sinon, il aurait déjà résolu le mystère entourant la mort de la soldate Sobhana. Et pourquoi ne se rappelait-il pas ce qu'il avait fait la nuit précédente ? Avait-il appelé près de lui une concubine ou bien avait-il préféré parler des enseignements de l'Éveillé en la seule compagnie de Crindra ? Le souvenir lui en reviendrait-il s'il mâchait une autre chique ou bien s'était-il définitivement enfui ? Comment ne pas admettre que son esprit s'enfiévrait davantage à chaque lunaison ? Où mènerait-il le Cambodge ?

Le petit groupe se tenait contre un mur haut et sans aspérité ni décoration aucune, aussi froid et sévère qu'était entière la détermination du vieux Khmer. D'un geste majestueux, Rajendra désigna les gourdins entassés à même le sol.

— Ces bâtons suffiront à faire éclater leurs têtes et à fracasser leurs os.

Tout s'enchaînait parfaitement. On aurait dit que Crindra l'avait fait exprès : il avait chassé les voyageurs à l'heure où les brigands commençaient à rôder autour de la ville, en quête d'un égaré à tuer puis détrousser. La mise à mort de ces deux hommes n'étonnerait personne. Demain, à la première heure, des cultivateurs découvriraient les cadavres. Ils les profaneraient peut-être avant de les traîner loin de leur champ, pour qu'ils ne corrompent pas l'eau des ruisseaux. Les rapaces et les chiens affamés achèveraient la besogne.

Très droit et respirant avec force, Rajendra ajouta :

— Pas la peine de souiller les glorieuses épées…

Sous ses yeux attentifs, ses gardes s'enduisaient le corps d'un liquide visqueux enrichi de pigments : de l'huile épaisse, pour que leurs victimes ne puissent agripper leurs bras et leurs jambes. Ils se couvrirent aussi de peinture noire, pour mieux se fondre dans la nuit, se précipiter sur leurs proies par surprise et les terroriser ; hormis leurs yeux brillants, momentanément rougis par la drogue, les religieux n'apercevraient rien d'eux et recevraient les coups mortels sans distinguer leurs auteurs.

— Inutile de verser leur sang impur sur la terre ancestrale. Nous les briserons sur place.

Le vieux seigneur khmer exultait, emporté par la haine, retrouvant l'exaltation qui l'habitait sur les champs de bataille et qui nourrissait encore les assauts qu'il contraignait les femmes à endurer. Le roi, cet idéaliste perdu dans ses rêves de paix, n'avait mené à bien que la moitié de la besogne. Heureusement que lui, Rajendra, veillait. Les deux religieux errants étaient très sûrement des traîtres – des Chams venus au Cambodge pour espionner les habitants de sa capitale et tâcher d'en savoir plus sur les projets du roi. Agissant de concert avec les deux prisonniers exécutés par les femmes de la garde impériale, ils s'étaient aventurés jusqu'au palais pour y apprendre le sort réservé à leurs compagnons... Qu'ils les rejoignent dans le néant ! D'une main ferme, Rajendra tendit à ses gardes une large écuelle emplie à ras bord de vin de sucre.

— Buvez. Outre la force, il vous donnera la joie qui est de mise lorsque l'on extermine ces vermines du Champa !

Excités et pressés de frapper les voyageurs, des hommes s'esclaffèrent. La plupart d'entre eux avaient combattu aux côtés de Rajendra lors de la guerre de libération. Ils savaient tout du plaisir qu'il y a à tuer du matin au soir, à traquer dans la forêt un ennemi en déroute et désemparé. À présent, ils voulaient retrouver ce trouble étrange mais réjouissant : bastonner un homme à terre qui roule des yeux de bête, incapable de se défendre, les intestins ravagés par l'effroi, les cuisses souillées par ses propres déjections. Frapper, tuer et revenir ensuite chez eux, s'allonger auprès de leur épouse, la tête encore pleine des cris de la victime et de l'odeur du sang… C'était si bon de donner la mort et, juste après, de faire l'amour à une femme. De semer une graine de vie dans un ventre souple et doux après avoir, d'un coup, rompu le fil d'une existence. De se sentir tout-puissant, maîtriser, dominer le monde !

Rajendra était trop âgé pour prendre part à la curée, il rageait contre sa cuisse blessée qui flageolait sous lui. Lorsque tous ses hommes eurent bu à l'écuelle, il en versa les dernières gouttes sur sa poitrine, comme pour se fortifier. Relevant la tête, il vit, à la lueur des torches, les gardes qui esquissaient une danse lourde et cadencée, en frappant le sol de leurs pieds larges. Ils étaient prêts, il fallait les lâcher sur la piste des deux religieux.

Le vieux seigneur pointa l'horizon.

— Une pièce d'étoffe fine pour celui qui me rapportera une poche à bile encore tiède !

Il n'avait pas besoin d'offrir une telle récompense pour stimuler l'ardeur de ses soldats. Mais la perspective de plonger leurs doigts dans des chairs sanglantes acheva de les exciter. Dans un même élan, ils jetèrent leurs gourdins, c'est à mains nues que les serviteurs de Rajendra tueraient les prêtres. Gesticulant et ricanant, ils disparurent dans la nuit.

Demeuré seul à quelques pas de sa maison de bois sculpté, Rajendra éprouva une sensation étrange. Quoique rassasié, le monstre énorme qui vivait en lui avait encore faim. Plus que jamais, il lui fallait édifier une nouvelle capitale. Mais pas selon le projet d'Harsha, tout en formules magiques et en défenses vaines. Il fallait du solide : capturer des ennemis par centaines et les contraindre à bâtir pour les Khmers ! Rafler des sauvages dans les montagnes, en faire des hommes puis des guerriers que l'on posterait derrière des créneaux puissants ; débiter des forêts entières pour fabriquer des catapultes ; surtout, empêcher les campagnards de cultiver les rizières, pour les contraindre à traquer les éléphants ; enfin, dresser ceux-ci et en faire des bêtes de guerre qui seraient les plus fidèles alliées du peuple khmer – guidé par lui, Rajendra. Une fois bâtis, les murs infranchissables de la nouvelle Angkor l'abriteraient, lui et les êtres auprès desquels il voulait finir ses jours.

À peine endormie, Bupati sursauta. L'homme au doigt inquisiteur était-il revenu ? Puis elle faillit éclater de rire. La favorite s'était alarmée pour rien. C'était une jeune fille, une servante qui était entrée dans sa chambre, il n'y avait donc rien à craindre. Elle s'étendit de nouveau. Elle savourait cet instant de repos, le temps que la domestique arrange un rideau, ramasse un gobelet vide, ôte une poussière traînant sur le sol. Nul ne viendrait la tourmenter. Pas même le roi.

Elle voulait tenter de se rappeler, encore une fois. Ne plus regarder la main, le doigt de la servante, remonter le long du bras, avoir le courage de suivre l'épaule jusqu'au cou et au visage de la petite chambrière… Non, elle n'en avait pas la force. Passé la manche pourpre, sa mémoire se refusait à aller plus haut. L'éminente fleur de haricot était épuisée. Quand bien même elle se souviendrait de l'homme qui l'avait déflorée, qu'irait-elle lui dire ? Tant de filles khmères, pauvres ou jeunes, quittaient ainsi l'âge de l'enfance – au milieu de leur famille et de leurs amis, au son de rythmes roulants et à la lueur des cierges, sans rien y redire puisque telle était la tradition ! Mais qu'y pouvait-elle si elle n'avait conçu que dégoût et stupeur lors de cette cérémonie emplie des rires et des chants de ses parents et amis ? Devait-elle se reprocher de fuir les hommes – et surtout celui qui l'avait choisie, le roi en personne ?

Un instant, ses pensées s'emmêlèrent, et Bupati crut que de cette confusion émergerait enfin le visage de son bourreau. Si, au moins, il avait fait montre de douceur, de délicatesse, plutôt que de la traiter comme si elle n'avait été qu'une masse de chair sans vie et sans conscience ! Elle ne réussissait pas à oublier cet index qui avait estropié son âme… Les soldates n'avaient pas voulu l'aider ? Portée par son désir de justice, Bupati saurait se doter d'un autre appui.

Un nouveau matin… Il était sur un bateau élancé, fendant à belle allure les eaux du Grand Lac. Au loin, il distinguait des collines, et près de la rive la forêt à demi engloutie par les eaux clapotantes qui baignaient les troncs et les branches les plus basses. Non, il s'égarait. Il était assis sur une natte, à même le sol de sa chambre privée. Les éminences n'étaient que des tentures ; et les arbres de la mangrove, des chandeliers dont l'huile gouttait silencieusement en éclaboussant de gouttes d'or luisantes les pieds et les cupules.

Peu à peu, les essences contenues dans la noix d'arec pilée prenaient possession de chaque recoin de son cerveau ; altéraient ses souvenirs, ses pensées et son imagination. Impossible. Le temps s'écoula : un instant, une nuit… Une fois de plus, les Pieds Sacrés se tourna vers Crindra, qui se tenait sur les genoux :

— Conseillé par mes deux épouses disparues, je n'aspire qu'à la paix universelle. Il y aura deux pays : au nord, l'empire de Chine et, au sud, en bordure des mers chaudes, l'empire des Khmers, tous deux gouvernés avec sagesse.

Crindra ne disait rien. Respirant avec peine, il s'efforçait d'oublier le rectangle découpé dans une feuille de latanier qu'il avait glissé sous son pagne, mais n'y parvenait pas : le morceau de végétal le brûlait comme s'il cherchait à s'incruster à jamais dans sa peau, à y imprimer les quelques mots gravés à la hâte par un religieux subalterne : « Rajendra a fait tuer les deux voyageurs qui se sont aventurés hors les murs de la ville. »

Deux religieux exterminés, battus à mort… De la fureur, des râles, du sang. La nouvelle terrifiait le conseiller du roi, lui soulevait le cœur. Pourtant, sous aucun prétexte, il ne se servirait de cette nouvelle pour amadouer le monarque ; il n'en avait pas le droit. Seule la raison devait persuader Jayavarman.

— Le premier jour de la guerre d'indépendance, dès que tu es sorti de la forêt, j'ai rejoint les rangs de tes partisans et combattu à ton côté.

— Oui, murmura le roi dont l'esprit repartait sur les eaux du Tonle Sap. Comme Rajendra et tant d'autres. Nous avons pu repousser les Chams parce que nous étions unis. Délivré, le Cambodge doit maintenant être établi sur des bases solides. Certes, Harsha ne pourra s'occuper de construire la nouvelle métropole. Mais moi, je peux asseoir mon autorité sur un principe éternel et indestructible : les enseignements de l'Éveillé.

Crindra soupira, soulagé. Voilà qui allait dans son sens. Aussitôt, la feuille qu'il tenait dissimulée sous ses habits lui parut moins lourde, plus fraîche.

— La mesure, grand roi, l'équité. Les Khmers ont raison de repousser les Chams. Angkor a recouvré sa puissance et son indépendance. Mais les armes seules ne peuvent assurer la paix, la justice doit les appuyer…

Ennuyé, Jayavarman interrogea :

— De qui parles-tu ? Tu veux que je gracie les soldates qui ont criblé de flèches les deux espions chams, ou que je châtie les brigands qui ont massacré les deux prêtres venus demander l'hospitalité ?

De nouveau, Crindra ressentit un malaise profond. Il imagina les deux voyageurs assaillis par les sbires de Rajendra. Il connaissait ces hommes de main. Le seigneur khmer les avait recrutés parmi les bandes qui infestaient le pays pendant l'Occupation – des brutes qui rançonnaient, violaient et pillaient sous le couvert de lutter contre l'envahisseur. Le retour de la paix les avait à peine changés : c'étaient toujours des tueurs.

Indifférent au trouble de son conseiller, le Fortuné poursuivit :

— Il paraît qu'ils ont été attaqués par des bandits dans les faubourgs de la ville, du côté de la plaine des Concombres doux...

Le ventre noué, le conseiller répondit :

— Je pense à Binasuor. Rien n'indique qu'il ait conspiré. Pour le succès de notre politique et au nom des engagements pris, nous ne devons pas l'inquiéter.

Cette incitation à la clémence acheva de dégriser le roi. Il abandonna brutalement les songes qui l'avaient porté jusqu'au Grand Lac et retrouva la détermination et la volonté de puissance qui l'avaient animé lorsqu'il s'était mis à la tête de l'armée de libération. Tapant du pied, Jayavarman s'écria :

— Binasuor a comploté ! Il a trouvé un moyen secret pour s'adresser aux siens. Comment expliquer, autrement, que les deux Chams aient pu pénétrer dans Angkor, tuer l'architecte chargé de la rebâtir et manquer s'échapper ? Si on avait eu le temps de les torturer, ces chiens impurs auraient avoué aussi le meurtre de Sobhana. Tu voudrais que je pardonne à l'organisateur de ces méfaits ?

Sûr de lui, Crindra répliqua :

— Il ne s'agit pas d'absoudre, puisque Binasuor n'a commis aucun crime. Avant de le faire mettre à mort, ordonnez au moins qu'il affronte un champion que nous désignerons. Ils combattront tous deux pour que la vérité se manifeste. La victoire ne peut abandonner un innocent : si les armes lui sont contraires, le prince cham sera exécuté sur-le-champ.

Hors de lui, le roi s'agita. Son ventre s'avança – ce qui, chez lui, était le signe d'une grande colère, nourrie par le chagrin que lui causait le Cham. Penser que cet homme qu'il avait estimé n'était qu'un traître le décevait affreusement et ouvrait un gouffre à ses pieds.

— Il n'y a que toi qui oses me parler ainsi. Binasuor va périr. Je le veux de la même manière que j'ai souhaité conclure la paix avec son peuple. La mort ne cesse de frapper dans ce palais et aux alentours, la prudence n'est plus de mise. Avant la Grande Invasion, te souviens-tu du nombre de traités et de trêves que mes prédécesseurs avaient conclus avec les Chams – en pure perte ?

— Pieds Sacrés, au moins, pardonnez aux femmes qui ont criblé de flèches les deux prisonniers. Certes, elles n'auraient pas dû les laisser s'enfuir. Mais pensez que Tevoda n'était pas là pour les commander et qu'elles pleuraient Sobhana. Angkor n'a pas de plus fidèles serviteurs que ses soldates. Souvenez-vous de leur bravoure lors de la guerre de libération.

Pour la seconde fois, le roi frappa le sol de son pied nu.

— Les femmes soldats ont failli. Ce ne sont ni des tisserandes ni des marchandes de caramboles prises au dépourvu ! Elles n'auraient jamais dû laisser les deux Chams pénétrer dans la ville !

Il porta la main à ses cheveux et, de rage, arracha d'un coup le rang de perles qui retenait son chignon ; les sphères irisées rebondirent dans toute la pièce.

Imperturbable, Crindra voulut continuer :

— La sagesse incite à prendre son temps. D'ailleurs, l'Éveillé, dans ses enseignements, nous a appris que…

Jayavarman se releva et clama :

— Aujourd'hui, peu m'importe que j'observe ou pas les préceptes de Bouddha ! Avant tout, je suis le maître du Cambodge, le roi de ce pays, et je dois assurer sa survie ! Même si, pour cela, la mort est ma meilleure alliée. J'ai chassé les Chams, mais nous vivons encore dans une ville et un palais provisoires, aménagés sur les décombres que nos ennemis ont laissés derrière eux. Je dois bâtir pour l'éternité !

Du doigt, il pointa la porte noir et or derrière laquelle des serviteurs ne perdaient rien de cette conversation.

— Retourne chez toi. Avec tes moines, prie et recueille-toi ! Interroge-toi. Si tu es aussi sage que tu le prétends, tu comprendras que j'agis pour le mieux.

Crindra s'éloigna en silence, sans se retourner, en marchant sur les mains et les genoux. Mais, au moment de quitter la chambre, il releva la tête et fixa le buste en pierre posé sur un coffre. Récemment ciselée par un artiste de renom, la sculpture était destinée à la chapelle du palais. Cette tête de Bouddha était magnifique, avec le grain de sa pierre semblable à celui de la peau. Le nez large, les yeux mi-clos, le cou épais et les joues pleines… tout en elle exprimait la bonté et l'indulgence. Crindra avait souvent rendu visite au sculpteur pour lui prodiguer ses recommandations, s'assurer qu'il respectait bien les canons de la foi bouddhiste et admirer la précision de ses gestes. Il ne s'était jamais aperçu que l'œuvre mêlait les traits du roi à ceux de l'Éveillé…

— Ordonne une fouille générale, Pieds Sacrés, lâcha-t-il avant de sortir. Bouddha vient de me parler. Pour prouver l'innocence de Binasuor, il suggère d'inspecter le palais de fond en comble.

Pétrifié par la surprise et la joie, Jayavarman considéra à son tour la statue. Pourquoi n'était-ce pas à lui que Bouddha s'était confié ?

À l'approche de la ville, Vijanaga découvrit un spectacle familier, source de réconfort et de tristesse. Elle ne se lassait pas de contempler les alentours de la capitale délivrée, débarrassée des bannières barbares et des statues grotesques dont les Chams l'avaient affublée. Désormais, seules les oriflammes khmères – garudas, nâgas ou scolopendres de soie – flottaient de loin en loin. Chacune d'entre elles commémorait une escarmouche qui, lors de la Reconquête, avait vu les hommes de Jayavarman lancés à l'assaut d'Angkor reprendre aux Chams un hameau, une écurie, un temple. Jadis, ce faubourg était riant, semé de fleurs que broutaient des vaches pansues, parcouru de canaux où glissaient des barques à tête d'oiseau. À présent, la terre était nue, les cours d'eau embourbés, les veaux rares et maigres. Beaucoup d'édifices étaient toujours en ruine, de grands bassins n'avaient pas encore été curés. Autant que la princesse puisse en juger, la muraille elle-même avait été par endroits réparée avec de simples planches, voire des toiles peintes, pour tenir à distance les animaux domestiques ou simplement rassurer les habitants. Ce spectacle l'attrista d'autant plus qu'il ne changeait guère à mesure que les lunaisons passaient. Quand le royaume serait-il assez riche et fort pour rebâtir sa capitale ? Quand les habitants de ses faubourgs seraient-ils assez prospères pour restaurer les temples principaux ; redresser leurs autels et les encombrer d'offrandes ; accueillir des habitations nobles qui rivaliseraient d'élégance, avec leurs colonnes de bois tourné et leurs balcons fleuris ?

À portée de vue des gardes qui veillaient à la porte de la cité, le palanquin s'arrêta près d'un pavillon juché sur des pilotis et coiffé d'un toit encadré de frontons sculptés. Devant s'étalait un immense tapis de coton et de soie, déposé à même le sol. L'ouvrage était suffisamment vaste pour accueillir une petite troupe de serviteurs envoyés par le roi à la rencontre de la princesse. Chambellans et porteurs de corbeilles de jasmin, de bannières brodées et de bougies saluèrent puis s'écartèrent. Élégante et sûre d'elle, Vijanaga sauta du palanquin avant que les porteurs mettent le genou à terre. Deux maîtres de cérémonie s'approchèrent, courbés. La princesse leur tendit un jeu d'ôles sur lesquelles son greffier personnel avait inscrit ses récents faits et gestes, la liste des hospices et des léproseries qu'elle avait fondés à la demande du roi. Le texte serait versé aux archives palatiales, pour que le souvenir de la bonté de Jayavarman ne soit pas perdu.

L'un des deux hommes saisit le cahier en feuilles de palmier. C'était la première fois qu'il s'adressait à la sœur du roi ; il ne perdrait pas cette occasion d'étaler sa foi, aussi jeune que superficielle :

— Grâce aux Pieds Sacrés, le royaume a retrouvé sa splendeur. Grâce à Bouddha et au bodhisattva Lokesvara, les souffrances des pauvres, des infirmes et des malades seront allégées…

Doté d'une paire de seins charnus, tels que nulle femme n'en avait jamais portés dans le pays, l'homme dut retrouver son souffle. Un peu ennuyé de devoir ainsi interrompre son compliment courtisan, il reprit très vite :

— Lorsque la nouvelle capitale aura été édifiée, pour remercier le souverain de nous avoir ainsi mis à l'abri des invasions, le jour où les talapoins béniront les portes de la ville et les chaussées qui y mèneront, mon collègue et moi jeûnerons et appliquerons à nos familles et à nous-mêmes les mortifications les plus sévères…

Le visage soigneusement épilé, les doigts disparaissant sous des bagues énormes, le camarade du gros fonctionnaire estima que ce dernier allait un peu loin. Qu'un homme aussi volumineux promette de ne pas manger pendant toute une journée et de faire pénitence était peu crédible. Discrètement, il toussa pour le rappeler à plus de raison.

Contrariée de ne pas être accueillie par des fonctionnaires d'un rang plus élevé, Vijanaga s'écarta avec ostentation des deux chambellans pour accomplir les rites prescrits par son retour à Angkor. Pieds nus, elle s'approcha du tapis où avait été installé un petit autel ; des mains pieuses y avaient déposé une statue de Bouddha qui avait échappé au saccage perpétré par les Chams. La princesse s'inclina devant, pénétrée de son importance. Du lait et de l'huile de sésame mélangée à des pétales de lotus nappaient les orteils de l'effigie.

Le gros khmer fut dépité que la sœur des Pieds Sacrés ne lui accorde pas plus d'attention. Très désireux d'être entendu par le roi, ou qu'au moins lui soient rapportées ses paroles révérencieuses, il insista :

— La première lunaison qui suivra la bénédiction, je promets de ne manger ni porc ni poisson.

Son propos devenait franchement ridicule. L'autre fonctionnaire lui donna un coup de coude en murmurant :

— Te fatigue pas, elle écoute pas…

— Tais-toi, le vent porte nos paroles !

Vijanaga revenait vers eux… Maudissant l'imprudence de son compagnon, l'homme aux gros seins lui jeta un regard furieux ; puis, d'un mouvement d'autant plus brusque qu'il avait peur, il s'avança pour masquer l'importun et déclara :

— Nous, les fonctionnaires du palais, dès que nous aurons rassemblé des fonds en nombre, nous prendrons à notre charge le creusement d'un nouveau bassin. Là, les hommes et les femmes appartenant à notre caste pourront laver leur corps, nettoyer leurs blessures et purifier leur âme pour honorer Bouddha.

Prêt à échanger des salutations jusqu'au soir, avide de s'élever au-dessus de sa condition en étant remarqué par un membre éminent de la famille royale, il poursuivit, d'une voix chatouillée :

— Chaque matin, je cours au temple pour réciter les Cinq Préceptes et préparer mon ascension au nirvana.

La Petite Sœur sainte eut un sourire contraint. Cet homme la fatiguait. Pourquoi retardait-il l'annonce dont le roi l'avait chargé ? Voulait-il une obole ? Pressée de se débarrasser de lui, elle fit glisser l'anneau qu'elle portait au doigt. Sans conviction, elle le tendit au fonctionnaire ravi.

— Gloire à ta générosité ! Qu'elle te mène sur la voie que le Bouddha...

Agacée par son manège, la princesse lui fit signe de se taire. Elle se tourna ensuite vers Tevoda, demeurée à l'écart du tapis que ne pouvaient fouler ses pieds de soldate.

— Aperçois-tu la troupe, les soldats du bataillon du Coq d'or qui devraient m'accueillir ?

Froissée de ne pas recevoir un accueil digne d'elle, Vijanaga fut la proie d'une appréhension soudaine. Les Chams seraient-ils revenus et se seraient-ils emparés d'Angkor par surprise ? Et s'ils lui avaient tendu un piège, se tenant cachés derrière ces Khmers terrorisés, prêts à bondir sur son escorte ? C'était ridicule, absurde ! S'ils avaient été les maîtres de la cité, quel besoin les Chams auraient-ils eu de se dissimuler ? Jayavarman avait vaincu l'ennemi, qui vivait depuis dans la crainte d'être traqué jusque sur son propre territoire.

En dépit de sa maladresse et de sa lourdeur, le gros fonctionnaire comprit qu'il ne devait plus retarder la délivrance du message dont il était porteur. Épuisé et énervé par tant d'efforts, il s'agenouilla devant la princesse sans habileté, manquant de la faire tomber, et débita d'une traite :

— Le souverain et les ministres sont demeurés au palais. Une affaire urgente... Que la sœur du roi-Bouddha veuille bien patienter un instant dans le pavillon des Courgettes du delta. Un bain y a été préparé par les servantes des défuntes épouses du roi. Le cortège envoyé par les Pieds Sacrés sera là sous peu pour vous conduire jusqu'à la porte de la ville.

Un bain ? L'attention était délicate et atténuait la maigreur de ce premier accueil. Quelque peu amadouée, la Petite Sœur sainte s'avança vers le pavillon. D'autorité, Tevoda lui emboîta le pas. Les rires flûtés des servantes, l'odeur des parfums s'échappant du pavillon, les clapotis de l'eau tiède contre les parois de la cuve à ablutions transportaient la guerrière. Elle assisterait à la toilette de la princesse, elle ne voulait pas être privée de ce plaisir secret.

Pour ne pas déranger le travail des domestiques, le musicien zélé qui tapait chaque heure sur le gong reçut l'ordre de déposer sa mailloche. Dans les écuries, palefreniers et cornacs caressaient leurs bêtes afin qu'elles ne troublent pas le silence requis. Quant aux servantes, elles se terraient dans les cuisines, épouvantées. Comme la ville entière, le palais royal retenait sa respiration. Nul n'ignorait que l'heure était grave. Du résultat de l'inspection en cours dépendait la vie du prince des Chams. S'il était condamné à mort par le roi, nul doute qu'au dernier instant il chercherait à se venger et à semer le désordre pour ne pas quitter seul cette existence. Il hurlerait le nom de ses complices – les Khmers qui, outre les deux Chams exécutés par les soldates, l'avaient probablement aidé à occire l'architecte Harsha, voire Sobhana la soldate... Qui serait tué après Binasuor ? Les gardiens des portes de la ville, des chambellans, de simples marmitons ?

Un silence inquiétant régnait dans le quartier royal. Tremblants, les domestiques repoussèrent les tentures qui obstruaient les fenêtres, déplacèrent de hautes armoires afin que la lumière pénètre à flots dans la salle des Audiences et les salons attenants. Dans les recoins les plus sombres ainsi que dans les corridors menant à la grande pièce, les serviteurs disposèrent ensuite toutes les bougies qu'ils purent trouver dans les réserves. À regret, en pestant et marmonnant pour se donner de l'importance, les servants des sanctuaires durent leur confier les bougeoirs rituels en leur possession, et même les popils[1] destinés aux seules cérémonies nuptiales et aux intronisations royales. En dépit de l'air qui s'engouffrait par les croisées, l'atmosphère était saturée par la fumée de la cire chaude et les senteurs de mèches brûlées, de lait caillé et de fleurs fanées.

Éperdu de reconnaissance, Crindra se jeta aux pieds du roi. Ému, celui-ci le convia à se relever :

— Je devrais t'écouter plus souvent. J'ai encore du chemin à faire pour atteindre la sagesse…

— Pieds Sacrés, murmura Crindra, bouleversé, vous êtes le roi-Bouddha et je ne suis qu'un homme qui, lui aussi, cherche la voie de la lumière.

— Mon ami…

Indifférents à ce dialogue fiévreux, soldats, serviteurs et ministres cherchaient, se cognant les uns les autres, pressés et inquiets. Par ordre du roi, cette partie du palais devait être inspectée de fond en comble, chaque siège déplacé, les coffres ouverts, les tentures écartées. Les femmes de la garde royale étaient tenues à distance. Trop d'ombres, trop d'incertitudes entouraient leur rôle dans la mort de Sobhana, de l'architecte et des espions chams pour qu'elles aient le droit de participer aux recherches.

1. Plaque de métal en forme de feuille de banian sur laquelle est fixée une petite bougie.

Le monarque reprit :

— J'aurais piétiné les enseignements de Bouddha si je n'avais pas accédé à ta requête.

— Il n'y a rien de plus précieux que la justice, elle est gage d'harmonie, affirma Crindra.

Jayavarman acquiesça, mais répondit sans hésiter à se contredire :

— J'ai peut-être eu tort de mettre en doute la loyauté de Binasuor. Nous appartenons certes à deux peuples ennemis, mais il est un prince de ma caste et a promis de ne pas chercher à me nuire tant qu'il serait mon prisonnier... Je n'aurais pas dû le condamner sans preuve...

Crindra leva les yeux au ciel.

— Les apparences sont contre lui...

Le souverain salua la petite statue de jade vert placée en face de lui et murmura :

— Bouddha doit penser que je suis un bien piètre disciple : il a fallu qu'il se montre devant toi pour que je revienne sur ma décision et accepte de fouiller le palais.

Prenant le risque de froisser le roi, Crindra ne répondit rien. Indifférent à ce silence qui l'accusait, Jayavarman allait et venait d'une pièce à une autre, sans précipitation mais avec méthode. Il redoutait que, par sottise ou inattention, les domestiques ne fassent disparaître une pièce à conviction.

— Soulevez ces dalles et voyez si aucune cache n'a pu être pratiquée dessous ! commanda-t-il, fortifié par cette nouvelle occupation.

Il s'avança vers une cour intérieure où les jardiniers avaient laissé croître de hautes fleurs d'un violet profond.

— Arrachez-les ! L'assassin d'Harsha a pu y jeter son arme !

Revenant vers la salle de la Lance de la victoire, le roi avisa une resserre qui, par une autre porte, ouvrait sur une salle de spectacle. Des costumes de danse y étaient entreposés. C'était un amoncellement de coffres emplis de tiares et de diadèmes, de jambières, corsets et plastrons rutilants de pierreries ; de plateaux de bracelets et d'anneaux de chevilles. Partout des ors et des paillettes, des masques grimaçants et gros comme des pastèques ; autant d'objets brillants qui égaraient l'œil et le dissuadaient de se montrer trop scrutateur. Pour un assassin cherchant à se défaire d'une arme, il n'y avait pas meilleure cachette.

— Là aussi, fouillez ! ordonna le roi.

Mais, croisant le regard des serviteurs, il comprit que cette tâche prendrait beaucoup de temps et il changea d'avis.

— Sortez tout et mettez-y le feu. Les flammes ne toucheront pas au métal de l'arme criminelle, si elle s'y trouve.

Un vieux serviteur s'approcha en claudiquant. Lors de la Grande Invasion, il avait enterré au péril de sa vie une partie de la vaisselle précieuse de la cour juste avant que les Chams pénètrent dans le palais. Resté muet sous la torture, laissé pour mort par ses tourmenteurs, il avait pris soin de noter, en marquant ses repères sur de grands arbres, l'endroit où les plats de vermeil étaient enfouis. Le jour où Jayavarman était revenu en libérateur, ce fidèle serviteur avait conduit les officiers khmers jusqu'aux vases précieux. Mais les infirmités de l'âge et les mauvais traitements des Chams l'avaient rendu incapable de manipuler de tels objets. Pour le remercier, Jayavarman lui avait confié la garde des habits des danseuses royales, tâche dont le vieux Khmer entendait s'acquitter du mieux possible jusqu'à son dernier souffle. Tremblant sur ses jambes mal ressoudées, il implora, les larmes aux yeux :

— Pieds Sacrés, et les pierreries, les lamelles d'argent ? Tout cela va fondre, se mêler à la terre… Quelle misère !

Furieux que l'on ose discuter ses ordres, le roi toisa le vieil homme. Sur le point de le repousser, il se souvint à temps qu'il ne devait pas le toucher sous peine de se souiller. Mécontent, il lui rétorqua :

— Le front et les mains dans la poussière, tu n'auras qu'à trier les cendres pour retrouver les métaux. Et prends garde à toi s'il manque une seule goutte d'or !

D'un geste bref et hautain, il le désigna ensuite aux soldats. Qu'ils l'entraînent au-dehors et l'emprisonnent s'il cherchait à les empêcher de mettre le feu aux costumes.

Demeuré en retrait, Crindra n'avait rien perdu de cette scène. N'étant pas né à Angkor, rallié à Jayavarman durant la lutte qui avait opposé les résistants aux Chams, il n'avait découvert la capitale et le palais que lors du retour de la famille royale et ne savait donc rien de leur ancienne splendeur. Mais il connaissait l'histoire de la vaisselle royale. Toujours muet, il vit les gardes se saisir du vieux Khmer qui sanglotait comme un enfant. Indifférent à ce chagrin immense, Jayavarman s'éloigna, distribuant de nouveaux ordres. Il était d'autant plus impatient que, dans la chambre la plus retirée du palais, loin en allant vers l'ouest, Bupati l'attendait vêtue d'un bustier de soie lamée et mordorée, les lèvres peintes, la chevelure huilée et les ongles effilés, comme le roi aimait la voir : déguisée en serpent pour honorer d'anciennes légendes…

Jayavarman désigna un petit temple bâti par l'un de ses prédécesseurs. Avant l'Invasion, c'était là que les reines mères venaient se recueillir et, à l'abri de leur parasol à trois étages, verser de l'huile enrichie de miel et du lait caillé aux aromates sur les statues des dieux. Comme beaucoup d'autres, l'oratoire avait été reconverti en sanctuaire bouddhiste. Mais les nouveaux servants étaient aussi jaloux de leurs privilèges que les anciens prêtres formés en Inde, et d'autant plus prompts à les défendre que ceux-ci, mal établis, étaient récents. Ils se tenaient devant le seuil qui donnait accès à la chambre, où brûlaient en permanence des lampes à la flamme vacillante.

Loin d'avoir recouvré son calme, le roi commanda :

— Regardez dans les niches, derrière les statues, entre les plaques de bronze qui recouvrent les murs !

Un religieux s'avança. Officier dans l'enceinte du palais royal, côtoyer chaque jour le souverain et les siens, recevoir leurs offrandes au nom de Bouddha lui tournaient la tête ; mais il était résolu à affronter les Pieds Sacrés. Assez désireux de jouir des faveurs dont disposait Crindra, il n'était pas mécontent d'exhiber son courage en défendant ses principes et le temple dédié à l'Éveillé. Il se campa sur ses deux jambes. Sûr de lui et de son bon droit, il s'écria :

— Pieds Sacrés, quel qu'il soit, le meurtrier d'Harsha n'a pu dissimuler son arme ici. Jour et nuit, nous nous y relayons pour prier.

Jayavarman s'empourpra. D'un mot, il était près d'ordonner à ses gardes de bousculer l'insolent et ses assistants, au risque de troubler la sérénité de la chapelle. Mais une autre voix s'éleva :

— Roi fortuné, Maître de la vie au-dessus des têtes…

Qui osait l'interpeller ? Le roi se retourna : c'était Crindra, le regard sombre. À ses côtés tremblaient les gardes et Sorn, la soldate aux cheveux blancs. D'un coup d'œil, Jayavarman embrassa toute la scène et comprit ce qui s'était passé. L'esprit fouetté par la surprise, il mesura alors les conséquences de ce spectacle. Sorn venait de découvrir l'arme du crime, la lame à peine ternie par des traces de sang séché. L'assassin l'avait simplement placée au milieu d'un lot d'armes de parade, totalement inoffensives, accrochées dans une chambre attenant à la salle des Audiences, à quelques pas du trône aux nâgas royaux, maîtres du monde marin et des ondes… Le meurtrier d'Harsha ne manquait pas d'insolence ! Et son glaive, chaque Khmer pouvait l'identifier sans mal : il était de facture chame et appartenait au prince Binasuor.

La musique à la fois mélodieuse et saccadée glissait sur les eaux des douves. Le cortège de Vijanaga passa sous la grande porte de la ville, dont les briques et les pierres manquantes avaient été remplacées par des pièces de bois badigeonnées de brun ou de gris. Et ce fut comme un seul être doté de cent têtes, de deux cents jambes et d'autant de bras qui s'avança vers le palais royal, en une cohorte mi-ordonnée, mi-foisonnante, le respect des hiérarchies et du jeu des castes tempérant l'ardeur des chevaux, l'énergie turbulente qui émanait des jeunes gens. D'abord venaient les militaires des bataillons du Coq d'or et du Bœuf de bronze, pagne autour des reins et double harnais de cuir sur la poitrine, bâton sur l'épaule, épée à la main. Puis les joueurs de tambour et de flûte, les porteurs de fanon et de gonfalon à la soie éclatante. Sur le côté s'élevaient des estrades où des prêtres psalmodiaient :

— Que les dieux veillent sur la ville, que l'eau pure jaillisse aux pieds de la sœur du roi et contente tous les êtres…

Suivait un éléphant, l'un des plus beaux des écuries palatiales, les défenses peintes en vert, des colliers de grelots de cuivre pendant sur son front, le long des flancs et lui ceignant les pattes, de longues gerbes de plumes de paon dressées sur son dos. Sur les épaules de porteurs habillés de blanc brillaient de longs serpents de papier mâché piquetés d'éclats de pierres, la tête et la queue relevées. Venaient ensuite les palanquins des princesses – laides ou belles, jeunes ou vieilles, jalouses ou indifférentes –, de grandes dames veuves envoyées à la rencontre de sa sœur par Jayavarman. Puis une cohorte de jeunes filles tenant des ombrelles, pieds nus, coiffées de tiares ornées de fleurs et de plumes. Au cœur du défilé, le palanquin de Vijanaga était porté par les plus solides des soldates de Tevoda et veillé par cette dernière, qui n'avait jamais autant comprimé ses seins sous sa robe courte et ajustée de guerrière.

— Que les rizières des terres sèches et les rizières des terres humides donnent ensemble quatre récoltes chaque année, par la grâce divine...

Derrière la princesse roulaient des charrettes attelées à des chèvres et à de petits chevaux aux harnais garnis de perles, dans lesquelles s'amoncelaient des présents – soies et épices, billes de bois odoriférant, perroquets multicolores... Dans les regards brillait un mélange de fierté ombrageuse et de tristesse résignée. Angkor retrouvait les parades d'autrefois, les entrées somptueuses. Mais chacun savait cette pompe fragile. N'avait-elle pas été balayée par les Chams ? Les guerriers râblés étaient farouches et déterminés ; pourtant, à quoi leur avaient servi leur force et leur courage, le jour de la Grande Invasion ? Angkor avait péri une fois. Une fois, mille fois... En dépit de la solennité du moment, le doute habitait les esprits, qui s'en défendaient, regrettaient de connaître cette hésitation et, pour mieux la nier, en rajoutaient dans l'exubérance. Il fallait se montrer le plus fier possible, le plus élégant, le plus martial, ou offrir le plus large sourire à la foule massée de part et d'autre de la chaussée, graver cet instant dans l'éternité pour suspendre le temps. Une seule volonté galvanisait les énergies : celle de parader, défiler, se fortifier.

— Que le roi possède l'énergie et la vertu, l'esprit de méthode et la reconnaissance...

Enfin s'avançaient la longue file des ministres, installés dans des palanquins à brancards d'or ou d'argent ; puis les porteurs de cierges, de reliques et d'étendards, qui devaient marcher ni trop vite ni trop lentement, avec dignité, pour se faire admirer et se rassurer mutuellement.

Au bout de l'allée, sur la terrasse supportant le palais royal, quelques silhouettes aux pagnes richement bariolés, astrologues, prêtres et dignitaires couverts de bijoux, attendaient Vijanaga pour la conduire jusqu'à son frère.

Bupati ferma les yeux. De nouveau, le passé resurgissait. Le doigt entrait en elle, se faisait soudain plus insistant, se recourbant d'un coup pour la surprendre, ou, pis encore, la blesser. Elle n'osait rien dire. Ensuite, elle ressentait le mal au ventre et au cœur, le flux tiède qui coulait hors de son corps. Elle était à peine sortie de l'enfance... Elle baissa les yeux, vit son sang sourdre de son entrecuisse, goutter dans la coupe d'argent. Elle se souvenait des chants qui s'élevaient dans les airs, de sa mère pleurant de bonheur, de la fierté de son père. De spontanée, cette joie était devenue de plus en plus feinte à mesure qu'avançait la cérémonie, lorsque ses parents avaient compris que leur fille ne s'y prêtait qu'avec réticence. Ce n'était plus que des mines furieuses, des reproches sourds, l'ordre muet de se plier et de se taire pour que la coutume soit respectée quoi qu'il lui en coûte. Pas d'histoires, ma fille, le scandale serait trop grand ; reprends-toi et réprime tes humeurs... Bupati revoyait la coupe brandie par l'homme qui, ensuite, allait de lèvres en lèvres. Sa sœur aînée qui y plongeait une sorte de pinceau de soie, avant de dessiner avec quelques gouttes du liquide recueilli des signes bénéfiques sur le front des femmes de la famille. Souriant, le religieux qui, son travail achevé, se redressait, entouré de tous les égards. Sous la maison, entre les pilotis, rangés avec soin sur deux charrettes, l'attendaient tous les présents qui récompensaient son geste habile et nécessaire pour faire entrer la jeune Bupati dans l'âge adulte : des vases emplis d'alcool de prix, des sacs du meilleur riz, des plats et des boîtes en argent, le tout recouvert d'une étoffe brodée d'argent et garnie de longs rubans. À tour de rôle, riant et se cachant plus ou moins, les sœurs et les cousines de Bupati relevaient un coin du tissu pour admirer ces présents, qui témoignaient de la richesse et de la générosité de leur famille. Qu'elle avait de la chance d'être l'héroïne de cette soirée ! Chaque fois, la jeune déflorée soupirait. Ces franges qui tremblaient, c'étaient ses propres larmes qu'elle contenait et qui ruisselaient à l'intérieur de son corps, silencieuses, invisibles...

— Pour votre communauté, avait déclaré son père en désignant les objets précieux à la lueur des cierges qui se consumeraient toute la nuit.

Hagarde, l'éminente fleur de haricot revit l'homme s'éloigner, protégé de la fraîcheur par un serviteur qui tenait au-dessus de lui un parasol frangé d'or...

Jayavarman replia le linge autour du glaive et déposa ce dernier à même le sol. Vijanaga, pâle, ne dit rien. Le roi s'écarta un instant de sa sœur et, abordant un tout autre sujet, il affirma :

— Je te connais, toi et ton orgueil démesuré. Je sais que tu as refusé tour à tour les nobles khmers qui t'ont demandée en mariage pour ne pas t'éloigner de moi, de l'Épée sacrée et du Mokot, du pouvoir qui te fascine et te comble... Je ne sais si tu m'aimes plus que tu ne t'aimes toi-même. Au nom des épreuves que nous avons surmontées ensemble, de l'affection que je te porte aveuglément, apprends pourtant que je suis content de ton retour à Angkor.

Vijanaga ne s'attendait pas à cet aveu. Plus émue qu'elle ne l'aurait voulu, elle regarda son frère puis considéra un moment le décor de la chambre, de simples lattes de bois clair piquetées de fleurs d'ivoire. Enfin, elle soupira.

— Nous avons été trop proches pour ne pas le rester à jamais. Je connais mes défauts, toi aussi. Sois persuadé que je serai toujours à tes côtés, quelle que soit la vanité qui m'habite. T'ai-je jamais fait défaut ? Lors de la bataille finale, rappelle-toi que j'étais aussi sur l'éléphant royal et que je te tendais tes armes. D'ailleurs…

Jayavarman interrompit sa sœur :

— Tais-toi.

D'un élégant geste de la main, Vijanaga le coupa à son tour et déclara avec fermeté :

— Fuyards, il a bien fallu que nous trouvions en nous la force de nous affirmer contre l'adversité. Nous sommes l'un et l'autre devenus orgueilleux, chacun à notre manière, au plus profond de la forêt qui nous cachait.

Hormis quelques lits et tables de desserte repoussés contre les murs, la pièce n'était pas meublée – un rappel lointain et fortuit du dénuement dans lequel Jayavarman et sa sœur avaient vécu pendant l'Occupation. Vijanaga fixa son frère.

— Souviens-toi, lorsque nous nous terrions dans la jungle de Mahidharapura, une tache est apparue sur ta peau. D'abord, tu n'y as pas pris garde ; mais la souillure a crû, s'est noircie, creusée. Les prêtres, les médecins et les rebouteux sont arrivés ; ils t'ont prescrit des bains, des décoctions, des incantations et des emplâtres.

— Assez !

Ignorant que la maladie s'était réveillée, elle crut que le roi voulait la faire taire par pudeur. Elle poursuivit cependant :

— Rien n'y a fait, la tache s'est étendue. Effrayés, les valets qui t'avaient suivi en exil se sont enfuis pour éviter la contagion. En dépit de leur courage, tes soldats eux-mêmes se sont écartés, et ils t'auraient abandonné si je ne les avais exhortés à rester. Aidée par la fidèle Tevoda, je t'ai soigné. C'est moi qui ai cueilli les herbes de la guérison ; qui t'ai lavé, bandé et guéri. J'ai raclé ta peau malade, envahie par les vers et la pourriture. Aujourd'hui, j'espère que ton mollet est sain et te soutient… Tu es beau et gros. Oublies-tu que c'est grâce à moi ? Tu m'es reconnaissant et me voues une gratitude éternelle, mais ce n'est rien au regard de l'amour que j'ai pour toi. Tu me dois la vie. Un tel don ne crée aucune obligation pour celui qui reçoit, il engage celui qui offre sa pitié et son aide. J'aurais pu contracter la maladie et t'accompagner dans la souffrance et la mort. Or, à force de soins et de prières, je nous ai sauvés…

Elle se tut en considérant la jambe de Jayavarman. Le roi crut que sa sœur allait fondre en larmes. Il y eut un silence. On entendait la calme respiration du palais, un enfant qui babillait, les rires des veilleurs qui égayaient leurs nuits en se racontant des histoires. Au loin, une voix nasillarde adressait au ciel des invocations mi-dramatiques mi-comiques. C'était un montreur d'ombres. Agitant au-dessus de sa tête des déesses et des esprits, figurines découpées dans de la peau de buffle, il répétait son spectacle du lendemain, en peaufinait les rebondissements et l'épilogue. Protégée par son roi, la cité vivait, confiante et heureuse. Mesurant l'ampleur de la tâche qu'il avait encore à accomplir, Jayavarman se mit à pleurer, doucement, un peu honteux.

— Je suis fière, Pieds Sacrés, Éminente Base. Parce que je suis princesse du Cambodge et aussi parce que je suis ta sœur…

— Vijanaga !

Bouleversé par la tendresse dont la Petite Sœur sainte faisait preuve en dépit de son orgueil démesuré, Jayavarman tourna les talons sans rien ajouter. Ce bref entretien lui avait suffi pour mesurer l'affection que la princesse lui vouait.

— Il s'est passé de nombreux drames en ton absence. Tu dois en connaître le détail. Suis-moi !

D'instinct, Vijanaga comprit qu'il allait lui parler de Binasuor.

Après une côte, les chiens sauvages lui arrachèrent ce qui restait de sa joue gauche. Il n'avait pas mal, ne ressentait ni peine ni soulagement. Voici sept jours qu'il ne respirait plus.

Les premiers temps, son âme avait erré, incapable de comprendre qu'elle n'habitait plus le corps auquel elle avait été liée durant tant d'années. Elle avait rôdé près de sa couche, du fourneau de terre séchée, de la jarre qui servait aux ablutions. Peu à peu, cet esprit avait accepté son sort et s'était désintéressé du monde qu'il devait quitter. Un matin, des hommes pieux avaient traîné le corps loin de la cité, l'avaient porté sur une colline escarpée dont la terre inculte et rocailleuse était infertile. Là, avec application, les bêtes avaient commencé à le dépecer. D'abord les beaux morceaux, l'intérieur des cuisses et les flancs, puis la peau et un organe rose et lisse, avec de jolies veines bleutées.

L'âme de Norindeth vit passer au loin le négociant Li Chengming. Instruit de son propre suicide, le roi l'avait donc libéré, sans s'occuper davantage du litige qui les avait opposés, cette affaire de cargaison pourrie ? Peu importait. Depuis qu'il était mort, l'intendant ne se souciait guère de ces papiers gâtés… Que les chiens en finissent. Quand ce travail nécessaire et indolore serait achevé, il partirait pour un nouveau voyage, dans la nuit des temps, emporté dans le cycle sans bornes des renaissances. Les vieilles femmes avaient raison : il fallait attendre une semaine pour que le défunt se rende compte qu'il n'était plus et accepte son sort, quel qu'il soit.

Indifférent, Norindeth regarda un bâtard couvert de poils gris emporter un petit morceau de viande. Bientôt, les insectes prendraient le relais et il ne resterait plus rien de ce corps, la place serait nette, propre. Dans un an, dans cent ans, un nouveau cadavre y serait traîné. Il n'y avait là rien d'anormal ni d'affreux, le monde continuait à vivre et à se régénérer. Lui, Norindeth, aurait déjà vécu une, dix, mille vies inscrites dans le long cycle sans fin des existences. Renaître, revivre et connaître un nouvel Harsha que, cette fois, il protégerait pour mieux s'emparer de sa force et de son intelligence.

Si proche du but, lâcher prise et voir s'écrouler ce rêve magnifique ? Impossible ! songea Vijanaga, plus déterminée que jamais à épouser le prince cham. Qu'il soit innocent ou coupable, Binasuor devait être mis hors de cause.

Au loin s'élevaient les psalmodies des religieux. Allongée sur une natte, la princesse fixait le plafond de bois dentelé, s'efforçant de détailler chacun de ses ornements. Hors d'état d'accomplir la moindre tâche, elle avait même renoncé à se promener dans l'étroit jardin jouxtant son pavillon particulier. Pour mieux assimiler les crimes que Jayavarman venait de lui révéler, elle avait besoin de rester seule. L'unique personne dont elle tolérait la présence à ses côtés était une domestique habile et silencieuse, chargée d'effectuer les tâches normalement dévolues à une troupe de jeunes beautés : éventer et masser les pieds de Vijanaga, lui préparer ses chiques de bétel et lui verser à boire, l'écouter en souriant...

— Voici quelques jours, je suis partie soulager les misères des Khmers. En revenant, je découvre une capitale ravagée par le meurtre.

Sans un mot, la servante lui tendit un fruit vert et lisse, soigneusement pelé.

Prête à rejeter des croyances et des rites peu convaincants et qu'elle n'observait que pour plaire à son frère, la princesse reprit :

— À quoi sert-il de lutter contre le mensonge et de défendre la vertu, de prêcher l'abstinence et la tempérance, de défendre les faibles et de protéger toute forme de vie si le malheur se déchaîne autour de nous ?

Riche en termes puisés dans les anciennes langues de l'Inde, le discours de la princesse était hors d'atteinte de la domestique, qui ne pouvait comprendre que des mots simples. Résignée, celle-ci se pencha sur la guirlande qu'elle tressait, un assemblage de fleurs blanches et rouges très odoriférantes. Ne pas saisir ce que disait la sœur du roi ne la gênait en rien, au contraire. Souriante, elle songeait à son village et au garçon qu'elle y avait laissé, aux baignades dans la rivière qu'en été on pouvait traverser à gué. Un jour, la princesse lui offrirait un vase ou une étoffe de soie précieuse. Une fois vendu, ce cadeau lui permettrait de retourner chez elle, son avenir assuré. Méconnaissant cette rêverie douce, Vijanaga poursuivit :

— Certes, les Khmers sont de nouveau maîtres de leur destin, le royaume est indépendant et la ville sera bientôt rebâtie.

Elle continua son triste monologue, voyant dans les crimes perpétrés une menace dirigée contre la famille royale, sa propre existence, son confort et son avenir :

— Pourtant, touchée au cœur par l'invasion chame, la civilisation khmère est-elle encore capable de se régénérer ? N'est-elle pas condamnée à sombrer dans la violence et la fureur ?

Bouleversée par les révélations de son frère, dépourvue de véritable interlocuteur, incapable de juguler la haine qu'elle éprouvait pour Tevoda, minée par l'incertitude qui planait sur le sort de Binasuor, la princesse se releva brutalement.

Par mégarde, elle bouscula la servante et se mit à marcher dans la chambre de long en large.

— Le roi ne s'est-il pas trompé en se détournant du culte rendu aux dieux Vishnou ou Çiva-Içvara pour honorer l'Éveillé ? Et moi, fais-je fausse route en le suivant aveuglément ? Sans compter l'homme qui…

Elle ne put achever, émit un gloussement nerveux.

La servante releva enfin la tête. Voyant que sa maîtresse riait, elle s'esclaffa à son tour, parce qu'elle avait bon caractère, voulait montrer sa docilité et se réjouissait de retrouver bientôt les siens. Un rire en appelait un autre. Cependant, cette joie franche et dépourvue de malice se heurta au désespoir de Vijanaga. D'un coup, l'accablement de la princesse se transforma en rage.

— Tu es folle ? Idiote, tu te moques de moi ?

La Petite Sœur sainte marcha droit sur la jeune fille, leva la main et l'abattit sur son visage. Le rire de la servante se transforma en sanglots, aussi abondants et vivaces que sa joie enfuie.

Tous les princes, grands prêtres et hauts fonctionnaires du pays prirent place dans la salle des Audiences brillamment décorée. Devant le roi, des chambellans aux aguets se jetteraient sur les étourdis qui oublieraient de le saluer en se courbant chaque fois qu'il s'exprimerait. Pour l'occasion, Jayavarman s'était coiffé d'un diadème orné de diamants. Tous les autres hommes et les princesses, dont Vijanaga, étaient vêtus d'habits orange, en l'honneur de la Lune.

Pour couper court aux rumeurs qui annonçaient la prochaine disgrâce de son conseiller et ami, le roi multipliait les apartés avec lui, tout en prenant soin que nul ne puisse l'entendre :

— Je ne t'en veux pas de m'avoir mal guidé en réclamant la grâce de Binasuor, Crindra. L'Éveillé s'est montré à toi.

Il voulait cependant non pas disculper, mais au contraire prouver la faute du Cham. Il est difficile d'interpréter les paroles que Bouddha instille dans notre esprit. Je le sais pour m'être plusieurs fois trompé moi-même.

Le religieux ferma les yeux en guise d'acquiescement. Le roi reprit :

— Je devine ton chagrin. Craignant de me voir commettre une injustice, tu as défendu le prince. Loin de t'en vouloir, j'approuve ta franchise et ta droiture.

À ces mots de réconfort, Crindra sortit brièvement de la prostration où il était plongé depuis le début de l'audience. D'un geste de la main, Jayavarman appela les serviteurs du prisonnier, des Cambodgiens et des Chams demeurés au fond de la salle. À quatre pattes, ceux-ci s'avancèrent vers le trône gainé d'or.

— L'homme que vous servez depuis plusieurs lunaisons a trahi ! tonna le roi-Bouddha.

Les domestiques tremblaient. Soupçonnés de l'avoir aidé, seraient-ils mis à mort en même temps que lui ? Les Khmers espéraient échapper à ce châtiment collectif ; les Chams, eux, n'avaient guère d'illusions. Si, par extraordinaire, le monarque les mettait hors de cause, la foule les écharperait dès qu'ils auraient quitté l'enclos du palais. La peur au ventre, il leur fallait entretenir coûte que coûte la petite flamme, l'espoir qu'aucune sentence n'avait encore éteint. Dire la vérité était la seule issue possible. Le plus âgé des serviteurs étrangers s'avança. Relevant la tête, il désigna l'arme déposée devant le Fortuné et annonça avec gravité :

— Les valets cambodgiens ne se sont pas trompés. Cette lame appartient à Binasuor.

Songeur, Jayavarman murmura :

— J'avais autorisé ce traître à conserver son bouclier et ses armes personnelles. Je suis responsable de la mort de mon architecte !

Quelle ironie… Le souverain était bouleversé. Parce qu'il s'était trompé, il devait redresser la barre, sans commettre de nouvelles erreurs. D'un geste, il ordonna aux Chams de s'écarter puis resta silencieux. Dans l'attente du jugement sur le point de tomber, l'assistance retenait son souffle. Le seul signe de vie se trouvait dans le va-et-vient du chasse-mouches qu'actionnait une ravissante jeune fille agenouillée aux pieds du roi. Celui-ci laissa son esprit explorer les gouffres qui s'ouvraient devant lui, et où se mêlaient la félonie, son propre aveuglement et des regrets immenses. Ayant fait le tour de ce champ de ruines, il s'adressa de violents reproches. À quel moment s'était-il trompé, quelle parole l'avait conduit à l'erreur ? Pourquoi les spectres de ses deux femmes ne l'avaient-ils pas mis en garde contre le prince félon ? Son mollet le préoccupait-il trop pour lui laisser ouvrir son cœur au soupçon ? Mais le temps pressait, le pays guettait sa parole… il n'avait pas le droit de poursuivre ce questionnement intérieur et de s'apitoyer sur lui-même plus longtemps. Se redressant, le torse bombé, il sourit et déclara avec conviction :

— Représentant de l'Éveillé, inspiré par sa sagesse divine, je suis le Juge suprême du pays.

Assis en tailleur sur des banquettes basses, les fonctionnaires se tenaient prêts à graver ses paroles sur des feuilles de latanier soigneusement poncées. Pour être certain d'être bien compris, le souverain les considéra. En détachant chaque mot, il ajouta :

— Les témoignages concordent et corroborent mon impression première, que l'Éveillé a voulu confirmer. Traité avec les égards dus à son rang, le prince cham Binasuor a conspiré contre le royaume et tué l'architecte Harsha. Croyant m'affaiblir, il n'a fait que renforcer ma détermination.

Jayavarman marqua une pause, le temps de laisser écrire les greffiers. D'une voix plus douce, il acheva :

— Le parjure sera tué. Il sera emprisonné dans l'une des geôles aménagées près de la fosse où est enfermé le crocodile blanc lorsque les fontainiers curent les douves. Cette bête saura monter la garde : elle a dévoré tant de Chams lors de la grande contre-offensive que j'ai lancée contre l'armée du Champa qu'elle sait en reconnaître l'odeur et les débusquer où qu'ils tentent de se cacher.

Ni Crindra, ni les brahmanes, ni Vijanaga ne bronchèrent. Les serviteurs du condamné, khmers et chams, attendaient la suite du jugement royal face contre terre. Autour d'eux, ils percevaient des froissements d'étoffe et des murmures... Les soldats s'approchaient-ils pour les emmener dans la cour des exécutions ?

— Quant à vous, serviteurs obéissants, rien ne prouve que vous ayez participé au crime commis par votre maître. La bonté est une vertu incomparable et je dois donner l'exemple. Cependant, vous n'avez pas su ou pas voulu prévenir son geste.

Le nez contre le parquet, les malheureux étouffèrent un sanglot. La lame du bourreau planait déjà au-dessus d'eux. Mesurant leur terreur, craignant de devoir endurer les reproches de ses épouses défuntes, le roi se hâta d'ajouter :

— Vous êtes bannis. Demain à l'aube, vous quitterez la ville et partirez vers les provinces du Nord.

La peine était douce. Ministres et dignitaires louèrent en secret la clémence et la bonté du souverain. Éprouvé par cette audience, celui-ci saisit l'étui contenant les chiques de bétel. Mais soudain des paroles inattendues claquèrent :

— Pieds Sacrés ! Binasuor a voulu t'empêcher de bâtir la nouvelle capitale. Or, il n'est pas le seul à avoir comploté !

La voix était inconnue en ce lieu. Fonctionnaires et courtisans se dévisagèrent avec stupeur. Roulant dans tous les sens, s'épiant les uns les autres, les yeux finirent par se porter sur l'un des domestiques du prince condamné.

C'était un Khmer ; il était toujours prosterné mais regardait le roi. Un soldat s'avança pour faire taire l'insolent.

D'un froncement de sourcils, le roi le retint. Pris de vertige en réalisant qu'il ne pouvait plus reculer, le serviteur poursuivit néanmoins sur sa lancée :

— Chaque nuit, depuis de longues lunaisons, la princesse sœur du monarque rejoignait Binasuor dans ses appartements…

Vijanaga se redressa, livide. Il y eut un murmure, que le roi fit taire avant d'engager le Khmer à continuer.

— Je les ai entendus à plusieurs reprises s'aimer, rire et parler sans retenue, enfiévrés par le vin de miel qu'ils se faisaient porter.

Sidérée par cette déclaration, Vijanaga protesta :

— C'est faux !

Elle voulut se lever mais perdit l'équilibre, envoyant à terre les coupes de friandises, les timbales et les crachoirs mis à sa disposition. Le temps que ce tintamarre inopportun s'achève, le serviteur reprit, en parlant très vite :

— Je ne faisais qu'aller et venir en apportant ce dont Binasuor et la princesse avaient besoin, car ils désiraient rester seuls. Mais en mettant bout à bout les paroles entendues au fil des nuits, j'ai compris qu'il était question de conspiration et de la fondation d'une nouvelle dynastie alliée aux Chams.

Il éclata en sanglots avant d'ajouter :

— Tu as raison, ô Maître de la surface terrestre. À mon corps défendant, je savais et je n'ai rien dit ! L'exil est une peine bien légère, comparé à ma faute…

La main devant la bouche, Vijanaga secoua la tête. Pour la première fois de sa vie, elle semblait ne pas trouver la force de se défendre.

Ostensiblement, le monarque évita de la regarder. Il brandit son éventail personnel pour imposer le silence et souffla d'une traite :

— Les traîtres ont su tirer avantage de toutes mes faiblesses, de toutes les facilités que ma confiance a pu leur donner.

Blême, Jayavarman considéra gravement le serviteur.

— Va-t'en, disparais immédiatement. Je ne veux pas en savoir davantage car j'en devine suffisamment. Binasuor a voulu m'empêcher de rendre la ville imprenable. Pour tuer Harsha, il a choisi le moment où son amante se trouvait au loin, afin de ne pas la mêler à ses agissements. Reste à déterminer le rôle joué par les espions chams. Quant à Sobhana, je suppose que, d'une manière ou d'une autre, elle avait appris la terrifiante vérité et a payé de sa vie cette découverte... Il faudra honorer sa mémoire, récompenser ses parents et verser une libation sur l'autel des esprits de leur famille.

Se tournant vers Vijanaga, il ajouta :

— Dis-moi, je me trompe ? Quand nous étions enfants, nous n'avions pas de secrets l'un pour l'autre. Plus tard, nous avons fui la ville ensemble avant de nous réconforter mutuellement, terrés dans la jungle. Tu me dois la vérité... Que tu aimes Binasuor me surprend et me blesse, mais que tu complotes ma mort avec lui... Parle !

Muette, la Petite Sœur sainte retenait ses larmes.

— Sortez tous ! tonna le roi. Gardes et princes, ministres et greffiers, partez. Que les portes du palais soient fermées sur-le-champ. Si les traîtres ont des complices, ceux-ci ne pourront s'enfuir.

Observant une dernière fois sa sœur qui s'éloignait, le dos voûté, Jayavarman interrogea :

— Les armées chames qui t'obéissent sont-elles déjà en marche, le sais-tu ?

Mais Vijanaga disparut sans se retourner. Hormis le roi, le conseiller bouddhiste et un jeune talapoin que ce dernier avait récemment pris sous sa protection, l'immense salle était vide.

S'il n'avait pas dissimulé jadis les assiettes du Trésor royal, il n'aurait pas choisi aujourd'hui d'abandonner cette vie... Sa fidélité était si mal récompensée... Le vieillard n'avait plus rien à faire dans ce monde qu'il ne comprenait plus. En enterrant la vaisselle d'or puis en en révélant la cachette au roi-Bouddha, il avait cru protéger, voire ressusciter le passé et les usages anciens. Il s'était cruellement trompé. Le stoïcisme avec lequel il avait fièrement accueilli les tortures infligées par les Chams n'avait servi à rien. Les temps avaient changé, le monarque en personne n'hésitait pas à saccager ses collections précieuses. Le passé était mort. Nié, le vieillard ne pouvait supporter que le roi, Bouddha vivant, anéantisse sa seule raison de vivre, la préservation des trésors anciens.

À cette heure, les abords du Baray de l'Ouest étaient déserts. Courbé sur une canne pour plus de sûreté, le gardien des costumes de danse claudiqua jusqu'à un arbre dont les hautes ramures plongeaient dans l'eau. C'était un paravent idéal qui le dissimulerait à la vue des promeneurs éventuels. Quelques hauts degrés de pierre ornaient la berge et permettaient d'atteindre l'eau. Un instant, le vieillard craignit de ne pouvoir les descendre. Son désir de paix était cependant le plus fort. Dès qu'il sentit le liquide tiède baigner ses chevilles, il lâcha le bâton devenu inutile. Se noyer dans cet étang sacré, symbole de la puissance khmère… existait-il trépas plus doux ? À demi porté par l'eau, il s'avança, en dépit de la vase qui alourdissait ses pieds. Au loin, sur la berge opposée, des lavandières l'aperçurent. Elles lui adressèrent de grands gestes en criant. Avaient-elles compris qu'il voulait se tuer ? Peu importait. Les secours arriveraient trop tard : l'eau le baignait jusqu'au menton, étreignait son corps, prête à accueillir son âme. Laissé de côté par ce monde en renaissance, le vieux serviteur avait trop tardé à disparaître. Que serait-il dans sa prochaine vie ? Désormais, il désirait le savoir au plus vite, ne plus lutter contre des genoux qui refusaient de le porter davantage, ouvrir grande la bouche et fermer les yeux. Moins ému que désespéré, il pleura. Ses larmes coulèrent sur son nez osseux et se mêlèrent à l'eau du lac.

Porté par des pilotis, le pavillon des Esprits bienfaisants était entouré de vieux manguiers au tronc sombre. L'intérieur, dont les peintures avaient donné leur nom au kiosque, comportait une seule pièce aux coins occupés par des vasques contenant des arbustes admirablement taillés. Habilement aménagées, des cloisons doubles trouées de fenêtres disposées en quinconce et tendues de moustiquaires permettaient de voir sans être vu. C'était là que le roi-Bouddha se tenait quand il ne voulait pas être dérangé.

À côté de lui était déposée une assiette de fruits et de riz au miel. Cette nourriture le soutiendrait jusqu'à ce qu'il résolve les questions qui le minaient. Il ne s'agissait ni de Binasuor ni de Vijanaga…

Se conformer, du moins en partie, aux enseignements de Bouddha, nourrir le ventre et l'esprit de ses sujets, rendre le royaume à jamais invulnérable… Cela ne serait possible qu'à une seule condition : qu'Angkor se trouve à jamais hors de portée des invasions. Coûte que coûte, il fallait en faire une ville éternelle et, bien que disparu, Harsha pouvait aider à réaliser ce projet magnifique. « Que par centaines les filles du palais t'accompagnent, portant des cierges… Surtout, abrite-toi sous mon parasol à manche d'or. » Plus que jamais, Jayavarman en était certain : les dernières paroles de l'architecte contenaient un code. S'il le perçait, il réussirait à vaincre la mort, à faire du Cambodge le centre du monde pour l'éternité à mener son peuple à la paix. Il fallait faire fouiller de fond en comble les entrepôts où étaient conservées les bougies de cérémonie. Harsha avait pu y dissimuler le plan de la ville. Une feuille de latanier gravée, cachée dans un long étui de métal lui-même enserré dans l'un des gros cierges utilisés pour la salle des Audiences ? C'était une piste à explorer. Il ferait examiner chaque bougie à la lumière du soleil… L'architecte avait aussi parlé d'un parasol… Avait-il remis les plans à l'un des artisans royaux chargés de fabriquer ces objets de bois et de tissu ? Lui avait-il confié un secret, les termes d'une opération de calcul qui permettrait de retrouver le plan de la ville ? C'était difficile à admettre. Si émérites soient-ils, ces façonniers n'étaient pas assez instruits pour retenir de telles formules, que seuls des religieux pouvaient comprendre. Pourtant, le roi décida de les faire interroger, l'un après l'autre… Aucune piste n'était à négliger !

De nouveau, il eut cette impression… Quelqu'un le suivait. Le marchand Li Chengming avait peur. À cette heure, les abords de la maison de l'architecte Harsha étaient déserts. De grands arbres aux longues branches rampantes surplombaient les vestiges calcinés. En cette saison, la nuit venue, de grosses feuilles épaisses et desséchées par le soleil et la chaleur se détachaient et tombaient en grand nombre. Elles se cassaient net lorsqu'elles touchaient la terre, et ce bruit ressemblait à s'y méprendre à celui que fait un pied quand il foule une brindille. Le commerçant savait tout de ces arbres et de leurs feuilles, mais cela ne calmait en rien sa terreur... Ces Khmers grossiers qui allaient demi-nus, qui laissaient les bêtes fauves dévorer leurs morts n'étaient que des sauvages. Ils parlaient une langue aux sonorités imprécises et l'inquiétaient. Certes, il méprisait ces barbares, mais les craignait aussi. Ne disait-on pas que leurs pouvoirs magiques étaient immenses ? Ils jetaient des sorts que nul ne savait contrecarrer, traçaient sur les murs de leurs maisons, le front de leurs enfants et le torse de leurs guerriers de longues inscriptions qui les protégeaient contre les ennemis et les esprits malfaisants. Comme tous les négociants étrangers et le bas peuple, le Chinois était tenu à l'écart du palais royal dont il ne connaissait que les soubassements et les larges escaliers menant aux édifices coiffés de lames de plomb ou de tuiles jaunes, comme à Nankin. Que de mystères... Surtout, Li Chengming savait que, chaque nuit, le roi-Bouddha pénétrait dans l'enclos du Phimeanakas au sommet duquel une chambre particulière était aménagée. Là, le Fortuné faisait l'amour avec un esprit. Vivant d'ordinaire sous l'apparence d'un serpent à neuf têtes, ce génie se transformait pour l'occasion en une femme splendide...

Le Chinois frissonna, de peur et d'envie. Il sentait la fortune à portée de main. Mais il devait se hâter, fouiller une nouvelle fois la maison de fond en comble pour trouver enfin ce qu'il cherchait. Ensuite, il mettrait à l'abri l'objet de sa convoitise et réfléchirait à la meilleure manière d'en tirer profit. Norindeth avait eu la bonne idée de se tuer... Son but n'en serait que plus facile à atteindre...

Li s'avança avec précaution. Il entendit au loin un hurlement qui ne lui parut pas être le cri d'une bête. Était-ce un nouveau meurtre ? Le Chinois l'espérait mais n'en était pas sûr. Depuis l'assassinat d'Harsha, le roi avait multiplié les patrouilles, que ce soit à l'intérieur de la ville ou dans ses faubourgs. Qui pouvait défier les soldats de Jayavarman ?

Probablement des collecteurs de bile. Pris de nausée, Li se pencha pour vomir. Le ventre tordu par la terreur, il perçut une nouvelle salve de crépitements. Cette fois, il ne pouvait s'agir de simples feuilles tombant à terre.

Le premier jour avait vu la bataille décisive, l'anéantissement des troupes d'occupation chames. Les hurlements des blessés ennemis étaient encore doux à son cœur… Le deuxième jour avait été marqué par l'ondoiement qu'il avait reçu lors de son intronisation. Plusieurs lunaisons après, l'odeur de l'eau parfumée à la noix de coco et au safran imprégnait encore ses cheveux et sa peau brune… À n'en pas douter, dans toute sa vie, la journée qui allait le voir triompher serait la troisième par ordre d'importance. Cette audience était cruciale.

Revêtu d'un baudrier plaqué d'or, le roi portait un pagne blanc autour des reins. Ses servantes lui avaient teint les paumes avec une pâte à base de santal. Rasé, parfumé à outrance, veillé par les femmes soldats déployées autour de son trône, il acheva la déclamation, entamée par un long exposé des motifs qui, une fois de plus, proclamait la grandeur du royaume et annonçait son éternelle prospérité. Les principes euphorisants du bétel continuaient à le soutenir, comme le repas qu'il avait pris seul avant l'audience.

Aux pieds du roi, Vijanaga se tenait prostrée, simplement vêtue, sans aucun bijou ni maquillage. Ministres et courtisans s'attendaient que Jayavarman gracie la princesse. Il ne pouvait en aller autrement. Pendant l'Occupation, ils s'étaient trop appuyés l'un sur l'autre pour que le roi ne pardonne pas à sa sœur. Celle-ci serait peut-être invitée à fonder un monastère près d'Angkor et à y demeurer quelques lunaisons, le temps que le scandale s'apaise…

Certain d'agir au mieux, Jayavarman se tourna en souriant vers les greffiers. D'un regard, il leur commanda de n'omettre aucun de ses ordres. Puis, d'une voix grave et bien posée, il proclama :

— Binasuor sera exécuté, mais plus tard, quand il aura révélé tout ce qu'il nous a caché.

Le roi observa une courte pause pour affermir son autorité et poursuivit :

— En tant que Juge suprême du Cambodge, guidé par Bouddha, j'ordonne que Vijanaga quitte la ville…

Sans un regard pour sa parente, il précisa :

— Elle gagnera au plus vite les hauts plateaux des provinces de l'Est et s'y établira, en allant aussi loin qu'il lui sera possible sans rencontrer de troupe ennemie. Elle y restera jusqu'à ce que sa vie s'achève, ne cherchera jamais à revenir à Angkor ni même à y envoyer un message.

Incrédules, les dignitaires reçurent cette sanction dans un silence que seul troublait le doux bruissement des chasse-mouches. Cet ordre de bannissement constituait une condamnation à mort à peine déguisée. Les plateaux orientaux séparaient le Cambodge du Champa et formaient une région difficile d'accès où ne vivaient que des sauvages errants et farouches. Si elle réussissait à vivre au milieu d'eux, la princesse se trouverait à la merci de la moindre incursion chame. Sans compter la présence d'ours, de panthères et de rhinocéros dans une contrée où les plantes comestibles ne croissaient qu'en petit nombre…

Nul n'osait se tourner vers Vijanaga. On aurait dit que celle-ci n'existait déjà plus. Les deux fonctionnaires qui l'avaient accueillie à la porte de la ville baissaient la tête pour se faire oublier. L'œil torve, ils se surveillaient l'un l'autre, craignant qu'on ne les accuse d'avoir été les complices de cette traîtresse.

— Son nom ne sera plus jamais prononcé devant moi ni même dans la ville. Celui qui contreviendra à cet ordre sera lui aussi exilé.

Atterrés, les courtisans se regardaient à peine. Les plus ennuyés étaient les religieux, brahmanes et bouddhistes. Quelle que soit la foi qu'ils professaient, Vijanaga se montrait généreuse avec eux et son départ ruinait leurs projets. Le roi continua :

— Afin de prévenir toute tentative de fuite, des soldats de confiance accompagneront ma sœur jusqu'à son lieu d'exil, puis reviendront à Angkor sans lui laisser la moindre escorte.

Les yeux mi-clos, les Pieds Sacrés sourit de nouveau. Il en était certain, Bouddha et les plus puissants des bodhisattvas assistaient à l'audience et approuvaient ses propos, installés dans les fumées d'encens montant jusqu'au plafond. Ils soutenaient son entreprise. Après un court silence, Jayavarman reprit la pose royale qu'il avait abandonnée un instant pour donner plus de puissance à sa voix.

— Je veux que les astrologues et les prêtres déterminent dès maintenant la date des funérailles de la princesse.

Interloqués, les dignitaires le regardèrent et plusieurs scribes s'arrêtèrent d'écrire. Que signifiaient ces paroles ? Les Pieds Sacrés voulait-il que ses conseillers devinent à l'avance la date du trépas de Vijanaga ?

— À compter de ce jour, je considère que la princesse est morte. Que l'on prépare le char funéraire, les oriflammes, le bûcher et l'urne reliquaire. Au jour dit, la cour se rendra au monastère des Trois Banyans pour assister à la cérémonie de crémation.

Jayavarman adressa un signe au chef des greffiers. À peine énoncé, le jugement rendu serait versé au plus vite dans les archives royales. Le souverain se tourna ensuite vers la commandante de la garde féminine.

— Tevoda, tu consigneras ma sœur dans ses appartements jusqu'à l'achèvement des préparatifs de son départ, que je veux rapides et simplifiés à l'extrême. Poste tes soldates autour de sa maison, que ma sœur ne trouve pas refuge dans un temple.

Tendu à l'extrême, Jayavarman se pencha au-dessus d'une table basse à grands pieds en volutes et saisit un plateau qu'il tendit aux prêtres :

— Prenez ces fleurs en copeaux de santal, ces bougies à la cire d'abeille et ces baguettes d'encens. Le jour venu, j'y porterai moi-même le feu pour incendier le bûcher funéraire de « celle dont on ne dira plus le nom ». Que l'on prépare les ciseaux qui serviront à me raser les cheveux et les sourcils. Que l'on cesse de rire dans toute la ville…

L'assistance frémit. Depuis la fondation d'Angkor, la liste était longue des monarques assassinés, détrônés ou mutilés au gré des révolutions de palais et des intrigues. Aux heures les plus sombres du royaume, princes et princesses, intendants et scribes avaient souvent été massacrés en même temps que leur maître renversé. C'était cependant la première fois qu'un souverain régnant organisait les funérailles de sa sœur alors que celle-ci était encore en vie. Jayavarman lui-même mesurait l'incomparable gravité de sa sentence. Rassemblant toutes ses forces, il ajouta :

— Semez le riz pour que les graines sèches reprennent vie, éclosent la saison prochaine et donnent une nouvelle récolte. Accommodez les temples et déployez-y les tissus rituels, afin que leur longueur rappelle que ma sœur, en mourant, progresse sur le chemin de ses existences successives. Que les flûtes et les tambours entament une mélodie sombre.

Au fond de la salle, des hommes alignés contre le mur blanc et or écoutaient sans broncher mais pleins de stupeur les paroles du roi. Mercenaires siamois, ils venaient d'être recrutés par la cour pour fournir au monarque une garde d'honneur. Leurs vêtements exotiques – d'amples jupes à pendeloques et des coiffures à plumes – rehaussaient l'éclat de la cour et distrayaient les Khmers. Ces soldats s'interrogeaient sur la peine qui frappait Vijanaga. Le roi des Khmers devait être très puissant, pour oser prononcer une telle sanction sans craindre la colère des esprits et des divinités. Les Siamois se voyaient condamnés à vivre de longs siècles dans l'ombre et la crainte de ces voisins redoutables…

Jayavarman se tourna vers Crindra, installé à côté de lui.

— Tu t'es peut-être trompé en voulant me convaincre de l'innocence de Binasuor mais c'était de bonne foi, et toi, tu n'as jamais cherché à m'égarer. Je connais ton désintéressement et ton souhait de te conformer à la doctrine de Bouddha. Accepte pourtant ces présents en gage de ma gratitude.

À ces mots, une file de serviteurs pénétra dans la salle. Les bras tendus, ils portaient des paquets enveloppés dans la soie la plus pure et les déposèrent l'un après l'autre au pied du trône avant de se retirer. Jayavarman écarta lui-même les étoffes. Apparurent des ôles noircies par les ans, à demi rongées par des insectes ; puis d'autres feuilles séchées, plus grandes et dépourvues de cordon, elles aussi gravées au stylet de fer. Et des peaux de bêtes également noircies, qui par miracle avaient conservé les inscriptions fines et claires laissées par un poinçon taillé dans la pierre.

— Vois-tu, ce sont les textes les plus anciens et les plus sacrés du pays, hormis ceux que possèdent les temples.

Silencieux, Crindra s'approcha. Du bout des doigts, il effleura les manuscrits, caressa une mince plaquette de bois au grain poli comme un miroir, se pencha pour déchiffrer une belle écriture au tracé sûr et délié.

— Il s'agit de l'œuvre de prêtres, expliqua le roi. Jadis, ils ont eu à leur disposition des ouvrages apportés d'Inde et les ont retranscrits. Les originaux ont disparu, mais ces copies leur sont fidèles.

Connaisseur, le conseiller royal apprécia la souplesse d'une peau de daim, s'émerveilla du talent qu'un tanneur avait déployé pour rendre un cuir de cerf aussi fin et léger que les papiers de Chine. Avant de remercier le roi, il se tourna vers le disciple qui l'accompagnait.

— Les écrits figurant sur la dépouille de buffle sont singuliers. Vois, Phyphoeun, ils sont très instructifs. Nous passerons de longues heures à déchiffrer et chercher le sens de ces stances. C'est par ce texte que je commencerai l'examen de ces trésors, afin d'en transmettre la quintessence au roi-Bouddha.

Ému, il laissa de nouveau son doigt courir au-dessus des lettres ourlées tandis que le disciple s'approchait. Crindra lut à haute voix avec attention et obligeance :

— « Suis le suprême chemin qui mène à l'Illumination supérieure, l'unique doctrine permettant de parvenir à la réalité... »

Soudain en larmes, il se tourna vers le roi et lui affirma :

— Pieds Sacrés, aucun homme n'a jamais été plus heureux que moi.

Il examina encore la peau tatouée, réfléchit en plissant les yeux puis fit un signe à Phyphoeun. Celui-ci s'arracha à la contemplation silencieuse des soldates qu'il apercevait à travers une fenêtre et hésita un instant avant de saisir l'écrit avec de grandes précautions.

Souriant, Crindra murmura, comme s'il s'agissait d'un nouveau-né endormi :

— Il faudra lui trouver une place dans un temple. Seule une niche pratiquée dans la pierre et fermée par un volet taillé dans le bois le plus dur et le plus épais pourra le protéger de la pluie, des insectes et du feu.

La gorge serrée, peinant à maîtriser le tremblement de ses mains, Phyphoeun replia l'étoffe autour du cuir de buffle. D'un mouvement vif, Crindra s'effaça pour laisser passer le jeune talapoin qui gagna la porte où une escorte l'attendait.

L'air satisfait, le monarque suivit des yeux le bouddhiste. Levant la tête, il croisa le regard immobile de sa sœur. Cet échange fut bref. Une clochette tinta et deux filles laissèrent retomber les deux pans du lourd rideau de la loge royale. Les chambellans se retirèrent à reculons, le plus vite possible, pour aller annoncer l'incroyable nouvelle. « Celle dont on ne dira plus le nom », Vijanaga, était déchue de ses droits, condamnée, proclamée morte ! Conjuguée au trouble suscité par les paroles du roi, cette manœuvre produisit une certaine confusion dans la galerie voisine, encombrée de valets et de gardes. Prévoyants, ces derniers avaient pris soin de garnir leurs piques, lances et épées de grosses boules de cuir noir emplies d'herbes sèches hachées menu et compressées. Mais la garde reconstituée par le souverain était encore trop inexpérimentée. Si les soldats voulaient faire au mieux, ils manquaient de place pour manœuvrer. En se retournant, deux d'entre eux assommèrent un conseiller royal qui tentait de s'en aller d'un pas digne et vif. Ce premier carambolage sema le désordre, en provoqua un autre, puis un troisième. Il y eut des cris de surprise mal étouffés, des bousculades, des injures échangées, d'autres coups de gaine et d'emballage. Le spectacle était grotesque, d'autant qu'il s'agissait de proclamer la disgrâce de la sœur du roi. À leur tour, les proches du Fortuné voulurent quitter la salle. Coincés derrière des lances emmêlées, des brahmanes furieux durent laisser passer des princes de haut lignage. Impuissants à remettre de l'ordre, des officiers allaient et venaient, accroissant cette confusion.

Vijanaga était condamnée ? Rajendra se laissa envahir par une joie profonde et barbare. La jeune femme n'avait jamais daigné lui parler. Il avait même, une ou deux fois, lu de la moquerie, voire du dégoût dans le regard de la belle. Depuis plusieurs lunaisons, la passion que le vieux Khmer avait un jour déposée en vain aux pieds de la sœur du roi s'était de ce fait muée en haine. La princesse agoniserait au milieu des fauves et des sauvages ; en peu de jours, sa beauté se flétrirait dans la déchéance et les larmes… Rajendra prit une forte inspiration. Cette consolation était bonne à prendre.

Le vieux seigneur voulait regagner sa résidence au plus vite. Agacé par le désordre qui régnait dans la salle d'Audience et le retardait, il décida de passer par l'aile des ateliers. De là, il quitterait plus commodément l'enceinte du palais… et pourrait y faire quelque bonne rencontre, si les génies charitables le voulaient. Peu à peu, le brouhaha au milieu duquel s'effectuait la fin de l'audience royale s'estompa. Dans cette partie de la résidence palatiale, les meilleurs artisans du royaume, indifférents aux intrigues, façonnaient des poteries, tissaient des écharpes de soie, cousaient des paillettes et des galons en silence. Des jeunes filles sages et habiles laissaient leurs doigts fins pétrir la glaise ou courir sur des fils multicolores. Certes, ces ouvrières n'avaient pas la grâce puissante et féline des soldates de la garde, cependant, elles étaient émouvantes, leur jeunesse compensant leur inexpérience.

À présent moins pressé de rentrer chez lui, Rajendra s'avança vers un groupe d'adolescentes occupées à broder une ceinture. L'esprit tendu par un désir nouveau, il fouilla avec anxiété dans les plis de son sampot ; si les belles paroles et les promesses ne suffisaient pas, avait-il un menu cadeau, un bijou de peu de prix, une boîte à offrir à celle qui accepterait de le suivre et, surtout, de se taire ? Affolé par son appétit, le vieillard paniqua. Quelle folie que d'oser s'approcher des femmes demeurant dans le palais… Servantes recrutées pour leur seule dextérité ou concubines remarquées en province par les pourvoyeurs du harem royal, toutes étaient réservées au seul usage du Fortuné. Le vieux cousin du roi n'aurait jamais dû s'aventurer par ici. La convoitise qui le dévorait causerait sa perte ; il ferait mieux de s'en aller au plus vite, avant qu'un majordome s'aperçoive de sa présence insolite en ce lieu. S'emportant contre lui-même, Rajendra fit demi-tour et s'efforça de chasser de ses pensées les gracieuses personnes et le charmant tableau qu'il venait de contempler. Il n'y réussit pas, trébucha et faillit tomber, s'engagea pour finir dans une galerie qui contournait les écuries… et s'arrêta net. Devant lui se tenait une silhouette massive. Était-ce un garde du roi, un intendant occupé à effectuer sa ronde journalière ? Rajendra était effrayé. Il était perdu. Que pouvait-il dire ? Prétexter qu'il s'était égaré ? Nul ne le croirait. Simuler un accès de folie, une perte de mémoire ? Sa fierté s'y refusait. Mais cette stature, ces armes… Il s'agissait d'une guerrière, pas d'un espion.

— Seigneur Rajendra !

Le Khmer tressaillit. D'un coup, sa peur s'évanouit, chassée par l'exécration et le désir impérieux de taire son inquiétude, pour ne pas offrir à cette femme la moindre prise. Au moins, contrairement à ce qu'un autre aurait pu décider, elle ne le dénoncerait pas, ce n'était pas dans son caractère…

Heureux de nourrir son dégoût et son aversion, Rajendra considéra le corps puissant, luisant d'huile, les épaules carrées et les hanches larges, s'attarda sur les bras musclés. Pour reprendre l'avantage, il s'esclaffa.

— Tu as déjà enfermé Vijanaga dans son appartement, Tevoda ? Tu as fait vite, tu es bien efficace ! S'il existait cent femmes telles que toi à Angkor, le royaume n'aurait plus rien à craindre. Chacun de tes poings est capable d'assommer un éléphant. Un conseil : tu devrais demander à accompagner la princesse jusqu'à la frontière et rester là-bas. Dès qu'ils apprendront ta présence, les Chams renonceront à nous attaquer pour longtemps.

Tout aussi haineuse, la guerrière mit la main sur la courte épée qu'elle portait au côté et répliqua :

— Rajendra, tu te crois malin et tu te moques… Prends garde à toi ! Mais c'est vrai, je n'aime pas les Chams. Pendant la guerre, j'ai tué plus d'ennemis que ton régiment tout entier.

Elle fit un pas en avant, tendit sa poitrine, ramena contre elle un bouclier attaché à son bras par une tresse végétale avant d'ajouter :

— Ce que j'aime, c'est frapper, faire mal. Qu'il s'agisse des ennemis de mon pays ou de ceux qui se mettent en travers de mon chemin…

Rajendra ne bougea pas. La soldate poursuivit :

— … ou qui s'en prennent aux miens. Comme toi.

Le Khmer eut un sourire mauvais et répliqua :

— Pourtant, il me semble que ce sont tes guerrières qui ont semé le désordre à Angkor.

— Que veux-tu dire ?

— J'ignore ce que tu trames, Tevoda, mais je sais que toi et tes filles, vous êtes derrière ces drames.

La combattante ne put retenir un cri de surprise et d'indignation. Rajendra ajouta :

— Tu as un dessein et tu manipules, même quand tu es en voyage. Pourquoi as-tu fait assassiner Sobhana ? Parce qu'elle refusait de t'obéir ? Avec l'aide de Chams infiltrés dans la ville, Binasuor préparait un coup d'État pendant que Vijanaga et toi, vous donniez le change en vous éloignant quelques jours…

— Maudit ! cria Tevoda. Tu vas souffler ces sottises aux Pieds Sacrés ? Tu en serais bien capable !

Rajendra cracha sa chique de bétel avant de répondre :

— Malheureusement pour lui, le roi ne m'écoute pas toujours. Je ne suis pour rien dans la découverte du complot. Crois-moi, si c'était moi qui avais parlé aux Pieds Sacrés, tu aurais été condamnée à mort, toi aussi.

Il marqua un silence puis reprit :

— À moins que Jayavarman ne te fasse tuer, une fois qu'il n'aura plus à s'occuper de sa sœur…

Réjoui par cette perspective, le Khmer sourit.

— Avec l'aide de ses conseillers religieux et de ses astrologues, le roi a peut-être tout deviné… et dans ce cas tu es perdue. Comme une noix de coco dont on a gratté toute la pulpe, tu seras bientôt jetée sur un tas d'ordures, exsangue. Voilà le destin que le roi te réserve en secret.

À son tour, la guerrière eut un sourire implacable.

— Tu es âgé, Rajendra, et ton esprit retombe en enfance, te faisant prendre tes délires pour la réalité. Pour cette raison, je te pardonne.

Se redressant, elle le toisa. Un instant, ce couple fortuit offrit un spectacle étrange. D'un côté, une femme dans la force de l'âge. De toute évidence, la soldate avait encore de longues et belles années devant elle, qu'elle passerait en se battant, buvant de l'alcool de riz noir au soir de la bataille. De l'autre côté, un homme autrefois beau et fort, mais qui avait franchi depuis longtemps l'âge de la maturité. Un maquillage utilisé avec discernement, une alimentation de choix et les énergiques frictions prodiguées par des masseurs aveugles avaient réussi à retarder la chute finale, mais celle-ci était proche. Tevoda lança :

— Pour ce qui est des secrets, je crois que je connais le tien…

Elle savoura un nouveau silence avant de conclure :

— … et je m'en moque.

Blessé, Rajendra voulut se défendre. Prêt à manier le reproche et l'insulte, il demanda :

— Parce que ce secret, nous avons le même, non ?

Tevoda ne répondit pas. Sûre d'elle, elle déclara, faussement prévenante :

— Seigneur Rajendra, ce que vous avez entendu lors de l'audience royale vous a troublé et vous vous êtes égaré. Or, vous n'avez rien à faire ici. Suivez-moi, je vais vous conduire jusqu'aux degrés de la Victoire. Là, je vous confierai à l'un des escadrons que je commande.

Tevoda se réjouissait de faire de ce vieil homme un enfant assisté, de le priver de la virilité dont il tentait de prolonger les derniers feux, d'écraser le désir qui avait fait tant de mal à ses filles… Elle était passée du tutoiement au vouvoiement pour le déprécier, elle allait à présent le placer sous la protection humiliante de celles dont il rêvait d'être l'amant…

— Mes soldates sont de braves filles et me sont entièrement dévouées. Je vais vous présenter les plus vaillantes du régiment.

Tevoda s'amusa à préciser :

— Une archère et son auxiliaire, invincibles au combat. L'une décoche ses flèches avec autant de force qu'une baliste, l'autre la protège en tenant au-dessus d'elles un cadre de bois grillagé pour les garantir toutes deux des traits ennemis. De belles combattantes, qui ont tenu tête à une troupe de Chams en les empêchant de sortir d'un ravin où ils s'étaient précipités croyant y trouver le salut ! Ces deux soldates ne vous trahiront pas et, grâce à elles, vous gagnerez la grande porte sans être inquiété par les gardes du roi. Car la vieillesse a le droit d'être honorée et protégée, traitée avec tous les égards. Sans compter votre cuisse invalide qui vous fatigue et vous gêne…

Ravie de la situation, Tevoda devenait intarissable. Elle désigna les ateliers et expliqua :

— Les filles qui vivent et travaillent par ici n'ont guère de distractions. Bien qu'elles appartiennent au roi, elles regardent parfois les visiteurs avec impudence, cela pourrait vous embarrasser. Je veille sur la sécurité du palais et de ses hôtes, je m'en voudrais qu'y soit importuné un homme tel que vous, qui après tant d'années a besoin de repos… Ces servantes n'ont pas froid aux yeux, mais soyez rassuré : si elles cherchent à attirer votre attention, Sotharet et Mekhala la gauchère sauront vous protéger contre leur ardeur.

Il ne pouvait confier à la soldate Sorn ni fausse monnaie, ni meubles, ni chevaux, ni domestiques, ni lingots, ni ballots de riz en papier. Une poignée de terre, c'était son seul présent. Ces Khmers n'étaient que des barbares, il faudrait que la Chine les combatte un jour, annexe leur royaume misérable, les contraigne à payer un tribut à l'empereur pour que celui-ci daigne les aider à se civiliser…

Li Chengming tendit à la guerrière aux cheveux blancs le petit sac dont les mailles lâches retenaient mal une terre fine. De l'autre main, il lui offrit une coupe brun et vert, de facture assez commune dans le sud de la Chine.

— Garde le bol, tu le mérites. Pour ce qui est du sac, donne-le comme je te l'ai indiqué. Si on te demande qui t'envoie, tu peux révéler mon nom, mais je te prie de ne le dire à personne d'autre.

— De la terre… constata la femme soldat, surprise.

Qu'avait cette terre de si précieux ? s'interrogea-t-elle. Cette mission était étrange, presque absurde. Enfin, peu importait : elle était dépourvue de risques. Quant à la pièce de porcelaine, elle valait bien un butin de guerre. Forte de ce trésor, Sorn quitterait enfin ce palais où elle n'avait plus guère de raisons de demeurer, puisqu'elle allait se séparer du jeune Phyphoeun, cet imbécile étourdi…

Li Chengming regarda la jeune militaire s'éloigner, la détestant vaguement pour ce qu'elle était : une jeune fille vigoureuse, capable de combattre bien des guerriers – mais si différente des belles de son pays qui, elles, étaient toujours vêtues avec élégance, de la tête aux pieds, restant le plus souvent dans les cours et les jardins de leur demeure, attendant le retour de leur époux.

Sans trop de mal, heureuse d'arriver au terme de son récit sans avoir hurlé ni pleuré, ni être tombée sur ce chemin douloureux, la favorite répéta :

— Cet homme, il est ici, dans le palais. Je dois le retrouver, le dénoncer pour qu'il soit châtié.

Son récit achevé, Bupati sourit. Elle avait vaincu sa peur, raconté d'une traite à Tevoda ce qui lui était arrivé dans la maison de ses parents, avait décrit son supplice et ses angoisses, exposé sa demande avec clarté et, espérait-elle, assez de persuasion et de franchise pour que la guerrière la croie et décide de lui venir en aide.

Il y eut un silence que Bupati, épuisée, mit à profit pour regarder autour d'elle. Entre un mur, un ruisseau fangeux et des écuries, le mince espace où se trouvaient les deux femmes était sale, encombré de détritus – restes de nourriture jetés là par des serviteurs malpropres, déjections des porcs et des poules qui y pataugeaient en attendant que les cuisiniers du palais viennent les chercher pour les accommoder... Toutefois, cette cour sans charme lui semblait un véritable paradis – celui de sa liberté reconquise, riche du courage dont elle avait fait montre en donnant rendez-vous à Tevoda et en lui exposant son infortune. L'autre jour, elle avait commis une erreur en se rendant au baraquement des soldates. Celles-ci n'étaient que de pauvres filles venues de la campagne, incapables de l'écouter, habituées à recevoir des coups et à les rendre en hurlant. Tevoda, elle, était d'une autre trempe ; elle était écoutée du roi et avait lu les textes sacrés. La soldate l'aiderait. Confiante, osant à peine croire que sa vie allait bientôt basculer, Bupati saisit les mains de celle qui serait sa bienfaitrice.

Cette peau douce comme celle d'une danseuse céleste... ce contact révulsa Tevoda. L'instant précédent, la guerrière hésitait. Mais, en fouettant son désir, la caresse fortuite prodiguée par Bupati l'éloigna définitivement de celle qui avait manqué la fléchir. Ne plus jamais penser à l'intimité de cette jeune fille, qui lui en avait pourtant parlé avec justesse et délicatesse. Brusque, presque menaçante, la guerrière s'écarta et la tança avec rudesse :

— Je ne comprends rien à ce que tu me racontes. Ton dépucelage, pourquoi en fais-tu une histoire ? Il en va ainsi depuis des temps immémoriaux, et pour des milliers de filles ! Le roi a eu la bonté de te remarquer et de t'enfermer dans le harem ; tu voulais donc qu'il te trouve toute sauvageonne, toute fermée – aussi close qu'avant d'avoir été « préparée » par un saint homme ? Tu es folle, tu n'as aucune pudeur !

S'énervant à mesure que croissait son désir, Tevoda ajouta :

— J'ai appris que tu t'es rendue l'autre jour à la caserne et y a semé le désordre. Je te prie de cesser de nous ennuyer. Avec mes filles, j'ai mieux à faire que d'écouter les jérémiades d'une petite favorite capricieuse lassée de vivre dans le luxe et le confort que le roi déploie autour d'elle.

Tevoda tourna la tête. Bupati était si jolie, si vulnérable… Elle devait vite se défaire des pensées trop ardentes qui la conduisaient à se mesurer à son souverain, à le défier.

— Déguerpis, petite intrigante ! s'énerva la commandante.

Il lui fallait rudoyer cette favorite émouvante, à la mesure de l'irritation qui la brûlait, l'insulter, ne pas même la laisser parler pour ne pas être émue par sa voix, ses paroles suppliantes, son désarroi patent. Tevoda était d'autant plus désireuse de l'insulter qu'elle ne pouvait la prendre dans ses bras. Campée sur ses deux cuisses puissantes, elle se frappa la poitrine comme l'aurait fait un génie, à la fois pour se punir et pour impressionner Bupati. Qu'elle parte, cette démone dont la franchise et la détresse la mettaient en danger ! Que le plaisir de Tevoda aurait été grand, allongée contre cette beauté qui lui demandait de l'aide et qu'elle avait attendue toute sa vie ! Elle voulait oublier à jamais cette jeune fille et l'appétit insatiable, aussi nocif que pressant, que celle-ci suscitait en elle.

— N'ose plus jamais me parler !

Bupati recula, les larmes aux yeux. De nouveau, une porte se fermait brutalement devant elle. Précipitée dans un abîme, elle voyait s'évanouir le dernier espoir qu'elle avait osé forger. Même la nuit de son viol, elle ne s'était pas sentie aussi seule, rejetée et abandonnée.

Capuchon déployé, le serpent se balançait doucement, gonflant jusqu'à la faire éclater sa gorge striée, d'un vert presque translucide. De ses yeux étroits, il regardait les visiteurs s'approcher, prudents et narquois. Au-dessous de lui, l'homme ne bougeait pas. Les bougies placées aux quatre points cardinaux n'effrayaient pas la bête. Celle-ci restait immobile, prête à frapper, la langue dépassant à peine de sa bouche aussi mince qu'une fente. Ravivée par un souffle de vent, une flamme grandit, dansa et jeta une lumière plus forte sur l'homme assis. Ce qui souligna le brillant de sa peau, illumina ses genoux, depuis de longues années polis par les milliers de mains rugueuses qui le caressaient en le suppliant.

Après s'être recueilli, Jayavarman posa quatre nouvelles bougies dans des coupelles ; puis il se retourna vers Crindra. Celui-ci lui tendit un nécessaire à libations fondu dans un or très pur, mat et sombre. Rêveur, le souverain fit couler le lait, le miel, l'huile enrichie de pigment pourpre sur la statue de Bouddha que veillait Muçalinda[1], le roi des nâgas.

— Cette effigie m'est précieuse, dit Jayavarman. Tant de fidèles l'ont vénérée avant qu'elle soit portée ici, dans le palais.

Le Fortuné alluma des bâtonnets d'encens et ajouta :

— Crindra, je t'en prie, écoute-moi sans me répondre.

Le souverain disposa devant la statue deux assiettes emplies de fruits et une troisième supportant dix-neuf boulettes de riz.

— Tu penses peut-être que j'ai mal agi, que je n'ai pas assez médité les enseignements de l'Éveillé avant de prononcer le verdict…

Crindra était épuisé. Écouter le roi, recueillir ses interrogations et le conseiller plusieurs fois par jour, c'était une tâche épuisante…

1. Un jour de tempête, celui-ci déploya son corps et sa tête pour protéger Bouddha.

— Pieds Sacrés...

— Tais-toi !

Se reprochant cet ordre aboyé, Jayavarman reprit d'un ton plus calme :

— Je suis le roi du Cambodge. À ce titre, j'ai des devoirs. Tu es bien placé pour savoir que tout cela est écrasant. Je dois nourrir le corps et l'âme de mon peuple, le défendre contre ses ennemis et lui éviter de tomber dans l'erreur...

Il éleva un popil jusqu'à la tête du bouddha avant d'en éteindre la flamme avec une feuille de bananier. Prenant soin de souffler la fumée vers le reptile de pierre, le roi acheva :

— En conscience, j'ai agi pour le mieux.

La chambre intérieure du temple était minuscule. Ajoutées à la moiteur de l'air, la respiration des deux hommes et la chaleur dégagée par les cierges, enserrées par les plaques de bronze qui couvraient les murs, rendirent vite l'atmosphère irrespirable. Jayavarman suffoquait, mais il n'osait se plaindre pour ne pas froisser Crindra ou indisposer Bouddha. S'efforçant de reprendre son souffle, il demeura un instant bouche ouverte, les yeux douloureux, le sang lui battant aux tempes.

— Pieds Sacrés... murmura Crindra.

— Je t'en prie, respecte le silence qui me fait tant de bien.

Mais le conseiller insista :

— Le tambour résonne... Il est arrivé quelque chose.

Jayavarman réalisa que le bruit rythmé qui martelait sa tête ne naissait pas dans son corps, mais provenait du poste des guetteurs. La cadence était particulière : il ne s'agissait pas d'indiquer l'heure ou de signaler une cérémonie, le batteur donnait l'alerte. Dehors, il faisait déjà sombre.

L'ombre marchait avec précaution. La nuit était douce. L'air était empli de senteurs sucrées, vestiges des offrandes que les Khmers avaient déposées devant toutes les effigies de l'Éveillé : fleurs et fruits gorgés de soleil, riz glutineux parfumé à la noix de coco, huiles enrichies d'épices citronnées. Par milliers, en nuages qui piquetaient le ciel, des chauves-souris volaient d'un temple à l'autre. Conjugués aux coassements des milliers de crapauds vivant aux abords des réservoirs et des canaux, aux meuglements des buffles et des bœufs, leurs cris formaient une clameur réconfortante. C'était le chant de la pénombre qui répondait au chant du jour – conversations des passants, boniments des marchands, piaillements des enfants qui sautaient d'une flaque à une autre en poursuivant les poules. C'était le murmure paisible d'une capitale, cœur d'un royaume qui prospérait. Sans escorte, le souverain quitta ses appartements privés. Empruntant un corridor bordé d'une jolie balustrade ajourée, il traversa sa résidence, longea un bassin où, sous la pâleur de la lune, dérivaient des palais et des temples miniatures, fragiles assemblages de bois léger piquetés de fleurs…

Revenu à Shantou, songeait Li Chengming, il bâtirait une maison aussi vaste que celle des mandarins et il y armerait des jonques. Pour son plus grand profit, ses bateaux commerceraient au loin, s'aventureraient jusque sur les côtes de ce pays, remonteraient le fleuve jusqu'à cette ville. Mais lui-même ne remettrait pas les pieds au Cambodge. Il ne voulait plus jamais en rencontrer les habitants, ces rustres à la peau sombre et aux cheveux ondulés. Confortablement installé dans sa ville natale, ripaillant avec ses amis d'enfance et honorant la mémoire de ses ancêtres, le négociant Li ne serait plus contraint de vivre au milieu de ces gens qui pensaient constituer un peuple civilisé et vivaient comme des bêtes, dans des maisons sommairement bâties et coiffées de palmes, dépourvues de lits et de fauteuils semblables à des tanières.

Le Chinois n'aimait pas l'odeur de brûlé qui continuait à s'échapper des ruines de la maison d'Harsha. Âcre et piquante, elle lui rappelait les senteurs qui l'avaient trop souvent surpris au crépuscule, lorsqu'il approchait d'une ville en ignorant qu'elle avait été pillée par des barbares et n'était plus que cendres. Chaque fois, c'était le même spectacle : des murailles effondrées, des rues dévastées et emplies de cadavres. Surtout, des bonnes affaires qui ne se feraient jamais, des bénéfices envolés, et la date de son retour en Chine retardée d'autant…

Li surmontait pourtant ses réticences, fouillant de son bâton les poussières charbonneuses, et progressait à pas prudents au milieu des fragments de briques éclatées. Il surveillait aussi les environs, même si, par chance, ces Khmers sauvages craignaient les esprits, et en particulier ceux qui rôdaient dans les décombres des habitations consumées.

Lorsqu'il eut écarté des tessons pulvérisés par les flammes, l'épieu débusqua soudain une masse solide. Li sut immédiatement qu'il avait trouvé ce qu'il cherchait. Du bout de sa botte, il repoussa des morceaux de bois, mettant au jour une rangée de briques aux arêtes à peine ébréchées par l'intensité du brasier.

Harsha et Norindeth lui avaient compliqué la vie en lui cherchant querelle sur la qualité de son papier. Si les audiences s'étaient poursuivies, il aurait sûrement été condamné. Comment penser que Jayavarman, ce rustre qui se prenait pour un roi, n'aurait pas donné raison à ses sujets ? Maintenant, le danger était passé et tout était changé. Morts, l'architecte et son intendant lui avaient fait un cadeau d'une valeur inestimable. Grâce au fabuleux héritage qu'ils laissaient derrière eux, le négociant de Shantou ferait fortune.

Jayavarman avait pris place sur un simple siège, afin de se trouver au plus près de ses grands commis. Comme eux et la commandante des soldates, il se trouvait séparé des serviteurs par un jeu de tentures que soutenait une armature de cuivre et qui formait une sorte de seconde pièce emboîtée dans la première. Achetées à prix d'or à des marchands itinérants, des pendeloques de verre suspendues autour de son fauteuil teintaient au moindre souffle de vent et paraissaient frémir pour s'accorder à l'émoi du monarque. Sur un signe des Pieds Sacrés, Tevoda poursuivit :

— Sotharet et Mekhala la gauchère.

— Deux meurtres ? demanda Jayavarman.

En retrait, ses conseillers écoutaient, bouche bée.

— Un double suicide, répondit la guerrière, accablée. Elles se sont mutuellement percées de leurs épées. La porte était fermée de l'intérieur, défendue par une barre que les filles avaient fait retomber sur deux corbeaux. Le doute n'est pas permis, il n'y a là aucun meurtre. Pour présenter toutes les garanties, le pavillon de l'armurerie a été construit avec le bois le plus dur et ses murs sont doublés de plaques de bronze pour prévenir les incendies. Hormis la porte, il ne possède aucune ouverture, même obstruée, et son toit est inaccessible.

La commandante de la garde était à genoux. Elle s'était défaite de son épée et l'avait posée sur le sol, la garde tournée vers Jayavarman. Ses cheveux décoiffés retombaient en désordre sur ses bras. Seules ses épaules, trop puissantes, ne participaient pas au deuil qu'exprimait toute sa personne. Le visage décomposé, elle ajouta, hagarde :

— Le sang qui passait entre les lattes du plancher et gouttait entre les pilotis a donné l'alerte. Nul n'a vu entrer les filles dans ce pavillon. Du reste, il n'y avait rien d'anormal à ce qu'elles y pénètrent. Plusieurs d'entre nous se rendent chaque jour dans notre armurerie pour remiser les armes ou au contraire en prendre de nouvelles, selon les missions qui nous sont confiées.

Interrogeant sa mémoire, le roi murmura :

— Sotharet, Mekhala…

Il n'était pas certain de se rappeler leur visage. Deux soldates parmi les dizaines de femmes qui l'escortaient dès qu'il quittait l'enceinte du palais – sans compter les centaines de concubines, de servantes et de cuisinières qui y vivaient. Bien sûr, leur mort lui importait peu ; elles seraient remplacées par deux autres Khmères aguerries et rompues au maniement des armes…

Accablée, Tevoda accrut le poids de sa responsabilité et de sa faute :

— Je les avais recrutées en personne, lors d'un voyage dans la province des Esprits aquatiques. Quand elles sont parties avec moi, tout le village les a accompagnées en pleurant, au son des flûtes et des instruments à cordes. J'ai dû promettre à leurs parents de veiller sur elles… Sotharet tuait un martin-pêcheur à cent pas. Avec son écran de bois, Mekhala était capable d'arrêter deux flèches d'un seul mouvement du poignet. À elles deux, ces filles courageuses ne craignaient rien ni personne…

Jayavarman n'écoutait plus, assailli par des questions auxquelles il était incapable de répondre. Il considérait gravement

Tevoda, se refusant à céder aux forces qui lui commandaient de broyer cette femme. Pendant des années, celle-ci avait incarné la puissance et l'assurance. S'opposant aux Chams, pourchassant des bandes de pillards dont la guerre avait favorisé les exactions, elle avait toujours mené à bien les missions qui lui avaient été confiées. Sa taille haute et sa bravoure avaient fait d'elle une héroïne de légende ; ses seins, une déesse de la procréation, nourricière et généreuse, capable de surcroît de défendre sa progéniture. D'un coup, la guerrière apparaissait faible, incapable de commander son régiment d'élite. Cette inaptitude illustrait-elle, à une échelle réduite, la faiblesse du royaume ? Jayavarman avait cru que Tevoda était son alliée, elle aussi guidée par un bodhisattva, pour redresser le Cambodge. Elle n'était en fait qu'un poids inutile.

Sobhana, Sotharet, Mekhala… Trois femmes soldats mortes en quelques jours à peine. S'il était avéré, le suicide des deux dernières ne surprenait pas le roi. Ces femmes avaient sans doute de bonnes raisons de mettre fin à leurs jours, et la vie qu'elles avaient choisi de quitter ne formait qu'une infime partie du long cycle de leur existence… Pourtant, en agissant ainsi, elles lui avaient désobéi ; et, par-delà ce désordre, c'était le royaume qui vacillait. Quoique ressuscité et rétabli dans son indépendance, le Cambodge restait-il bâti sur des sables mouvants ? Le pays tout entier était un mélange de boue et d'eau. À la saison des pluies, le niveau des rivières montait jusqu'à inonder les campagnes ; la surface du Grand Lac lui-même quadruplait, transportant par millions des poissons jusque dans les champs et les rizières… Chaque année, les eaux finissaient par se retirer, laissant derrière elles limon, fange généreuse et marécages où se prélassaient des buffles, amusés d'avoir joué avec des dauphins des lunaisons durant. L'eau, source de vie et d'incertitude… Le roi s'était cru émancipateur et reconstructeur. N'était-il que le prisonnier de cette contrée incertaine où se mêlaient, pour le malheur des Khmers, le ciel, la terre et l'eau ? Il avait pensé que, nourri par les eaux refluantes, son pays était fertile. Or, ce n'était qu'un cloaque. Plaine infinie parsemée de rares collines, le Cambodge ne pouvait exister… Ses voisins le savaient bien, qui attendaient leur heure pour fondre sur cette terre indéfendable, ses canaux et ses bassins instables. Les Chams avaient tenté leur chance ; repoussés, ils avaient perdu la première manche. Un jour, les Siamois relèveraient la tête. Lassés de fournir des contingents de mercenaires à la cour d'Angkor, ils se constitueraient en principauté avant d'attaquer leurs anciens maîtres. Sans compter les peuples belliqueux qui demeuraient dans les montagnes, aux confins de la Chine. À en croire des espions, des marchands, ils descendaient peu à peu vers le sud. Un jour, ils se heurteraient aux troupes khmères… La ville serait-elle prise de nouveau ? Le roi avait fait fouiller les entrepôts où étaient gardées les bougies du palais, interroger les fabricants de parasols. En pure perte… Les soldates défuntes connaissaient-elles le secret d'Harsha ?

— D'abord Sobhana, dit le roi d'une voix très basse en s'arrachant à ses pensées. Puis ces deux filles. Tevoda, tu n'es pas digne de commander les soldates du palais. Cependant, compte tenu de tes actes de bravoure passés, tu as le droit de me répondre. Qu'as-tu à dire ?

La soldate était désemparée, prête à s'humilier.

— Rien, monarque universel, incarnation de Bouddha. Je suis coupable puisque les filles sont mortes. Fais de moi ce que tu voudras… Désires-tu que je me tue ? Ordonne.

Les conseillers se taisaient, redoutant que Jayavarman condamne la valeureuse guerrière. Mais comment pouvait-il pardonner ?

Accablé, les Pieds Sacrés réfléchit longtemps avant de se résoudre à déclarer :

— Les astrologues ont interrogé les étoiles et déterminé que ma sœur doit quitter la ville dès demain matin à l'aube. Tu assisteras à ce départ et resteras ensuite au palais, le temps que je décide de ton sort.

Tevoda salua et se retira, tandis que les grands commis, désorientés, regardaient ailleurs. Immobile et silencieux, le souverain refusa de s'interroger davantage sur ces drames. De telles questions étaient stériles et l'affaiblissaient. Se réfugiant dans le monde né de son imagination, il se plut à en concevoir la réalisation prochaine. C'est avec la pierre qu'il renforcerait son pays ; partout, il édifierait des temples couverts d'or, des ponts et des ermitages, par centaines. Mais ces projets, cette rêverie qu'il reprenait sans cesse, à quelle concubine allait-il en parler ? Pheum, aux chevilles si fines ; Rasmey, la danseuse gracieuse, divine à la lueur de la Lune ; ou Pheap, habile à dresser les horoscopes ? Bupati, plutôt ; il n'était pas certain qu'elle l'écoute mais il aimait tant caresser son corps rétif… Cependant, aucune de ces femmes ne réussirait à lui faire oublier ses deux épouses mortes ; leur corps, leur savoir-faire ne pouvaient le satisfaire complètement… Allait-il échouer ? Le mal qui s'était réveillé et creusait son mollet lui avait-il été envoyé par les dieux pour le punir, lui reprocher de ne pas être à la hauteur de la tâche à accomplir ?

Après avoir congédié les domestiques pour être plus à son aise, Crindra alluma toutes les lampes à résine qu'il possédait, puis fouilla dans sa bibliothèque personnelle comparant les ôles et les peaux de daim qu'elle renfermait. Au bout d'un long moment, il choisit un éventail de feuilles de latanier. L'objet possédait une belle patine ambrée, qui n'altérait cependant en rien les courbes et les contre-courbes des lettres gravées au stylet. Voici de longues années, un moine habile y avait tracé les formules magiques que les voyageurs aimaient à lire et retenir avant de prendre la route, pour être prêts à les prononcer en cas de danger, et pouvoir ainsi fléchir tel esprit malin ou détrousseur errant rencontré en chemin. À l'époque, Crindra ne savait pas qu'un jour il le remettrait à la sœur des Pieds Sacrés…

Munie de ce jeu de palmes gravées, la princesse Vijanaga surmonterait bien des écueils et parviendrait à destination sans trop de mal. Dans les derniers feuillets, le copiste avait inscrit des proverbes emplis de sagesse et quelques indications concernant l'itinéraire à suivre pour atteindre les frontières orientales du royaume : l'emplacement d'une montagne ou d'un lac à contourner, la présence d'un gué à emprunter, d'un marais à éviter. Si le roi avait chassé Vijanaga, il voudrait néanmoins que les usages soient respectés…

Avant de ranger le manuscrit dans une boîte en forme de courge, Crindra prit soin de changer le lien qui retenait les palmes, de peur que l'ancien ne se rompe. Un cordon de soie rouge agrémenté d'une perle de jade fit l'affaire. L'instant d'après, il sortit de sa chambre. Il avait juste le temps de se rendre à la chapelle du palais pour y diriger la prière des moines.

Sorn repoussa Phyphoeun sans ménagement. Elle était lasse du garçon, depuis plusieurs jours insatisfaite de la liaison qu'ils entretenaient en cachette. Ravie, au fond, que l'étourderie de Phyphoeun lui permette de rompre aussi facilement, la soldate ajouta :

— Tu n'avais qu'à te montrer plus prudent.

Le servant protesta :

— C'est pas ma faute.

Il hésita entre la colère et l'humiliation, puis tendit ses lèvres sans comprendre qu'à cet instant la vigueur que lui offrait sa jeunesse était ridicule, loin d'être engageante, presque écœurante. Déjà indifférente, la soldate haussa les épaules.

— Je t'avais pourtant prévenu.

Le garçon s'avança, paniqué et maladroit, désirant par-dessus tout effacer le geste qui le condamnait, conjurer l'avenir qui en découlait, il était prêt à pleurer sans aucune retenue. Le visage rouge, il gémit :

— Sorn, je t'en prie !

La guerrière s'écarta d'un bond et son exaspération fit place à la haine.

— Trop tard, tu me dégoûtes. Ne t'avise surtout pas de m'approcher !

En désespoir de cause, le jeune homme se força à rire, caressant le mince espoir que ce sourire fléchirait la jeune fille, l'inciterait à le prendre en pitié. Mais le regard qu'elle lui lança arrêta net ce ricanement forcé au fond de sa gorge. Redoutant que son ancien amant ne réussisse à la frôler, Sorn l'avertit en grimaçant :

— Si tu me touches, je t'exécute d'une claque. Crois-moi, j'en ai la force.

Tout en désirant ardemment ne jamais revoir le garçon, la guerrière à la chevelure blanche espérait ne pas avoir à mettre à exécution sa menace que, pourtant, elle appliquerait sans état d'âme s'il le fallait. Elle recula, brandissant le poignard de défense d'ordinaire suspendu à son cou.

D'une voix trop aiguë, paniqué à l'idée qu'il ne coucherait plus son corps maigre sur celui de la femme soldat et qu'il serait moqué par ses compagnons – d'autant plus cruels qu'eux respectaient leur vœu de chasteté –, le jeune Phyphoeun supplia :

— Je m'aspergerai d'eau sacrée, j'observerai les rites de purification que tu me prescriras, je ferai tous les pèlerinages que tu voudras !

— N'insiste pas ou je te tue pour avoir osé me toucher après ça ! proféra Sorn entre ses dents. Maintenant, laisse-moi passer.

Terrifié, le jeune disciple s'effaça.

En voletant dans leur cage, les oiseaux craintifs et nerveux témoignaient d'une agitation incompréhensible. D'ordinaire, Crindra savait interpréter leurs chants, mais cette fois il était incapable de déchiffrer ces pépiements insupportables. Quant au plancher de teck, il ne rendait pas le son mat qui accompagnait d'habitude ses pas. Un intrus venait-il de le fouler à son insu, et par là d'en modifier la sonorité en dérangeant les planches ? Le bouddhiste éprouvait une impression indéfinissable, le sentiment d'être épié. Une femme lascive se serait-elle introduite dans sa chambre pour le corrompre, se moquer de lui ou évaluer sa résistance ? En ce cas, l'impudente serait déçue, elle ne trouverait pas l'once d'un désir dans son regard… Crindra examina la pièce avec soin mais ne remarqua rien d'anormal et se heurta au silence le plus complet. Il faisait fausse route, personne ne se cachait chez lui. Après un instant de réflexion, il marcha droit vers le coffret en bois de santal et en souleva le couvercle. Le manuscrit préparé pour Vijanaga avait été volé.

Certes, la princesse avait été condamnée à l'exil, mise au ban de la cour et de la société khmère. Néanmoins, selon les usages, elle ne pouvait quitter Angkor sans disposer d'un livre de route. Même reléguée au fin fond du royaume et *de facto* condamnée à mort, la princesse ne pouvait s'éloigner de la métropole sans être munie de cet ouvrage porte-bonheur. Dans la forêt où il s'était terré durant l'Occupation, Jayavarman avait eu le temps de se remémorer les coutumes observées à la cour avant l'arrivée des Chams. Mille fois, à l'aide des courtisans et des généraux qui l'avaient rejoint dans la forêt, il les avait récapitulées pour n'en omettre aucune. Revenu à Angkor, les Pieds Sacrés avait rétabli l'ancien protocole sur lequel les chambellans de la cour veillaient jalousement. Crindra ne pouvait l'enfreindre...

Devait-il chercher de nouveau dans l'armoire ventrue où il serrait ses livres ? Le conseiller savait qu'il ne trouverait pas un autre ouvrage qui soit aussi complet, aussi digne d'être confié à la sœur du roi que le manuscrit dérobé... Chercher le coupable ? Cela demanderait du temps, et le souverain risquait de l'apprendre... Avouer qu'il avait failli, en manquant de prudence ? C'était dangereux. Par chance, Crindra était doté d'une mémoire hors du commun et son écriture était élégante. En entamant dès maintenant son travail, il avait le temps de rédiger un nouveau cahier ; il pourrait même y adjoindre des formules bouddhiques qu'il avait apprises depuis peu, en conversant avec de vieux talapoins.

Sans perdre de temps, le moine se saisit des ôles bien poncées, d'une gamme de stylets plus ou moins pointus, de craies grasses, d'encre, d'une fiole emplie d'un vernis végétal qu'il fabriquait lui-même, et d'un coussin rembourré de passants où coulisserait la palme à graver... Rien ne manquait. Il plaça des chandelles et des lampes en différents points de la pièce, de manière qu'aucune ombre ne vienne le gêner. Il s'assit à même le sol, appuya son dos contre le mur, un genou relevé. Dût-il y passer de longues heures, Crindra aurait fini avant le départ de Vijanaga. Le front baissé, la main gauche serrant le jeu de palmes, la droite maniant le poinçon, il fouilla dans sa mémoire pour restituer le livre volé dans son intégralité. Il fallait faire attention à ne rien omettre ni rien mélanger : une spirale de phrases magiques bénéfique pouvait se révéler maléfique pour peu que le copiste en modifie un mot par étourderie ou même une seule lettre... Soucieux de bien faire, le conseiller repoussa loin de lui les pensées qui auraient pu le distraire : la mort d'Harsha l'architecte, la fureur du roi, les peines prononcées par lui qui condamnaient Binasuor et Vijanaga à une mort plus ou moins rapide.

Une seule fois, Crindra releva la tête, le stylet de fer à la main. Qui lui avait dérobé le jeu d'ôles, et pourquoi ? Un personnage malveillant en voulait-il à la princesse au point de hâter sa mort en la privant du secours des caractères magiques ? C'était peu probable : en s'en prenant au conseiller du roi, le coupable risquait gros. Sans doute était-ce le geste d'un voleur ignare, d'un rôdeur. Crindra possédait des biens plus précieux, le maraudeur aurait pu s'emparer d'un bijou ou d'un bouddha d'argent ; mais la détention d'un tel objet l'aurait rendu suspect. Avisé, il avait préféré dérober ce texte sans en mesurer la teneur. Il avait dû se dire que nul ne prêterait attention à un homme portant un manuscrit décati, semblable à n'importe quel vieux livre. Une fois hors de la ville, il le revendrait au supérieur de l'un des vastes temples construits par le roi autour de la capitale. Vite, Crindra se remit au travail ; le temps passait, le tambour frapperait bientôt le milieu de la nuit.

En désaccord avec le caractère de la femme soldat, la chambre de Tevoda ne laissait pas de surprendre. Elle était décorée d'amulettes rutilantes et d'images votives – triangles ou trapèzes de terre cuite à l'effigie d'un saint talapoin ou d'un bodhisattva. Autour de la pièce, sur les planches qui tenaient lieu de lit et de banquette, un grand nombre de coussins multicolores étaient disposés sans art ni recherche. On aurait dit que, redoutant les murmures qui raillaient ses manières franches et rudes, la guerrière avait tenté de les faire taire en se dotant d'un nid douillet et raffiné. Mais elle ne se rendait pas compte qu'elle vivait dans un endroit comparable aux maisons fleuries où séjournaient les prostituées de la capitale, non loin du temple du Pont d'or.

Seuls quelques objets évoquaient le tempérament véritable et les manières de la soldate : une natte de bambou dont les lattes étroites étaient tachées et collées les unes aux autres par des restes de nourriture ; un pot en terre empli de vin ; un plateau chinois sans doute offert par le roi et dont les gobelets d'étain, parfois renversés et le plus souvent cabossés, gisaient à même le sol. Affalée sur une peau de panthère – une bête qu'elle avait tuée de ses propres mains – et le chignon de travers, Tevoda ricanait toute seule, gênée par la courte épée dont elle n'avait pas voulu se défaire. D'autant plus assoiffée que la bouteille qu'elle avait déjà vidée lui avait mis le feu au ventre, elle voulut en attraper une autre. Elle se haussa sur un coude, tendit le bras et lâcha un rot. Ce sursaut lui fit manquer son coup, sa main ripa sur la bouteille et, perdant l'équilibre, Tevoda retomba avec lourdeur, la tête à la renverse, grotesque et misérable. Un claquement sec lui cisailla le cou. Elle ressentit une vive douleur et se plia en même temps qu'elle distinguait une silhouette sur le pas de la porte. Bien que Tevoda la vît à l'envers, elle la reconnut sans mal. C'était le roi. Oubliant sa souffrance, elle pivota sur elle-même pour se prosterner.

— Pieds Sacrés ! s'exclama-t-elle. Ton cœur est-il en paix ? Ton âme…

D'un geste, Jayavarman interrompit les salutations d'usage.

— Le temps presse. Pour cette raison, comme tu le vois, je suis venu chez toi, à l'encontre de toute convenance.

Jayavarman était accompagné de plusieurs officiers et fonctionnaires qui eurent du mal à pénétrer avec lui dans la chambre tant celle-ci était étroite. Élégant et décidé, le roi fit quelques pas. Aussitôt, par la seule grâce de sa présence, la pièce en fut transformée malgré l'odeur vineuse qui y flottait.

— Redresse-toi et ne te dérobe pas aux questions que je vais te poser. Il y va de ta vie.

Le souverain fit un geste et deux greffiers s'approchèrent, repoussant du pied le nécessaire à boire. Considérant Tevoda avec attention, le roi demanda :

— Parmi les hommes et les femmes qui se sont ralliés à moi dans les premiers temps de l'Occupation, tu t'es toujours montrée fidèle et dévouée. Dans les combats, tu as su faire preuve de détermination et de courage.

Tevoda demeurant muette, Jayavarman reprit :

— Sous mon prédécesseur, tu avais servi dans l'ancienne garde, en tant que simple soldate. Les Chams défaits et la cour réinstallée à Angkor, il était normal que je te confie le commandement de la nouvelle.

À moitié ivre, la soldate comprenait mal ce qui se passait, et avec un temps de retard. Le roi était ici, chez elle ? C'était impensable !

— À présent, écoute-moi, Tevoda, articula Jayavarman, qui avait noté la présence dégoûtante des gobelets d'étain. Le régiment que tu commandes possède des centaines de combattantes, regroupées en escouades.

Était-ce réellement les Pieds Sacrés, se demandait Tevoda en titubant, ou plutôt un plaisantin déguisé ? Et que lui disait-il, au juste ?

— L'escouade du Bœuf sacré, celle de la Dame cachée...

Ce ton, cette diction... il s'agissait bien du souverain, comprit enfin Tevoda.

— Et celle à laquelle appartenait l'infortunée Sobhana, l'escouade des Poissons gris de la mangrove...

À l'évocation de cette soldate morte sous la terrasse du palais royal, Tevoda ne put retenir un gémissement.

— Dis-moi, poursuivit le roi et concentre-toi bien ! Parmi toutes ces femmes qui t'obéissent et m'ont juré fidélité, combien possèdent un bouclier à lanières de cuir ?

Descendu du ciel au milieu d'une pluie de fleurs, à la lumière d'un arc-en-ciel et au son de toutes les trompettes du monde, entouré des bodhisattvas au grand complet, Bouddha n'aurait pas davantage surpris la soldate.

— La vérité, ouvre ton cœur ! insista Jayavarman.

D'un coup, Tevoda fut débarrassée des vapeurs dont le vin avait empli sa tête, son cou ne la fit plus souffrir. C'était bien le roi qui s'adressait à elle. Il fallait apporter une réponse à sa question précise. Elle ne pouvait se dérober... Un bouclier à lanières de cuir...

Toujours à terre, la soldate se frappa le front contre le parquet. Les yeux baignés de larmes, elle releva la tête. Au moins ferait-elle preuve de courage en regardant celui qu'elle n'avait pas eu la force de protéger complètement et qui allait la punir, avec justesse :

— Presque toutes les soldates du régiment féminin d'Angkor possèdent des boucliers munis de lanières de cuir. Parmi celles que je commandais, seules trois guerrières utilisaient des sangles en liane tressée, mais elles sont mortes toutes les trois et tu connais leurs noms : Sobhana, Sotharet et Mekhala la gauchère. Il n'y en a pas d'autres, je le jure.

Atterrée par cet aveu, Tevoda s'attendait que le roi reprenne la parole, l'apostrophe et la fasse tuer sur-le-champ. En signe d'humilité, elle baissa la tête et attendit dans le silence le plus total.

D'un signe, les Pieds Sacrés avait probablement demandé une arme à l'un des officiers demeurés hors de la chambre. Dans un instant, Tevoda entendrait le sifflement de la lame, percevrait un mouvement brusque du coin de l'œil et ressentirait une légère fraîcheur sur la nuque. Un voile sombre tomberait et ce serait fini...

Mais rien. Pas un bruissement, pas un murmure. Qu'il la mette à mort, ou elle sombrerait dans la démence ! Avec toutes ces soldates perdues, Tevoda n'aspirait plus qu'à mourir, oublier, renaître sous une autre apparence et expier les fautes commises durant ses vies antérieures... N'y tenant plus, elle rugit soudain :

— En mourant, ces trois femmes t'ont trahi, Pieds Sacrés ! J'ai failli à ma mission, je n'ai pas su, pas pu maintenir la discipline au sein du bataillon ! Fais-moi tuer sans attendre, je suis une misérable !

Affolée par ses propres cris, terrorisée à l'idée qu'elle hurlait devant le roi du Cambodge, la guerrière beugla de plus belle, pour hâter sa mise à mort :

— Je veux mourir, je ne mérite rien d'autre !

Pareille à une bête sauvage, elle offrait un spectacle abject. La peur et l'ivresse la plongeaient dans une inhumanité qui saisit d'effroi l'entourage de Jayavarman. Cette femme allongée devant eux qui glapissait et éructait comme une démone les impressionnait davantage que les mourants des champs de bataille… Indifférent, le roi se releva, passa devant Tevoda et ressortit de la chambre, le regard perdu dans le lointain. Une fois de plus, songeait-il, Vijanaga avait eu raison. L'aveu de la soldate expliquait beaucoup de choses et aurait de terribles conséquences. Le roi avait été bien conseillé.

Avait-elle tué Harsha ? L'éminente fleur de haricot n'en était pas sûre, hésitait, ne s'en souvenait pas bien… En tout cas, elle s'était trompée, ce n'était pas lui. Bupati l'avait constaté quand les soldats étaient passés devant elle, emportant le corps de l'architecte à l'apothicairerie du palais : elle n'avait reconnu ni le visage ni les doigts. Les mains d'Harsha étaient fines, habituées à manier le stylet ou le pinceau. Il ne s'agissait pas des doigts qui, jadis, l'avaient humiliée. Pourtant, elle en était sûre, après des années de repos et de silence, l'homme était revenu, elle le croisait chaque jour, rencontrait son regard à nul autre pareil, entendait le son de sa voix. Mais son esprit affolé se refusait à mettre des traits et un nom sur le personnage tant honni ; il lui brouillait les idées, lui laissant juste assez de forces pour droguer le roi et empêcher ainsi qu'il lui fasse endurer des assauts insupportables.

Qui était cet homme ? Le ministre des Récoltes, gêné par un embonpoint chaque jour plus embarrassant, ou celui de la Guerre ? Le chef des gardiens des écluses qui permettaient d'emplir et de vider à volonté les grands barays ? Tout en errant dans les couloirs du palais, Bupati savait qu'elle était en train de devenir folle. Si elle perdait définitivement l'esprit, le roi la chasserait. Ne risquerait-elle pas de retomber sous la domination de l'autre ? Elle revit le défilé vespéral, le palanquin, la musique assourdissante et les bannières brodées. Édifiée par son père et ses frères, la plate-forme de bois supportait des figurines en terre modelée, séchée au soleil – animaux et personnages venus des entrailles de la terre pour mesurer son infortune et son dégoût. La jeune fille s'effondra, le ventre tordu par la peur. Sous quelle apparence son silencieux bourreau était-il revenu à Angkor ? Celle d'un prêtre ou d'un prince cham, d'un voyageur ou d'un soldat ? D'une femme ? Était-il certain qu'il ait revêtu une apparence humaine ? Pendant quelques jours, mettant à profit les rares moments où son effroi la laissait à peu près tranquille, Bupati avait longuement réfléchi, échafaudé des hypothèses à partir des images restées dans son esprit. En vain… Épuisée, elle prit l'une des chiques de bétel préparées pour Jayavarman – noix d'arec cuite dans du lait puis séchée au soleil, chaux de corail, safran et beurre. Qu'elle aussi se confie aux sucs entêtants et s'évade, oublie si elle était vivante et salie ou morte vierge… Qui l'avait avilie avec tant de cruauté ? Un esprit errant ? Une divinité déguisée en simple villageois et qui, depuis, avait modifié son apparence ? Plus sûrement un homme qui avait changé, vieilli…

Close par des murs aveugles, la cour était encombrée de statues entières ou mutilées, d'autels reposant sur un pilier unique et de lingams[1] alignés les uns à côté des autres. En qualité de conseiller du roi, Crindra supervisait les opérations de divination tout en demeurant à l'écart.

À tour de rôle, les religieux regardèrent dans une énorme jatte où le lait commençait à se cailler, dessinant des montagnes et des océans infinis. Ils s'avancèrent ensuite vers l'enclos où les deux serpents s'affronteraient, l'un symbolisant les terres émergées, l'autre les champs que le Tonle Sap envahissait chaque année avant de se retirer, les laissant recouverts de limon.

— Que débute le saint combat !

D'abord indifférentes l'une à l'autre, les bêtes gobèrent les proies mortes que les prêtres leur lancèrent par-dessus la rambarde de boue séchée – des souris au ventre empli d'herbes stupéfiantes. Intoxiqués, les deux serpents s'effrayèrent mutuellement et se défièrent en ondulant, tête dressée. Le plus gros passa soudain à l'attaque, mais rata sa prise. L'autre se jeta sur lui, ouvrit la bouche et, d'un coup, avala sa tête... La gueule du vainqueur s'aplatit, se désarticula pour mieux absorber sa proie, tandis qu'il se plaquait contre le corps qu'il engloutissait par maintes contractions. Pendant un temps s'agiterait sur le sol cette bête étrange à deux queues, constituée de deux reptiles, l'un expirant, l'autre peinant à l'ingurgiter...

Restait la dernière expérience, déterminante. S'éloignant de la fosse, les religieux s'approchèrent d'une dalle de pierre recouverte d'une nappe en feuilles de bananier gravées de diagrammes savants. Un prêtre releva la tête. L'air était animé d'un souffle léger, c'était parfait. Les officiants allumèrent des bougies, les levèrent bien haut afin d'en faire retomber les pleurs brûlants sur la nappe végétale. Le vent, le hasard et les esprits du sanctuaire façonnèrent alors des figures sur lesquelles se penchèrent aussitôt les devins.

1. Phallus stylisé, symbole de Çiva.

Le lait, les serpents, la cire étaient bavards et unanimes. Les religieux avaient le devoir de prévenir le roi. Ravis de proférer un avis en forme de menace, ils déclarèrent d'un air docte :

— Le pouvoir du roi-Bouddha Jayavarman le Septième n'est pas pleinement assuré.

Apparemment battus, les Chams pouvaient revenir et la capitale était encore vulnérable. Mieux valait donc mettre les dieux et les divinités, quels qu'ils soient, du côté des Khmers. Les Pieds Sacrés devait se rendre au temple bâti pour abriter la dépouille de Suryavarman le Second et, grâce à une offrande, s'approprier le sanctuaire pour se fortifier.

— Il faut accomplir un rite précis, affirmèrent les prêtres à Crindra. Dans trois jours, heure pour heure, en présence de toute la cour et même du prince cham condamné à mort. Sans perdre de temps, les servants vont préparer les conques pour appeler à la prière et l'eau de coco des aspersions sacrées, purifier les coquillages…

Les rites s'étaient accomplis selon les règles prescrites. Les religieux en consignèrent les résultats par écrit, placèrent le parchemin dans un bambou évidé qu'ils scellèrent avant de le confier au conseiller du roi. Ce dernier le transmettrait aux Pieds Sacrés, avec une guirlande de fleurs et un bol empli de bouillie de riz.

Les soldats tenaient le peuple d'Angkor à distance des larges escaliers qui donnaient accès à la terrasse supportant le palais royal. Les commandements de la cour étaient formels : aucune manifestation de joie, de tristesse ou d'hostilité n'accompagnerait le départ de Vijanaga. Selon l'ordre de Jayavarman, la caravane princière possédait son ordonnance et son faste coutumier. Précédé d'une colonne de chars tirés par des chevaux, l'orchestre du palais, des gonfaloniers, des porteuses de bougies vêtues de soie verte, des valets habillés d'écarlate accompagneraient le palanquin de la sœur du roi jusqu'aux portes de la ville, puis celui-ci poursuivrait sa route avec une modeste escorte.

Les buccins sonnèrent. Fonctionnaires du palais et membres de la maison de Vijanaga échangèrent des écharpes de bon augure, alors que la princesse prenait place sur la couchette de fil tressé où elle serait balancée tout au long de son voyage. À demi caché derrière une file de colonnettes en bois tourné, attentif et tendu, le roi observait la scène tandis que des paroles rassurantes emplissaient son esprit : « Tevoda a dit la vérité. À présent, tu peux avoir pleinement confiance dans le bataillon féminin… »

Formant une seule troupe mais soigneusement répartis selon la foi qu'ils professaient, leur rang et leur âge, les religieux s'avancèrent vers la princesse. Taoïstes coiffés d'étoffes rouges ou blanches, hindouistes que seul désignait le cordon blanc qu'ils portaient au cou, et bouddhistes, les plus nombreux, dont la robe jaune laissait l'épaule découverte, ils suivaient Crindra. Le conseiller du souverain tendit à la princesse un paquet enveloppé dans un tissu précieux, le jeu d'ôles qu'il avait recopié de mémoire durant la nuit. Il lui déclara avec déférence :

— Pour te prémunir contre les mauvais esprits des campagnes.

Vijanaga saisit le présent et le serra contre elle. Souriante, elle répondit :

— La magie des Khmers est très connue et puissante, elle est aussi redoutée de tous les peuples qui nous entourent. Je sais que les esprits divins eux-mêmes la tiennent pour immense. Ils n'oseront pas s'en prendre à la sœur du roi-Bouddha...

Sur un geste du Fortuné, le convoi se mit en marche, impeccablement ordonnancé. Jayavarman regarda le palanquin de sa sœur s'éloigner. Il aurait tant aimé courir après elle, la prendre dans ses bras et l'embrasser ! Mais il n'en avait pas le droit... La voie menant du palais royal à la porte de l'Est était droite et large. Passé la longueur d'un jet de pierre, un temple que les Chams n'avaient pas détruit déroba cependant la caravane à la vue du souverain. En quittant son refuge pour gagner la terrasse, il aurait pu suivre encore un peu la fragile silhouette ballottée au rythme des porteurs de palanquin. Jayavarman préféra ne pas bouger, pour jouir du mince réconfort qu'il y avait à renoncer à ces instants de bonheur supplémentaire. Sacrifier un plaisir, si ténu soit-il, lui permettait de mieux se connaître et de progresser sur la voie de la sagesse.

Le départ de l'avisée Vijanaga ne le laissait pas seul. Promesse de satisfactions à venir, les dernières paroles qu'elle avait eu le temps de lui murmurer à l'oreille sans que personne ne les voie lui réchauffaient le cœur : « Tevoda a dit la vérité. À présent, tu peux avoir pleinement confiance dans le bataillon féminin… » Mais les Pieds Sacrés peinait à se convaincre que le stratagème mis au point avec son accord par la princesse pouvait réussir. Pour que la vérité jaillisse, il faudrait que l'Éveillé prête attention au roi d'Angkor.

Peu à peu, le son des gongs, tambours et xylophones s'évanouit dans le lointain.

La gigantesque bouche se trouvait devant lui, emplie de promesses et prête à se laisser forcer. De chaque côté, deux rangées de dents rouges étaient parfaitement alignées. Li Chengming savait qu'il était le premier à contempler cette cavité depuis qu'Harsha l'avait scellée après y avoir déposé son trésor, à l'abri des regards, des bandits et même du feu. Il n'avait plus qu'à repousser la dalle de pierre sur le côté en s'aidant de l'épieu. Celle-ci glisserait sans trop de mal sur l'épais tapis de cendres, ce qui faciliterait le travail. Une fois l'objet récupéré, il attendrait que la nuit tombe pour le porter chez lui, puis partirait le lendemain à l'aube. Le plus dur serait de gagner la rivière, mais une charrette à chèvres ferait l'affaire. D'autant qu'il déposerait son butin dans une bâche repliée et ficellerait le tout contre le montant de la carriole. Les paysans qu'il rencontrerait croiraient à une réparation de fortune. Parvenu au port, le Chinois achèterait une cargaison de poivre vert-bleu, de résine et de cardamome ainsi que quelques cornes de rhinocéros. Il choisirait des denrées de second choix, pour épargner sur le prix de son voyage en bateau. Personne ne s'étonnerait qu'un négociant chinois rentre chez lui par la voie des eaux, en emportant des marchandises communes au Cambodge et convoitées dans son pays. Ainsi chargé, il descendrait la rivière jusqu'au village lacustre établi à l'embouchure, où il louerait une barque pour traverser le Grand Lac.

Le Chinois avait tout prévu. Il lui resterait à éviter les navires armés par le roi, nombreux et vigilants depuis l'invasion des Chams ; mais, là encore, Li avait déjà mis au point une tactique infaillible. Si son embarcation était repérée, loin de s'enfuir, il ferait route vers la marine royale. Contrefaisant la colère, leur parlant de bateau à bateau, il s'emporterait contre les marchands cambodgiens, les accuserait de l'avoir roulé en lui faisant payer trop cher des marchandises. Ne voulant pas se mêler de ses histoires, les hommes du patrouilleur royal l'engageraient à prendre le large. Si, par extraordinaire, ils se montraient curieux et inspectaient sa cargaison, ils constateraient à son bien piètre chargement que le négociant disait la vérité et ne l'importuneraient pas davantage.

Arrivé de l'autre côté du Grand Lac, le Chinois retrouverait probablement d'autres ressortissants du Céleste Empire, des commerçants avec lesquels il ferait route, ce qui dissuaderait les brigands errants de l'attaquer.

— En leur compagnie, je gagnerai un port de la mer du Sud. Et, de là, le royaume des Chams, avides de vengeance et généreux… murmura Li Chengming.

Peu à peu, le pouvoir hallucinatoire de l'arec se dissipa et l'esprit du roi réintégra le corps dont il s'était échappé. Le voyage avait été plus long que d'ordinaire et l'avait emporté dans une contrée inconnue. Cette nouvelle expérimentation, destinée à découvrir l'assassin d'Harsha et les raisons de la mort violente des trois soldates, avait offert à Jayavarman des visions inédites, mais difficiles à déchiffrer.

— Je n'ai côtoyé ni l'esprit de l'architecte ni celui des soldates, constata-t-il à mi-voix.

Crindra écoutait, attentif. Il attendait que les Pieds Sacrés en révèle davantage, mais ce dernier se tut. Comme à l'accoutumée, les sucs avaient dévoilé au souverain des images de temples et de bouddhas, de bas-reliefs sculptés et de chaussées triomphales bordées de nâgas. Lentement, ces architectures s'étaient brouillées ; les pierres s'étaient dissoutes dans les airs, laissant apparaître des images insoutenables venues du futur. Des morts, beaucoup de morts, songea les Pieds Sacrés. Des Khmers réduits en esclavage par d'autres Khmers, très jeunes et très féroces, que commandaient une poignée d'adultes tombés dans la démence. Des captifs – par centaines, par milliers, en haillons et en sang – étaient occupés à dresser des digues, curer des étangs et repiquer des plants de riz. Le visage maigre et le corps décharné, ces hommes et ces femmes courbés étaient surveillés par des moribonds affalés sur des talus dont ils avaient rongé les plantes pour se nourrir. Il y avait aussi cette odeur de cadavre qui flottait au-dessus d'eux… et puis, au loin, dans des champs à la terre fraîchement remuée, ces guerriers aux vêtements ajustés et ces armes inconnues – on aurait dit des bâtons de fer, qui crachaient le feu, le tonnerre et apportaient la mort… Le désespoir était total, la résignation complète, l'espoir à jamais enfui du royaume, devenu une immense prison. Le futur ?

Ce tableau d'un gris très pâle – une teinte si proche du blanc, couleur du deuil – ne rappelait en rien les vexations mises en œuvre par les Chams ; il paraissait situé à l'autre bout de la chaîne des temps. Le roi avait perçu la même langue khmère mais prononcée d'une manière étrange, lointaine. Çà et là, des objets inconnus lui étaient apparus, quasi magiques. Était-ce une vision prémonitoire ? s'interrogeait-il, terrifié. Sa volonté d'assurer à la fois le salut éternel et la prépondérance des Khmers menait-elle sur le chemin de cet enfer ? C'était impossible, puisque Bouddha le guidait. À moins qu'on ne puisse atteindre le nirvana que par une voie détournée et douloureuse ? Crindra, peut-être, aurait su interpréter ce voyage ; mais, craignant de devoir reconnaître ses fautes et ses erreurs, sources certaines des malheurs à venir, Jayavarman ne se résolvait pas à le lui décrire. Il chassa de son esprit ces images détestables et déclara :

— Tu vas accompagner la cour au temple de Suryavarman le Second. Je serai escorté par les princes de ma maison, Rajendra en tête. Toi, tu resteras en arrière, avec les autres religieux.

Crindra caressa l'amulette qu'il portait au cou, une poterie couleur de terre humide, et répondit :

— Le dieu Vishnou règne encore dans ce sanctuaire. Le peuple est acquis aux enseignements de Bouddha, mais les princes répugnent à abandonner les dieux de nos pères. Il ne serait ni profitable ni convenable que je me rende dans ce lieu. Je préfère demeurer au palais royal et prier pour que l'âme des condamnés à mort progresse sur la route du bonheur…

Cependant, Jayavarman ne parvenait pas à se débarrasser des songes qu'il venait de faire et auxquels il ne comprenait rien. Les nerfs à vif, il répliqua :

— Tu me suivras car je le veux !

Là-haut, dans la tour-sanctuaire consacrée à Suryavarman, une idole brahmanique considérait chaque jour le soleil couchant. Un jour, se dit le souverain, il la ferait déposer et murerait cette chambre pour empêcher qu'on y réinstalle une idole. Mais rien ne pressait, il ne fallait pas brusquer les brahmanes qui pouvaient s'avérer utiles et, surtout, risquaient de se retourner contre le pouvoir. Le Cambodge était si fragile…

— Je dois me purifier avant d'aller là-bas, ajouta le roi. Seconde-moi, va prendre mon sceau et montre-le aux geôliers. À sa vue, ils élargiront le prince du Champa, qui doit assister à la cérémonie.

Devant l'étonnement de son conseiller, il s'expliqua :

— Je sais, c'est un félon, mais j'agis selon les prescriptions des astrologues… En comprenant que me trahir était vain, Binasuor se rendra compte de la puissance de nos rites, de leur efficacité souveraine, et cela lui déliera la langue pour après.

Crindra protesta sans trop de conviction :

— Certes, Binasuor vénère Vishnou comme son peuple. Mais c'est un prisonnier, un ennemi, un félon. Pourquoi participerait-il à la cérémonie ?

Agacé, Jayavarman le congédia. Il était épuisé et n'aurait pas trop de toute une vie pour faire du Cambodge le plus puissant royaume du monde. Il avait besoin d'être seul pour se préparer au rituel, et laisser son esprit s'approprier ces drames successifs, afin d'en saisir toute l'horreur et en mesurer les conséquences. Ensuite, il retrouverait le fil des rêveries qui, jour après jour, lui permettaient d'imaginer le pays à bâtir. Le Fortuné voulait aussi effacer d'autres brumes qui traînaient dans son esprit – les cris impossibles à identifier, les souvenirs de coups portés et de sang versé. Qu'avait-il fait, la nuit où Sotharet et Mekhala s'étaient entre-tuées ? Et pourquoi Bupati le regardait-elle d'une manière si étrange, depuis la mort de Sobhana ?

Tout se déroulait comme prévu. La Petite Sœur sainte s'éloignait lentement de la capitale, certaine d'y revenir bientôt triomphante. La Providence était avec elle : ce jour était faste, favorable aux déplacements, surtout à ceux qui menaient vers l'est.

Bientôt, la vérité, sa vérité éclaterait. Vijanaga pensa à Tevoda qui, cette fois, ne cheminait pas en avant de la troupe, comme à son habitude. Continuait-elle à haïr la guerrière ? Beaucoup moins qu'auparavant. Comment détester cette femme qu'elle savait désormais vulnérable, si fragile qu'elle était incapable de mener à bien la tâche que le roi lui avait confiée ni d'influer sur le cours de sa propre vie ? Sous les muscles, par-delà les ordres distribués d'une voix rauque aux soldates, se cachait la faiblesse… La haine de la princesse envers la commandante avait laissé la place au dédain, son sentiment préféré. Elle se plaisait à mépriser celle qui l'avait jadis tant effrayée et qui était maintenant aussi inoffensive qu'une poule promise à la marmite. Elle s'en trouvait fortifiée et tirait de son sentiment de supériorité un plaisir sans pareil, digne de la sœur du plus grand roi d'Angkor et, par là, parente de Bouddha. Quelle satisfaction de se savoir à mille pieds au-dessus des soldats qui l'accompagnaient !

Ces pleutres étaient les fils de ceux qui n'avaient pas su défendre le Cambodge lors de la Grande Invasion… Vijanaga devinait leurs pensées tandis qu'ils avançaient à côté du palanquin. La peur au ventre, ils s'interrogeaient, craignant de traverser une forêt hantée par des esprits mauvais ou des fauves, redoutant de tomber malades en chemin et de mourir dans un fossé… La Petite Sœur sainte ne s'abaisserait pas à les rassurer, ces militaires mal dégrossis qui n'étaient pas dignes d'entendre le son de sa voix, encore moins de recueillir ses paroles de réconfort. D'ailleurs, hormis les membres de la famille royale, les ministres et quelques dignitaires religieux, de qui pouvait-elle s'approcher sans déchoir ? De personne, constata-t-elle dans son for intérieur. Pour contrer la colère nourrie de mépris qui croissait en elle et risquait de la contrarier, elle détourna la tête. Dans les rizières, à perte de vue, des paysans courbés, les cuisses dans l'eau, se souciaient peu des serpents qui filaient, de la terre gluante qui s'attachait à leurs pieds. Des enfants nus poussaient et tiraient des koupreys aux longues cornes recourbées… La sœur du Fortuné n'était ni de la même chair ni du même sang que ces misérables. Elle était si intelligente et si belle ! Ramenant sur son corps les pans du voile qui l'enveloppait, Vijanaga sourit. À cet instant, elle aurait aimé se dédoubler et se regarder passer afin de s'admirer.

Plusieurs jours s'écoulèrent, durant lesquels les rumeurs les plus folles coururent dans Angkor. La Petite Sœur sainte avait été attaquée par des pillards chams, des soldats déserteurs que les Khmers n'avaient pu vaincre et qui étaient restés dans les forêts après la déroute des leurs. Ou encore, en l'absence d'une véritable escorte, la princesse avait été enlevée.

— Trop orgueilleuse, elle n'a pas voulu fuir, et son corps a été retrouvé le lendemain par des pèlerins, assura le vieillard veuf qui vendait des objets pieux à côté du temple de la Danse de l'Est.

— Non, c'était celui de sa suivante, répliqua un tisseur de coton. Vijanaga, à l'heure qu'il est, elle est en route pour Indrapura, captive de nos ennemis. Elle servira de monnaie d'échange. Paraît que les Chams veulent récupérer Binasuor, ou en tout cas lui sauver la vie.

Dépité, le vieux cracha par terre et lança :

— J'espère que les Pieds Sacrés ne cédera pas à ce chantage. Mieux vaut sacrifier une princesse que mettre le royaume en danger !

Au contraire, d'autres affirmaient que Vijanaga avait mis ses ennemis en déroute. C'étaient surtout les volubiles négociantes du marché central qui défendaient cette version. Pour se donner de l'importance, elles tripotaient les pièces chinoises glissées dans un pli de leur pagne.

— Dès que les bandits sont apparus, la Petite Sœur sainte a prié. Aussitôt, des bodhisattvas sont descendus des nuées célestes et ont combattu les Chams à ses côtés. Grâce à cet appui, elle va conquérir le Champa ! Les Pieds Sacrés sera obligé de lui pardonner sa félonie et de l'accueillir à bras ouverts.

La supposée trahison de la princesse arrachait des larmes aux grosses marchandes. Décidément, rien n'y faisait : elles avaient beau chercher à se rassurer les unes les autres, un chagrin sournois les rattrapait toujours, jetant à bas leurs espoirs ; elles se mettaient à sangloter et c'était mauvais pour les affaires.

Il y eut d'abord un tintinnabulement de clochettes, musique divine et délicieuse évoquant les fraîches cascades des collines du Nord, plus joyeuse qu'un rire d'enfant.

— C'est pour les Pieds Sacrés qu'on a été effeuiller les jasmins et les chrysanthèmes, cet après-midi ? demanda un jeune servant au prêtre chargé de le former.

Le roi et ses proches conseillers touchaient au but. Progressant lentement, recevant à intervalles réguliers les salutations des responsables de l'immense sanctuaire consacré à Suryavarman le Second, il leur fallut parcourir une première chaussée, celle qui enjambait les douves. Le cortège traversa ensuite un vestibule aux vastes dimensions, puis emprunta la voie qui, passant entre les salles de repos pour les fidèles et les bassins rituels, menait directement au sanctuaire proprement dit, d'escalier en volée de marches, de terrasse suspendue en galerie. En haut, dans le saint des saints, le roi et ses ministres découvrirent sur une tablette de pierre des coquillages évidés et poncés, des aiguières, des bassines de cuivre, des amas de poudres colorées disposées sur des serviettes blanches.

— Et l'huile parfumée, qui va la verser sur les idoles ?

Dépositaires des secrets concernant les rites à accomplir dans les temples dédiés au dieu Vishnou, les servants brahmanes se réjouissaient de la venue du roi. Certes, celui-ci dédaignait leur divinité et tournait ses prières vers Bouddha, mais il ne leur avait jamais demandé de quitter les lieux. Sa présence constituait un honneur, chaque visite des Pieds Sacrés s'accompagnait d'offrandes et de donations qui enrichissaient le temple. De loin en loin, à mesure que progressait son cortège, des prêtres demeuraient en arrière, tandis que d'autres plus sages ou plus puissants suivaient le souverain. Disséminés sur son parcours, nobles et fonctionnaires du palais s'abritaient sous une forêt de gonfalons dont les teintes éclatantes répondaient à l'or qui décorait les principales tours du temple et aux couleurs vives de ses sculptures.

— C'est vrai qu'en haut il y a des prêtresses que personne ne voit jamais et qui, pour cette raison, restent nues toute la journée ?

Cette fois, le novice s'attira une gifle. Furieux, la main douloureuse d'avoir frappé trop fort, son maître le regarda et, jugeant que la réprimande n'était pas suffisante, y ajouta une bourrade pour inciter le garçon à se tenir droit.

— Les dieux nous regardent, sois digne d'eux.

Le novice retint ses larmes. Regrettant aussitôt sa brusquerie, le prêtre d'âge mûr changea d'attitude et reprit d'une voix plus douce :

— Il reste tant à faire pour achever le temple. À peine at-on fini de peindre un couloir et ses voûtes que la pluie en gâte d'autres, et il faut reprendre le travail.

Le jeune officiant ne dit rien, s'étant déjà consolé : le spectacle était si extraordinaire... À travers les colonnes de pierre, il aperçut un instant le roi et les siens, dans un défilé de soies.

Pressé de faire oublier sa brutalité, son maître poursuivit :

— Sans compter la grande galerie qui ceint le sanctuaire, et dont les bas-reliefs ne sont pas achevés. Des travaux avaient été prévus, voici dix ans, mais l'invasion des Chams a tout fait rater et les murs sont restés nus... C'est vraiment dommage, d'autant que Suryavarman avait laissé des ordres précis pour qu'on y grave la victoire de Vishnou sur les Asuras[1] !

Des cris de joie, des exclamations rituelles crépitèrent. Une fumée rouge et épaisse chargée de senteurs poivrées apparut

1. Antidieux ou démons dont la puissance est égale à celle des divinités (les uns et les autres ont baratté la mer de Lait pour produire la liqueur d'immortalité). Ces sculptures seront exécutées au XVIe siècle.

au fond de la salle où se tenaient les deux servants et les enveloppa quelques instants avant de s'évanouir. Transformant les plaques de bronze des murs en un savant jeu de miroirs, des flammes léchèrent de leurs reflets mouvants les déesses sculptées. Cette caresse rougeoyante, insistante et impudique sur un sein pommelé ainsi que ces odeurs enivrantes, l'excitation causée par la visite des Pieds Sacrés, affolèrent l'adolescent. Soudain en nage, il voulut poser une nouvelle question mais trois grands coups de gong assourdissants l'en empêchèrent. Tout juste né, ce vacarme s'amplifia en rebondissant contre les murs, s'engouffra dans les cours intérieures, remonta jusqu'au sommet des tours couronnées de dentelles de pierre. Pour se faire comprendre, le prêtre âgé hurla :

— Vishnou va l'entendre, c'est sûr, et il va se pencher sur nous depuis son séjour des nuages !

Mais le novice ne l'écoutait plus : à la première note de l'instrument de bronze et d'or, un chant martial s'était élevé, qui prenait force et ampleur à mesure que s'évanouissait le dernier coup de gong. L'adolescent tendit le cou pour apercevoir le mur qui, là-haut, enserrait le cœur du sanctuaire, cette salle au centre de laquelle s'élevait la tour principale.

— Tu ne verras rien, assura son compagnon. Seuls les grands prêtres et les princes ont le droit d'y aller. C'est trop sacré pour les non-initiés, en particulier pour toi : tu n'as encore rien appris dans les livres anciens...

— Un jour, je pourrai monter, moi aussi ?

— Ça m'étonnerait, tu es trop dissipé ! Ce n'est pas suffisant de poser des questions sans arrêt ; il faut écouter les anciens, réfléchir et méditer...

Un peu déçu, l'adolescent oublia la leçon dispensée un instant auparavant et demanda :

— Mais les ballerines qui dansent devant les Pieds Sacrés, celles qui ne mettent pas d'habits, même pas de pagne, il y en a combien ?

D'autant plus courroucé qu'il aurait lui aussi aimé assister au spectacle mystique organisé pour les Pieds Sacrés, son maître leva une main menaçante. Au même moment, la sonnerie aigre d'une conque marine leur vrilla les oreilles. La cérémonie proprement dite commençait.

L'éminente fleur de haricot repoussa les servantes qui voulaient l'accompagner. Vive, d'autant plus pressée que la peur lui donnait des ailes, elle sortit de sa chambre, bousculant un tresseur de rotin venu lui proposer des paniers d'un genre nouveau. La jeune fille avait longtemps balancé avant de décider de passer à l'action, quels que soient les dangers encourus. Elle fouillerait le palais de fond en comble, examinerait sans ciller tous les visages rencontrés, scruterait les traits, interrogerait. Aujourd'hui, dans un jour ou dans une lunaison, elle retrouverait celui qui l'avait déflorée avec tant de brutalité, quelques années auparavant.

Elle sortit dans le jardin des Grenouilles, en inspecta chaque recoin, explora une resserre à palanquins, un magasin empli de trophées de guerre arrachés aux Chams, réfléchit, chassa les odieux souvenirs qui l'assaillaient, s'arrêta pour reprendre son souffle, repoussa les domestiques qui voulaient l'aider et la reconduire chez elle. Bupati hésita et, soudain, reprit sa course divagante, observant les hommes qu'elle croisait. Ce fleuriste venu regarnir les vases du palais ? ce militaire ? ce musicien occupé à accorder son tambour, assis à même l'herbe de cette cour intérieure ? Elle s'arrêta, dévisagea l'artiste, ne reconnut pas son agresseur, repartit en courant, arriva devant la grande porte. Ce porteur d'eau ? cet archer ? Aucun d'entre eux… Peu importait. Si la brute qu'elle poursuivait ne résidait pas dans le palais, elle la rechercherait au-dehors, même s'il lui fallait fouiner dans toute la ville et ses marchés, ses faubourgs, les arrière-cours où se déroulaient les combats de coqs, les places où s'exhibaient les montreurs de marionnettes et jusqu'aux villages de pêcheurs établis près de la rivière ! Bupati se ferait ouvrir les portes du moindre temple, dévisagerait les portiers, demanderait à rencontrer tous les talapoins. Bientôt, elle sombrerait dans une folie sans retour. Elle le savait et acceptait de quitter le monde de la raison. Mais avant elle tuerait son tortionnaire...

L'air venant caresser les colonnettes de pierre qui ornaient les murs ne suffisait pas à dissiper l'odeur des cierges en cire d'abeille et la fumée grasse des pièces de viande épicées en train de griller dans les braseros de terre. Les poudres colorées en suspension dans l'air saturé achevaient d'obscurcir l'atmosphère. À quelques pas de là, occupés à agiter des rameaux au-dessus d'une urne reliquaire, se tenaient le roi et les religieux de haut rang. Aucun d'entre eux n'aperçut la main qui écarta la tenture bleu nuit. Les doigts repliés, elle hésita le temps que les yeux qui la guidaient s'habituent à ces ténèbres. Puis, pivotant légèrement pour ne pas attirer l'attention, elle se tendit vers un ensemble de coupes à libations – d'élégants coquillages enserrés dans une résille d'or et de cuivre que fermait un bouchon de nacre. Les prêtres utiliseraient celle qui se trouvait au centre.

Doucement, les doigts s'écartèrent, dévoilant une petite fiole à chaux en argent et dépourvue de couvercle, jusque-là lovée dans la paume. Le flacon libéra une pluie blanche, soyeuse comme un dernier sommeil, si fine qu'elle disparut immédiatement au contact de l'eau de coco, symbole de bonheur, de force et de prospérité. Le poison des génies lunaires était foudroyant. Capable de tuer les éléphants du roi, il n'aurait pas de mal à en faire autant avec un homme. Pour peu qu'il ne détecte pas sa senteur légère mais caractéristique, celui-ci se tordrait sur les dalles, le ventre en feu, les yeux hors de la tête, la bave aux lèvres, avant d'expirer.

L'affolement se mêlait à la honte. Comment leur échapper ? Comment maîtriser cette peur alors que sa participation à la cérémonie en cours la contraignait à faire bonne figure ? Le visage gris, le chignon de travers, Tevoda errait. Depuis qu'elle avait fait cet aveu au roi sous la contrainte, elle n'avait pas repris pied dans la réalité et attendait que le Fortuné la punisse. Le geste mécanique, humiliée et accablée, elle ne savait où diriger ses pas. Malgré leurs sourires, ces belles filles lui adressaient les pires reproches. Obstinées, par dizaines, par centaines, elles la regardaient droit dans les yeux. Où qu'elle aille, la guerrière rencontrait leur sourire insistant, se heurtait à leurs murmures :

« Tevoda, tu as trahi, tu as dit le secret, tu as osé parler des boucliers à lanières de cuir. Félonne… »

« Traîtresse misérable ! »

« À quoi t'ont servi les leçons que tu nous prodiguais, tes assurances, tes conseils ? »

Le plus souvent par deux ou trois, pour se donner encore plus de courage, les filles guettaient l'ancienne commandante au détour de chaque pièce, couloir ou cour. Coiffées de tiare ou de palmes ondulant mollement, seins nus, jupe transparente et membres cerclés d'or, on aurait dit des créatures célestes. Et elles étaient partout, danseuses divines gravées sur les piliers de pierre, figures avenantes sculptées voici cinquante ans, auxquelles le remords de Tevoda donnait la vie.

L'esprit égaré, la soldate tourna le dos à la cérémonie, ne s'intéressant ni au roi, ni aux grands prêtres qui le recevaient, ni à la formidable statue de Vishnou qui se dressait, ointe et enrubannée, à quelques pas du puits où les cendres de Suryavarman avaient été placées. De nouveau, elle fut assaillie par les murmures réprobateurs que susurraient les filles figurées dans le grès :

« Tevoda, tu as failli à ta mission. »

Elle avait voulu être la mère des soldates, et plus encore. Or, elle les avait trahies à plusieurs reprises, n'avait pu empêcher ces morts… Elle n'entendait pas la musique, ne prêtait aucune attention au rituel compliqué qui se déroulait dans son dos. Respirant avec force, elle demeurait à la lisière de la salle, en haut du principal escalier qui y donnait accès. Elle voulait laisser derrière elle les soupçons que les Pieds Sacrés nourrissait à son encontre, les questions qu'il lui avait posées en la poussant dans ses retranchements. Maintenant, le roi savait tout, lisait dans la moindre de ses pensées, connaissait l'étendue de ses renoncements et de son incapacité. Comment continuer à vivre ? Une femme comme elle ne pouvait endurer cette honte… La soldate fit un pas en avant. Devant elle, le vide. Derrière, les filles sculptées qui continuaient de la harceler.

Face à Tevoda, au loin, sous le ciel aux lourds nuages s'étendait un océan vert et brun : l'épaisse forêt d'Angkor avec ses arbres puissants aux branches solides. Se décomposant dans l'humus, son corps sans vie nourrirait ces géants tandis que son esprit dégradé s'incarnerait dans une bête de basse extraction. Les insectes participeraient au festin, ce qui resterait serait balayé par la pluie et les inondations avant d'être tôt ou tard emporté jusqu'au Tonle Sap. Les ultimes particules nourriraient des poissons qui, à leur tour, engraisseraient, seraient pêchés, puis vendus sur les marchés de la ville. Le recommencement éternel…

Tevoda s'avança encore, baissa les yeux. À ses pieds, la volée de marches abruptes et étroites lui montrait le seul chemin à suivre. À la verticale, quinze pas plus bas, la pierre de la terrasse, dure et blanche, semblait l'inviter à s'y jeter. Elle s'y tuerait d'un coup. Elle se savait assez forte pour ne pas hurler avant de se disloquer complètement. Et si elle se rompait le cou et les membres sur les degrés sans mourir pour autant ? La perspective de demeurer à jamais paralysée et sans voix, sujette aux moqueries ou à la compassion des combattantes du roi lui était insupportable. Mieux valait mettre toutes les chances de son côté, décida Tevoda en dégainant son épée et en la pointant contre son ventre. La pointe était si fine… ce ne serait pas douloureux.

Profitant de l'obscurité qui régnait dans certaines parties du temple, le prince cham avait d'abord reculé vers une tenture ; il s'était caché derrière un long moment pour vérifier que nul ne prêtait attention à lui, puis s'était éclipsé. L'encens, l'arec ainsi que cet alcool de miel gardé depuis de nombreuses années dans les resserres du temple, doux au palais et qui troublait la conscience en peu de temps, avaient fait leur œuvre et endormi toute vigilance. Les prêtres, les dignitaires, le roi, les gardes eux-mêmes l'avaient regardé s'écarter d'eux sans réagir.

Il avait pensé s'enfuir, gagner la douve où il se serait caché sous des plantes aquatiques, en attendant la nuit. Puis il avait compris que les gardes l'auraient tôt ou tard aperçu… D'ailleurs, comment se serait-il enfui de la métropole et de ses faubourgs industrieux sans que nul ne le voie ? Il fallait renoncer à ce projet… Mieux valait reprendre place dans la procession qui suivait Jayavarman pas à pas, tournant et retournant dans le labyrinthe du temple à sa suite au rythme des libations et des offrandes. Si un soldat l'apercevait alors, il ne le trahirait pas, de peur qu'on ne lui reproche d'avoir un instant perdu de vue celui qu'il était censé surveiller.

Parvenus au terme d'un chant incantatoire, les religieux cessèrent de psalmodier. Jayavarman se retourna et considéra le Cham. Enivré par les libations rituelles et le miel chargé d'essences entêtantes, le souverain était trop occupé à accomplir les rites prescrits par les astrologues pour avoir remarqué sa disparition momentanée. Un prêtre s'avança vers une niche abritant l'effigie d'un dieu assis sur un paon. Le temps que l'un de ses compagnons lui trace une figure rouge sur le front et les tempes, il se retourna pour saisir le coquillage gainé d'or et de cuivre, le déposa devant le grand prêtre. Jayavarman s'avança à son tour, les yeux mi-clos, les mains fardées. Le religieux lui fit répéter une formule sacrée, plongea une cuillère d'argent dans le récipient et en versa le contenu entre les lèvres entrouvertes du souverain. Celui-ci laissa l'eau de coco couler dans sa gorge et en apprécia la douceur avant de s'écarter, laissant la place aux princes de sa famille… Qu'eux aussi boivent le liquide consacré.

Une ombre approcha derrière Tevoda. Surprise, celle-ci lâcha son arme. L'épée dévala les degrés dans un tintamarre qui réveilla des chauves-souris, laissant s'envoler avec des cris stridents les bêtes à la senteur âcre. Mais ce vacarme fut couvert par les bruits de la cérémonie. D'un puissant coup de reins, la soldate retrouva son équilibre ; elle était sauvée, mais une autre qu'elle n'aurait pas réussi pareil rétablissement. Elle rugit et sa fureur effaça soudain son abattement. Elle pivota sur elle-même, ivre de rage, la peau encore piquetée par la peur qui s'y était incrustée en un instant.

— Toi !

Des prêtres et des soldates les rejoignirent. Rajendra aurait pu nier son intention et faire l'imbécile. Mais, d'emblée, d'autant plus crâne qu'il était perdu, il lança :

— Dommage, il s'en est fallu de peu. Si le nuage n'avait pas dévoilé le soleil, je n'aurais pas été aveuglé et ne t'aurais pas ratée. À l'heure qu'il est, ton âme tournoierait autour de ton corps sans vie, sotte et orpheline.

Quoique honteuse d'avoir voulu attenter à ses jours, Tevoda recouvra vite ses esprits. Elle ordonna aux soldates :

— Qu'on s'assure de lui et qu'on le fasse discrètement quitter le temple. Rien ne doit troubler la cérémonie ; les Pieds Sacrés saura, mais plus tard.

Zélées, les femmes soldats encadrèrent aussitôt le vieillard pour l'empêcher de fuir ou de se jeter dans le vide.

— C'est vrai, je voulais te tuer ! éructa Rajendra. Car tu me gênes, m'empêches d'agir et de vivre comme le noble que je suis. J'ai entendu dire que le roi t'adressait de lourds reproches et s'apprêtait à te punir pour des fautes irréparables ? Mais je te hais tant que je n'ai pu attendre cette sentence, préférant être ton assassin plutôt que le témoin de ta déchéance.

Changeant brusquement d'attitude, il jeta un regard étrange sur les guerrières et ajouta :

— Qu'elles reculent, je ne chercherai pas à m'enfuir. Je ne suis pas un lâche, moi !

Tevoda pâlit. Il parlait de lâcheté ? Il l'avait donc vue s'approcher du vide… L'accuserait-il d'avoir voulu mettre fin à ses jours ? Certes, le bouddhisme ne condamnait pas le suicide, puisque cet acte ne témoignait que du passage d'une vie à une autre. Cependant, un tel choix était difficilement compatible avec les fonctions d'une guerrière, chargée de veiller sur son roi alors que les meurtres se multipliaient dans la ville. Pourquoi Rajendra se priverait-il du plaisir de rabaisser sa vieille ennemie, de l'avilir devant les soldates ?

Malgré elle, Tevoda laissa échapper une prière :

— Rajendra, je t'en prie…

Elle se détourna immédiatement, honteuse d'avoir supplié son adversaire dans un moment d'égarement. Désarçonné, le seigneur khmer hésita. Mais à quoi bon causer la perte de cette guerrière ? Elle serait utile à son pays…

— Tu peux encore tuer pas mal de Chams, déclara-t-il. Compte tenu de la décrépitude qui frappe le royaume, c'est toujours ça… Pour avoir voulu t'assassiner, je vais être interrogé, peut-être condamné. Je ne désire pas provoquer ta chute, t'ensevelir sous le déshonneur que mon témoignage appellerait, Tevoda. Vis, tais-toi et combats !

Muette, Tevoda regarda le vieux Khmer. Les sentiments de Rajendra se lisaient aisément sur sa figure. Pris en faute, fatigué de vivre, ou plutôt de sombrer dans la vieillesse, il acceptait son sort. Irait-elle trouver Jayavarman sans attendre la fin de la cérémonie ? Dénoncer Rajendra la ferait-elle rentrer en grâce ?

Incertaine, elle regarda autour d'elle, cherchant un signe – n'importe lequel – qui pourrait l'aider à prendre une décision. C'est alors qu'elle aperçut un flacon d'argent gisant au pied d'une colonne. D'instinct, l'objet lui parut suspect. Sans savoir pourquoi, Tevoda s'en approcha, se pencha et huma l'odeur qui s'en échappait – un mélange de viande de bœuf séchée et de fruit trop mûr. Par terre, à même la dalle de pierre, elle remarqua un peu de poudre blanche. Le poison des génies lunaires ! comprit-elle – un venin pour lequel il n'existait nul antidote. Elle regarda autour d'elle, considéra l'autel, encore encombré des coquillages cerclés d'or où avaient bu le roi et les prêtres. Bondissant, bousculant les soldates, Tevoda s'empara de l'ustensile rituel. L'odeur un peu fade de l'eau de coco demeurée prisonnière de la spirale de nacre dissimulait la senteur particulière du venin. Mais les grains immaculés restés collés au fond du récipient ne laissaient aucun doute : le poison des génies lunaires avait été versé dans la coupe à libations. Les Pieds Sacrés avait été empoisonné ; il se mourait sans doute dans la salle voisine, au milieu des religieux désemparés…

La salle des Audiences n'avait jamais connu une telle affluence depuis la Libération. Même le bas peuple avait été autorisé à y pénétrer : des misérables appartenant aux castes les plus viles – balayeurs, équarrisseurs, vidangeurs de latrines – mais aussi des bouchers, des carriers, des voyageurs venus de loin pour contempler le monarque, de simples artisans et de modestes maraîchers. On avait voulu attenter à la vie des Pieds Sacrés et l'auteur de cette ignominie n'était autre que l'un de ses cousins, un vieil homme jusqu'alors apprécié pour sa bravoure. Car, pour tous, le doute n'était pas permis : un seul homme – Rajendra – s'en était pris à Tevoda et au Fortuné. Chacun voulait connaître les raisons de cette prodigieuse trahison, entendre la condamnation que le roi prononcerait, contempler le visage du vieux khmer doublement coupable à l'énoncé du verdict et lire la peur dans son regard.

Jayavarman était installé sur un trône agrémenté d'un triple coussin, surmonté d'un *bosbok*, un dais à crépine d'or. Juste en dessous se tenaient les soldates de la garde, prêtes à tuer quiconque tenterait d'approcher le roi-Bouddha. Fait inhabituel, celui-ci avait fait déposer à côté de lui les emblèmes de la royauté khmère : le Preah Khan Reach – l'Auguste Épée sacrée que les serviteurs avaient nettoyée avec soin pour faire disparaître les taches brunâtres de corrosion créées par un air trop humide –, le Mokot, les chaussures, la tunique et l'écharpe abondamment brodées d'or. Rajendra faisait face au monarque, les genoux pliés sur le côté, les mains jointes. Par égard pour son rang, il avait échappé à la cangue mais était encadré par deux soldates. Il paraissait encore plus vieux ; son corps et sa face étaient gris, comme taillés dans un bois à la sève tarie. Impassible, son visage n'exprimait aucun sentiment, pas même la résignation ou l'indifférence.

— Je te pose de nouveau les mêmes questions, Rajendra. Réponds-y dans l'ordre que tu juges le plus propice à m'éclairer en me détaillant la logique de tes actes infâmes.

Le roi jeta un regard sur les greffiers pour s'assurer que ceux-ci consignaient la moindre de ses paroles. D'une voix forte, claire et grave, il reprit :

— Rajendra, mon cousin, fils de Dharanindra, pourquoi as-tu voulu tuer la commandante de la garde féminine d'Angkor, la courageuse Tevoda ?

Les Pieds Sacrés marqua un temps d'arrêt et poursuivit, plus sombre :

— Qu'as-tu à voir avec la disparition d'Harsha ? Est-ce toi qui as provoqué la mort de Sobhana ?

Le vieux seigneur demeura muet. Ministres et grands commis se dévisagèrent, interloqués. Comment le parent du souverain osait-il garder le silence alors que ce dernier l'interrogeait ? Des conseillers murmurèrent, le peuple s'agita.

Décontenancé, Jayavarman comprit que son autorité était en jeu. Si son cousin ne desserrait pas les lèvres, lui, il devait parler pour rassurer le peuple. Tout en regrettant l'absence de Vijanaga, il décida de reconstituer la vaste conspiration dont il était la victime :

— Fort bien, puisque tu restes muré dans ton silence, moi, le Juge suprême conseillé par Bouddha, je vais dire ce qui s'est passé... D'abord, tu as aidé Binasuor à tuer Harsha, mon architecte.

Jayavarman bougea imperceptiblement. Du coin de l'œil, il jeta un bref regard sur la statue de l'Éveillé qui, encadrée de singes de jade, occupait une niche plaquée de bois odoriférant.

— Binasuor est un félon, cette vérité a déjà été proclamée, reprit-il. Fidèle aux seuls intérêts de son pays et reniant la parole donnée, il a voulu empêcher le Cambodge de se doter d'une capitale imprenable en tuant l'ingénieur que j'avais choisi pour pérenniser mes songes et mes projets dans la pierre. Quant à toi, Rajendra, mon parent…

Les conseillers étaient perplexes et sur leurs gardes. Si le vieux seigneur avait trahi, y avait-il des complices parmi eux ?

— Tu as aidé le Cham car tu voulais imposer tes vues. Mais pourquoi ? Es-tu si assoiffé de puissance ? Avec l'âge, souhaitais-tu laisser ta marque en construisant la ville selon tes propres plans, ou au contraire lever une armée pour attaquer une capitale dépourvue de défenses ? Tu hais les Chams, nul ne le conteste. Pourtant, pour parvenir à tes fins, tu t'es allié avec ton pire ennemi. C'est dire si la haine qui t'anime est immense…

Face au mutisme obstiné du Khmer, le Fortuné se tut un instant. Il adressa un signe à Crindra, qui s'approcha et lui parla à l'oreille avant de se retirer. Le monarque désigna les attributs royaux et reprit :

— Cherchais-tu à t'emparer de l'Épée sacrée et du Grand Mokot ?

L'assistance frémit. Tevoda voulut s'avancer mais le roi l'en dissuada d'un regard. Se retournant vers le vieux Khmer, il ajouta :

— En tentant de pousser Tevoda dans le vide, tu as profané le sanctuaire de Suryavarman, sans craindre que ton âme ne se perde durant des milliers d'années sur le chemin de la vérité. Pourquoi ce crime infâme, propre à te faire réincarner dans les bêtes les plus immondes ou dans une caste basse, ou encore à te faire connaître les vies les plus éprouvantes lors de tes renaissances futures ?

Rajendra eut un sursaut. D'un coup, la vie qui l'avait abandonné reprit possession de son corps. Son visage se colora, il éclata en sanglots.

— Pieds Sacrés ! Que je me réincarne en chien si je mens, ou si j'ai seulement songé un seul instant à attenter à tes jours ! C'est vrai, j'ai voulu tuer cette guerrière. Mon honneur m'interdit de dévoiler les raisons de ce geste, je te supplie de ne pas m'interroger davantage...

— Ton honneur ? interrompit le roi.

— La pudeur, si tu préfères... Parler davantage me contraindrait à me mettre à nu devant cette assemblée et, même coupable, je n'y consentirai pas. Je le reconnais, j'ai voulu tuer Tevoda. Ce désir et l'aveu que j'en fais devraient me conduire à plus d'humilité. Néanmoins, je suis assez âgé pour savoir que si je me confessais, j'en concevrais plus de chagrin qu'elle et toi-même, roi-Bouddha, ne pouvez en avoir aujourd'hui. Par pitié, je réclame le droit de me taire, même si je suis le dernier des criminels. C'est moi qui ai fait tuer les deux prêtres voyageurs qui demandaient l'hospitalité car je pensais qu'il s'agissait d'espions, comme les deux Chams arrêtés peu auparavant. Je me suis peut-être trompé sur leur compte et j'accepte de reconnaître mes crimes, mais je refuse d'endosser ceux que je n'ai pas commis.

Les larmes du vieux seigneur étaient d'autant plus bouleversantes que celui-ci n'avait pas pleuré depuis les premiers coups reçus lors de son éducation militaire, voici de longues décennies. Un tremblement s'empara de son menton, qui frémit comme celui d'un enfant grondé. Voir pleurer un fier guerrier indisposa nombre de conseillers, plusieurs détournèrent les yeux, d'autant plus gênés que son discours paraissait sincère. Ravalant un sanglot, il déclara :

— Sur les attributs royaux, je jure que je n'ai jamais voulu de mal aux Pieds Sacrés ! Fais venir les reliques de l'Éveillé, le cheveu sacré que tu gardes dans la tour d'Or de ton palais ! Je jurerai en leur présence que je te resterai fidèle jusqu'à mon dernier souffle.

— Le venin ! s'emporta Jayavarman. Le poison des génies lunaires qui, grâce à Tevoda, a été retrouvé dans le coquillage du temple ! Ose dire que tu ne l'as pas apporté avec toi ! Pour une raison magnifique et inconnue, Bouddha n'a pas voulu que cette substance sème la mort, mais cela n'enlève rien à la brutalité de ton geste.

Hors de lui, il ajouta après un bref silence :

— Le poison des génies lunaires, le venin le plus puissant jamais mis au point par les apothicaires du royaume !

Crindra s'approcha de Rajendra, tenant haut une plaque de cuivre qui représentait Bouddha.

— Parle, soulage ton cœur. Tu mourras, mais si tu dis la vérité, les Pieds Sacrés te pardonnera peut-être. Cette confession ne pourra que t'inciter à te rédimer ; pense à ton âme, que tu as tant éloignée du nirvana par ton acte infâme…

Regardant Jayavarman droit dans les yeux, Rajendra lâcha :

— C'est vrai, j'ai souhaité la disparition d'Harsha. Pour une seule raison : je n'avais pas confiance dans son talent d'architecte – je te l'ai souvent dit, Éminente Base. Pour nous prémunir contre les Chams, il faut bâtir des murailles beaucoup plus hautes, creuser des fossés plus larges que ceux qui étaient envisagés. Surtout, le pays doit lever et entretenir une armée puissante. À quoi servent tant de temples ? Ce ne sont pas des prières qu'il nous faut, mais des lances et des arcs. Arme les prêtres et les talapoins, fais-en des soldats aguerris, par milliers. Mène-les à la bataille, rien ne vaut la force ! Comment pourrais-je désirer ta mort quand je ne rêve que de la victoire du Cambodge riche et noble ?

Le silence total qui accueillit la fin de ce discours traduisit l'émotion des Khmers présents dans la salle. Les aveux de Rajendra étaient terribles. Au-delà du meurtre auquel Tevoda avait échappé, ses paroles soulignaient la faiblesse qui régnait au cœur du pouvoir. Qui croire et sur quoi bâtir le Cambodge puisque le crime ravageait la cour d'Angkor ? Comment ce pays réussirait-il à mater ses ennemis puisque son souverain lui-même ne pouvait avoir confiance dans les siens ? Interloqués, les regards se tournèrent vers les Pieds Sacrés, l'ultime recours, le seul être du pays à recevoir l'inspiration divine.

De sa main potelée, celui-ci saisit l'un des colliers qui retombaient sur son ventre, caressa un médaillon qui y était accroché et le montra à ses sujets. Le bronze et le cuivre revêtant les piliers et les plafonds en caissons, les miroirs encastrés dans les banquettes et les murs renvoyèrent à l'infini la figurine de Bouddha.

— Voici quelques années, commença le roi, le Cambodge a été envahi par l'ennemi. Celui-ci a été chassé, mais il reste à Angkor des poches de désordre. Pour éradiquer cette confusion, les coupables des violences commises depuis plusieurs jours seront châtiés, quels que soient leur place et leur rang à la cour. Quand les bourreaux auront achevé leur travail, une journée de prières sera organisée. Nous honorerons l'Éveillé et tâcherons de nous inspirer de ses préceptes pour chasser le mal, l'envie et la corruption. Progresser sur la grande voie de la Délivrance sera ardu, nous nous y engagerons cependant avec confiance. Crindra, l'un des hommes les plus réfléchis du Cambodge, organisera ces invocations.

Cette annonce n'était pas exceptionnelle, elle déçut les dignitaires. Les Pieds Sacrés recommandait de prier, projetait déjà de bâtir de nouveaux temples et d'élever par milliers des statues à la gloire de Bouddha, était prêt à s'échapper vers de nouvelles rêveries. Serait-ce suffisant pour assurer la paix et faire reculer le crime ?

Emprisonné, Binasuor se savait perdu. Il ne servait à rien de parler. Nul ne le croirait. Qui ferait confiance à un prisonnier félon convaincu de meurtre ? Après la cérémonie organisée dans le sanctuaire de Suryavarman, le prince avait regagné sa cellule, près de la fosse du crocodile blanc, le massacreur de Chams. Dans l'air flottait l'odeur fade des sauriens qui somnolaient, proches et menaçants. Le Cham s'approcha de la fenêtre obstruée par une grille et regarda les bêtes. Immobiles, elles semblaient mortes, avec leurs écailles de bois, leurs pattes de bronze, leur queue de boue séchée. Leurs yeux globuleux dépourvus d'expression, difficiles à apercevoir au travers de leurs paupières mi-closes, auraient pu être de jade. De temps à autre, l'un de ces monstres se mettait en marche ; il traînait son corps chuintant contre celui d'une autre bête, l'escaladait avant de s'affaler de l'autre côté, sur d'autres animaux eux aussi pétrifiés... Le prince se demanda ce qu'il adviendrait de son âme après son exécution. S'incarnerait-elle dans l'un de ces reptiles ? Las, il s'écarta de la fenêtre. Les gardes ne l'avaient pas dépouillé des habits somptueux qu'il avait revêtus pour accomplir les rites au côté de Jayavarman. Pectoral, diadème, bijoux, il avait tout gardé. Comme ces attributs princiers et rutilants contrastaient avec sa situation de prisonnier promis au supplice ! Ces parures d'or étaient si incongrues en un tel lieu de peine... Pourquoi les astrologues et le roi avaient-ils tenu à ce qu'il soit présent lors de la célébration des rites ? Seuls les dieux le savaient et ils avaient de si mystérieuses exigences... Il songea à Vijanaga. Le bonheur n'aurait été que de très courte durée et aurait laissé un goût amer...

— Je dois me montrer digne, je veux affronter le supplice avec dignité, murmura le prince.

Soudain envahi par une tristesse immense, il pensa au roi, qui se méprenait sur son compte. Rendu à demi fou par l'adoration trop entière qu'il vouait à Bouddha, Jayavarman ne voudrait jamais entendre raison et ne gracierait pas son otage. Mesurerait-il un jour que sa sœur n'était qu'une simulatrice ? Ce n'était pas certain. Pour sa part, il n'avait ouvert les yeux que depuis peu de temps – le jour de sa mise en accusation, où la princesse ne lui avait pas adressé un seul regard. Certes, elle avait pris sa défense, mais sans conviction. Si Vijanaga l'avait approché et aimé, c'était par intérêt ; il avait été bien sot de ne pas s'en apercevoir plus tôt.

Indifférent à la déception que ses paroles faisaient naître dans l'assistance, Jayavarman reprit, dans un silence glacial :

— Crindra est nommé ministre principal. Il nous aidera tous à nous laver de nos péchés, à ôter la boue qui enlaidit nos âmes et Angkor…

Cette fois, une voix s'éleva au fond de la salle :

— Crindra ! Jusqu'au dernier instant, Éminent Maître de la vie au-dessus des têtes, tu as hésité à me faire confiance alors que tu m'as permis d'agir à ma guise. Pourtant, apprends que ton conseiller est le félon, le menteur qui a fait tuer l'architecte Harsha.

La surprise était totale ; la voix si puissante et si forcée qu'elle en devenait difficile à identifier. Les têtes se tournèrent.

La Petite Sœur sainte se tenait sur le seuil de la salle. Leurs armes de parade à la main, les gardes la considérèrent avec effarement, ne sachant s'ils devaient l'arrêter ou la laisser parler. La sœur du roi était somptueusement parée, les cheveux attachés en un chignon compliqué, ruisselante de bijoux, sa jupe à volant soulignant une féminité qu'exprimait à la perfection un parfum capiteux spécialement étudié par ses caméristes et dont elle s'était inondée pour la première fois. Consciente de l'effet prodigieux que son apparition inattendue produisait sur l'assemblée, la princesse observa un court silence. Puis elle fit quelques pas. Désemparés, les militaires regardèrent le roi. Que faire de cette bannie qui revenait avec autant d'éclat et de fracas ? D'un geste, Jayavarman les engagea à la laisser passer, s'efforçant de mettre bon ordre dans ses pensées. Sa sœur, son soutien, était revenue ainsi qu'ils l'avaient tous deux prévu ; cependant, elle continuait d'accuser le cher Crindra, comme la nuit où elle avait pris secrètement congé de lui... Certes, il l'avait écoutée, l'avait laissée organiser ce piège savant. Mais il avait tant espéré qu'elle fasse erreur !

Vijanaga s'avançait vers le trône doré, attirant tous les regards. Arrivée devant le monarque, elle s'agenouilla, lui adressa un salut déférent et redressa son buste nu avant de déclarer :

— Pieds Sacrés, tu as bien voulu me faire confiance. Dès mon retour à Angkor, tu m'as raconté les morts qui avaient endeuillé le palais en mon absence, les derniers mots d'Harsha, la découverte du glaive de Binasuor. Or, j'ai trop déployé d'efforts afin de séduire cet homme pour ne pas le connaître, deviner la moindre de ses pensées... Cette arme, c'est moi qui la lui ai offerte, en puisant dans les trophées de guerre, pour lui montrer que le Cambodge croyait en sa loyauté ! Binasuor a le cœur noble, il n'aurait pu tuer avec ce glaive qui était un gage de confiance et d'amour...

Elle marqua un silence, le temps de reprendre son souffle.

— D'emblée, j'ai compris que le glaive cachait un mystère. Avec ton aval, ô roi, Maître de la pitié, et l'aide d'un valet qui a déposé un témoignage que je lui avais soufflé, nous avons tous deux joué la comédie pour mieux dévoiler le traître. Un serviteur a dénoncé publiquement les visites que je rendais à Binasuor, et nous avons toi et moi simulé un différend. Conformément à nos conversations secrètes, tu m'as condamnée à un faux exil. J'ai pris le chemin de l'est en feignant d'accepter une sentence que tu avais prononcée pour pousser à la faute l'ennemi qui œuvrait dans l'ombre et lui faire oublier toute prudence. J'avais prévu de passer de longs mois à chercher les preuves dont j'avais besoin pour étayer le raisonnement qui, lentement, se bâtissait dans mon esprit. Par chance, j'ai pu identifier le misérable renégat peu de temps avant de partir...

Jusque-là resté silencieux, Crindra se tourna vers le roi et lança :

— Je me réjouis que la sœur des Pieds Sacrés soit de retour parmi nous. Les quelques jours qui ont été marqués par son absence se sont égrainés si lentement… Ce voyage rapide a dû la fatiguer, comme en témoignent ses paroles incompréhensibles, trop hardies. La princesse devrait se reposer et…

Sans se départir du calme qu'il puisait dans sa foi, le souverain se pencha vers lui et le gratifia d'un sourire apaisant. Contre toute évidence, incapable d'accepter qu'il avait été trahi par son confident, il souhaitait encore que Vijanaga fasse fausse route.

Indifférente à cet échange, celle-ci reprit la parole :

— D'étape en étape, j'ai changé de porteurs pour aller plus vite. Au bout de deux journées de marche forcée, je suis arrivée au temple des Cent Lingams, bâti du temps du roi Içanavarman le Second.

Il y eut des chuchotements. Vieux de plus de trois siècles et consacré à Çiva-Içvara, l'édifice était connu de tous. La princesse avait-elle eu pour mission de le placer sous l'égide de Bouddha ? Crindra devint plus pâle.

La sœur du souverain se retourna et adressa un signe à deux servantes restées près de la porte. Avançant sur les genoux, celles-ci déposèrent devant elle, à même le parquet de teck, trois paquets enveloppés dans de solides tissus semblables à ceux que les paysans utilisaient dans les campagnes. Vijanaga déplia la première étoffe. Un ensemble d'ôles apparut, dont la feuille du dessus, jaunie par les ans, s'ornait de figures de Çiva-Içvara et d'Uma, son épouse divine. Faisant sauter les fils de coton qui retenaient le sceau du supérieur du temple des Cent Lingams, la princesse déclara :

— Voici le manuscrit que m'ont remis les religieux de ce sanctuaire. En me le confiant, ils m'ont priée de présenter aux Pieds Sacrés le témoignage de leur fidélité bien que deux des leurs aient récemment été massacrés à Angkor sur l'ordre de Rajendra. Je tiens à la disposition du Fortuné des images pieuses et un vase ancien – leur bien le plus précieux, soustrait par miracle à la fureur des Chams – qu'ils lui offrent.

— Je reçois cette marque de loyalisme et d'affection, répondit le roi.

Vijanaga tourna la première page de l'ouvrage, laissa ses doigts courir sur les longues lignes qui recouvraient la deuxième feuille et remarqua :

— Ce texte décrit par le menu nombre des rites du royaume. L'écriture en est belle et bien formée, rare et caractéristique... Voyez comment les lettres sont tracées ; la manière particulière d'écrire les mots « temple », « ondoiement » ou « bénédiction », ou encore les lettres « kor », « gnour » et « khour »... Regardez de quelle façon le rédacteur a disposé le folio dans la marge gauche. Et le procédé astucieux dont il a usé pour ne perdre aucun fragment de texte autour des fentes par lesquelles passent les cordons assemblant les pages : il laisse un espace vierge au-dessus et en dessous. Ainsi, il ne craint pas que les liens élargissent, à force de frottements, les trous où ils passent, en faisant disparaître des morceaux de ligne.

Après avoir confié le livre aux talapoins alignés à la droite du roi, Vijanaga revint devant ce dernier et prit le deuxième paquet dont elle déplia l'étoffe. Un autre manuscrit apparut, aussi ancien que le précédent. Elle expliqua :

— Ce jeu d'ôles a été dérobé à Crindra la veille de mon départ.

— Voleuse ! s'exclama le conseiller. C'est toi qui as ordonné ce forfait ; tu as osé t'en prendre à moi, violer ma demeure ! Et tu viens m'accuser devant le roi...

Mal à l'aise, Jayavarman intervint, forçant sa voix :

— C'est avec mon consentement que la Petite Sœur sainte a ordonné cette... soustraction. Les soldats du palais s'en sont chargés. C'est également sur mon ordre que le livre dérobé a été remis à Vijanaga afin que celle-ci puisse l'emporter et aller jusqu'au terme de ses investigations.

Depuis l'apparition stupéfiante de la princesse, Crindra ne savait comment se comporter. Là, il crut avoir une occasion de se défendre contre ses accusations.

— J'ignore ce que signifie cette histoire de textes et de livres sacrés, mais de toute façon rien ne prouve que celui-ci soit le mien !

Se forçant à rire, il ajouta :

— Vijanaga prétend s'être rendue jusqu'à un temple lointain. Chemin faisant, elle a eu la possibilité d'acheter tous les livres qui lui plaisaient !

La princesse se tourna et regarda son frère. Aussitôt, celui-ci adressa un signe à un valet, qui alla prendre l'ouvrage pour le lui apporter. Il en examina avec soin quelques feuillets avant de lancer :

— J'atteste que ce livre est celui qui a été volé dans la maison de Crindra. Je l'ai eu entre les mains avant que ma sœur l'emporte avec elle, et j'avais pris soin d'examiner les nervures des feuilles, la couleur des cordons, et le nœud qui les retient aux palmes.

— Fort bien ! s'écria Crindra, sans craindre d'afficher un air insolent. Et en quoi ces deux manuscrits permettent-ils de corroborer les accusations insensées et les propos infamants qui ont été proférés contre moi ?

Le roi considéra Vijanaga avec attention, ce qui ravit le religieux, certain de voir dans cette attitude la preuve que Jayavarman était loin de se ranger aux côtés de sa sœur. À ce moment, celle-ci parut se troubler.

— À eux seuls, en effet, ils ne démontrent rien… commença-t-elle.

Crindra se redressa, triomphant déjà. Cherchant un appui auprès des autres moines bouddhistes, il leur adressa un léger signe de tête – manière de leur faire comprendre que, attaquée au travers de sa personne, la foi en l'Éveillé sortirait renforcée de cette épreuve. Cependant, la princesse continua :

— La vérité prend corps quand on rapproche de ces deux-là un troisième manuscrit.

Elle fit glisser la pièce de drap qui enveloppait le dernier paquet et un nouveau manuscrit apparut. Fort différent des précédents, il était blanc et récent, ses bords nets ne présentaient ni déchirures ni cassures. Crindra comprit d'emblée le profit que l'accusation allait tirer de l'état de ce texte, et sa pâleur s'accentua. La voix onctueuse, Vijanaga annonça :

— Voici le manuscrit que Crindra a rédigé, la nuit suivant le vol, en puisant dans sa mémoire afin de reconstituer l'original qu'il croyait perdu.

Radieuse, elle ajouta :

— À présent, il suffit de comparer les trois textes…

Jayavarman ordonna :

— Qu'on place ces livres devant mon trône, et que ceux qui le voudront défilent devant.

Les valets s'empressèrent d'exécuter sa volonté, ce qui fut fait en un instant. Dès que les premiers prêtres s'avancèrent, Vijanaga acheva son explication :

— Le dernier livre correspond bien au deuxième, ainsi que l'atteste la similitude de leurs textes, des formules propitiatoires. Il ne peut donc avoir été écrit que par le possesseur du livre dérobé, un homme le connaissant assez bien pour le recopier de mémoire, sans commettre un seul oubli… Voyez, il n'y a aucune trace de repentir, pas le moindre ponçage, pas la moindre rature.

Le roi était demeuré sur son trône, qu'il pouvait palper et caresser si sa raison vacillait de nouveau. Mais, le regard aiguisé par le désir de connaître la vérité, il suivait chaque fait et geste des religieux et des grands commis qui défilaient en silence devant les manuscrits, lisant leurs pensées et leurs réactions sur leur visage, devinant les déductions auxquelles ils parvenaient les uns après les autres, sans avoir besoin d'écouter davantage Vijanaga…

— En fait, poursuivit la princesse, il faut examiner non plus la teneur mais la calligraphie, non plus le fond mais la forme. L'écriture du premier et celle du troisième livre sont rigoureusement identiques. Souvenez-vous des caractéristiques du texte offert par les religieux du temple des Cent Lingams : les traits élégants, la graphie de certains mots qui reviennent souvent, la numérotation des palmes et la manière de laisser de la place autour du trou où passent les liens… Crindra a jadis rédigé le premier manuscrit et, de longues années plus tard, il a écrit le troisième en se souvenant du deuxième. Il est l'ancien supérieur du sanctuaire des Cent Lingams ; ces ôles le prouvent, comme les témoignages que j'ai recueillis là-bas.

La princesse s'écarta des ouvrages. Du coin de l'œil, elle vit alors que les gardes chargés de veiller à la grande porte avaient abandonné leur poste. Ils longeaient en silence les murs de la salle en direction du Fortuné et de ses principaux conseillers, après avoir ôté les ballons de cuir enserrant le tranchant de leurs armes. Ainsi libérées, les lames étincelaient, redoutables. La Petite Sœur sainte s'avança jusqu'au trône. Parvenue aux pieds de son frère, elle se retourna, désormais sous la protection symbolique de Jayavarman et prête à porter l'estocade.

— Crindra a veillé sur la destinée du sanctuaire des Cent Lingams jusqu'à la Grande Invasion, raconta-t-elle. Lors du tumulte qui a suivi, il a dû quitter le temple. Il a erré et s'est finalement rallié à mon frère alors que celui-ci s'était retiré dans la forêt pour préparer la contre-offensive et le succès de nos armées. Non sans sagacité, il avait deviné de quel côté le vent allait tourner… Afin d'occuper un poste important dans le gouvernement en exil et, surtout, un rôle de premier plan dans un Cambodge libéré, Crindra a embrassé la foi bouddhiste professée par le nouveau souverain, le grand Jayavarman. Ce faisant, il nous a abusés, car il n'a jamais oublié la religion de ses pères et est resté fidèle au culte de Çiva-Içvara.

— C'est absurde ! s'exclama Crindra. Je ne suis jamais allé au temple des Cent Lingams, j'ignore tout de ses prêtres, et des rites qui y sont célébrés.

Vijanaga allait répondre, mais le roi choisit ce moment pour voler au secours de son conseiller d'une manière inattendue – comme si un mouvement de balancier le conduisait alternativement à secourir et à accuser le religieux. À la vérité, il ne savait quel parti choisir : celui de la princesse, née du même sang que lui, qui l'avait toujours soutenu et réconforté pendant la guerre ; ou celui de Crindra, un homme si pieux, capable d'expliquer les enseignements les plus obscurs de Bouddha et auquel il avait accordé sa confiance.

— Pas de querelles religieuses, pas d'affrontements fratricide, demeurons unis ! Peu importe que Crindra ait ou non vénéré les dieux de nos pères plutôt que Bouddha et ses bodhisattvas. Ils ont tous leur place à la cour et dans le royaume, et je n'ai jamais songé à détruire les anciens sanctuaires ou à en chasser les servants.

Il tendit le bras, désignant les brahmanes, les prêtres taoïstes et les bouddhistes occupés à examiner les trois manuscrits. Il ajouta :

— Je vois là des accumulations de savoir, des sagesses conjuguées, nullement des rivalités. Certes, sur mon ordre et selon ma conviction profonde, ce sont avant tout les enseignements de l'Éveillé qui nous mèneront au salut… mais je n'ai pas détruit les lingams qui, par centaines, ornent les temples des disciples de Çiva-Içvara, ni les autels dédiés à son épouse. Et j'en savais assez sur les travaux d'Harsha pour affirmer qu'il avait appelé à son secours tous les génies, tous les dieux et tous les bodhisattvas afin de défendre la ville. Est-ce la marque d'une intolérance ? Je n'ai jamais songé à me défaire des astrologues et des magiciens qui conseillaient les rois qui m'ont précédé, au contraire, je les ai aidés à restaurer les oratoires abîmés par les Chams ; à reconstituer les dépôts de plantes séchées, de poudres minérales et d'encens nécessaires pour exécuter les rites prescrits par les sages d'autrefois. Quand ils me le demandent, je les laisse récolter le fiel dont ils ont besoin pour se ragaillardir…

Tous, nous devons accomplir des efforts pour nous approcher de la perfection. Tous, nous cherchons la sagesse.

Vijanaga joignit ses mains pour honorer son frère.

— Le désintéressement et la générosité sont l'apanage des grands esprits. Crindra, lui, n'a pas de ces bonheurs pudiques : il veut retrouver les richesses qu'il brassait au temple des Cent Lingams.

Certes, le roi avait compris que sa sœur avait raison ; il répugnait cependant à prendre son parti en public. Il avait ratifié le stratagème compliqué mis en œuvre par Vijanaga ; pourtant, il fit mine de s'étonner :

— En tant que conseiller, Crindra a tous les honneurs, toutes les richesses qu'il peut désirer en restant auprès de moi. Où réside donc le mobile des crimes dont il est accusé ?

Se sentant proche du triomphe, Vijanaga eut envie de rire.

— Il préfère être le maître suprême de son temple plutôt que le second à Angkor. Au sanctuaire des Cent Lingams, il administrait les alentours de la ville de Stung Nokor, disposait d'une grande fortune et d'un pouvoir immense sur les habitants de la région. Celle-ci est reculée et difficile d'accès, les rois d'Angkor ne s'y rendent jamais ; Crindra y a été l'égal d'un dieu et il aspire à le redevenir.

Se tournant vers Crindra, la princesse ajouta :

— À quoi bon nier que tu étais jadis le supérieur de ce temple ? Par dizaines, par centaines, des témoins peuvent le confirmer : prêtres et fonctionnaires locaux, marchands et soldats réformés... S'ils avaient été moins épuisés et plus attentifs, deux hommes auraient également pu te confondre et te dénoncer, il y a peu de temps. Mais tu as été plus rapide qu'eux et tu les as chassés de la ville, appliquant à la lettre des lois nouvelles que mon frère n'a jamais voulu aussi cruelles.

— De qui parles-tu ?

— Des deux voyageurs venus demander l'hospitalité voici quelques jours, des brahmanes de ton ancien temple. Toi, tu les as reconnus facilement et n'as eu de cesse de les repousser. Sans le savoir, Rajendra s'est porté à ton secours, en faisant massacrer ces deux hommes qu'il avait pris pour des espions. Le culte que rendaient aux anciens dieux ces voyageurs lui a rappelé celui auquel se livrent les Chams qu'il déteste… il ne l'a pas supporté.

Pour une raison trouble, le roi continua de soutenir son conseiller contre tout bon sens. Comment admettre aussi facilement que son ami était un traître, un assassin, et qu'il lui avait menti depuis toujours ?

— En pénétrant ici, tu as accusé Crindra d'avoir tué Harsha, lança-t-il à sa sœur. En quoi cette mort l'aide-t-elle à renouer avec les temps anciens ?

— Le misérable n'a pas hésité à miser sur la ruine de son pays, expliqua-t-elle. Sans remparts, sans défenses imprenables, Angkor demeure à la merci des Chams. Si la ville était reprise ou seulement menacée, la puissance des rois khmers ne pourrait jamais s'établir sur les provinces éloignées. Celles-ci auraient la faculté de renouer avec les cultes d'autrefois et les supérieurs des temples, d'exercer des pouvoirs que les Pieds Sacrés leur a retirés en restaurant la royauté khmère dans toute sa splendeur… Le jour où Angkor serait retombée aux mains des armées ennemies, Crindra aurait regagné son temple ; il aurait rançonné la région, exigeant de la population qu'elle honore les dieux par des offrandes toujours plus importantes déposées aux pieds des statues, c'est-à-dire de lui-même. Mais il souhaitait peut-être aussi la victoire des Chams, puisque leur roi ne vénère ni Bouddha ni les bodhisattvas… Le Cambodge réuni au Champa, continua Vijanaga en s'adressant au religieux, tu aurais pu continuer tes affaires, en ayant simplement prêté allégeance à l'ennemi… Pour retrouver ta puissance, tu as sacrifié le bonheur et la sécurité d'un peuple. Mais tu as commis plusieurs fautes, Crindra, et l'une d'entre elles t'a été particulièrement fatale. D'instinct, je te soupçonnais ; ce faux pas m'a convaincue de ta culpabilité. Forte de cette certitude, j'ai pu ensuite convaincre le roi de te tendre le piège dans lequel tu es tombé.

Elle se tourna vers son frère pour scruter son visage : avant qu'elle quitte Angkor, il tenait son conseiller pour un traître et avait accepté de mettre en œuvre le plan astucieux qu'elle lui proposait afin de le confondre. Mais, aujourd'hui, en présence de son ancien ami, le Fortuné paraissait assailli par le remords, plus désireux de ne pas briser une amitié profonde que de rendre la justice comme il l'aurait dû… Troublée et presque inquiète, la princesse s'interrogea : Jayavarman avait-il auparavant trop apprécié le religieux pour le condamner à présent, et allait-il faire un usage inconsidéré du pardon royal ?

Embarrassée, elle poursuivit :

— Lorsque les Pieds Sacrés t'a offert des manuscrits anciens, tu as manipulé les textes rédigés sur des feuilles de palmier, des peaux de cerf ou de daim. Cependant, tu as pris soin de ne pas toucher au livre écrit sur une dépouille de buffle et tu as demandé au jeune talapoin Phyphoeun de le saisir. Cette répulsion pour le cuir ne permet-elle pas d'expliquer les autres crimes commis à Angkor ?

— Vijanaga, je ne sais de quoi tu parles, affirma Crindra.

Il jeta un regard sur le roi mais celui-ci détourna le sien. Vijanaga intercepta cet échange et comprit qu'au prix d'un violent effort sur lui-même le souverain condamnerait son ancien ami. Ce dernier sut également qu'il avait perdu la partie. Néanmoins, il eut la maladresse de répéter :

— « Les textes rédigés sur des peaux de cerf ou de daim, le livre écrit, le jeune Phyphoeun… »

Se reprenant enfin, il ajouta, incisif :

— Ce sont là des absurdités, comme le reste. Tu mens…

À cet instant, Tevoda s'approcha de lui et lâcha, pleine de haine :

— La princesse dit la vérité. Mais ton âme est plus sombre qu'elle ne l'a décrite. Quant à mes filles, elles sont mortes pour rien !

Elle marchait à grandes enjambées, remuant les herbes sèches qui tapissaient le sol, et chassait les animaux devant elle. Chèvres, poulains couraient dans tous les sens – bêlant ou hennissant, tapant du sabot, les plus jeunes se cognant la tête contre les stalles, de surprise et de peur. Cette furie… Bupati s'en moquait et continuait à déranger les harnais, les selles et les essieux entreposés contre les murs. Elle avait fouillé les corps de garde, les entrepôts de soie et d'épices, dévisagé les cornacs, les joueurs de tambour, les montreurs de marionnettes. S'il le fallait, elle demanderait au roi de faire aligner devant elle toute la population mâle de la ville et des faubourgs en une seule colonne. Dût-elle y passer un jour et une nuit, elle examinerait chacun et découvrirait qui l'avait autrefois avilie. Et que ferait-elle ensuite ? Elle l'ignorait… Demanderait-elle au souverain la tête de la brute ? Mais à quel titre, puisque telle était la coutume ?

Hagarde, sans se soucier de la poussière qui souillait ses habits luxueux, la jeune fille inspectait les charrettes et scrutait les voyageurs, consentant juste à s'écarter quand passait un troupeau de vaches ou un éléphant traînant un faisceau de grumes, avant de revenir aussitôt près des gardes casqués de bêtes imaginaires, pour s'assurer que nul ne lui échapperait. Et elle reprenait sans plus attendre ses perquisitions désordonnées, jamais terminées, car elle s'intéressait très vite à un autre passant et l'interrogeait sans ménagement.

Les soldats étaient contrariés par cette situation inédite, lourde de dangers. C'était la première fois qu'une favorite royale se mêlait à eux et surveillait les charrettes qui pénétraient dans la ville et en sortaient. Devaient-ils l'éconduire poliment et la raccompagner au palais ? C'était la seule solution, mais comment lui faire entendre raison ? La conduite de cette concubine était si extravagante ! À chaque geste, chaque parole qu'elle prononçait, c'était un peu de l'honneur du Fortuné qui était atteint. Mais lequel d'entre eux irait trouver le roi, lui dire que sa favorite avait perdu la tête ? Le messager était certain d'être mal reçu au palais, d'endurer le sort habituel réservé aux porteurs de mauvaises nouvelles. Il serait moqué et frappé par les serviteurs qui n'avaient pas su retenir Bupati, puni par le monarque qui ne voudrait pas que les divagations de celle-ci soient divulguées dans des conversations de corps de garde.

Bupati observa un groupe de prêtres mendiants qui tendaient leur besace pour demander l'aumône. Elle s'attarda sur une main, crut la reconnaître, remonta vers un visage. Non, ce n'était pas lui. Le soleil l'éblouissait… Tout à coup, un vacarme la fit se retourner. Mais ce n'était rien, juste un marchand ambulant qui quittait la ville dans une carriole chargée de bananes confites, de poteries, de peaux de tigre ou de sacs de sel des montagnes. Un Chinois. Elle savait que cet homme ne pouvait être celui qui, le soir de sa défloration, l'avait humiliée et tourmentée… Pourtant, soudain, la jeune fille se figea. Un objet oblong ficelé contre le timon de la charrette dépassait à demi de la toile crasseuse et grise qui l'enveloppait et laissait voir son étoffe chatoyante… Mue par une certitude, Bupati bouscula les soldats avec une fureur que nul n'aurait pu contrer. Il était là, sous la carriole !

Tevoda s'empara d'une longue lance de métal sombre qu'elle pointa sur la poitrine de Crindra ; puis elle s'avança, les muscles bandés, en criant :

— La princesse parle d'or : tu as trahi, mille fois ! Tu n'as pas hésité à faire entrer l'ennemi dans la ville. Les deux espions chams qui ont tué un pauvre Khmer pour boire sa bile afin de se fortifier et ont été découverts dans le palais, c'est sur ton ordre que mes soldates leur ont ouvert la porte ?

— Sur mon « ordre » ! répliqua Crindra en s'esclaffant.

— Ou sur tes conseils, ce qui revient au même, compte tenu de l'ascendant que tu exerçais sur elles.

Les yeux exorbités, la guerrière leva haut son arme. Un instant, on crut qu'elle allait en transpercer le conseiller royal. Mais elle se figea et, doucement, abaissa la lance qu'elle déposa sur le sol avant de se jeter aux pieds du roi et de le supplier :

— Ô Maître de la vie, pardonne-moi d'avoir dressé cette arme devant toi. J'ai commis tant de fautes, une de plus… Comme tu l'as compris en m'interrogeant l'autre jour, moi aussi je professe la religion des dieux autrefois honorés dans le palais. Je vénère Uma, la sainte épouse de Çiva-Içvara. Pour cela, j'ai promis dès mon plus jeune âge de ne jamais porter d'objet en cuir – ni sandales, ni ceinture, ni lanière. Mais je te jure que cela n'a jamais remis en cause ma fidélité. Certaines de mes filles avaient les mêmes convictions que moi ; en revanche, leur esprit était moins aguerri, elles ont cédé aux sourdes recommandations de Crindra. Voilà ce que j'ai compris en revenant à Angkor, après avoir accompagné Vijanaga partie inaugurer les hôpitaux dont ta générosité parsème le royaume. Je ne sais ce que ce religieux félon a demandé à la courageuse Sobhana, mais je suis certaine que celle-ci s'est donné la mort afin de ne pas trahir son roi en cédant aux pressions que Crindra exerçait sur elle.

Se tournant vers le conseiller devenu blême, elle hurla :

— Que lui as-tu demandé ? De subtiliser la correspondance échangée entre le roi et les gouverneurs des provinces de l'Est ? Tu voulais connaître nos mouvements de troupes et les divulguer à l'ennemi pour semer le désordre et proclamer l'indépendance des terres qui entourent le temple des Cent Lingams ?

La guerrière leva les yeux au ciel et poursuivit :

— Sois honorée, Sobhana ! Pauvre enfant, tu t'es tuée pour ne pas trahir ! Que ton courage serve d'exemple aux autres filles de la garde royale !

Jayavarman était ému. De façon lapidaire, il interrogea :

— Sotharet et Mekhala ?

— Hélas ! s'écria Tevoda. Elles aussi, je les ai assez connues pour deviner les raisons de ce double suicide.

Se tournant de nouveau vers Crindra, elle cria, d'un ton qui exigeait une réponse :

— C'est toi qui leur as ordonné de laisser entrer les deux Chams. Ils t'ont aidé à assassiner Harsha ?

Le conseiller haussa les épaules.

— Si ces soldates m'ont écouté, c'est qu'elles n'étaient pas aussi dévouées au roi que tu le prétends. Avec de telles militaires, pas étonnant que les Chams aient pu s'emparer de la ville !

Ce genre de propos mettait la garde féminine en danger. Tevoda ne pouvait le laisser passer.

— Misérable !

Regrettant de s'être défaite de la lance, elle tendit le poing et déclara :

— Je les ai tant aimées que je peux imaginer leurs dernières pensées. Sotharet et Mekhala la gauchère t'ont obéi et l'ont regretté aussitôt. Prises de remords, elles ont facilité l'évasion des deux Chams mais les ont criblés de flèches, pour les punir de t'avoir aidé à tuer Harsha ou à espionner le roi. Désespérées, incapables de continuer à servir le monarque qu'elles avaient trahi, mes filles se sont mutuellement juré de se percer le sein et elles ont tenu parole. Elles ont certes fauté, mais ont fait preuve d'une grandeur d'âme peu commune !

— Sobhana, Sotharet et Mekhala... je pardonne à ces trois soldates, décréta le roi.

Il considéra Tevoda avant d'ajouter :

— Je te pardonne à toi aussi car je comprends pourquoi tu es restée silencieuse. Tu as préféré ne rien dire pour ne pas attirer la honte sur ton régiment, tu voulais protéger tes soldates...

Tevoda acquiesça, abattue. Elle n'avait pas su lire à temps dans le cœur de ses guerrières. Pourtant, cela n'avait pas été faute de les aimer... Quel jour, à quel moment ne s'était-elle pas montrée assez attentive ? se demanda-t-elle une fois de plus. Une larme roula sur sa joue tannée.

Pouvait-il tenter de soudoyer l'une des soldates qui le gardaient ? Inutile, ces filles ne se laisseraient pas si facilement circonvenir. Leur troupe avait tant à se faire pardonner... Binasuor plaça un pendentif de bronze poli dans une anfractuosité du mur. L'ornement constituerait un miroir de fortune en face duquel il pourrait rajuster sa tenue, vérifier sa coiffure. S'il était promis à la mort, autant montrer aux Khmers qu'un prince du Champa savait périr dignement. Le geste était vain, mais au moins il éviterait à Binasuor d'avoir peur au moment suprême. Du moins, il l'espérait.

L'odeur rance qui continuait à s'infiltrer, débris de chair décomposée restés entre les puissants crocs des sauriens, lui soulevait le cœur. Depuis l'autre côté du mur lui parvenaient des frottements de troncs d'arbres en marche, des rots de monstres en train de digérer. Ils savouraient par avance le plaisir brutal qu'ils auraient à déchiqueter une proie nouvelle, dans quelques jours, quelques heures...

Désabusé, le jeune homme considéra le coquillage cerclé de métal précieux qu'il avait glissé dans ses habits, sans trop savoir pourquoi. Nul ne le croirait s'il venait à raconter ce qu'il avait vu dans le sanctuaire de Suryavarman le Second... sauf si les dieux se tenaient à ses côtés. Oui, s'ils ne l'abandonnaient pas, ce flacon pouvait le sauver. D'un côté, cette coquille pâle striée de rouge, avec ses ornements d'or et de cuivre qui s'enroulaient autour de volutes empilées. De l'autre, cet animal mi-pierre, mi-os. Là résidait la voie de sa liberté. De ses longs doigts effilés, le prince caressa le bouchon de nacre. Un instant, il fut près de renoncer. Et s'il s'était trompé, et si son stratagème échouait ? Ce plan reposait sur si peu de choses... Comment savoir si le crocodile blanc se montrerait ou non son allié ? Et puis, le Cham avait-il envie que son plan se réalise ? Il n'en était pas certain : à quoi bon rester en vie puisque Vijanaga, la menteuse, la calculatrice, s'était jouée de lui...

Soudain, une senteur plus forte, plus écœurante que d'ordinaire le saisit. Le crocodile avait-il ouvert la gueule ? C'était le moment ou jamais ! Binasuor s'approcha de la fenêtre. En finir avec cette incertitude et triompher ou périr...

Crindra sourit. Se tournant vers Vijanaga, il l'interrogea, avec dans le ton une moquerie qui pouvait aussi bien viser la princesse que sa propre personne :

— Je le reconnais, les trois livres le prouvent, j'ai été le supérieur du temple des Cent Lingams. Je n'ai jamais cru bon de le mentionner car il n'y a là rien d'extraordinaire. À la suite du roi, beaucoup de Khmers ont abandonné les anciens dieux pour prier Bouddha. Cela ne fait pas de moi l'assassin d'Harsha. Les suspects ne manquent pas : tant de conseillers, de prêtres et de grands commis se pressent dans le palais. Rien ne te permet de prouver ma culpabilité dans sa mort.

Vijanaga secoua la tête et dit simplement :

— Le glaive de Binasuor.

Le religieux n'eut pas l'air de comprendre et parut désemparé. Satisfaite de son effet, la sœur du roi poursuivit :

— C'est toi qui as fait en sorte que la soldate Sorn découvre l'arme de Binasuor. En faisant accuser le prince d'avoir tué Harsha, tu réalisais un coup double car tu voulais te débarrasser de lui depuis plusieurs lunaisons.

Le conseiller protesta :

— Nouvelle absurdité ! Ce ne sont que des mots, des accusations dépourvues de tout fondement, mais aucune preuve, aucun argument. Je ne sais qui s'est servi de cette arme. D'ailleurs, pourquoi aurais-je voulu la perte de Binasuor puisque, selon toi, j'avais intérêt à ce que les Chams vainquent les Khmers ?

Ce trait jeté, il se mura dans le silence. Son mutisme irrita Tevoda, qui s'avança et affirma :

— Binasuor te menaçait !

D'un regard, elle obtint de Vijanaga l'autorisation de continuer :

— Le temple des Cent Lingams n'est guère éloigné de la frontière du Champa, une région que se sont longtemps disputée ce pays et le Cambodge. Jadis, des princes chams ont effectué des retraites dans ce sanctuaire. Il en est resté à la cour d'Indrapura des rites, des attitudes que le fidèle observe durant le culte. Crindra, tu as conservé certains de ces comportements, imperceptibles pour celui qui en ignore tout ; mais, à mesure qu'ont grandi ton impatience de retrouver ton temple ainsi que tes pouvoirs, tu as eu de plus en plus de mal à les contenir. Jusqu'à présent, Binasuor ne s'était aperçu de rien, pourtant tu as craint qu'il ne finisse par les remarquer et en parler au roi…

Conseillers et talapoins retenaient leur respiration. Au cours de cette conversation extraordinaire, Crindra avait tour à tour soufflé le chaud et le froid, reconnu sa culpabilité à demi-mot, joué avec les accusations proférées par

Vijanaga et Tevoda sans les réfuter complètement. Hésitant entre l'aveu et la dénégation, il avait vacillé avant de se rétablir et de contre-attaquer.

— Reste maintenant à répondre à l'interrogation suprême, lança soudain le Fortuné. Ce poison versé dans le coquillage cerclé d'or et d'argent, le poison des génies lunaires… as-tu tenté de me tuer ?

Crindra plissa les yeux, laissant son visage exprimer le mépris qui, seul, pouvait l'empêcher d'avoir peur et lui permettre de fanfaronner alors que son échec était complet, ou presque… Quelle que soit la manière dont le roi le ferait périr et l'heure de son trépas, allait-il révéler maintenant de quelle façon il avait compté assurer son triomphe ? La tentation était grande. Là, devant la cour, à la face de ces fonctionnaires obséquieux et de ce monarque exalté, perdu dans des rêves insensés, annoncerait-il la catastrophe en marche ? Non, mieux valait que l'illusion berce encore Jayavarman, que celui-ci demeure persuadé d'avoir rétabli l'ordre et son pouvoir. Demain, la chute n'en serait que plus dure.

— C'est vrai, déclara finalement le bouddhiste, j'ai caché le glaive de Binasuor pour qu'il soit accusé de l'assassinat d'Harsha. Lui seul a pu vouloir tuer l'architecte. J'ai mal agi, mais je n'ai voulu que la perte d'un ennemi du Cambodge. Le reste n'est que suppositions ! J'ignore tout du poison qui a été versé dans le coquillage à libations pendant la cérémonie au temple… Je suis innocent !

Ce cri déplut au souverain qui, d'un geste, incita les soldates à s'avancer. Elles s'emparèrent de Crindra et l'entraînèrent sans ménagement. Comme il refusait de baisser la tête et ricanait en passant devant l'estrade où se tenaient les prêtres, le quinconce des miroirs de bronze réfléchit son rictus à l'infini. Feignant de ne pas voir cette bouche qui se tordait partout autour de lui, le roi se tourna vers les greffiers et annonça :

— L'audience est suspendue. D'ores et déjà, je déclare Rajendra coupable d'avoir voulu tuer la guerrière Tevoda et lui reproche de ne pas vouloir expliquer la raison de ce geste abominable ! Plus tard, avec l'aide de Bouddha, je dirai qui a voulu m'empoisonner. Le coupable sera châtié comme il le mérite. Jusqu'à ce jugement, Binasuor restera dans sa geôle et Crindra sera emprisonné lui aussi… Quant à Tevoda, les fautes qu'elle a accumulées sont trop graves, elle ne commande plus les femmes soldats du palais.

— Tevoda, vieille chienne, charogne putréfiée… Tu dors, à cette heure ; mais, la prochaine fois que tes paupières s'ouvriront, j'espère que ce sera pour contempler le terrier boueux où se déroulera ta prochaine existence…

Il faisait nuit noire. Çà et là, des lanternes avaient été disposées dans des bornes de pierre évidée. La pluie avait cessé et, avec elle, les barrissements des éléphants que ces violentes rafales n'effrayaient plus. Le garde se jeta aux pieds de Rajendra. Ce dernier repoussa la porte derrière lui et se laissa embrasser les jambes.

— Seigneur, j'étais à tes côtés lors de la bataille finale.

Pressé de s'enfuir, le vieux Khmer s'attarda pourtant, dévisageant le militaire qu'il avait soudoyé. Celui-ci reprit :

— Le bateau sur lequel je servais venait d'être éperonné par une embarcation chame. J'ai été précipité à l'eau avec les autres rameurs et ma tête a heurté un fragment de la proue. Je me serais noyé si tu ne m'avais pas saisi par les cheveux et hissé sur ta propre barque.

Rajendra plissa les yeux.

— Je m'en souviens. C'était au plus fort de la bataille. À ce moment-là, je la croyais perdue par nos forces. Puis tout a basculé, et la flotte chame a sombré.

Au mépris de toute précaution, il éclata de rire.

— C'est sans doute grâce à toi. J'ai bien fait de te sauver la mise puisque nous avons vaincu l'ennemi et qu'aujourd'hui je peux compter sur toi !

Toujours prosterné, le garde répondit, l'air effrayé.

— Pardonne-moi. Je te dois une vie et j'aurais voulu sauver la tienne. Mais je ne peux t'ouvrir la porte longtemps. Mes camarades vont revenir…

Le vieux seigneur lui saisit le bras pour le contraindre à se relever.

— Tu es un brave et agis bien, je ne t'en demande pas davantage. Tu as apporté ce que je voulais ?

Le soldat acquiesça, désignant derrière lui une planche de bois où était entassée la marchandise requise. Le cousin du roi y jeta un bref coup d'œil avant de remercier et d'ordonner :

— Éloigne-toi un moment.

Voyant le militaire hésiter, Rajendra reprit :

— Rassure-toi, je n'en profiterai pas pour m'échapper. Où pourrais-je me rendre ? Le palais grouille de gardes, sans compter les soldates de faction à la grande porte. Aucun d'entre eux ne possède ton courage, ni ne se rappelle que je les ai débarrassés des Chams. Ces misérables ne me laisseraient pas aller bien loin…

Le soldat regarda autour de lui. La nuit, les ombres portées du rebord de la toiture aux tuiles dentelées, les sagoutiers aux branches mouvantes, la masse de l'entrepôt aux peaux de fauves tués à la chasse créaient un décor inhabituel, lourd de dangers. Sans compter les esprits qui rôdaient…

D'une voix ferme, Rajendra acheva :

— Fais le tour du quartier des prisons en passant par le chemin qui longe la grande douve. Quand tu reviendras, j'aurai regagné ma cellule et, après t'en être assuré, tu pourras refermer la porte derrière moi.

Affolé par sa propre audace, regrettant déjà d'avoir enfreint les ordres du roi, le soldat s'enfonça dans la nuit. Vite, il allait accomplir la ronde prescrite par Rajendra et revenir l'enfermer dans la prison dont il n'aurait jamais dû sortir. Mais que comptait faire le vieux Khmer avec les cinq ou six poulets et les morceaux de porc qu'il lui avait demandé de chaparder dans les cuisines ? Il avait pourtant été nourri : le plat contenant les reliefs d'un repas copieux à base de riz et d'aubergines était encore posé à même le sol de sa cellule...

Demeuré seul, Rajendra s'adressa une nouvelle fois de violents reproches. Pourquoi avait-il sauvé la mise à Tevoda, près de la tombe de Suryavarman ? Se laissant surprendre par la guerrière, il avait fait preuve d'irrésolution. Plutôt que de l'agonir d'injures et de proclamer à la face du monde qu'elle avait songé à se tuer, il s'était laissé gagner par la pitié, la reconnaissance et la magnanimité... Avait-il renoncé à dénoncer la lâcheté de Tevoda par grandeur d'âme ou bien par lassitude ? Peu importait : il s'était fourvoyé, il vieillissait. Quand il aurait rattrapé son erreur en tuant la guerrière, il serait temps pour lui de quitter ce monde et ses plaisirs toutefois si troublants. Adieu, les jeunes soldates de la garde... Tandis qu'il se dirigeait vers la fosse où somnolait le crocodile blanc, Rajendra se consola comme il put en formulant cette pensée à mi-voix :

— Tevoda, les filles de la garde royale ne s'offriront plus à moi... mais toi, tu les perdras aussi car tu seras à jamais séparée d'elles par la mort.

Jayavarman releva la tête. Lokesvara disparut dans les nuages gris qui éclaircissaient la nuit, chevauchant le souffle aux couleurs de l'arc-en-ciel, ce pont magique qui permettait aux forces célestes d'aller et venir entre leur monde et la terre des hommes. Ne restait plus, accroché à chaque particule de l'air, qu'une odeur suave et le sourire du bodhisattva. Bouleversé par la découverte à laquelle il venait d'être conduit, le Fortuné adressa un signe aux gardes et leur donna ses instructions. Qu'ils achèvent de vider à la lueur des torches la charrette qui avait été tirée jusque dans l'enclos des Oies sacrées, l'une des cours intérieures du palais. Hormis l'objet que lui-même y avait prélevé, ils pouvaient, à leur guise, conserver le chargement ou le revendre.

Les Pieds Sacrés s'approcha doucement de Bupati, demeurée à l'écart. D'une voix qu'il fit la plus douce possible, il déclara :

— Tu ne peux comprendre l'importance de ce que tu as trouvé, cela me sera très utile. Tu as très bien agi, avec beaucoup d'intelligence et d'à-propos.

La jeune fille ne dit rien. Comprenait-elle ? Sans doute pas. Il devait choisir ses mots avec soin, s'exprimer lentement, calmement. Tombée dans un état proche de la prostration, la favorite émit un grognement. Habité par la compassion, Jayavarman déchiffra ce cri. Prenant soin d'éviter tout geste brusque qui aurait pu apeurer la malheureuse, il ajouta :

— Personne ne te fera plus jamais de mal. La moindre contrariété, la moindre fatigue te sera épargnée. Dès demain matin, cette cour intérieure sera transformée en un jardin empli de fleurs et d'arbres fruitiers, et tu y resteras désormais, à quelques pas de mes appartements. Bouddha veillera sur toi, je ne te rendrai visite que si tu y consens…

— Et le parasol ? demanda Bupati. Je ne le verrai plus ?

Cette concubine qui portait en elle la misère du monde était à sa manière aussi démunie et sainte que ses deux épouses mortes, pensa le souverain. Il hocha la tête et assura :

— Jamais plus, ni l'homme qui le transportait.

— Quel homme ? interrogea l'éminente fleur de haricot.

Elle éclata de rire et regarda ses mains avant de remarquer :

— Le doigt aussi, il a disparu. Il ne me transpercera plus le ventre.

Les larmes aux yeux, Jayavarman considéra la jolie Khmère. Il ignorait ce qu'elle redoutait et savait qu'il ne l'apprendrait jamais. Avec ses regards de bête traquée, ses gestes vifs et irraisonnés, Bupati n'appartenait plus à ce monde... Silencieux, il la regarda s'éloigner sous la protection de servantes vigilantes et attentionnées. À nouveau seul, il sortit une chique de bétel de la boîte ouvragée qu'il portait à la ceinture. Nourri d'une terre argileuse et grasse, le suc de la noix d'arec l'enivra en quelques instants et apaisa toutes les questions qui se pressaient dans son esprit. Il fallait dormir pour être prêt à affronter, demain, une nouvelle journée. La vie était si pleine d'embûches et de tracas...

Le jour de Phupe Phroh Hoise[1] était venu. Les domestiques avaient disposé dans la salle des Audiences des arbres factices recouverts de fleurs en soie immaculée, tendu des rideaux tout aussi blancs, allumé des dizaines de cierges parfumés à la chair translucide, posé partout des coupelles en feuilles de bananier emplies de fleurs de jasmin couleur d'écume. Même le ciel plus gris que bleu participait à l'élaboration de cet ensemble pâle, que seul venait troubler le chatoiement des costumes. Chacun devinait que cette audience serait déterminante. La Petite Sœur sainte était installée sur l'estrade dorée, juste en dessous du trône royal, à laquelle faisaient face les ministres et les grands commis alignés. À droite, du côté des appartements privés, étaient postées des soldates. À gauche, du côté de la cour séparant les bâtiments officiels du quartier des geôles, Binasuor et Crindra étaient accroupis l'un près de l'autre. Les mains libres et traité avec des égards, le premier murmurait une prière, tête baissée. Les mains liées, le second était muet.

— Qu'on aille chercher Tevoda, commanda Jayavarman.

L'ordre claqua, bref et impérieux. Avec d'autant plus de force que, dehors, le soleil brillait comme si Bouddha avait décidé de rendre visite au roi. Sorti de sa cellule, Rajendra

1. La planète Jupiter.

ferma les yeux, gêné par un rayon de lumière qui frappait l'un des miroirs placés devant le trône et aveuglait plusieurs rangs de ministres et de conseillers. Le vieux Khmer serait-il condamné à mort ou, pis, exilé ? Il s'en moquait, il avait accepté son sort, qui ne faisait que sanctionner sa déchéance physique. Goûtant un dernier plaisir avant que le roi ne le bannisse, Rajendra entendrait l'annonce de la mort horrible de Tevoda et lirait la surprise sur le visage du roi.

Vijanaga se tourna vers son frère et déclara :

— Ô roi, Éminent Maître de la vie au-dessus des têtes, Chef de la pitié ! Binasuor est innocent, il n'a jamais voulu attenter à la vie des Pieds Sacrés.

Jayavarman se raidit. Personne n'était autorisé à parler ainsi, sans y avoir été convié au préalable par les chambellans... Pourquoi sa sœur choisissait-elle de se livrer à un nouveau coup d'éclat ? Toujours ce goût du défi, de la mise en scène. Elle savait pourtant qu'il appréciait ses conseils... Il hésita avant de lui faire signe qu'elle pouvait continuer.

— Le prince cham est demeuré fidèle à la parole donnée, affirma-t-elle. Il a même été au-delà de cette parole puisqu'il a sauvé la vie du roi-Bouddha !

Jayavarman ne s'attendait pas à cette déclaration. Un abîme d'interrogations s'ouvrit devant lui. Dans la forêt qui abritait son exil, il avait fait le vœu de consacrer son royaume à Bouddha, d'aider l'ensemble des Khmers à connaître l'Illumination. La tâche était immense, il craignait de ne pas avoir le temps de la mener à bien avant que la maladie et la mort l'emportent. Si Vijanaga disait vrai, s'il devait la vie à Binasuor, alors il lui faudrait se montrer reconnaissant, convertir les Chams, les mener avec lui sur le chemin de la délivrance, soulager leurs souffrances et soigner leurs maladies. D'un coup, sa tâche devenait double, écrasante...

La princesse poursuivit :

— En accompagnant les Pieds Sacrés dans le sanctuaire de Suryavarman, Binasuor a vu le traître Crindra verser une poudre dans l'un des coquillages préparés pour les libations.

— C'est faux ! hurla le religieux. Si le Cham disait vrai, pourquoi n'aurait-il pas donné l'alerte ?

Vijanaga continua en ne regardant que le souverain :

— Le prince avait peur. Crindra est habile, il aurait pu retourner l'accusation. Binasuor a déjà été reconnu coupable du meurtre d'Harsha, il aurait aisément été accusé de ce nouveau crime…

— C'est absurde !

Imperturbable parce qu'elle se voulait plus forte que jamais, la princesse dédaigna cette nouvelle interruption.

— Binasuor a préféré mettre à profit un court moment de répit. Pendant que les prêtres aidaient le roi à verser de l'huile sur les pieds du Vishnou de bronze, il a changé la disposition des coquillages pour éviter qu'ils ne prennent celui qui contenait l'eau de coco corrompue ; puis il a emporté avec lui le récipient renfermant le venin.

Jayavarman ne songea pas un instant à mettre en cause ce récit. Pour le roi, seul Bouddha avait pu inspirer pareil geste salvateur. La preuve ? Les astrologues avaient insisté pour que le Cham l'accompagne au temple de Suryavarman… À la fois ébahi et réconforté d'être ainsi veillé par Bouddha, le souverain murmura :

— Binasuor a épargné ma vie et celle des prêtres qui gardent le tombeau de Suryavarman.

Il considéra Crindra et lui lança :

— Misérable, tu avais ma confiance ! Jusqu'à ce jour, en dépit des apparences, des révélations de ma sœur, de tes dénégations maladroites, j'étais prêt à te conserver mon amitié si tu m'implorais…

Le conseiller se savait perdu. D'un air crâne, il redressa son buste malgré ses mains toujours liées, eut un sourire mauvais et répliqua :

— Maître de la surface terrestre, ouvre les yeux : on se moque de toi et de ta justice ! Binasuor n'a accompli aucun acte héroïque car je ne me suis jamais approché des coquillages et n'ai donc pu empoisonner le fluide sacré. Il m'accuse d'un crime qu'il a lui-même commis.

Crindra fit face aux brahmanes alignés derrière une balustrade dorée et les apostropha :

— Frères, j'étais l'un des vôtres avant que les bouleversements qu'a connus notre pays me conduisent vers de nouveaux rites. Croyez-vous que j'aurais pu porter la main sur les vases du sanctuaire de Suryavarman, foulant aux pieds le respect dû à un tel lieu et à Vishnou ?

L'argument était recevable, les brahmanes se regardèrent avant de se tourner vers le roi. D'évidence, ils comptaient reprendre cette objection à leur compte et la lui opposer. Des courtisans murmurèrent. Conscient du renversement d'opinion que ses paroles opéraient, Crindra poursuivit d'un ton grave et non plus moqueur :

— Je ne peux être accusé de tous les crimes. Je suis fidèle aux anciens rites, aux dieux que j'honorais librement autrefois ; je voudrais qu'on me reconnaisse ce droit, garant de mon honneur.

Vijanaga pâlit et fut incapable de répondre. Sur leur banquette, les brahmanes s'agitèrent, heureux que leur attitude puisse troubler le déroulement de l'audience. Depuis des années, ils étaient contraints d'assister en silence aux réceptions, laissant la parole aux bouddhistes écoutés et soutenus par le roi… Il y eut un flottement dans la salle, et le retour des soldates envoyées chercher Tevoda ajouta à la confusion car elles revinrent seules. Mais avant qu'elles aient eu le temps de s'en expliquer, le prince cham fouilla dans les plis que formait l'étoffe nouée sur son ventre et en sortit un coquillage gainé d'or et de cuivre.

— Pieds Sacrés, Vijanaga a dit la vérité. Voici le récipient manipulé par Crindra.

Celui-ci haussa les épaules et rétorqua :

— Il y a des centaines de coquillages comme celui-ci à Angkor. Cet objet ne prouve rien, sauf que tu es un voleur qui n'hésites pas à piller les temples du Cambodge. Les Chams n'agissent jamais autrement : ils dévastent, dérobent et ravagent. Chien putride !

Indifférent à ce torrent de haine, Binasuor continua :

— J'en ai versé le contenu par-dessus le parapet qui entoure la fosse du grand crocodile.

Décidé à ne pas abandonner la lutte, Crindra leva les yeux au ciel pour y chercher l'inspiration qui l'aiderait encore une fois à contrer son adversaire et accroître le trouble du roi. Certes, il finirait par perdre, mais il aurait combattu jusqu'au bout, quitte à se contredire, et n'aurait pas cédé le moindre pouce de terrain sans avoir mené une lutte acharnée.

— Le crocodile blanc ! Tu as osé le maltraiter ? Voilà qui signe ta trahison. En dépit de tes démentis, tu n'as jamais cessé d'être fidèle à ton peuple. Trahissant les Pieds Sacrés, tu as empoisonné la bête qui symbolisait la défaite des armées chames ! Honte à toi, parjure !

Crindra s'agitait dans tous les sens, dévisageant tour à tour Jayavarman, Binasuor et Vijanaga comme pour trouver dans leurs traits une faille où s'engouffrer pour poursuivre son argumentation. Un instant, son regard glissa sur Rajendra. Sidéré, le vieux Khmer fixait la loge royale comme s'il y voyait un spectre.

Il devait se débarrasser de cet homme vil qui, toujours sur les routes, ne possédait ni terre ni maison et vivait sans amis ni racines. Le maître de cérémonie en était convaincu : il devait expédier cette affaire et courir jusqu'à la salle des Audiences aussi vite que sa graisse le lui permettrait. Là-bas se décidaient des choses d'importance. Nul ne savait ce que le roi ordonnerait, quelles sentences tomberaient ; mais, que Rajendra, Crindra ou un autre soit élevé auprès de lui ou précipité dans une geôle, de nouveaux postes seraient à pourvoir. Si ces responsabilités et distinctions étaient distribuées sur-le-champ, mieux valait se trouver à portée de vue du souverain et, d'un salut déférent, solliciter l'une de ces faveurs. Avec un peu de chance, compte tenu de ses connaissances, il deviendrait ministre des Récoltes ou intendant de tous les bœufs du royaume… À bout de nerfs, le gros fonctionnaire lança :

— La jeune femme qui s'est approchée de toi à la porte de l'Intronisation royale est l'une des concubines de Jayavarman.

Cet étranger mal habillé avait la peau pâle et sèche, parsemée de poils drus et durs comme les soies d'un cochon… Son accent aux rudes aspérités lui déplaisait, et cette haleine aigre qui semblait remonter non d'un ventre mais d'un cloaque était vraiment désagréable. Mais, parce qu'il se sentait le dépositaire des usages raffinés de la cour d'Angkor, le fonctionnaire khmer ne voulait rien laisser transparaître du dégoût que lui inspirait cet étranger. Feignant d'être distrait par un vol d'oiseau, il tourna brièvement la tête pour happer une grande goulée d'air frais, puis reprit son discours :

— Comme tu as pu t'en rendre compte, son attitude et ses propos sont incompréhensibles. Il semble qu'elle t'ait confondu avec un autre.

Le Khmer haussa les épaules. Comment cette folle avait-elle pu se méprendre, associer les traits de ce Chinois à ceux d'un religieux khmer, héritier d'un savoir millénaire, fin connaisseur des rites et des saintes écritures ? Détaillerait-il à son interlocuteur les rites qui, depuis le début des temps, présidaient au passage des jeunes Khmères à l'âge adulte ? Non, c'était inutile et même inconvenant. Mieux valait laisser ce vulgaire marchand, ce mangeur d'œufs pourris, dans l'ignorance des usages policés du pays. Vite, il devait mettre un terme à cet entretien et rejoindre le grand conseil…

Li Chengming attendait lui aussi avec hâte la fin de leur discussion. Il était sur le point de quitter la ville, et soudain son plan avait été stoppé net par la faute de cette démente. Et, en plus, il s'agissait de la favorite du Fortuné ! Certes, le Chinois était trop pragmatique, trop certain de s'enrichir pour s'alarmer sérieusement de ce contretemps ; mais s'il avait trop de retard, le bateau partirait sans lui… Bien que se moquant intérieurement du fonctionnaire aux gros seins et le haïssant même un peu, il fouilla dans sa mémoire pour y retrouver les formules de politesse apprises à la hâte lors de son arrivée à Angkor :

— Puisse le fruit des mérites éminents du meilleur des rois mener à jamais tous les êtres à la Terre de félicité… Gloire aux Pieds Sacrés !

Il se tut, agacé d'avoir dû prononcer des paroles aussi absurdes – propos de singe savant avec lesquels il n'aurait pas osé saluer un mendiant de sa ville natale. Après un bref sourire, il ajouta :

— Puis-je me remettre en route ?

Il sentit que le Khmer hésitait : appréciait-il le fait que ce Chinois rende grâce à son roi ou, au contraire, s'agaçait-il qu'il ose prononcer ces paroles quasi sacrées ? Néanmoins, apercevant le terme de son calvaire, le maître de cérémonie renonça à s'interroger davantage et répondit :

— Patiente un instant dans ce pavillon destiné aux hôtes de la ville.

Li Chengming tressaillit. En remisant son chariot, le temps que Bupati soit raccompagnée au palais, les Khmers avaient-ils découvert l'objet de prix qu'il transportait ? C'était impossible : il avait veillé à l'envelopper dans une toile commune, impropre à attirer les regards. D'ailleurs, si son secret avait été percé à jour, il ne serait pas là, à recevoir les courbettes et les roucoulements de ce Khmer ridicule : il aurait été jeté en prison. N'empêche, il lui fallait retrouver son bien et s'éloigner au plus vite.

Le maître de cérémonie poursuivait son bavardage lénifiant :

— Par-delà ces murs que tu aperçois, des valets sont occupés à remettre en place les marchandises de ta charrette que la malheureuse a bousculées.

— C'est inutile, cette pauvre femme n'a guère eu le temps de semer du désordre : je me suis mis en travers de son chemin, et puis les gardes m'ont secouru... Je ne convoie rien de très précieux : du poivre, de la résine et des cornes de rhinocéros.

— Je sais, soupira le Khmer. Et aussi un lot d'ombrelles...

Il se moquait bien de ce que vendait ce Chinois, contraint de gagner sa vie en voyageant loin de chez lui, tel un aventurier ! N'y tenant plus, il ajouta :

— Les ordres que j'ai reçus sont formels. Il est normal que nous remettions en état ce qui a été abîmé. Attends ici, ça ne saurait être long.

Pressé de quitter le Chinois, le Khmer acheva :

— Je ne suis pas dans le secret du roi, mais tu as aidé à retrouver une femme du palais ; les Pieds Sacrés saura se montrer généreux, te récompenser comme tu le mérites.

La raison de ce contretemps, c'était donc ça, songea le négociant. Il avait su plaire à Jayavarman et celui-ci tenait à le récompenser. À la vérité, il aurait préféré ne recevoir aucune récompense pour ce service – que d'ailleurs il avait rendu sans le savoir –, mais puisque le Fortuné l'exigeait...

Son large pagne plaqué contre ses hanches grasses, le fonctionnaire tourna sur lui-même, ce qui le fit ressembler à un éléphant dressé. Exultant, il disparut d'un coup, laissant seul le négociant. Celui-ci hésitait entre l'inquiétude et un espoir mêlé de concupiscence. Avec un peu de chance, nul ne prêterait attention à sa cargaison d'ombrelles, songeait-il. Et si ce Khmer avait dit vrai, le roi s'apprêtait à lui faire un cadeau de prix qui, une fois revendu, doublerait ou triplerait le bénéfice qu'il comptait tirer de ce voyage épuisant...

Tevoda s'avança à genoux. Arrivée devant le souverain, elle releva la tête, implorante. Le roi acquiesça à sa demande muette :

— Parle ! Explique-toi, vite !

La guerrière salua l'assemblée. Son visage exprimait une grande assurance. Elle savait qu'on avait tenté de l'assassiner la nuit précédente, mais était saine et sauve et en mesure de faire éclater la vérité. Les Pieds Sacrés lui en serait reconnaissant, son salut était à portée de main !

Elle entama son récit d'un air grave :

— Hier soir, par ordre du roi, j'ai été consignée dans mon logement de la caserne des soldates et me suis endormie aussitôt. Cette nuit, une main a ouvert la porte de ma chambre. J'ai d'abord cru à un geste ami et ai décidé de rester silencieuse, pour ne pas mettre en danger celui ou celle qui venait me réconforter.

— Une de tes soldates ? interrogea le souverain, prêt à s'emporter. Elles préfèrent te secourir plutôt que m'obéir ?

Tevoda secoua la tête.

— Une fois la porte entrouverte, la personne qui l'avait poussée s'est effacée en silence, sans pénétrer dans ma chambre ni même m'appeler. J'ai redouté un piège et attendu longtemps avant de me décider à sortir, prête à faire front.

Elle marqua un temps d'arrêt avant de continuer :

— Sur le pas de la porte, j'ai aperçu une chose blanchâtre – un amas de peau et de chair sans vie déposé à même les dalles de grès.

Comme elle regardait Jayavarman, elle le vit pâlir et s'en effraya. Inutile d'alarmer le roi pour si peu. Elle s'empressa d'ajouter :

— C'était un poulet, plumé et prêt à cuire.

Il y eut un murmure, des sourires. La guerrière était assez intelligente pour mesurer ce qu'il y avait de comique dans son exposé. Pour conjurer les ricanements qui menaçaient de couvrir ses paroles, elle se hâta de reprendre :

— J'ai fait quelques pas au-dehors et ai vu une deuxième volaille, une troisième, puis des morceaux de porc... Ils indiquaient un chemin. Celui-ci n'était pas long : contournant l'entrepôt aux peaux de bêtes et le bosquet des sagoutiers, il menait à la fosse du crocodile blanc, la terreur des Chams.

Les visages s'étaient figés, attentifs. Même Crindra souhaitait entendre la suite de cet exposé commencé de manière si étrange. Tevoda laissa passer un nouveau silence et acheva d'un trait :

— Avec de grandes précautions, j'ai marché vers l'enclos. La bête n'était pas en vue, et je savais que si elle apparaissait, je pourrais lui échapper en sautant sur le parapet. Je me suis avancée... Comme celle de ma chambre, la porte de la fosse était ouverte, débarrassée de ses étais. Mais il n'y avait nul danger : la bête était morte. Elle gisait sur le dos, la gueule ouverte, ses crocs inoffensifs luisant sous la lune.

Jayavarman avait compris et intervint :

— Grâce à Binasuor, le crocodile a été empoisonné par le venin qui m'était destiné...

Le roi réfléchit un instant puis considéra le Cham.

— Tu as dit la vérité. À compter de cet instant, tu es délié des engagements que je t'avais demandé de prendre, libre d'aller à ta guise... de quitter la ville et le royaume et de retourner chez les tiens si le cœur t'en dit.

Sans s'occuper du regard que sa sœur lui lançait, il reprit :

— Quant à toi, Tevoda, quand tu as trouvé le grand crocodile expiré, pourquoi n'as-tu pas donné l'alerte ?

Tevoda fixa le roi.

— J'ignorais que la mort de cette bête était de nature à prouver l'innocence de Binasuor. De plus, j'avais commis une faute : j'avais quitté ma chambre…

Elle marqua un temps d'arrêt pour donner à ses paroles plus de poids et même les teinter d'une ironie quelque peu irrévérencieuse, puis reprit :

— J'ai été destituée. Depuis hier soir, je ne commande plus la garde féminine.

Le roi frappa son siège de son éventail en ivoire et plumes de paon, comme pour chasser définitivement les mauvaises résolutions et décisions prises depuis plusieurs jours. D'une voix forte, il affirma :

— La bonté de Bouddha qui m'inspire n'a pas de limites. Pour cette raison, Tevoda, je te pardonne ; tu es rétablie dans tes fonctions.

Il regarda les greffiers avant de continuer :

— Les chroniques du règne garderont le souvenir de tes égarements mais aussi celui de ton dévouement, de ton courage et de ta hauteur de vue.

Le souverain voulut poursuivre, mais un hurlement l'en empêcha. Hors de lui, le visage empourpré, les yeux exorbités, Rajendra se releva et apostropha la soldate :

— Tevoda, tu as gagné. Par-delà la roue des existences, je te pourchasserai de vie en vie et finirai par te tuer. Quand je serai débarrassé de ta présence, je pourrai faire ce que bon me semble de tes soldates !

Rajendra devenait fou, mélangeait le présent et l'avenir. Peu impressionnée par cette menace qu'elle était incapable de prendre au sérieux, Tevoda se tourna vers lui pour répliquer :

— Muni de ton sceau qui t'a souvent servi à échapper aux contrôles des gardes, tu as maintes fois poursuivi mes filles jusque dans la caserne et menacé les recrues les plus jeunes en arguant de ta parenté avec les Pieds Sacrés.

Elle pivota de nouveau, se frappa la tête contre le sol et déclara au monarque :

— Pardon, je ne l'avais jamais dit, je voulais conserver ce secret honteux…

Puis elle se redressa et reprit son accusation :

— Tu ne croyais pas que j'oserais te dénoncer un jour. Tu avais raison, jusqu'à aujourd'hui. Sobhana, Sotharet et Mekhala la gauchère se sont tuées à cause des menées de Crindra ; mais elles auraient pu tout aussi bien se donner la mort pour t'échapper… Tu en as tant souillé !

Stupéfait, Jayavarman regarda son cousin.

— Rajendra, est-ce la vérité ? C'est là ton secret ?

Il était si âgé, si près de la fin… Pourquoi se cacher plus longtemps ? pensa le vieux seigneur. Oui, il pouvait dévoiler sa nature profonde devant le conseil royal, donner libre cours au ressentiment qu'il nourrissait à l'encontre du roi. Et surtout vomir la haine qu'il éprouvait pour Tevoda, dire son dépit puisque cette femme qu'il méprisait l'avait vaincu. C'est pourquoi il répondit d'une voix sourde :

— Oui, j'ai convoité ces chiennes, leur corps bien nourri, leurs cuisses fuselées. Et par la menace, j'en ai connu plusieurs… Tevoda, tu ne sauras jamais lesquelles de ma bouche ; et, pétrifiées par la honte et la crainte d'être punies, elles n'avoueront jamais que je les aie forcées.

Il ajouta en se tournant vers Jayavarman :

— Quant à toi, mon cousin, tu ne pourras sévir. Punir ou chasser quelques filles soldates qui se sont données à moi, ce serait possible. Cependant, tu ne peux exiler d'un bloc le régiment… Mais tout est perdu et tu ne pourras disposer longtemps de ces idiotes.

— Que veux-tu dire ?

— La puissance d'Angkor est illusoire. Seule une vraie citadelle aurait pu te permettre de jouir de tes épouses et de toutes les femmes d'Angkor sans craindre l'invasion. Un jour prochain, le peuple sera égorgé, condamné par ton incurie !

Le roi ne répondit rien. Ce vieillard sans morale dévoilait devant les ministres et les prêtres le plus profond de sa personnalité abjecte. Durant de longues années, Rajendra avait manœuvré pour qu'Harsha soit destitué et que lui-même souscrive à son grand projet : faire du Cambodge un royaume craint, parce que doté d'armes et de soldats invincibles sous les ordres d'un souverain indifférent aux misères de son peuple et retranché derrière les hautes murailles d'une ville défendue par des catapultes, des fossés et des régiments d'éléphants hérissés d'archers... C'était un rêve de fou, le songe repoussant d'un vieil homme soumis à des désirs inavouables...

Rajendra insista en apostrophant son cousin :

— Tu lis en moi ? Tu comprends que je dis la vérité et prédis l'avenir ? Parce que tu ne veux pas suivre mes conseils, tu mènes le Cambodge à sa perte. Après ton règne, le pays s'effondrera, épuisé. Les envahisseurs se presseront, accourant de l'est et de l'ouest. Les Khmers ne sauront où aller, en l'absence de véritables places fortes. Hormis quelques collines trop peu élevées pour qu'une défense y soit établie, le Cambodge ne dispose d'aucune barrière naturelle, d'aucun fleuve infranchissable, d'aucun désert propre à retarder une armée ennemie. Une plaine vulnérable, voilà où nous vivons, et nous y serons balayés comme le sont les fourmis par une pluie de mousson !

Un grand silence accueillit la fin de ce discours, qui avait semé le trouble dans les esprits. Et si Rajendra avait raison ? Le roi regarda sa sœur avant de répondre :

— Je n'ignore rien de la science militaire que mon cousin vient d'invoquer pour justifier la haine qui l'habite. N'ai-je pas mené nos armées à la victoire ? La nouvelle capitale sera mieux défendue que par des armes ou des pierres puisque Bouddha la protégera avec l'aide des anciennes divinités –

du moins si celles-ci existent encore. La ville sera le séjour des créatures du monde céleste, qui nous soutiendront à tout moment.

À cet instant, Crindra s'esclaffa.

— Pieds Sacrés, je ne sais si tu verras la concrétisation de ce projet, car il ne pourra être réalisé avant de longues années. Oublies-tu que l'architecte Harsha est mort sans avoir pu exposer au conseil le détail de ses plans ? Il avait travaillé dès les premières lunaisons de l'Occupation afin d'élaborer son dessein ; consulté des prêtres et des maçons, des ingénieurs et des bûcherons ; récolté les anecdotes et les souvenirs que le brillant Visvakarman avait laissés derrière lui. Avec l'aide de Norindeth, il avait dessiné dans le sable et recopié sur des peaux de bêtes et des feuillets des dizaines de plans ; il s'était livré à des milliers de calculs, avait tracé sur du papier de Chine des esquisses innombrables pour dresser les plans de la nouvelle Angkor. Or, ce sont ces plans qui sont partis en fumée. À supposer que ton royaume abrite un autre Harsha, combien de temps celui-ci mettra pour parvenir à un résultat approchant ? Rajendra a raison : dans l'intervalle, les Chams auront fondu sur le Cambodge. Grâce à eux, le culte rendu aux anciens dieux retrouvera sa splendeur, et chacun regrettera de les avoir placés au second plan. Certes, je ne serai pas là pour contempler cette bataille finale. Cependant, sache que je la considère dès à présent non comme une défaite, mais comme une victoire ! Il me suffit de savoir que mon temple des Cent Lingams retrouvera sa splendeur, que son supérieur regagnera la puissance dont tu m'as dépouillé. Sous la lame du bourreau, j'emporterai avec moi cette pensée réconfortante. Nul condamné n'aura péri avec une telle joie au cœur !

Forte de ses pouvoirs recouvrés, Tevoda s'avança d'un pas vers Crindra, le menton volontaire, les mâchoires serrées. De ses mains puissantes, elle se proposait de rompre le cou de l'insolent, pour lui faire payer son cri de haine. Néanmoins, elle quêta du regard les ordres du roi et celui-ci la retint. La guerrière recula, cachant mal sa déception. D'une voix douce, Jayavarman entama sa réponse :

— Tes paroles sont vaines et sans avenir. Je le pense, j'en suis certain et je l'ai dit mille fois : Bouddha et ses bodhisattvas veillent sur nous.

Crindra sourit. Les Pieds Sacrés allait se perdre une fois de plus dans un long exposé sur sa foi dans l'Éveillé. Mais le souverain poursuivit :

— Harsha a été frappé à mort dans ce palais. Titubant, il a réussi à se traîner jusqu'à moi avant d'expirer. Quand il a pénétré dans la salle du Trône, il savait qu'il était encore en mesure de prononcer quelques paroles…

Crindra s'assombrit. Où le Fortuné voulait-il en venir ?

— Ce malheureux aurait pu choisir de prononcer le nom de son assassin. Un autre aurait agi ainsi. À l'heure de sa mort, qui ne souhaiterait que son meurtrier soit dénoncé et châtié ? Harsha, lui, a pensé autrement, plaçant son devoir au premier plan. Mourant, il s'est sacrifié, a renoncé à toute vengeance et a épargné ses forces pour transmettre l'essentiel. Faisant le choix de l'abnégation, au risque de ne jamais être vengé, il a décidé de se montrer fidèle jusqu'au bout, de privilégier une dernière fois son devoir…

Après avoir considéré son ancien conseiller avec dureté, Jayavarman releva la tête pour regarder le ciel à travers une fenêtre puis il s'adressa au défunt :

— Harsha, tu m'as livré ton secret.

Interloqué, Crindra se força à rire.

— Un secret absurde ! Une simple invitation à défiler dans la ville au milieu de tes troupes !

Et, moqueur, il cita de mémoire :

— « Montre-toi à ton peuple… Fais-toi précéder des étendards… et de l'orchestre royal… Que les filles du palais t'accompagnent, portant des cierges… Place sur ta tête le

Grand Mokot… Brandis l'Épée sacrée du royaume… Surtout, abrite-toi sous mon parasol à manche d'or. » Voici une indication précieuse. Je ne vois là que le délire d'un moribond qui, ne réussissant plus à ordonner ses pensées, mêlait le rêve et la réalité.

— Détrompe-toi. Grâce à ces paroles, je suis en mesure de réaliser le projet d'Harsha.

Cette affirmation ne convainquit guère Crindra. Du reste, que voulait dire Jayavarman ? Maniait-il l'allégorie, le symbole ? Probablement. L'architecte avait exalté la personne du monarque et sa magnificence. Perdu dans ses rêves de gloire et de rédemption, celui-ci y voyait un engagement à poursuivre sa tâche… L'ancien conseiller songea que cela ne changeait rien à sa prédiction : il faudrait de longues années pour reconstituer le travail d'Harsha, si du moins c'était possible. D'ici là, le Cambodge se serait effondré.

Mais, soudain rayonnant, les Pieds Sacrés se tourna vers sa garde féminine et, d'un air faussement ingénu, il demanda :

— L'homme… se trouve-t-il toujours à Angkor ?

Tevoda n'était pas dans la confidence. Interloquée, elle considéra le souverain, ne sachant que répondre. Prévenues au préalable par le roi du tour que prendrait l'audience, deux soldates s'avancèrent, et l'une d'elles répondit :

— Il attend de paraître dans la salle des Javelots.

— Qu'on le fasse entrer, ordonna Jayavarman.

Puis, il saisit en souriant une feuille de bétel et s'aperçut aussitôt qu'elle avait été préparée par la malheureuse Bupati. Parmi les femmes vivant au palais, il faudrait qu'il en trouve une autre aussi habile et experte que son infortunée favorite dans l'art de doser l'arec, les écorces aromatiques et le poivre, pensa-t-il. Quand les premières saveurs âcres des plantes se furent épanouies sous sa langue, il tendit la main vers Crindra et remarqua :

— Ta mémoire flanche sur un mot, un seul, clef de la renaissance du Cambodge.

Poursuivant sa course, le soleil passa à cet instant de l'autre côté d'un lourd pilier, disparaissant sous une mosaïque de verroteries, incendia la statuette de Bouddha qui veillait sur l'assemblée. Transporté par ce spectacle, le roi riva les yeux sur son ancien conseiller et affirma :

— Il y aura une nouvelle capitale et en son centre, pivot du royaume, un temple dédié au bodhisattva Lokesvara dont le visage, répété à l'infini, protégera le Cambodge... Crindra, tu as perdu !

Ce jardin serait son domaine, à jamais. Bupati, étendue sur le dos, jouissait de la chaleur du soleil sur sa poitrine et ses cuisses. Elle apercevait les dieux et les esprits gardiens de son foyer et de sa lignée : ils la regardaient en souriant, perchés dans les branches des arbres qui s'avançaient au-dessus d'elle. Ainsi veillée, elle n'avait rien à craindre. L'homme si beau et si bien habillé – peut-être un roi ? – qui lui avait parlé si gentiment avait raison. Ces fleurs en pot étaient superbes et l'herbe douce. Ici, Bupati était en sécurité et nul ne viendrait plus l'ennuyer, comme l'autre nuit, cette nuit affreuse éclairée de bougies qui... Mais, au fait, que s'était-il passé, à la lueur de ces cierges ? La jeune fille n'en savait plus rien, n'était plus poursuivie par des images odieuses. À présent, elle revoyait des visages agréables, mais était incapable d'y associer des noms. Elle s'en moquait. À peine se rappelait-elle avoir quitté le palais avant de rencontrer ce négociant chinois, près de la porte de l'Intronisation royale... Elle sourit. Pour la première fois depuis le soir de la cérémonie qui avait tué son âme, elle se savait en sûreté. Sa vie ne serait plus que douceur ; elle vivrait protégée par le sourire épanoui que l'homme aux bijoux d'or lui avait adressé, près de la charrette chargée à ras bord du négociant.

Li Chengming apparut, escorté par des soldates. Il traversa la grande salle, passant entre les rangs des conseillers et des religieux, puis les femmes de la garde l'engagèrent à s'agenouiller. Sans attendre la fin de son salut, Jayavarman entama un nouveau discours :

— Négociant, toi et tes compatriotes êtes nombreux à venir jusqu'à Angkor. Nous vous avons toujours bien accueillis, disposés à commercer avec vous, à échanger nos fourrures, nos cornes de rhinocéros et nos plumes de martin-pêcheur contre vos porcelaines, le salpêtre qui nous sert à fabriquer nos pétards et vos marmites de fer. Tu as eu un différend avec l'intendant Norindeth. L'affaire était embrouillée et m'embarrassait, car je ne savais comment la trancher avec équité. Norindeth a choisi de se donner la mort – ce qui, pour moi, signait sa mauvaise foi et sa culpabilité. Pour cette raison, et parce que j'étais en proie au doute, j'ai ordonné que tu sois élargi...

Il y eut un murmure, ces paroles conciliantes suscitant la désapprobation des Khmers. Le roi n'en tint pas compte et poursuivit :

— Tu aurais pu reprendre ton commerce, acheter et vendre à ta guise, t'enrichir et repartir chez toi chargé de marchandises. Or, tu en as décidé autrement...

Le roi-Bouddha abandonna la pose royale et frappa le sol de son pied gauche.

— Foulant les lois de l'hospitalité et du commerce, tu as conspiré contre le royaume !

Cette accusation brutale coupa les jambes du Chinois. Toutefois, elle ne l'anéantit pas. L'argent, l'enrichissement ? Il n'en était plus question, plus du tout, constata-t-il. Il n'avait plus qu'une idée : survivre. Il lui fallait trouver les mots qui lui feraient éviter la mort, se tirer de ce piège, échapper à ces gens et ne plus jamais revenir ici. Il devait leur dire ce qu'ils voulaient entendre en préservant ses propres intérêts. L'essentiel était qu'il parvienne à s'enfuir avec son colis précieux. Ensuite, ce pays pouvait bien être balayé par la guerre si tel était son sort. Lui était fatigué de voyager et de vivre dans des contrées aussi sauvages et de côtoyer des habitants aux mœurs aussi peu policées…

Li serra les dents tout en baissant la tête. Si les choses tournaient à son désavantage, il savait comment contre-attaquer. Une fois de plus, il se tirerait de ce mauvais pas, avec ses seules forces. Il se félicita d'avoir confié une poignée de terre à la soldate Sorn : ces grains rouges et sablonneux, mêlés à des racines et des graines, sources de vie et de renouveau, témoigneraient de sa compassion. S'il en était besoin, elles feraient pencher la balance en sa faveur.

— Par tes actes, ajouta le roi, tu as fait planer de graves menaces sur la sécurité de mon peuple.

La dureté du propos et la rudesse du ton frappèrent encore le marchand, et il comprit que sa seule chance de s'en sortir était de dire la vérité, de confesser sa cupidité et de se montrer tel qu'il était sans craindre d'apparaître veule.

— Ta conduite est pire que celle d'un démolisseur de digue, d'un empoisonneur de bétail ou d'un remblayeur de rizière, insista le Fortuné. Lors de la Grande Invasion, les Chams nous ont pris par surprise, mais c'est le jeu de la guerre. Toi, tu profites de l'état de faiblesse dans lequel se trouve Angkor pour tenter de nous donner le coup de grâce avant que nous ayons relevé la tête… Il faut châtier sans pitié ceux qui se plaisent à faire du mal aux êtres vivants, à menacer leur existence !

Sur un geste de lui à l'intention des soldates, deux d'entre elles s'avancèrent alors de front en tenant une forme mince et longue, enveloppée dans une étoffe tissée d'or ; en se haussant, elles la déposèrent avec peine au pied du trône. Jayavarman se leva et déplia délicatement le tissu, qui laissa voir un bambou laqué d'or d'où dépassaient des franges de soie.

Conscient de jouer sa vie, Li Chengming se prosterna de tout son long.

— Pieds Sacrés, c'est vrai, j'ai eu tort, mais je n'ai pas trahi. En dénonçant l'incurie de Norindeth, je n'ai pas menti. Je ne suis qu'un modeste négociant ; je dois acheter, vendre, voyager et revendre pour gagner ma vie. En refusant de payer la cargaison de papier apportée de Chine, l'architecte a causé ma ruine. Or, pour l'avoir rencontré à plusieurs reprises, je savais qu'il attachait de l'importance à cet objet.

Désignant le paquet déposé par les guerrières, il continua :

— Je l'ai cherché dans les décombres de sa maison. De peur d'être repéré par les gardes, voire les simples habitants, j'ai failli renoncer à maintes reprises avant de le découvrir. Il était resté intact dans une manière de fosse dallée de briques résistant au feu, une cachette idéale... J'ignore quelle valeur réelle il possède, hormis celle que lui confèrent sa belle facture et l'or de ses galons. Je pensais le revendre hors les frontières, avec les épices et les cornes de rhinocéros ou, si je ne trouvais pas preneur, récupérer au moins les fils précieux dont il est tissé.

— Tu aurais cédé sans vergogne cet objet aux Chams ! clama le roi. Tu n'en es pas à ton premier voyage au Cambodge. Au cours des dernières années, tu as commercé avec nous ; tu t'es nourri de notre riz, de notre viande et de nos légumes ; tu as dormi dans nos maisons et bu notre eau ; tu as peut-être connu nos femmes et, en tout cas, tu les as observées quand elles se baignaient – je connais les plaisirs de tes compatriotes. Ce que tu as voulu nous soustraire n'est pas un simple accessoire. C'est un trésor inestimable qui représente l'avenir de mon peuple, son triomphe ! Il porte en lui la paix qui doit régner sur la terre où nous vivons. Il représente le testament et le legs d'Harsha, la vie du Cambodge et son éternité. Or, tu t'apprêtais à le vendre à nos ennemis contre un misérable lingot d'or ! Ta conduite est condamnable, criminelle – surtout, elle est vaine et ne peut finalement inspirer que le mépris !

Le roi se leva. La pitié n'était pas de mise quand il s'agissait de protéger le Cambodge. Terrible, il arracha l'un des colliers ornant son cou et le jeta à terre en ajoutant :

— De l'or ? C'est ce que tu voulais ? Je ferai fondre ce collier, mêlerai son or à d'autres bijoux. Ce flot fumant cautérisera les veines de ton cou lorsque le bourreau t'aura décapité !

Toujours prosterné, le Chinois était prêt à s'humilier devant celui qui, dans le fond de son cœur, n'était que le chef d'une troupe de barbares.

— Pitié, roi-Bouddha ! implora-t-il. Je n'avais pas mesuré toute l'importance de cet objet. Mentant, il ajouta :

— Je croyais qu'il ne s'agissait que d'un parasol sans grande valeur.

Il devait se montrer plus convaincant, se dit-il, ramper s'il le fallait, faire n'importe quoi pour ne pas être exécuté et enterré ici, loin de la terre de ses ancêtres et de l'autel familial…

— Tais-toi ! cria le roi. Tu mens ! Te serais-tu donné tant de mal pour dérober le bien le plus précieux d'Harsha si tu n'avais pas eu conscience de sa singularité et de son importance extrême ?

Considérant le Chinois qui s'avilissait à ses pieds, Jayavarman savait qu'il n'avait qu'un instant pour se décider. Comment savoir si cet homme disait la vérité ? Pouvait-il le croire, le traiter comme un simple voleur qui n'avait fait que piller des ruines fumantes pour rentrer dans ses frais ou comme un félon ? Le juger comme un Khmer, un être humain propre à connaître la Voie indiquée par Bouddha, ou comme un étranger dont il fallait se méfier, pour assurer les bases du nouveau royaume ?

Jayavarman regarda les Khmers massés au fond de la salle des Audiences – paysans, vanniers, pêcheurs, marchandes de lotus, jeunes cueilleurs de noix de coco, laqueurs au geste sûr, forgerons, charpentiers aux mains larges. Tous le regardaient avec confiance ; ils attendaient de lui qu'il leur indique le chemin de l'Illumination et que, jusqu'à l'heure de leur mort, il leur permette de vivre en paix, à l'abri des Chams.

— Je suis un marchand, déclara le Chinois, je vends, j'achète, je n'ai jamais appris le métier des armes, ne sais ni chanter ni jouer de la musique. Je suis contraint pour vivre de voyager, d'échanger, de prêter de l'argent au risque de ne jamais le récupérer, de ramasser ce que je trouve et qui présente une quelconque valeur pour le revendre un peu plus loin... Je l'avoue, Juge suprême, je ne suis qu'un gueux, mon existence est misérable ; en exposer la teneur n'est pas digne d'être entendu par les puissants personnages qui se trouvent dans cette salle. Mais c'est ainsi, c'est ma vie.

Il laissa passer un silence avant d'ajouter :

— Je n'ai pas menti en me plaignant du serviteur Norindeth. N'ayant pas reçu le paiement du papier commandé, j'ai pensé que la loi du commerce m'autorisait à commettre ce menu larcin pour me dédommager. C'est vrai, j'ai volé l'objet. Mais je voulais juste récupérer les fonds investis dans le chargement apporté de Chine à la demande d'Harsha et de son intendant.

D'un geste, Jayavarman le fit taire. La gorge serrée, il constata qu'il avait arrêté son choix. Toutefois, pour achever de se convaincre que celui-ci était le plus sensé, il continua de scruter les regards attentifs de ces malheureux qui avaient tant souffert et s'en remettaient complètement à lui. Le négociant chinois avait-il vu ce qu'il n'aurait jamais dû voir ? Avait-il pris des notes, établi un relevé ? Ou simplement gravé dans sa mémoire les lignes aperçues, les formules et les rangées de chiffres ? Un instant, le souverain ferma les yeux pour interroger sa conscience, polie au fils des ans par la prière. Que Bouddha le conseille. Des images de sang, de fureur, de malheur s'imposèrent à lui. Il revit l'irruption des Chams dans la cité paisible, les mères qui couraient avec leur enfant dans les bras, les flèches qui déchiraient l'air au son des buccins de guerre. Le doute n'était pas permis : le Chinois devait périr…

Enfin, Jayavarman se tourna vers les greffiers. Ceux-ci saisirent leur stylet. Les Khmers s'attendaient que les Pieds Sacrés reprenne son propos d'une voix tonnante, mais il dit d'une voix basse :

— Je n'ai pas compris d'emblée le sens des ultimes paroles d'Harsha. Je me suis montré moins habile que lui, qui a su mobiliser ses dernières forces pour assurer notre survie. Pourtant, je disposais de tous les éléments pour déchiffrer son message, à peine codé.

Après avoir jeté un bref regard sur les greffiers pour s'assurer que leur main était en mesure de suivre ses paroles, il reprit :

— Lors de l'Occupation, nul ne l'ignore, j'ai vécu dans les forêts de la province des Génies aquatiques, disputé leur abri à des sangliers sauvages, été harcelé par des fantômes forestiers, des *araks* farceurs et souvent malfaisants. Malgré des créatures aussi ennuyeuses, cette région qui a su se montrer si généreuse et accueillante est deux fois bénie, puisque le dévoué Harsha y est né et que ses habitants sont particulièrement pieux…

Il considéra le négociant chinois avant de relever la tête et de scruter le ciel au travers d'une fenêtre à colonnettes.

— La saison des pluies y est moins longue, le soleil plus pesant. Là-bas, nul ne sort sans une protection de cette sorte…

Se penchant, il acheva alors d'écarter l'étoffe qui enveloppait l'objet découvert dans la charrette de Li Chengming. Vaste comme une nasse de pêcheur du Tonle Sap, et plus coloré qu'un ciel empourpré par le soleil couchant, un parasol apparut.

— Les habitants de la province des Génies aquatiques ont l'habitude d'orner de formules propitiatoires la coupole de leur parasol. Ainsi protégés, nul malheur ne peut les atteindre. Usant d'une prudence extrême, Harsha s'est inspiré de cette tradition admirable pour s'assurer que son travail ne serait jamais perdu si d'aventure, avant qu'il ait pu mener à bien la reconstruction de la ville et de ses défenses, le sort le faisait périr et détruisait ses papiers.

Le roi ouvrit le parasol, en présenta à l'assistance la voûte soyeuse avant d'ajouter, cette fois d'une voix martiale :

— Là, sur la soie, dessiné durant de longues nuits de veille d'un pinceau qui ne trembla jamais, avec tant de minutie qu'il serait impossible d'inscrire une ligne de plus entre celles qui ont été tracées par Harsha le juste, voici le double de ses plans. Il n'y manque rien : pas un chiffre, pas une proportion, pas une invocation. Tout y est minutieusement mentionné – la taille de la cité et l'épaisseur des murailles ; l'emplacement des portes, avec la largeur des ponts qui y mènent, et celui des temples et des statues de l'Éveillé ; le déroulement des rites que nous accomplirons lors de la consécration des fondations.

Se penchant de nouveau sur l'objet, il remarqua :

— D'un trait plus vif, contre les portes de la ville, Harsha a ajouté des éléphants à trois têtes. L'encre est plus fraîche, comme s'il s'agissait d'une modification de dernière minute. Jusqu'à son assassinat, ce visionnaire a voulu améliorer son œuvre.

La voix de Jayavarman se fit plus forte :

— Les portes seront édifiées comme l'architecte l'a voulu, et chacune sera défendue par des éléphants tricéphales.

Il se tourna vers Crindra et reprit plus calmement :

— Harsha avait pensé que, s'il venait à mourir, Norindeth ou un autre de ses fidèles serviteurs se servirait de cette ombrelle au début de la saison sèche – une période de tout temps propice aux travaux – et que, découvrant le plan de secours, il l'apporterait en courant au palais royal. L'infortuné architecte avait raison de redouter le pire, puisqu'il a été mis à mort sur ordre de Crindra le renégat. Et si le destin a ensuite quelque peu altéré le canevas qu'il avait imaginé, il n'en a pas mis à mal l'essentiel. Cet objet précieux entre tous a été enseveli sous les cendres avant d'être dérobé par Li Chengming ; mais la Providence veillait sur nous et une suite de circonstances particulières lui a permis de revenir jusqu'à moi. Une malheureuse femme égarée y a joué un rôle particulier. Dès que j'ai vu cet objet, dissimulé dans la charrette du marchand, le bodhisattva Lokesvara m'est apparu et m'a parlé, m'incitant à l'examiner de plus près. En même temps, la créature divine m'a murmuré à l'oreille les dernières paroles d'Harsha : « Abrite-toi sous mon parasol à manche d'or. » J'ai ouvert cette ombrelle et me suis placé dessous. Le stratagème imaginé par le pauvre architecte s'est alors présenté à moi dans toute sa splendeur…

Avec précaution, Jayavarman replia le parasol.

— Cet objet est précieux. Refermé, il ne laisse rien paraître de son mystère ; mais, ouvert, il dit à la face du monde que le Cambodge est éternel et invincible à jamais. Ainsi que le grand conseil l'a décidé le jour de mon intronisation, la première pierre de la nouvelle cité sera posée dès que s'effaceront les derniers nuages. J'assumerai en personne la direction des travaux. Je sais que, par l'intermédiaire du bodhisattva Lokesvara et de l'esprit du génial Visvakarman, l'Éveillé me soutiendra.

Préférant taire le secours que ses deux épouses mortes ne manqueraient pas de lui apporter, l'Éminent Maître de la vie au-dessus des têtes acheva :

— Je serai le père, la mère et l'origine d'Angkor la neuve. Dès qu'elle sera achevée, j'épouserai la capitale reconstruite. Avec elle, je procréerai pour réaliser le bonheur de l'univers.

À cet instant, de longues files de terrassiers enthousiastes, des myriades de maçons, de tailleurs de pierre et de charpentiers dociles défilèrent devant le roi. Cette vision n'en était pas une ; elle disait le vrai, elle était l'avenir, songea

Jayavarman qui adressa un signe à Tevoda. La guerrière s'inclina avant de saisir le parasol, avec les mêmes précautions qu'elle aurait déployées si elle avait pris un nouveau-né dans ses bras.

— Porte ce trésor aux prêtres de la chapelle, lui commanda Jayavarman avant de lancer à Crindra :

— Ton échec est complet. Tu as tué et menti sans parvenir à tes fins. Tu n'as même pas contenté les mauvais esprits qui se sont emparés de ton cœur puisque malgré sa mort Harsha triomphe.

Le religieux eut un sourire triste, prélude aux grimaces de souffrance que lui arracherait le bourreau et il se mit à raconter :

— Ma vie était écrite par avance. Les dieux se sont joués de moi. Lors de la Grande Invasion, j'ai dû quitter le temple des Cent Lingams. Sur la route, j'ai rencontré un moine bouddhiste qui se mourait ; il m'a légué sa robe et son bol, à charge de laver sa dépouille. J'y ai vu un signe du destin et ai décidé d'abandonner mes anciennes croyances pour prier l'Éveillé tout en répandant sa parole. Ce n'était pas difficile. Pour peu qu'on y recherche le symbole et la parabole, les textes sacrés se ressemblent tous : ils promettent le bonheur éternel à celui qui saura renoncer au bonheur présent. Je me suis rasé la tête, j'ai adopté la robe safran des bouddhistes et laissé de côté mes anciens bijoux, renoncé aux maquillages qu'affectionnent mes anciens coreligionnaires. J'ai changé de nom, veillé à ne jamais revenir aux alentours du temple des Cent Lingams afin d'éviter de croiser des personnes qui auraient pu me reconnaître. Cette foi nouvelle m'a permis de déflorer quelques vierges – une occupation qui était nouvelle pour moi, puisqu'elle est interdite aux brahmanes. J'ai participé à de nombreuses fêtes de famille. J'ai été félicité et remercié par des parents, admiré par les fillettes dont je devais célébrer l'entrée dans l'âge adulte. Prendre possession de ces jeunes corps sans être d'ailleurs contraint de demeurer longtemps en la compagnie de petites sottes aussi fières que soumises m'a distrait. J'ai cru qu'exercer un tel pouvoir m'amuserait assez pour m'aider à oublier ceux que j'avais perdus en quittant le temple et ses domaines, où je régnais. Mais l'ennui s'est vite emparé de moi et j'ai décidé de rejoindre Jayavarman en exil.

Le propos de Crindra était transparent : son dessein avait en fait été de rallier le prince pour le séduire, le circonvenir, devenir son mentor et lui suggérer la moindre de ses pensées et actions. Chacun le comprit sans qu'il ait eu besoin de le préciser…

— Quand tu es devenu roi, Pieds Sacrés, je me suis efforcé de recueillir tes déductions, de les orienter pour agir dans l'ombre, afin de pétrir à ma guise le Cambodge renaissant : peser sur telle ou telle orientation, faire nommer un ministre ou un autre, conclure ou non un traité. Là aussi, je me suis lassé et ai décidé de faire disparaître ce monde qui m'ennuyait et, surtout, n'offrait qu'un cadre réduit à mon ambition. J'aurais voulu être roi. Or, tu l'étais…

Jayavarman était blême. Pourquoi n'avait-il pas déjà fait exécuter le moine ? Mortifié, il ne songeait même pas à le faire arrêter et emmener au loin.

Jouissant d'humilier ainsi le monarque devant la cour, Crindra éclata de rire.

— Oui, j'ai fait assassiner l'architecte pour que la nouvelle Angkor ne voie jamais le jour. Oui, j'ai tué Harsha avec le glaive de Binasuor – mais j'ai commis une erreur, comme Vijanaga l'a souligné. Au moins, en feignant d'être son défenseur, je me suis diverti… Plaider l'innocence d'un homme que l'on veut perdre, quelle satisfaction profonde, l'une des plus fortes délectations que j'ai eues en étant à ton service !

Le moine prit le temps de mesurer l'exaspération que ses paroles suscitaient chez le roi, puis continua d'un ton à l'indifférence feinte :

— J'ai provoqué la mort des soldates Sobhana, Sotharet et Mekhala. J'ai moi-même mis le feu à la maison d'Harsha, veillant à ce que les flammes dévorent ses plans et ses livres. Il s'en est fallu d'un rien – un regard, un pas de côté – pour que je découvre la cachette où m'attendait le parasol. D'un geste, j'aurais fracassé ce fragile assemblage de soie, de bambou et de coton, en aurais fait la litière des porcs que les serviteurs élèvent dans le quartier des tresseurs de cordage. Si ce pleutre et écervelé de Norindeth ne s'était pas donné la mort, j'aurais su l'interroger de manière qu'il me révèle l'existence du parasol. Il était trop proche de son maître pour ne pas connaître ce secret.

— Tu insultes un mort ! hurla Jayavarman. Parce que tu as échoué, tu calomnies ceux qui se sont dressés sur ton chemin. Crois-tu que je ne vois pas clair dans tes insinuations ? Ne salis pas Norindeth ! L'infortuné intendant ne pouvait connaître le secret de l'ombrelle car il me l'aurait révélé avant de se tuer... Tu es seul, Crindra, et c'est seul que tu affronteras le châtiment que tu mérites !

Impuissant à offrir à sa haine une prise où elle aurait pu s'accrocher et se régénérer, Crindra perdit pied et siffla :

— Seul ? Le marchand chinois m'accompagnera au supplice.

Au moins, songeait-il, puisque ce monde ne voulait pas de lui, il aurait la satisfaction d'emporter un autre homme dans la mort. Il adressa un sourire atroce, promesse de malheur, à Li Chengming.

À ses pieds, ses cheveux blancs épars, la soldate Sorn gisait morte. Par deux fois, Tevoda essuya le plat de son épée contre l'étoffe qui lui ceignait les reins. C'est ainsi – le haut des cuisses, les mains et le ventre barbouillés de sang – qu'elle reviendrait devant Jayavarman. Le parasol d'or était à l'abri, veillé par le bataillon féminin et les prêtres, placé près des objets rituels utilisés lors de l'intronisation des rois khmers. À cette heure, penchés sur l'ombrelle miraculeuse, les religieux de la chapelle royale s'employaient à relever les plans d'Harsha, à recopier ses formules mathématiques et ses croquis sur des jeux d'ôles. Demain matin, cette tâche serait achevée… Comme le roi-Bouddha le voulait, la cité serait construite. Tevoda s'approcha du corps. Loin d'être celle d'une meurtrière, son attitude était celle d'une femme de tête – une femme contrainte de tuer son enfant pour le sauver, de lui-même et de ses ennemis. Elle murmura :

— Tu étais entière et fière, tu n'aurais jamais cessé de prier Uma, de respecter les règles prescrites par son culte. Qui sait ce que tu aurais décidé si un autre coreligionnaire était arrivé un jour ? L'aurais-tu suivi en désobéissant à Jayavarman ? je ne peux en être sûre. En tout cas, tu te serais interrogée… Tu vois, en te tuant, je t'épargne bien des affres, d'autant que j'ai juré au roi que toutes les adeptes de la vénérée Uma étaient mortes. Puisse ton fantôme ne pas venir me tourmenter. J'ai agi au mieux, tu ne m'as pas entendue venir, je t'ai tuée par surprise. Sois tranquille, ma pauvre : je ne dirai au Fortuné que le strict nécessaire. Certes, je reconnaîtrai que tu adorais la déesse. Pour le reste, je démentirai farouchement. D'ailleurs, je n'ai pas le choix : j'ai juré au roi que, hormis nos trois amies mortes, je n'avais pas d'autres complices… T'avoir tuée efface mon mensonge.

Tevoda se pencha, dénoua les cheveux immaculés de la morte, les caressa et en respira l'odeur :

— Si Crindra t'accuse de lui avoir fourni le poison des génies lunaires destiné à l'eau de coco, je nierai avec vigueur, je mettrai ton dévouement en avant ; personne ne croira cet horrible moine, si coupable. Nul ne saura jamais que tu as trahi le roi. Que les dieux m'entendent : s'il le faut, je travestirai la vérité pour protéger ton honneur, je t'en adresse le serment, bien que pour ce faire je doive renier celui que j'ai adressé aux Pieds Sacrés.

La senteur musquée émanant de la chevelure tiède réconforta la guerrière. Elle y vit un message envoyé par-delà la mort. La défunte approuvait son propos, lui pardonnait son geste, la remerciait de l'avoir tuée.

— Je t'ai recrutée, t'ai appris à manier l'épée et l'arbalète, t'ai enseigné les prières destinées à Uma. Plus que ta mère véritable, c'est moi qui avais le droit de te juger, de décider à ta place de ce qui était bon ou mauvais pour toi. Aujourd'hui, pour t'épargner le déshonneur, je t'ai tuée. Voilà ce qu'il y avait de mieux à faire.

Elle s'écarta du corps. Oui, c'était mieux ainsi, la jeune Sorn ne quitterait jamais la garde féminine pour se marier, comme elle en avait l'intention. Aucune soldate n'avait le droit de se séparer de la commandante Tevoda, leur mère si aimante.

Entouré de fleurs d'un rouge éclatant qui montaient jusqu'à ses fenêtres, ce gracieux pavillon haut perché constituait un véritable observatoire. Cachée derrière la guipure de bois qui faisait le tour de sa chambre, l'éminente fleur de haricot ne perdait rien des allées et venues animant les alentours de la salle des Audiences. L'homme aux bijoux d'or le lui avait dit, elle n'avait plus rien à craindre. Des porteurs d'offrandes, des cuisiniers passèrent, suivis par des jeunes filles tenant de jolies bougies blanches. Avec un peu de chance, le vent mènerait jusqu'à elle les senteurs de miel, pensa Bupati. Un groupe s'avança. C'étaient les femmes soldats de la garde, farouches, arme à la main, bouclier en avant. Elles formaient autour d'un homme vêtu de safran une muraille infranchissable, propre à l'empêcher de fuir si l'envie l'en prenait.

La favorite se rapprocha, plaqua son visage contre les sculptures de bois ajouré. Elle put alors clairement distinguer le visage de l'être qu'emmenaient les soldates.

Aussitôt, elle partit d'un grand éclat de rire enfantin, entier et confiant. C'était lui, c'était bien lui, le prêtre qui lui avait fait mal au cœur de la nuit, qui avait rentré son doigt en elle avec tant de sauvagerie pour saluer la fin de son enfance et son premier sang versé[1], et pris possession de son jeune corps. Qu'il avait été méchant et brutal ! Cela avait fini par se savoir et l'homme venait d'être puni. Comment expliquer, autrement, le fait que ses mains étaient encordées et qu'il marchait la tête si basse, le teint si gris, l'œil si sombre ?

Envahie par une joie indescriptible, l'éminente fleur de haricot applaudit, laissa échapper un nouveau rire qui la submergea, achevant de balayer le peu de raison qui lui restait. Le ventre douloureux à force de s'esclaffer, les jambes flageolantes, elle s'assit à même le sol pour reprendre son souffle.

L'instant d'après, Crindra disparut du côté des prisons. Il était seul artisan de son propre malheur. La jeune fille qu'il avait violentée voici quelques années n'était pour rien dans sa déchéance. Cependant, la folie que sa main importune avait instillée en elle s'était fortifiée au fil des ans et avait finalement englouti Bupati : elle l'avait à la fois égarée et conduite jusqu'à la charrette du négociant. Prenant un parasol pour un autre, confondant celui de l'architecte Harsha avec l'ombrelle sous laquelle s'était abrité son tortionnaire, la jeune fille avait permis à Jayavarman de triompher. Certes, elle n'avait pas ôté la vie au religieux, déjà condamné. Mais, sans savoir qu'elle se vengeait de manière éclatante, elle avait fait pire en ruinant les espoirs du prêtre qui avait tant souhaité la mort du pays. Patiemment peinte et enluminée par l'architecte du roi, la coupole du parasol d'or avait livré son secret : Angkor retrouverait une splendeur jamais égalée, éternelle.

---

1. Cette défloration rituelle était pratiquée par les religieux bouddhistes ou taoïstes.

— Pieds Sacrés, au nom des erreurs d'appréciation que tu as commises, je demande la grâce du marchand chinois.

L'assistance se retourna. Qui parlait avec cette franche insolence ?

Mains jointes, Binasuor salua le roi avant de poursuivre :

— J'ai été accusé, calomnié et condamné, promis au supplice. Cela me donne quelque droit, au moins celui d'implorer ta clémence. Pour effacer les fausses allégations qui m'ont été opposées, je réclame la grâce du négociant Li Chengming. Certes, si sa marche n'avait pas été entravée, il aurait quitté le royaume sans hésiter à revendre le parasol à Indrapura, en en tirant le meilleur prix possible. Toutefois, il n'aurait fait là que son métier de négociant, sans arrière-pensée.

Étonné par ce discours, le roi le contra sans passion :

— Je ne m'attendais pas à cette demande. Défends-tu le commerçant Li parce qu'il s'apprêtait à nous livrer pieds et poings liés aux tiens ?

Binasuor se redressa, blessé par ces paroles, et il jeta un bref regard sur Vijanaga qui demeurait muette.

— La cour d'Angkor persévère dans l'erreur et l'égarement ! À peine suis-je blanchi que je suis de nouveau présenté à la vindicte du conseil. Ta protestation recèle une nouvelle inculpation.

Amer, il ajouta :

— Dans un instant, je vais être accusé d'avoir aidé Li à retrouver le parasol d'or, de lui avoir conseillé de le vendre à Indrapura avant d'organiser son départ d'Angkor...

Pris en faute, Jayavarman ne songeait même pas à relever l'insolence avec laquelle Binasuor s'adressait à lui. Il ne rappela pas au Cham la déférence que celui-ci lui devait, il le plaçait sur le même plan que lui.

— Nul n'a dit, voire pensé cela. Qu'un prince cham de haut lignage prenne la défense d'un simple marchand ambulant et se livre à un éloge du commerce, cela suscite l'étonnement, voilà tout.

— L'étonnement, répliqua Binasuor, c'est le sentiment que j'ai éprouvé lorsque Li Chengming m'a fait porter dans ma geôle une poignée de terre arrachée au sol de mon pays.

De la terre ? Le roi ne saisissait pas la finalité de ces paroles étranges. Il se tourna vers le Chinois, ne voulant pas interroger le prince, de peur que ce dernier ne confirme l'avantage que lui donnait le tour pris par leur conversation.

— Explique-toi !

Le marchand regarda le Cham, sans savoir s'il devait déjà lui manifester sa reconnaissance. Enfin, il prit la parole :

— En passant d'une contrée à une autre, un objet perd ou prend de la valeur au gré des besoins et des intérêts des peuples rencontrés. En Chine, le blé est commun, surtout dans le Nord ; ici, il est quasiment inconnu : un plein sac vaudrait une fortune. Pendant des lunaisons, j'ai fait du commerce de plantes, vendant des arbustes fruitiers d'un bout à l'autre du Champa. J'en ai même apporté jusqu'au Cambodge, avec leurs racines et leur humus, je les arrosais chaque jour pour éviter qu'ils dépérissent. Il me restait un peu de cette terre, c'est elle que j'ai fait porter à Binasuor alors qu'il était promis à la mort…

— Pourquoi ? interrogea le roi.

— Comme moi, le prince est un étranger dans cette cité. Je ne suis qu'un simple marchand, un ignare qui ne fréquente que mes semblables ; je sais compter et lire mais je n'ai jamais rien ouvert d'autre que mes livres de comptes, je sais la manière de me servir d'un boulier mais ma calligraphie est celle d'un enfant. Nombre des illustres personnages composant cette assemblée me méprisent, ne daignent même pas me regarder, me traitent en paria. Mais les Khmers ne détiennent pas le monopole de la noblesse des manières et des sentiments. Binasuor a été injustement accusé et moi, Li Chengming, je jure que la cargaison de papier apportée à grands frais de mon pays était arrivée intacte à Angkor. Par-delà ce qui me sépare d'un prince, j'ai mesuré ce qui nous rapprochait et je l'ai pris en pitié. Pour adoucir sa fin, j'avais imaginé que sa dépouille serait brûlée avec cette terre ; j'espérais que ses cendres se mêleraient à cet humus, pour qu'un peu de lui repose en pays cham malgré tout. Chez moi, en Chine, les défunts doivent être enterrés dans leur terre natale, la même que celle qui accueille les restes de leurs ancêtres, depuis toujours. Chaque voyageur qui périt...

Les yeux embués, Binasuor l'interrompit :

— En agissant ainsi, tu as fait preuve de noblesse et de générosité. Tu es un marchand et recherches ton profit ; mais ce geste-là était désintéressé, de pure compassion, inspiré par un être divin. Si je retourne un jour dans mon pays, je t'y donnerai un port pour tes bateaux. Dès ce jour, je te considère comme mon frère.

Il marqua un temps d'arrêt, réfléchit intensément. À présent, il lui restait à faire deux annonces, l'une et l'autre importantes. Fixant toujours le Chinois, le prince ajouta :

— Dès ce jour, nous sommes frères car, hormis le roi du Cambodge, nous ne pouvons compter que sur notre appui mutuel.

En un mouvement élégant et déterminé, Binasuor se tourna vers Vijanaga :

— Pour prouver mon innocence, tu as révélé et décrit notre amour au roi.

Croyant qu'un reproche lui était adressé, la princesse se défendit :

— C'était la seule solution. D'ailleurs, arc-boutée sur ce qui nous unit, j'étais sûre de vaincre.

L'œil vif et rieur, elle salua Binasuor. Mais, d'un geste, celui-ci repoussa ce salut.

— Tais-toi !

Surprise, Vijanaga eut la maladresse de regarder vers son frère. C'était là un aveu de culpabilité ; une véritable amoureuse aurait regardé son amant, pas un tiers. Le prince ajouta :

— Tu m'avais adressé mille serments. Conjugués aux promesses que j'avais faites au roi-Bouddha, ce sont eux qui m'ont incité à rester à Angkor. Sous mon corps, ta bouche avait murmuré et adoré mon nom, mais tu ne m'as pas rendu visite dans ma prison. Tes paroles passionnées étaient vaines, pourtant je ne l'avais pas compris. Moi, j'étais sincère quand je t'ai adressé des paroles d'amour. Mais ma condition d'otage m'a peut-être aveuglé. Les gémissements de plaisir que tu imitais m'ont fait perdre la tête.

Ses yeux se firent plus brillants, sa voix plus blanche :

— Un prisonnier est vulnérable, toujours la victime de celui ou de celle qui le secourt et le berce de belles paroles.

La Petite Sœur sainte tarda à reprendre ses esprits, tant l'attaque avait été brutale et surprenante. Binasuor avait ouvert une faille dans son orgueil, où s'engouffraient un peu de gêne, de la honte et un sentiment plus fort encore : égoïste et perdue dans ses rêves de gloire, elle demeurerait seule toute sa vie. C'était peut-être la dernière fois qu'elle s'en émouvait, avant de se refermer à jamais sur elle-même, à la fois comblée et malheureuse.

Vijanaga se redressa, plaquant sur son beau visage un sourire éclatant. Imperturbable, le Cham poursuivit :

— Tu es bien loin d'avoir témoigné d'une sollicitude comparable à celle d'un simple négociant. Tu t'es montrée froide et distante. Ce n'est pas ton cœur qui m'a aimé, mais ton esprit, et par calcul. Être la sœur d'un roi puissant ne te suffisait pas. Aimer, ou plutôt prétendre aimer un prisonnier te permettait de t'élever au-dessus des tiens, de te placer à côté et en dehors de la cour d'Angkor, en te soustrayant même au désir des nobles du royaume... J'ai renoncé à me défendre, j'ai même songé à me donner la mort avant de comprendre que tu n'étais pas digne de ce sacrifice. Sœur de roi, tu ne pouvais que t'unir à un homme de ton rang, un prince. Étroitement apparenté aux rois chams, moi, Binasuor, je répondais à ce critère. Je possédais aussi l'avantage d'appartenir à une autre dynastie, aussi ancienne que celle du Cambodge... Tu ne pouvais régner sur ton pays ? Qu'à cela ne tienne, tu aurais été l'épouse d'un prisonnier illustre, protégé par le roi. Ton orgueil aurait été comblé !

Peu importait à Vijanaga que ses pensées soient ainsi exposées puisque nul n'était en droit de la juger – hormis son frère que, d'ailleurs, elle se faisait fort de circonvenir, dès qu'ils se retrouveraient tous les deux seuls. Elle protesta pour la forme, d'une voix dédaigneuse :

— C'est faux, prince...

Sans la regarder, Binasuor continua :

— Bien sûr, un tel mariage recelait des dangers. Il t'aurait fallu, coûte que coûte, durant de longues années, me défendre contre les Khmers ivres de vengeance. À la moindre escarmouche, si une troupe de soldats chams égarés avait pénétré par inadvertance sur le territoire du Cambodge, les plus belliqueux auraient voulu s'en prendre à moi. Si le pouvoir de persuasion des Pieds Sacrés n'avait pas suffi, si les Cambodgiens ne s'étaient pas montrés conciliants, tu aurais dû me défendre. Mais ce risque était faible. Au demeurant, le prendre valait la peine de feindre l'amour, pour asseoir ta puissance et – surtout – nourrir ton incommensurable orgueil, ton ardent besoin de te placer au rang des divinités.

Ivre de chagrin mais lucide, il acheva :

— Tu as volé à mon secours, tu as confondu Crindra grâce au subterfuge des trois manuscrits... C'était pour préserver tes intérêts, pas les miens. En bravant la volonté du roi et les usages, en me rejoignant dans mes appartements à la nuit tombée, tu n'as pas manqué de courage, je le reconnais aisément. Mais cette vaillance était au service de ton ambition, pas de l'amour ! Pour exister, ce dernier a besoin de deux personnes qui donnent et reçoivent, échangent. Or, j'étais seul à éprouver ce sentiment, je ne l'ai compris que trop tard.

La princesse baissa la tête. Un silence complet accueillit ce reproche en forme d'accusation. Même le roi restait muet. Encouragé par sa propre franchise, Binasuor conclut :

— Je vais rentrer dans mon pays. Que les armées du Cambodge ravagent le Champa ou que nos soldats résistent, cela m'est égal. Que tu vives ou que tu meures, Vijanaga, je ne veux pas le savoir…

Abasourdi, Jayavarman considéra sa sœur. Puis il déclara d'une voix faible :

— La requête de Binasuor est acceptée, mais ses paroles ne seront pas consignées dans les archives impériales. Le marchand Li peut aller comme bon lui semble, j'accepte de croire qu'il ignorait la véritable valeur du parasol d'or. Rajendra, lui, partira en exil. Un sanctuaire sera bâti dans le palais ; il honorera la mémoire des soldates mortes au service du royaume. Une autre chapelle sera dédiée à Harsha ; des prières y seront dites en sa mémoire chaque jour, des cierges y brûleront en permanence ; l'huile de sésame, le lait et l'eau de coco y seront versés sur les autels.

De nouveau, son regard un peu vide revint à sa sœur.

— Quant à toi, tu seras à jamais honorée de ma confiance et demeureras ma parente aimée, ma conseillère très écoutée…

Le Cham avait sans doute raison. Mais si la princesse souhaitait être insaisissable, c'était pour mieux rester auprès de son frère, pour l'aider à mener le Cambodge au plus haut. Lui pardonnant déjà, parce qu'il attribuait son hypocrisie à la fidélité aveugle qu'elle lui vouait, le monarque acheva sa phrase :

— … au nom des épreuves que nous avons traversées ensemble.

La princesse saisit avec rage la boîte à épices disposée devant elle, fragile assemblage de feuilles de bananier et de fleurs de jasmin, et la broya d'une main aussi fine que décidée. Elle préparait déjà sa défense future, marmonnant le discours qu'elle tiendrait pour se justifier :

— Ne jamais aimer un étranger… Un sot qui n'a pas compris l'honneur que lui faisait le Cambodge en lui proposant ma main, un barbare qui me répudie sans façon avant même de m'avoir épousée !

À son habitude, Jayavarman s'assura d'un bref coup d'œil que les greffiers avaient bien accompli leur tâche. Mais il était bouleversé par les révélations de Binasuor autant qu'affecté par la folie dans laquelle avait sombré la fantasque Bupati. Il saisit une chique de bétel et, pour hâter la venue des songes qui l'emporteraient, se remémora les longues conversations qui, durant des nuits entières, les avaient tenus éveillés, son architecte et lui. Bouddha les avait aidés, il en était certain. Reprenant la pose royale, il incita d'un sourire les conseillers et les ministres à le regarder.

Au-delà d'eux, il considéra le peuple assemblé au fond de la salle. Puis, d'une voix très forte, avec des mots choisis pour être tout à la fois digne et compris des ministres ainsi que des simples paysans, il lança :

— Au jour dit, la première pierre de la nouvelle métropole sera posée. Outre le temple d'État, celle-ci comprendra un temple dédié à mon père, un autre consacré à ma mère, car c'est de leur union qu'est né celui qui assurera la pérennité du Cambodge. D'autres encore honoreront ceux qui ont combattu à mes côtés lors de la guerre d'indépendance. Des bassins seront creusés pour que nos péchés s'y engloutissent à jamais ; le palais sera embelli, agrandi, défendu par des garudas et des éléphants de pierre. Partout, je dresserai des statues en l'honneur de l'Éveillé et, sur des stèles, des inscriptions détailleront la gloire d'Angkor. Quant au temple des Cent Lingams, je ne veux pas qu'il pâtisse des mauvaises actions de son ancien maître, ou qu'il soit dit que je me détourne de son sort parce qu'il honore des dieux qui ne sont pas les miens. J'ordonne qu'il reçoive dès aujourd'hui une donation puisée dans le trésor royal : cent huit paires de sandales brodées par les artisans du palais, cent huit étoffes pour vêtir les statues des dieux et cent huit moustiquaires en voile de Chine ainsi qu'une cassette de rubis, de perles et de diamants.

Cette fois, le roi-Bouddha s'emballait tant que les greffiers peinaient à consigner sa parole. Dans l'affolement, les stylets de corne incisaient et dérapaient sur les ôles, émaillées de ratures et de trous inopportuns.

— Qu'on creuse une cavité au centre du futur temple d'État qui occupera le cœur de la cité à venir, comme Harsha le voulait. Sur ses innombrables tourelles, les visages cent fois répétés du bodhisattva Lokesvara protégeront le royaume. Dès ce soir, je veux jeter dans cette fosse la pierre ronde rituelle, recouverte de feuilles d'or !

Le Fortuné ferma les yeux. Il avait vu tant de drames, en si peu de temps… Était-ce tellement surprenant ? se demanda-t-il. Heureux, le pays avait soudain été surpris, vaincu, dominé par les Chams. Angkor, la plus belle ville du monde, avait été saisie, violée, détruite. Ce gigantesque chaos avait broyé la population d'un coup, avant de la précipiter dans un long asservissement, jusqu'à ce qu'il libère son peuple. Mais la peur n'avait pas quitté celui-ci. Que faire quand une multitude tout entière tremble, que les craintes et les désespoirs se mêlent et se nourrissent les uns les autres ? Comment s'étonner que des Sobhana ou des Rajendra, des Bupati ou des Tevoda aient à moitié perdu la raison, adopté des conduites erratiques, parfois trahi ? Les Cambodgiens mettraient de longues années à retrouver la sérénité d'antan. Cette paix, si la maladie lui en offrait le temps, il la leur donnerait, avec le salut éternel.

Aujourd'hui, son règne commençait vraiment. Le roi porta à ses lèvres une nouvelle bouchée de bétel, fraîche et fondante. Celle-ci n'avait pu être préparée par Bupati, dont le peu de raison s'était à jamais enfui. Des saveurs inconnues s'épanouirent sous son palais, réjouirent son esprit et s'emparèrent de lui, l'emportant par-delà la salle des Audiences. Elles lui firent oublier la culpabilité qu'il éprouvait lorsqu'il évoquait ses deux épouses mortes, la présence de la tache qui endeuillait son mollet et lui annonçait sa fin...

Partout, il y aurait des autels, des temples aux teintes rutilantes, des offrandes. Jayavarman le Septième ne marcherait pas seul sur la voie de l'Illumination... Les paupières du roi se relevèrent. Talapoins et paysans, ministres et soldats, il aurait voulu tous les serrer contre lui ; il fallait qu'ils lui accordent leur confiance et acceptent, enthousiastes, de lui obéir aveuglément, de travailler sous ses ordres et de bâtir un royaume plus solide que jamais. Il n'aspirait qu'à fuir les malheurs passés et les deuils. Rester aussi peu de temps que possible dans le présent, s'échapper vers un futur brillant, bâtir ses rêves, s'en enivrer, monter vers Bouddha...

La trompe dressée, des éléphants aux flancs dorés saluèrent cette ascension phénoménale, qui mena Jayavarman au sommet d'un temple fabuleux, hérissé de tours et de visages divins. Il était merveilleusement coloré, et si haut que nul architecte – pas même un Khmer – ne pourrait jamais le dessiner. Sans ressentir le moindre vertige, grisé par une odeur fleurie échappée du monde des dieux tout proche, le Maître chef de la miséricorde se pencha. Là-bas, bien en dessous de lui, il aperçut un parasol d'or si vaste que sa coupole couleur de soleil pouvait abriter son peuple tout entier.

Impression réalisée sur CAMERON par

BUSSIÈRE CAMEDAN IMPRIMERIES

GROUPE CPI

à Saint-Amand-Montrond (Cher)
en septembre 2004
pour les Éditions Belfond
12, avenue d'Italie
75013 Paris

Composition : Nord Compo

N° d'édition : 3998. — N° d'impression : 043671/1.
Dépôt légal : octobre 2004.

Imprimé en France